傾城一諾 6

目次

第一章

地標競拍

地標競拍的時間是下星期三，競拍的地標有年久老舊的公園、經營不善的飯店，還有一些年久面臨拆遷的商業大樓，建築和地皮一同競拍，價碼若是合適，還是可以穩賺不賠。

陳達打電話給艾米麗，邀請艾達地產參與競標，艾米麗便打電話詢問夏芍。

夏芍正在校長辦公室裡，公司方面的指示不便下達，只說了句知道了，便掛斷電話。

黎博書感慨道：「在學校裡用功讀書，還得顧及公司的事。年輕人能做到這分上很不容易，更何況，還得給地產公司兼著風水顧問。」這話是在試探夏芍是不是唐宗伯的弟子。

夏芍垂眸一笑，並沒有反駁。

她這倒有些像是默認，黎博書笑著將夏芍請去沙發上坐下，看起來十分熱絡。

在夏芍的印象裡，黎博書是學識豐富的教育家，並非不世故，但比起政商界名流的世故，他身上多了種文人的傲骨。夏芍來聖耶女中報到那天，黎博書知道她是華夏集團的董事長，卻還是出言試探她的心性，並勉勵她好好讀書。在學校的這段時間，黎博書對她很客氣，但絕不是奉承的客氣。

今天他那麼熱絡，夏芍覺得這裡面一定有什麼事。

「黎校長，您找我來，應該還有別的事吧？」夏芍坐下來便開門見山地問道。她的風水師身分，早晚要公開，既然校長問了，她便順勢默認。

黎博書看了她一眼，心中感慨。

他以為華夏集團在內地發展，還很年輕，應該不會觸碰香港這塊經濟體系成熟的地方。沒想到短短兩個月不到，華夏集團的私人會館就開到了香港，還受到嘉輝集團和三合集團的關注，甚至還傳出夏芍是唐大師弟子的消息。

黎博書實在看不懂她，他笑著擺了擺手，「罷了，我也不把妳當作普通學生看。其實今天請夏堇過來，本是想問問妳是不是唐大師的弟子，看樣子真叫我猜對了，我確實是有件事情想請大師幫個忙。」

夏芍聞言挑眉，看了看黎博書的辦公室，「校長，這校長室的風水沒什麼問題。雖然學校裡有各種問題，但財政方面，不出月餘就能有所盈餘，而且我看黎校長的面相也無事，您所求之事……應該不是您的事吧？」

黎博書目露震驚之色，他求的確實不是他自己的事。

自打半個月前，夏芍指出校長室的風水有問題後，黎博書立刻照她所說的重新布置。之後三天，董芷文就病癒回到學校，董家也沒有因這事為難學校，而且上個星期上頭的確撥下一筆款項來。以往錢一撥下來，便會緊接著出現一些需要用錢的事，然後莫名其妙錢就沒了。可這次款項撥下來一個星期了，到現在還分文未動。

黎博書這才信了夏芍的本事，所以傳出她是唐宗伯的弟子的消息時，他第一時間就信了。

而此時夏芍不等他開口，就看出他不是為了自己的事，玄學之道，果然深奧。

「確實不是我自己的事。」黎博書看看牆上的鐘，下課時間已經過去一半，「這人也不是跟我沒關係，他是我二伯，遠房族親。他早年移居海外，在華爾街很有名。如今年事已高，想回來修祖墳，正想請大師指點陰宅風水。他老人家的意思，是想請唐大師。我去了老風水堂兩次，唐大師都不在。那邊的大師們都說唐老不輕易出山，而且明年三月我二伯才有時間回來，聽風水堂的意思，明年三月唐老有事……實在是不巧。我也沒想到夏堇竟是唐老的弟子。既然遇上了夏堇，能不能勞煩夏堇問問唐老什麼時候有空，實在不成，我就請二伯改行程。」

夏芍想了想，說道：「指點陰宅，難免要跋山涉水，師父腿腳不便，年紀也大了，我看不太適合進山尋龍點穴。不知祖墳的原址在何處？」

黎博書答道：「在南部山上。」

那可有些遠……

「我回去問問張老，看他明年有沒有時間，這樣可行？」夏芍本想如果不遠，她接了這事也無所謂，還能多個人脈，可是明年三月正是大學入學考試的緊要時期，她還有公司的事要管，到時候忙起來只怕顧不上。

「這……」黎博書有點猶豫，他二伯認可的大師只有唐大師那種老一輩的風水泰斗，雖說張老也是風水大師，但是終究沒有唐老的造詣高。

黎博書也不問夏芍有沒有時間，他知道大學入學考試對學生來說有多重要。

考慮片刻，黎博書只好說道：「這事容我先問問，反正也不著急。」

夏芍笑著點頭，起了身，「好。那如果校長沒什麼其他的事，我就先回教室了。」

「嗯，這事多謝夏董了。」黎博書跟著起身。

夏芍走到門口打開門，卻被黎博書叫住，「夏董，還有一件事，這是哈佛大學和劍橋大學的招生簡章，學校有三個名額可以推薦，妳拿回去看看。」

夏芍沒看他手裡的簡章，而是蹙眉看著門外。

教務處的林主任正帶著一對中年夫婦和一名女學生到來，四人驚訝地看著夏芍，明顯是聽見了那句「夏董」的稱呼。

夏芍的目光落在那名女學生身上。劉思菱？

夏芍很意外，不是說劉思菱身體不好，在家休養，見了生人就怕嗎？怎麼來了學校？劉思菱的確面容憔悴，臉色蠟黃，比半個月前瘦了不少，一陣風吹來便要倒似的，但她此時卻震驚地看著夏芍，眼神裡有懼怕、疑惑和莫名的光芒。

她半個月沒來學校，今天到學校來，聽到的都是關於夏芍是什麼夏大師的傳言。這到底是怎麼回事？還有，為什麼校長會叫她夏董？

劉思菱看見夏芍蹙眉，慌忙往母親身後躲。

劉母對女兒的舉動一點也不奇怪，她這半個月來都這樣，在家裡也是聽不得一點大響動，動不動就嚇得往被子裡躲，今天是好不容易勸著她出門的。

「校長，這是？」林主任開口問道，目光盯著夏芍。

本來她就對夏芍的印象不好。這個大陸來的轉學生，一開始便請了兩個月的假，到學校報到的第一天就在宿舍裡打架，還威脅要去投訴學校。後來，學校的霸王展若南剃光頭聽說也跟她有關，展若南甚至把老大的位置讓給她了。

簡直是胡鬧。不把心思放在課業上，爭著做什麼老大？

聖耶女中這樣的名校，聲譽都是敗在這些問題學生手裡。

半個月前，夏芍還在學校門口打了黑幫的人，聽說黑幫在校門口殺了人。

這事她沒親眼看見，但是這種惡性事件，儘管沒有媒體報導出去，但也無疑對學校聲譽造成了很惡劣的影響。奇怪的是，這麼大的事，學校董事會居然沒有對這名轉學生有所懲罰。這讓許多老師們都很詫異。

有的老師為夏芍說話，說她很用功，而更多的老師是疑惑，不明白這個學生有什麼背景？

這兩天學校裡又有人說她是唐大師的弟子，這在林主任看來，簡直就是無稽之談。

可是剛才她竟聽見校長稱呼夏芍「夏董」，還把國外名校的招生簡章給了她。

黎博書也沒想到居然這麼不湊巧，不小心把夏芍的身分說出去，他不由看了夏芍一眼。

夏芍見校長沒說出華夏集團來，便接過黎博書手裡的招生簡章。雖然她的目標是京城大學，但此時門口這麼多人，她不想當眾拂他面子。反正回去問過張老明年三月有沒有時間以後，還得再來校長室一趟，到時再跟校長說自己的打算。

夏芍收下簡章，說道：「對了，校長，下週三我有事，需要請一天假。」

「沒問題，到時候去找教務處開假條就行。」夏芍就在校長室裡接電話，黎博書自然知道她是有正事要辦，所以一口應下。

林主任皺了皺眉頭，夏芍謝過黎博書，逕自離開了校長室。

劉母看到夏芍手裡的招生簡章，覺得眼熱。

自家女兒好不容易考上聖耶女中，卻成績越來越差，竟到了要休學的程度。

「黎校長，你好，我們是劉思菱的父母。」劉父上前跟黎博書握手。

黎博書笑著請林主任和劉家人到辦公室裡坐下。

「黎校長，我們這孩子在校門口受了驚嚇，醫生建議要休學，可是明年就要考試了，現在休學對將來影響很大，所以我們今天是想來問問，學校對這件事有沒有什麼說法？」一坐下來，劉父便直言道。

他的話令林主任、劉母和劉思菱愣住。

今天不是來辦理休學的事嗎？怎麼突然說起這個？

「劉先生，這件事在校門口發生，學校確實應該負責任。我聽說劉同學受了驚嚇，有休學的打算。既然這樣，學校可以為她保留學籍，她回到學校以後，學費全免，也可以安排專門的任課老師為她補習。你看，這樣可以嗎？」黎博書聽說劉思菱跟找了黑道來學校鬧事的人有關係，但她畢竟是學校的學生，出了事，學校不能不管。

沒想到劉父不接受，「黎校長，如果孩子身體好好的，誰願意休學？要是沒有校門口的事，我家孩子也不會受到驚嚇。學校的補償聽起來是不錯，但孩子耽誤的這一年，誰來賠？」

黎博書耐著性子問：「劉先生的意思是？」

劉父道：「我家孩子考上聖耶女中的時候，成績也是不錯的。之所以選擇這所學校，就是信任學校的師資和在升學方面的便利。聽說學校在升學的時候，會給學生填寫推薦信。我們沒別的要求，明年在寫推薦信的時候，希望學校能給我家孩子推薦一所好點的學校。」

劉母微愣，劉思菱也看向父親。

林主任皺眉，「劉先生，你這要求不覺得過分了嗎？我們聖耶女中是名校，推薦信從來不作假，而且有資格獲得推薦信的學生，都是品學兼優的。」

「林主任，妳這是什麼意思？是說我們孩子不夠好嗎？不好的話，當初是怎麼考上你們學校的？你們的招生面試是怎麼審查的？我好好的孩子交到你們學校，結果成績差了，脾氣也變壞了，現在身體都不好了，難道你們不應該給我們當家長的一個交代？」劉父頓時瞪起眼來。

「劉先生，不能什麼事情都賴到學校。學校有這麼多學生，學壞的終究是少數，難道成績變差就沒有自身的原因？」林主任的臉色很不好看，她向來是最維護學校的，聽不得這種話。

劉父霍地站了起來，「妳是什麼意思？是說我家孩子自己學壞了？黎校長，這事你不管嗎？信不信我打電話給媒體，曝光你們的惡行？」

劉父這是訛上學校了。他本是普通公司的員工，家境一般，也沒有那麼高的學識素養。今天來是為女兒辦理休學手續的，但是看見夏芍拿的招生簡章，才讓他靈光一閃，打算要求學校保證女兒升學的事。

黎博書見劉父這般耍賴，臉色也沉了下來，「劉先生，即便是媒體來了，哪怕是鬧到教育總署，學校對學生的補償也說得過去。如果你堅持要曝光這件事，儘管去打電話。不過，據學校調查，劉思菱同學與黑道份子有來往。正是她所認識的人來校門口鬧事，還鬧出了人命。學校有理由懷疑她跟這件事有關係。現在學校的補償仁至義盡，如果你們當家長的認為這件事見報無所謂，那我們校方也不懼讓社會輿論來評評理。」

「什麼？」劉父和劉母都錯愕地轉頭看向女兒。

劉思菱臉色刷地慘白。

劉母不可思議地道：「思菱，妳、妳真的跟黑社會的人有……」

「我沒有……我沒有！」劉思菱驚恐地搖頭。

劉父臉色漲紅，一巴掌打在女兒臉上。

劉思菱捂著臉，臉霎時腫了。

「你打孩子做什麼？」劉母趕緊查看女兒的臉。

劉思菱卻捂著臉，趴在沙發上，小聲啜泣。

看著父親在校長室裡胡攪蠻纏，她只覺得丟臉。

為什麼她得休學，夏芍卻能拿到國外名校的推薦名額？她打了展若南沒事，打了三合會沒事，罵了三合會的當家也沒事。她一個大陸妹，憑什麼這麼好運？

夏大師？夏董？

劉思菱咬著唇，眼中噙著淚，卻有莫名的光芒閃過。

地標競拍的活動在香港並不少見，每年地政署都會找一些地皮和建築進行競拍，將需要開發重建的地皮賣給地產公司，由地產公司重新興建，而今年的這場競拍備受關注。

原因自然與這段時間地產界的風波有關。

聽說世紀地產和艾達地產都會出席競拍會，連三合集團都對此次競拍的地段很感興趣。

香港地產界的三大龍頭竟然來了兩個，其他地產公司對這次競拍不抱什麼希望了，但是艾達地產的出現，卻是很引人注目。

哪怕是三合集團不來，僅世紀地產和艾達地產到了，就足夠有看頭了。

因此，一大早便眾家媒體齊聚，在競拍大廳外頭等待著輿論的風口浪尖上的主角到來。

瞿濤來得早，下了車即大步走向大廳。記者跟在他身後不停地打著閃光燈，不停地追問。

「瞿董，請問世紀地產的官司打算怎麼處理？要給居民補償嗎？」

「瞿董，請問世紀地產興建的樓房銷量下滑，說明市民對你們公司失去了信心，您打算要怎麼應對呢？」

「瞿董，請問世紀地產在銷量下滑的情況下，今天還打算競拍地標嗎？」

瞿濤對這些問題一概不答，全程面帶微笑。沒有人知道他為什麼笑，只是覺得高深莫測。

瞿濤走進大廳後不久，艾米麗也到了。

她一從車上下來，便立刻被記者包圍。

艾米麗只帶了三人，兩名男性員工、一名女性員工，三人胸前掛著工作證，抱著資料夾。

記者們頗為失望，今天很多人都是為了那位神龍見首不見尾的夏大師來的。她是艾達地產的風水顧問，還以為今天終於可以見到她，可是，她居然沒來……

「艾米麗總裁，請問夏大師為什麼沒有來？」

「夏大師不是艾達地產的風水顧問嗎？艾達地產在競拍地標的時候，不需要請夏大師看一下地段的風水問題嗎？」

艾米麗很有禮貌地回答：「這些地段的地標，地政署已經提前給了相關資料，我們已經請夏大師看過。這次競拍的地段都很不錯，尤以銅鑼灣的兩家飯店地段最好。那兩家飯店都不是因經營不善而倒閉，頗有歷史價值。」

「那艾達地產這次的目標是這兩家飯店嗎？這次世紀地產的瞿董也會出席，聽說三合集團也要參與競拍，以艾達地產的資產來說，會不會覺得很有壓力？」

「艾達地產會酌情競拍。」艾米麗說完，轉身便要往大廳裡走。

正當此時，一輛加長型的黑色勞斯萊斯停在了艾米麗的車子後面。車門打開，一身黑色西裝，神態狂妄的男人從車裡走了出來。

記者們驚呼一聲。

戚宸？

一陣驚愕之後，便是狂風暴雨般的閃光燈。

雖然大家都知道三合集團會參加競拍，但沒想到戚宸會紆尊降貴，親自前來。

記者們對準戚宸打著閃光燈，卻沒有人敢發問。

艾米麗趁機帶著身後三名員工走進競拍大廳。

競拍會場禁止媒體拍照，待競拍結束後，會有工作人員將競拍結果對外公布。因此，一進入競拍大廳，外面的紛擾喧囂便被大門隔絕，艾米麗帶著自家員工朝電梯而去。

四人剛進電梯，按下樓層，電梯門還未關上，一隻男人黑亮的皮鞋便踏了進來。

戚宸帶了兩個人，一進電梯，狹小的電梯便被他霸道的氣場充盈。

電梯門關上，戚宸站在最裡面，挨著艾達地產那名始終低著頭的女性員工。他的面上雖是帶笑，目光卻是氣哼哼的，他低斥道：「裝什麼裝？抬頭！」

戚宸的語氣不是很好，艾達地產的兩名男員工嚇了一跳，艾米麗卻是皺眉。

艾達地產的女性員工……不，應該說是夏芍，她無奈地抬頭看向戚宸。自己穿了一身黑色套裝打扮成艾達地產的員工，跟著艾米麗混進來，可沒想到戚宸居然會來參加競拍會，還一眼將她認了出來。

看著夏芍，戚宸很不給面子地笑了，「毛還沒長齊，就學人家穿套裝。」

她不抬頭還好，一抬頭，脂粉未施的臉龐一露出來，那年輕的模樣兒，怎麼看也沒有十八歲，配上那老氣的套裝，頗為怪異。

夏芍神色未動，也不說話。

這時「叮」地一聲，電梯到了競拍會場的樓層，電梯門打開了，但是沒人往外走。

夏芍看了艾米麗一眼，艾米麗反應過來，帶頭走了出去。

戚宸的目光落在夏芍身上，就沒離開過。夏芍也不避諱跟艾米麗的眼神交流。戚宸今天前來，就算讓他撞上了她喬裝跟著艾米麗有些可疑，那也無所謂。

艾米麗是艾達地產的總裁，跟華夏集團在大陸就有過合作，兩人認識並不奇怪。戚宸不一定知道艾達地產跟華夏集團真正的關係，畢竟夏芍的身分還沒在香港公開。

夏芍淡然微笑，她才不管今天戚宸為什麼會出現，也不理他是不是發現了什麼。

她跟著艾米麗出了電梯，戚宸也大步邁出來，只是走到夏芍身邊的時候，又開始打量她。

夏芍停下腳步，看向戚宸。這男人又想做什麼？

戚宸咧嘴，露出潔白的牙齒，繼續不客氣地虧她：「待會兒到了地方，記得低著頭做人。一抬頭，就露餡兒了。」

夏芍輕輕閉眼，眉心少見地動了動，似乎有點頭痛。

她很少有這種鬱悶的表情，戚宸見了，心情大好，邁開步伐，帶著人先走一步。

跟在艾米麗身後的兩名艾達地產男性員工不解地看向夏芍。

他們不認識她，但總裁卻將她帶在身邊，也不知道對方是什麼來頭，而且三合會的當家似乎跟她關係不錯？

夏芍對艾米麗說道：「我去趟洗手間。」

艾米麗見夏芍目光似有深意，立刻會意地道：「正好，我也想去。」說完，她對另外兩名男性員工道：「你們在這裡等一會兒，不要亂說話，尤其是不要討論今天的事。」

兩名男性員工也看出艾米麗對夏芍不像對待普通員工，當下點了點頭。

艾米麗跟夏芍一起去了洗手間，在確定洗手間裡沒有別人後，夏芍站在洗手臺前的鏡子前照了照，問道：「看起來不像？」

她問的是自己這身打扮看起來像不像一般的上班族。

艾米麗疑惑地搖頭，「我倒覺得沒什麼問題，難道是我看習慣了？」

夏芍說道：「以防萬一，妳有帶化妝品嗎？」

今早夏芍在學校請了假，然後直接去艾達地產附近的飯店。在飯店裡換了衣服，就趕著過來。要不是遇到戚宸提醒，她不會想到要再化個妝比較穩妥。

艾米麗點頭，從皮包裡掏出補妝用的粉餅、眼影和口紅。

夏芍對著鏡子快速化妝，本想化淡妝。艾米麗的化妝品全是暗色系的，對於夏芍來說，略顯老成，但夏芍現在要的就是老成。不一會兒，上了薄妝的她，看起來成熟了不少。

艾米麗露出些古怪的眼神。其實夏芍底子好，化起妝來也很美，甚至看起來有歷經歲月沉澱的美麗，只是……看著不習慣。

兩人相視一笑，走出了洗手間。

兩名男性員工見夏芍出來，一眼落在她的妝容上，不由愣了愣。

夏芍笑問：「我看起來有多大？」

兩人互看一眼，其中一人道：「二十吧。」

另一人立刻推了他一把，「什麼二十？真不會說話！美女就是美女，化妝只會更漂亮！」

夏芍輕笑一聲，二十？二十也比十六七歲好。

「走吧，該進去了。」夏芍笑著說了一聲，跟著艾米麗朝競拍大廳走去。

競拍大廳裡的座位已經安排好，今天出席競拍的地產公司約有十來家，座位前後是按照公司的資產排定的。三合集團和世紀地產是業界龍頭，自然坐在最前面。因此，艾米麗一進來，戚宸和瞿濤便率先抬起了頭。

瞿濤站起來，朝艾米麗走去，笑著伸出手道：「艾米麗總裁，幸會。」

艾米麗也禮貌地伸出手。

其他地產公司的人紛紛看向艾米麗和瞿濤。這兩人從永嘉社區的收購案上就結下仇怨，今天也正是媒體關注的焦點。所有人都豎直了耳朵，想聽聽兩人在說什麼。

瞿濤笑道：「艾米麗總裁年紀輕輕的，手段倒是老道，連我瞿某人都著了道，差點跌了跟頭，現在還心有餘悸。今天一見，艾米麗總裁果真是女中豪傑。」

瞿濤居然拿自已吃虧的事情開玩笑？一些了解他的人忍不住面面相覷。

艾米麗的表情一如既往的嚴肅，「瞿董客氣了。論手段，誰也沒有瞿董厲害。」

艾米麗這話聽著是稱讚，細聽不免有別的意味。

「哈哈，哪裡的話！百貨公司如戰場，能讓瞿某栽跟頭，艾米麗總裁的能耐可是有目共睹的。今天的地標競拍，想必妳我又能好好較量一下了。」瞿濤大笑著說道。

所有人都看向艾米麗，總算理解了瞿濤的意圖，他這是在下戰帖呢！

可是艾達地產的資產怎麼能跟世紀地產比？

艾米麗點頭道：「能光明正大地較量，我們艾達地產自然樂意奉陪。」

「當然是光明正大，我瞿某人一向光明磊落。」瞿濤說著，往艾米麗身後帶著的人看了看，「艾米麗總裁就帶了這麼幾個人？一會兒可要忙得過來才好。」

「瞿董放心。」艾米麗並不多接話。夏芍就在她身後，少說點話才好搪塞過去。

瞿濤又笑了一聲，「我當然放心。艾米麗總裁的人，不用多說，一定是業界精英。」

艾米麗剛才也諷刺過瞿濤，瞿濤裝著聽不出來，此時艾米麗也裝著聽不出來，她只道：「競拍就快開始了，我們不耽誤瞿董的時間了。」

瞿濤伸手做了個請的動作，艾米麗帶著人往後面的座位走。

眾人的目光隨著艾米麗移動，誰也沒注意到，在前頭坐著的戚宸，看到夏芍的臉的瞬間，嘴角不由自主地抽了好幾下。隨即，黑著臉閉上眼睛。

主辦單位為艾達地產安排的座位還是很靠前的，就在三合集團和世紀地產後兩排的位置。只不過，不是在兩家公司的正後方，而是在靠窗的位置。

這個位置雖說稍靠前，但是頗偏僻。

許多人見了，都微微鬆了一口氣。

這段時間艾達地產的風頭太盛了，之前還傳出過艾米麗跟地政高官有不正當關係的流言，如果位置安排得明顯偏向艾達地產，那其他公司未免心理不平衡。畢竟艾達地產是大陸剛來香港不久的公司，本地的公司多少會意難平。

事實上，這些人都不知道，這個座位是夏芍向陳達要求的，這樣才方便她在競拍的時候，暗地裡給艾米麗下一些指示。

兩名男性員工一左一右坐在艾米麗身邊，夏芍則坐到了艾米麗身後。

四人剛坐下不久，工作人員便領著拍賣師進場。

這樣的地標競拍是委託給拍賣公司主辦的，夏芍不是沒想過將華夏拍賣公司開來香港，但拍賣這一行講究人脈，尤其是要跟政府打好關係，所以夏芍不著急，須得先好好經營人脈。等地產方面的事塵埃落定，自己的身分在香港曝光後，再讓華夏拍賣公司來香港發展，到時候名聲、人脈、資產都是水到渠成的事。

今天的競拍會有七處地標要進行拍賣，陳達身為地政總署的署長，不需要親自前來。出席的地政官員夏芍不認識，等他說完開場白，拍賣師才上臺，身後的螢幕播放著競拍地皮和建築的照片，拍賣會開始了。

第一處地標就來頭不小。

「為了今天的開堂彩，第一處競拍的地標是克沙林大飯店。這座飯店建於一九三三年，歷史悠久。飯店由英國著名的建築設計師威廉所設計，一九三六年完工。英國女王曾在這座飯店下榻，香港有三任港督在這裡發表過演說。飯店繼承人在香港回歸的時候將飯店捐給國家，現在因年久失修，才會提出拍賣。」

拍賣師解說完畢，繼續道：「下面將對克沙林大飯店的建築和地皮進行競拍，但不包括飯店內的古董瓷器、硬木家具、油畫等屬於國家的可移動物品，起拍價五千萬港幣。」

底下各地產公司的人紛紛交頭接耳。這個起拍價並不算高，地段也很好，不管是對飯店進行翻修重新營業，還是另聘設計師設計改裝成商業大廈，前景都不錯。

只不過，今天有三合集團和世紀地產在，只怕輪不到眾家公司了。

想到這裡，大家不約而同看向最前面的戚宸的背影，等著他第一個喊價。

戚宸大咧咧地坐在椅子上，翹著二郎腿，雙臂展開，搭在兩旁的座椅背上，一副唯我獨尊的模樣，卻沒有開口。

所有人互看一眼。

這是什麼意思？不感興趣？不可能吧？

眾所周知，三合集團在地產界就是以經營飯店為主，克沙林大飯店是塊難得的地標，為什麼戚宸不叫價？

「戚先生對克沙林大飯店沒興趣嗎？」在一片尷尬的氣氛裡，瞿濤轉頭笑著問戚宸。

若是今天三合集團不來，瞿濤自是當仁不讓的第一個叫價，但戚宸在這裡，瞿濤自是忌憚。放眼今天的地產公司，也就只有他有資格跟戚宸說話。

戚宸一笑，並不看瞿濤，「你們競拍吧，我先聽聽。」

先聽聽？這什麼意思？

瞿濤目光微變，「也是，區區五千萬港幣，還不值得戚先生出手，那瞿某就先叫價了。」

戚宸哼笑一聲，不說話。瞿濤見他當真沒有叫價的意思，這才喊道：「六千萬。」

「七千萬。」當即便有一家地產公司也跟著叫價。這家地產公司其實沒什麼把握，只是聽瞿濤的意思，戚宸似乎嫌棄起拍價太低，於是為了迎合戚宸，便把價碼幫著往上抬。

在場有這種心思的人還真不少，立刻又有人跟著往上喊價。

「一億。」

這時，有個女子的聲音傳來，在場的人刷地轉頭看去，叫價的人正是艾米麗。

戚宸挑了挑眉，視線落在艾米麗身後，其他人卻以為他是在看艾米麗。

眾人有些心驚，這種地標，一億的價碼肯定還是低的，這個價碼遲早會喊到，但商人的心理自然是慢點叫慢點磨，能少花點錢就少花點錢，艾米麗這個價碼抬得可有點高。

瞿濤撫掌笑了笑，「不愧是艾米麗總裁，有魄力！」笑罷，繼續喊價：「一億一千萬。」

「一億兩千萬。」有人跟在瞿濤後頭抬價。

「一億兩千五百萬。」

「一億兩千八百萬。」

「一億三千萬。」

眾家公司抬著價碼，價碼越抬越慢，大家看向戚宸的次數也是越來越多。

戚宸還是沒開口叫過價，難道他仍是嫌這個價碼低，不配他開口？

眾人漸漸露出怪異的表情，因為戚宸不僅沒叫價，還總是往後看，像是關注著艾米麗。為什麼？這兩人應該不認識啊！

一時間，各種猜測在大家心頭掠過，卻沒人看出來，戚宸的目光是落在艾米麗身後。

艾米麗身後的女人正低著頭，認真地做筆記。她不抬頭，半邊頭髮遮著臉，戚宸看著她的臉，一副「妳裝，妳繼續裝」的表情，直到那女人感受到他的目光，抬頭向他看來。

她一抬頭，便露出濃妝豔抹的臉，戚宸嘴角一抽，痛苦地轉回頭，不再看她。

夏芍笑了笑，重新低下頭。

而這時，競拍價碼已經喊到了一億九千萬。

氣氛凝滯下來，沒人再叫價。

今天來的人都懂得精打細算，就克沙林大飯店的情況，兩億是道坎，過了就沒利潤可圖。

最後叫價的公司正是世紀地產。

如果沒人再加價，克沙林大飯店就是瞿濤的了。

瞿濤笑看向戚宸，「呵呵，戚先生打算最後一錘定音嗎？」

從開始競拍到現在，戚宸都沒對克沙林大飯店表現出過興趣。

戚宸狂傲地一笑，對瞿濤的試探理也不理，而是又往後面看去。

艾米麗垂著眼，看不出態度來。

拍賣師在上頭說道：「一億九千萬一次，一億九千萬兩次，一億九千萬……」

就在這時，艾米麗身後的夏芍將手中的圓珠筆輕輕按了一下。

啪嗒一聲輕響之後，艾米麗忽然叫價：「兩億。」

眾人齊刷刷看向艾米麗。

戚宸瞥了眼夏芍手中的筆，露出意味深長的笑容。

瞿濤也笑了，眼底有一道光芒閃過。

拍賣師反應過來，說道：「克沙林大飯店，兩億一次，兩億兩次，兩億三次……成交。克沙林大飯店由艾達地產公司以兩億港幣購得。」

今天的開堂彩居然是由艾達地產奪得，艾達地產竟花兩億港幣來競標克沙林大飯店。

要知道，這可只是從地政署手中買下地標的錢。翻修飯店也好，請設計師重新設計也好，包括後期營運，都需要不小的支出。

據說艾達地產的資產只有十幾億，前不久才又剛得到永嘉社區和鬼小學的開發權，目前應該是到了周轉的極限，今天怎麼會拿出這麼多錢來競拍克沙林大飯店？

如果只是充門面，隨便拍個小點的地標就可以，何必動用這麼多錢？

瞿濤笑著拍手道：「恭喜艾米麗總裁，竟然拿下了今天的開堂彩。」

其他人面面相覷地跟著鼓掌。

只有戚宸沒什麼表示。

接下來的第二塊競標地是一塊老廣場，東臨商業區，西臨國際生活城區，有六個百貨公司、三個五星級以上的飯店，另有地標性建築的休閒廣場。

這塊地皮很適合建成高級住宅，起拍價比克沙林大飯店高，為八千萬港幣。

拍賣師一報價，眾人又往戚宸和瞿濤看，只是這回多了個艾米麗。

戚宸還是大咧咧坐著，如鎮場一般，但就是不開口叫價。

瞿濤看了戚宸一眼。這地段雖說建高級住宅最好，但如果蓋商業大廈或飯店也可以，並非不在三合集團的經營範圍內，可戚宸仍是不感興趣？

「戚先生不叫價，看來還是由我帶頭吧，九千萬。」

「一億。」這次艾米麗緊跟著就喊了價。

眾人驚訝地看著艾米麗。

艾達地產剛剛已經花了兩億，還有閒錢嗎？

「有魄力，不愧是艾米麗總裁！」瞿濤接著喊價：「一億一千萬。」

「一億兩千萬。」艾米麗跟拍。

競拍廳裡一陣抽氣聲。她不是開玩笑的，她是真的想競拍！

接下來只有瞿濤和艾米麗接連往上叫價，其他人都被這情況給驚呆了。

很快競拍價就又停在了一億九千萬上，叫價的還是瞿濤。

「地標廣場，一億九千萬一次，一億九千萬兩次，一億九千萬……」

瞿濤看向艾米麗，艾米麗嘴唇微抿，似乎在猶豫。

一個輕微的啪嗒聲傳來，艾米麗開口道：「兩億。」

戚宸挑眉。

瞿濤笑了，眼裡光芒更盛。

拍賣師再次落槌，宣布道：「地標廣場由艾達地產公司以兩億港幣得標。」

又是兩億，這一轉眼就是四億港幣啊！

眾人不可思議地看著艾米麗，四億差不多是艾達地產三分之一的資產了。艾達地產不可能有四億的周轉金，資金不足就要向銀行借貸了。

艾達地產剛來香港，人脈不足，巨額借貸，銀行也是要考慮公司的償還能力的，可大陸公司在香港的銀行借貸，不如本地公司借貸容易。

「艾米麗總裁果然有魄力。」瞿濤笑著鼓掌。

所有人都看不明白艾米麗的打算，但競拍還在繼續，而且令眾人錯愕的是，艾達地產還敢跟著競價。戚宸依舊不出聲，整個競拍廳只有瞿濤和艾米麗你來我往，價碼層層疊高。

每一次兩人都爭到臨界點上，且都是由瞿濤叫到臨界點上，然後艾米麗跟拍得標。

眾人開始感覺到不對勁，卻又說不出來哪裡不對勁。

瞿濤未免算計得太準了些，一兩次可以說是巧合，巧合多了便有些刻意了。

這會不會是陷阱？就像是在引誘著艾達地產競拍得標一樣？

瞿濤知道艾達地產沒有那麼多資金，他引誘著艾達地產得標，就像是在等著其資金周轉不靈而破產。以瞿濤的作風及世紀地產與艾達地產間的矛盾，瞿濤這麼做是很有動機的。可若說這是陷阱，又不太像。因為每次都是瞿濤叫價到臨界點，艾米麗完全可以不跟的。

正當大家摸不清瞿濤在打什麼算盤的時候，拍賣師再次落槌。

「藍禾新城，由艾達地產以一億三千萬得標。」

這次競拍會只有七處地標，艾達地產竟一連六次得標，所需十億，而這幾乎是艾達地產的全部身家，艾米麗瘋了嗎？

眾人的表情連番變換，沒有人看得懂今天的競拍。

整個競拍大廳，只有三個人在笑。

戚宸、瞿濤，以及坐在艾米麗身後的夏芍。

夏芍輕輕撫著圓珠筆的筆頭，眸底笑意頗深。

區區十億，撼動不了世紀地產，卻會影響艾達地產的根基，可惜沒人知道，隸屬於華夏集團的艾達地產，根本一點都不缺這十億。

在青省變天的那段日子裡，省內上層圈子得知徐天胤的身分之後，對華夏集團唯有拉攏恭維，不敢招惹，那個時候，省內企業就隱隱以華夏集團為首了。華夏集團的股價更是被看好，一路穩穩往上升，而今至少翻了一倍。

瞿濤拿十億來陪艾達地產玩，卻不知十億港幣對夏芍來說，亦是九牛一毛。

對手送錢上門，不要白不要。

今天競拍的地標雖只有七處，但都是在上好的地段，競拍下來，穩賺不賠。

瞿濤要是有心跟艾達地產爭，艾達地產是得不了這麼多地標的。

世紀地產如今面臨的不是錢的問題，而是聲譽受損，樓盤成交量下滑。這種時候努力做出一些正面新聞，挽回名譽，拯救樓市才是硬道理，不應該再想著競拍地標的事。就算競拍得標，接下來還要開發銷售，對現在的世紀地產來說，銷售若不盡如人意，便有賠錢的風險。

如果艾達地產不跟拍，地標被瞿濤競得了，他就不擔心這風險嗎？

他到底有何倚仗？

夏芍垂著眼簾，這點叫她想不通。

許是出於直覺，又許是出於那天跟瞿濤見過一面，對這個人的感覺，夏芍覺得眼前似有一道迷障，她看不透。

看不透？

夏芍瞇眼，這世上她看不透的，除了自己身上的天機，還真沒有別的了。

無聲一笑，夏芍開了天眼。

這一看，竟看出了瞿濤的氣場有變。

每個人周身都有屬於自己的磁場，運勢強勁的時候，氣場便強，運勢低迷的時候，氣場便弱。那天去世紀地產的時候，大廈運勢將盡，五鬼運財局力量大減，瞿濤正值負面風波的當口，周身氣場並不強，可是今天他的氣場裡竟隱隱有一團金氣聚於印堂。

這團金氣不太明顯，還很淺淡，若是不開天眼只看面相，暫且察覺不出。因為從面相上來看，瞿濤正值運勢低迷之際，印堂晦暗，有灰氣還來不及，哪會有明光？

五行當中的顏色，白、金皆屬金氣，有金氣聚於印堂，便是財氣將至。

財氣？以瞿濤時下的運勢來說，斷不可能有財氣。

事出反常必有妖，事情果然不對勁。

夏芍當即用天眼仔細看著瞿濤，但天眼中畫面一片空白。

她不禁皺起眉頭，沒有顯示？也就是說，這件事與自己有莫大的關聯？

夏芍輕哼，抬眸遠望，各種場景漸漸退去，最後出現了世紀地產的大樓。

她會看世紀地產大廈，是因為在瞿濤身上窺看不到天機。世紀地產佈著五鬼運財局，雖然地氣將盡，但能讓瞿濤在運勢低迷的時候有財氣相助，勢必是出了什麼事。

果然如此，世紀地產的大樓隱現金氣。跟瞿濤印堂的金氣極像，有相呼應之勢。

這時，拍賣師再次落槌，「維京風情飯店，由艾達地產以一億得標。」

瞿濤對艾米麗笑道：「我看艾米麗總裁今天如此有魄力，如此大手筆，敬佩之餘不免心生助人之心。既然艾達地產已經拍下了前六處地標，我不妨做個順水人情，把最後一處地標讓給艾米麗總裁吧。這樣今天的地標都由艾達地產一家包攬，傳出去可是佳話啊，呵呵！」

競拍廳裡沒人出聲，氣氛暗湧。

瞿濤放手了，這才像是他的行事風格。前六場的競拍叫人看不透，最後這一場瞿濤才坑了艾米麗一把，更叫人看不透。為什麼他到最後一場才這麼做？他到底打的什麼主意？

瞿濤絕對不像是安好心的樣子，而艾達地產這下子可算是全部得標了。

在場的人已經可以預見到，今天這場競拍將會在媒體界和社會上引發怎樣的熱議，但在場的人卻全部不看好艾達地產。熱議又怎樣？今天當著三合集團和世紀地產的面，艾達地產全部得標，出了好大的風頭，可是這風頭之下，是喜還是憂？只怕是破產之災吧？

瞿濤若是有心要挖坑給艾達地產跳，他勢必已經堵死銀行借貸的路子。他在香港這麼些年的根基，決計不是艾米麗能與之抗衡的。萬一艾達地產借貸不利，豈不是只有死路一條？

就在所有人都認為艾達地產不喜反憂，有資金危機的時候，忽然有人大笑。

大家莫名其妙地看向戚宸，他笑什麼？

今天的競拍，最奇怪的就是三合集團。

三合集團參與此次競標，眾人覺得自己此行必定毫無斬獲，可戚宸從頭到尾都沒叫價，他到底是來幹什麼的？

瞿濤也看著戚宸，今天一切盡在他的掌握之中，唯有戚宸是他看不透的。

他一個三合集團的當家，黑白兩道的事，若說是日理萬機那也毫不誇張。尋常人想見他一面莫說是要看看自己夠不夠分量，即便是夠分量，預約與他談事，也要限制時間，可他來競拍會場，卻完全不競標。

傳言戚宸行事肆意妄為，喜怒全憑心情，這話果真不假。

戚宸大笑，卻不是看夏芍，而是看向了瞿濤。

瞿濤一驚，笑道：「戚先生也在恭喜艾達地產嗎？」

「我是在恭喜瞿董。」戚宸狂傲一笑，笑得瞿濤驚疑不定。

「戚先生說笑了，我有什麼好恭的？這次艾達地產可是大滿貫。」

所以才要恭喜你，送錢上門，品德高尚。

戚宸又笑，那笑容如烈陽，晃得人睜不開眼。

競拍結束，地政的官員上臺致辭，感謝今天眾家地產公司的到來，並著重感謝了艾達地產，最終提醒辦理手續的截止時間。

瞿濤一聽這個，注意力又轉了回來。

不管怎麼說，今天的情況好得超出他的預估。他本以為三合集團會拿下一兩處地標，艾達地產不會全部跟拍，沒想到艾米麗得了全標。

艾達地產明明資金不夠，為什麼敢跟拍？別人看不透，瞿濤卻是明白的。艾米麗不就是仗著有風水大師撐腰嗎？那名姓夏的少女是唐老的弟子，以唐老在香港的名望和人脈，艾米麗勢必是想藉此過銀行借貸那一關。

然而，商人就是商人，銀行也要生存，放貸出去若是收不回來，誰擔保也沒用。就艾達地產那十幾億的資產，這次一下子競得了近乎它本身全部資產的地標，如果借貸，那就是百分之兩百的負債率，銀行肯放心放貸就怪了。

瞿濤冷笑，他聽說過大陸的地產公司資金不足時都喜歡向銀行貸款，其負債率通常偏高，高的能達到百分之兩百。這個負債率在香港是匪夷所思的，香港的經濟體系比大陸要成熟得多，地產公司向銀行貸款，最高不會超過本身資產的百分之六十。像世紀地產這樣資金雄厚的龍頭企業，資產負債率連百分之二十都不到，三合集團、嘉輝集團這種巨頭，自然就更低了。

艾米麗大概是習慣了大陸的企業資金周轉模式，跑到香港也來這一套。想著資金不足就跟銀行借貸，殊不知這樣高的負債率，銀行是不會通融的。

瞿濤就是看準了兩地的差異，今天才玩了這麼一手，讓艾達地產出這次風頭，等艾米麗向銀行貸不出錢來的時候，有她哭的時候。

想跟他鬥？艾米麗還嫩了點！

競拍會後，戚宸起身，跟誰也沒打招呼，先一步走出了競拍大廳。而其他人雖不看好艾達地產，還是紛紛起身向艾米麗道賀，瞿濤也笑著跟艾米麗再次握了手。

「艾米麗總裁，今天旗開得勝，瞿某欽佩。中午一起吃頓飯？」

「多謝瞿董盛情相邀，不過，公司剛剛競拍得標，正是忙的時候。過了這段時間，我一定請瞿董吃飯。」艾米麗客氣地婉拒。

瞿濤並不死纏爛打，當即便笑了，「也是。剛剛競拍得標，地政方面還等著辦手續。既然這樣，瞿某就改天再請艾米麗總裁一敘了。」

瞿濤一提起辦手續的事，不少人都目光微變。果然，瞿濤也知道艾達地產的資金有問題，所以剛才的競拍果然是陷阱吧？

艾米麗像是聽不懂瞿濤的話中之意，點頭致意，便離開了競拍大廳。

夏芍跟著艾米麗走出去，身旁兩名男性員工都面露憂色，顯然他們也是擔心公司的資金問題。艾米麗卻和夏芍相視一笑，兩人並不在此處多言，只抓緊時間離開。

走到電梯處，兩人都是一愣。

電梯裡，戚宸倚在最裡面，手放在褲子的口袋裡，見夏芍來了，挑了挑眉。

電梯門還開著，明顯是在等人。

夏芍看了戚宸一眼，眼見著後面瞿濤等人走了過來，她不想讓人看見戚宸在裡面等著，啟人疑竇，便率先走了進去。

直到電梯門關上，電梯開始往下降，夏芍才轉過身來，打算站到後面去，但轉身的時候，眼前有影子晃過。

夏芍警覺地向後退去，電梯狹窄，她一步便退到角落，手臂橫在身前格擋，周身氣勁已呈防禦姿態，「做什麼？」

夏芍的視線落在戚宸抬起的手上。

戚宸手上拿著張紙巾，黑著臉瞪她。

「躲得比兔子還快，我會咬人嗎？」戚宸瞪著夏芍，氣得夠嗆，把手上的東西往前遞過來，語氣很不好，「擦擦，難看死了！」

夏芍知道是自己反應過度，誤會人家了，搖搖頭沒接紙巾，開玩笑道：「不用了，謝謝。一會兒出去還有記者，承蒙提醒，免得一會兒我得低頭做人。」

戚宸身旁跟著的兩名幫會人員看著他伸著的手，互望一眼。

這也太不給面子了，老大可從來沒對哪個女人有這樣細微的心思，這要放到別的千金名媛身上，指不定有多受寵若驚了，這個女人竟然還不要？

戚宸手臂微微一僵，沒暴怒也沒說話，捏著紙巾的指尖微微發白。半晌，他笑了，將紙巾收了回去，手插在口袋裡，看著電梯關閉著的門，嘴上道：「聽妳說句謝，真不容易。」

兩名幫會人員一愣，老大不生氣？老大居然不生氣？

夏芍一笑，「我常對人說謝，只不過對你確實是第一次。」

戚宸氣笑了，「那真是榮幸。看樣子，我得感恩戴德，回去之後，一個月不洗耳朵。」

夏芍噗哧笑出來，笑起來如皎月般明媚，讓人捨不得移開眼。

她常笑，但在他面前這樣笑，似乎是第一次。

戚宸又看夏芍一眼，也是一笑。這時電梯停住，門打開，他大步邁了出去。只是走到門口又停住腳步，回身問：「中午了，剛才在上面沒少費腦子吧，帶妳出去補補？」

電梯裡還有其他人在，有些話夏芍不便當面說，她走到戚宸身邊，用只有兩個人能聽見的聲音說道：「學校裡還請著假呢！」說完，她跟在艾米麗後頭，走出了大廈。

大廈外的眾家媒體記者還在，見艾米麗出來，閃光燈瞬間打爆了。

中午太陽高照，閃光燈卻還是晃得人眼睛都睜不開，記者們蜂擁而上，將艾米麗和夏芍四人團團圍住，兩名男性員工趕緊充當保全，上前護著艾米麗。

「讓一讓，請讓一讓！」

「別擠！」

記者們哪裡管這些，三合集團和世紀地產都到了，居然一個地標都沒中，七處地標都被一家從大陸剛來香港的小地產公司得了，簡直是爆了冷門。

兩名男性員工用手擋人，夏芍倒是不怕擠，卻是不好用勁力震開這些人，只得耐心等著這些記者問完，然後再回車上去，但記者們的問題實在是太多了，別說混在一起聽不清，就是聽清了也不知道回答哪個的。

艾米麗說道：「艾達地產會針對競拍的事另外給予回覆，現在請讓一讓，讓我們過去。」

記者們還是不肯讓，擠在前面的人心存僥倖，麥克風不停往艾米麗眼前推，你推我擠間，夏芍和艾米麗站著的空間越來越小，正當夏芍蹙眉的時候，身後大廈的門開了。

戚宸從裡面走了出來，目光沉沉地看向夏芍站著的小圈子。

記者們察覺到，瞬間安靜下來。

聽說戚宸完全沒叫價，但是沒人敢上前發問。以往採訪戚宸都是提前跟三合集團預約時間，在外面遇到戚宸，別說就地採訪，就連拍張照片也是沒人敢的，更別說找狗仔偷拍了。

萬一被發現，那就不是斷手的問題，而是丟命的問題。

因此，戚宸一出來，記者們看見他一張閻王爺似的臉，就知道擋著他的路了。

不等戚宸身後的幫會人員發話，靠近大廈臺階的記者就一個個像是受驚的兔子一般散開，人群像分水嶺往兩邊讓出一條路，四周靜悄悄的。

戚宸大步走了下來，徑直往他的勞斯萊斯走去。走到夏芍身邊時，步伐不著痕跡地慢了慢。艾米麗會意過來，趕緊跟在戚宸後面，帶著自家員工也走向車旁。

記者們盯著艾米麗，就等著戚宸上車離開後再擁上前去圍住她，可是戚宸走到車邊竟不上車，而是轉身跟艾米麗搭起話來，「今天的競拍，恭喜艾達地產如願得標。」

艾米麗泰然自若地點頭，「多謝戚先生。」

戚宸笑了笑，他這一笑叫記者們一個個眼睛瞪得極圓。

沒人敢拿起相機拍，卻恨不得眼睛就是快門。

戚宸主動跟艾米麗搭話，這說明什麼？三合集團看好艾達地產嗎？

這一幕正好落在剛從大廈裡面走出來的瞿濤等人眼裡。

戚宸一向目中無人，看不上的人他理都懶得理，怎麼就跟艾米麗搭話了？

他剛才在競拍現場，可是看也沒看艾米麗一眼。

瞿濤疑惑地看向戚宸。戚宸這個人叫他頭痛得很，他做的事沒一件他看得懂的。

記者們發現瞿濤等人出來後，眼見艾米麗這邊無法拍照和採訪到什麼，便轉而把瞿濤和其他地產公司的人給圍上了。

戚宸這才看向夏芍，夏芍笑看他一眼，「謝了。」

戚宸笑哼了一聲，沒好話，「說多就不值錢了，快走。」

夏芍和艾米麗趕緊上車，直到車子發動揚長而去，戚宸才坐回車裡。

車子漸漸遠離大廈門口的喧囂，跟著戚宸的一名心腹開口問道：「大哥，艾達地產究竟是不是夏小姐的公司？」

關於這件事，上回艾達地產敲了世紀地產一記悶棍的時候，老大就叫人查了，可是查出來的結果，艾達地產在大陸的公司與華夏集團總部都在青省的青市，沒有直接證據證明艾達地產是華夏集團的。艾達地產只是跟華夏集團合作過，在艾達地產剛註冊成立之初，第一項工程就是由華夏集團買下，開了華苑私人會館。

再有一件說不通的事，便是安親集團曾經收購青市的地產業龍頭金達地產，改名新納地產。有情報稱，夏芍十八歲成年禮的那晚，龔沐雲曾親口說要將新納地產送給她當生日禮物，但後來被夏芍婉拒了。

而且，艾達地產在青省地產行業的幾個項目，新納地產都巧妙地避開了跟艾達地產的競爭。從這一點上來說，艾達地產跟華夏集團的關係很可疑。當然，這也可以解釋成夏芍和艾米麗私交不錯，所以安親集團賣給艾米麗面子，不與她競爭。

所以說，並沒有直接證據表明夏芍是艾達地產的幕後老闆。華夏集團的帳目很嚴謹，即便是從銀行方面入手，也查不出兩家在暗中有金錢上的往來。

戚宸今天就是為此而來的。

「是她的公司。」戚宸篤定地道。

「大哥是怎麼看出來的？」兩人愣了。

「依這女人的性子來看，不是她的公司，她肯這麼出謀劃策，連課都不上專程參加競拍對付瞿濤嗎？」戚宸望向窗外，眉宇間流露出幾分興味，「艾米麗性子嚴謹，作風雷厲風行，她看起來像是沒主見，需要聽別人的命令行事的人嗎？除非，那個人是她的老闆。」

「那也有可能是她們兩家合作，不是嗎？」

戚宸嗤笑一聲，「合作？合作也要有資格。華夏集團給艾達地產提供資金，艾達地產能給華夏集團帶來什麼？」

問話的那人頓時愣了愣。確實如此，相互之間能帶來利益才叫合作。如果是華夏集團想動世紀地產，那麼完全可以選擇更強的夥伴。艾達地產區區十幾億的公司，憑什麼讓華夏集團看得上？這看起來就像是華夏集團在扶持艾達地產。

為什麼要扶持？除非兩者是一家。

兩名幫會人員回過味來，敬佩地看向戚宸。

其中一人忽然皺起眉頭，「大哥，華夏集團如果真能把世紀地產吞併，他們到時候跟我們可就是競爭對手了。」

另一人哼道：「瞧你那點出息！咱們除了白道的生意，還有黑道的。哪家白道上的集團能跟咱們比？再說，夏小姐是咱們大哥看上的女人，沒點本事怎麼行，是吧，大哥？」

戚宸沒答話，只是望著窗外，車窗映出他英俊的臉龐，一會兒才說道：「狗急了也會跳牆。安排人盯著瞿濤，要是他有不軌的苗頭，宰了。」

兩人一聽，當即拿起手機聯絡人辦事。

另一邊，夏芍跟艾米麗回到艾達地產暫時租賃的辦公室。等事情落定後，夏芍打算將地產公司總部遷到香港，總部大廈再另外選址。

公司員工聽說今天的競拍都被自家得標之後，都是又驚又喜，另有些擔憂。

員工的情緒，艾米麗自會想辦法安撫，夏芍只交代了艾米麗一些事情後，便從公司後門坐計程車，回到了師父唐宗伯的宅子。

夏芍沒讓徐天胤去學校接她，因為艾達地產公司門口今天也有狗仔，徐天胤的車前陣子剛去過世紀地產，夏芍怕被瞿濤看出來，便沒讓徐天胤跟著。她原本是打算競拍後直接回學校，但競拍過程中，她發現瞿濤身上不同尋常的氣場，這才打算回師父的宅子一趟。

夏芍回去的時候剛好是中午，唐宗伯、張中先和徐天胤三人正在吃午飯，穿著套裝的夏芍一出現，兩位老人差點嗆著。

張中先反應比唐宗伯還大，「是哪個瞎眼的化妝師幹的事？好好的丫頭給糟蹋成這樣！」

夏芍咬唇苦笑，有這麼糟糕嗎？

唐宗伯咳了一聲，朝著夏芍直擺手，「是老氣了，快去洗掉。咱們玄門修煉的是延年益壽的心法，上年紀了看著也年輕。擦這些胭脂水粉，白糟蹋了那麼好的底子。還沒吃飯吧？洗好了來吃飯，剛做好，還是熱騰騰的。」

夏芍難得受打擊，她沒好意思說這是自己化的，連帶著都不好意思去看徐天胤。

徐天胤卻是從她進來開始，目光就定凝在她臉上，看得夏芍臉上像被兩根針刺著，她轉頭就往外走。徐天胤連忙跟了出來，握住她的手，陪著往後院走。

夏芍被徐天胤看得受不了，橫了他一眼，「看什麼？又不好看！」

徐天胤停住腳步，把她抱過去，拍拍後背，「好看。」

夏芍眼裡漾出笑意，「好看什麼？沒聽見師父和張老剛才說醜嗎？」

徐天胤拍著她的後背，他只會用這種方法安撫她，卻一下接著一下，不厭其煩。他邊安撫她，邊搖頭，說道：「老，不是醜。」

夏芍從徐天胤懷裡抬起頭來瞪他，「什麼老？」

徐天胤被瞪得一愣，「師父說老，沒說醜。」

夏芍被氣笑了，這個時候，他的注意點居然在糾正她上。

「那師兄覺得呢？是老還是醜？」夏芍向來不是在乎這種事的人，但女人在心愛的男人面前大抵都是愛美的，所以她也不能免俗地詢問，而且她的問法刁鑽，存心要逗徐天胤。

夏芍仰著頭，臉上是他從未見過的妝容。濃妝遮了她的面孔，卻遮不住她微微彎作月牙的眼眸。那眼眸似會說話，有質疑有逼迫，也有掩不住的笑意。

還是那麼嬌俏，與平時沒什麼不同。

徐天胤凝視著她，深深陷落，「好看。」

夏還是不放過他，打趣著問：「好看？那不洗了，可以嗎？」

「要洗。」

「為什麼？」

「洗了吃飯。」

「……」這算什麼理由？

夏芍笑出聲。見她笑了，徐天胤便牽著她的手去往後院。他把她帶到浴室，放了溫水，讓她在浴缸旁坐下，用毛巾蘸了溫水，蹲在她身旁，輕輕為她擦拭妝容。

他的目光極為專注，彷彿面前對著的就是整個世界。

夏芍微微一笑，眼神溫柔。

再過五十年，若他還能蹲在她身前，拿著溫毛巾為她擦臉，用最簡單的心思對待她，這一生，她必然會是幸福的。

夏芍思緒漸漸飄遠，回過神來的時候，妝粉已被擦去，露出清新的臉蛋。

徐天胤看向她的身上的套裝，夏芍警覺地往後一退，「師兄，你能正經點嗎？」

徐天胤嘴角微翹，牽起她的手，「走吧，去吃飯。下午回學校？」

夏芍這才與他一起往外走，「嗯，吃完飯就回去。」

「好，我送妳。」徐天胤點頭。

「嗯。」夏芍也點頭，「其實我今天中午回來，是競拍的時候遇上一件事。」

徐天胤看著夏芍，以目光詢問。

夏芍道：「應該跟咱們門派有關，正好師父和張老都在，一會兒到桌上說。」

飯菜還熱著，徐天胤觸了觸碗碟，覺得不需要再熱過，這才和夏芍坐了下來。

夏芍將今天在瞿濤身上發現的事說了一遍。張中先不知道夏芍有天眼的能力，夏芍只道自己是從瞿濤面相上看出有異的。競拍結束後又去了趟世紀地產，發現那裡的氣場也不對。

「……世紀地產的氣運將盡，五鬼運財局不可能對瞿濤再有莫大的助力。我看大樓與他印堂上的金氣相呼應，懷疑是有人作法。」夏芍道。

「五鬼運財法？」張中先雖是這麼問，語氣卻是肯定的。

夏芍也是這麼認為的。與求財有關的法術，五鬼運財法最常用，而且五鬼運財法需要有求財者身上的物件、生辰八字和地址才能作法。瞿濤留的必是世紀地產的地址，所以公司的氣場才會和他本人相呼應。

「瞿濤的風水造詣是家傳，他自己宣稱早年丟失了一部分，傳承並不全。我看不像是說謊，即便是傳承全了，法術門類屬於奇門，瞿濤也斷不會此術。我猜，有人在暗處幫他。」夏芍說話間，看向唐宗伯。

唐宗伯撫著鬍鬚，沉吟片刻，「是我們玄門的人？」

夏芍點頭，「五鬼運財法雖然不是只有我們玄門才懂的法術，但奇門江湖裡，凡是傳承有此法的，一來寥寥無幾，二來也都是高人。江湖上的高人，沒有不知道香港是玄門的地界的。何況，師父回來香港已經人盡皆知，若是有其他門派的高人到來，應該會來拜會。偷偷摸摸在背地裡幫人，除了我們自己門派的人，我還真想不出旁的了。」

「不是老風水堂裡的弟子。」張中先沉著臉道：「清理門派之後，有能耐佈五鬼運財局的人數得過來。這陣法因是幫人獲取偏財，得到的利益巨大，因此對自身的福德損得也很大。咱們門派不輕易幫人佈這種偏門的陣法，也規定凡是佈此陣法者，必須是本身德高望重的人才行。目前的弟子當中，應該沒有敢背著長老做這種事的。」

唐宗伯也是這麼認為，故而他才更嚴肅，「那就是在海外的弟子。」

「哼，當初讓他們鑽了漏洞，發了門派召集令也不見回來，現在偷偷回來佈這種局，這是衝著小芍子來的，要不然事情哪能這麼湊巧？」張中先氣得拍桌子，「混帳！原本想著要是召他們回來，他們敢回來見見掌門師祖的話，無關的人就不清理了，現在根本是來自找死路！」

當初玄門清理門戶的時候，少數弟子還在海外，後來唐宗伯發了召集令，也沒見他們的蹤影。有的人肯定是不敢回來，而有的人怕是存著報復的心思。比如余九志的三弟子吳百慧，以及王懷的弟子柳呈海。兩人的師父都死了，他們難免不會心存報復。

徐天胤冷冷地道：「找出來。佈陣可尋。」

「當然要找出來。」張中先對夏芍道：「芍丫頭，妳就安心上學，這事不用妳管。咱們玄門現在人雖然比以前少了很多，但留下來的弟子都還堪用。聽妳所說的，這陣法應該還沒完成。佈五鬼運財局需要七七四十九天，只要對方還在施法，我們就有辦法找出來。」

夏芍點頭，心中卻有自己的打算。其實她有天眼在，也能找到這個人。只要對方在施法，身處的地方必然氣場異常，她要找此人應該不難。

不過，夏芍沒有拒絕讓玄門弟子幫忙佈陣找人。一來這對弟子們來說是種歷練，二來有助力在手，她確實會省些時間。對現在的她來說，時間比什麼都重要。

課業繁重，艾達地產剛競拍下七處地標，地產界變天就在眼前。

所以有人幫忙，她不會拒絕，而且……

夏芍笑了笑，她曾經跟瞿濤說過，生意競爭，正正當當的最好，不要太過依賴風水局。他也曾經承諾過，而今食言……

呵呵，只能說他自食惡果吧！

五鬼運財局威力強大，但世上哪有天降橫財的事？若是如此，人人都在家中等著發財就好？橫財越多，分去的福德就越多。不積善德之人，就算是有財天降，只怕也消受不起。

凡是以五鬼運財局求財的人，現實中贏錢大至數億，小至三五百萬之人，實在不在少數，可到頭來真正能擁有的，只有小貓兩三隻。財只是一時的，得的越多，日後輸得越慘。

再者，以生辰八字作法，但凡有報，勢必淒慘。

夏芍垂眸，這個幫瞿濤作法的人，看起來確實是想要對付自己。她要是真為瞿濤好，絕不會推薦他使用此法。一般此法，都是身負仇恨，不顧生死的亡命之徒才會選擇的。

這個人根本就不在乎瞿濤將來會不會家財散盡，下場淒涼。就心性來說，這個人絕對不是善良之輩，必須找出來才行。既然對方送上門來，就由不得她再退縮。

「找出來，留對方一口氣，我要問問那三名被騙去泰國的女弟子的事。」唐宗伯說道。

這三名女弟子雖然不太可能還活著，可畢竟是無辜的弟子，總是要盡力找尋。

夏芍吃完午飯，在回學校前，想起校長黎博書請她幫忙的事，便問起張中先可有時間。

張中先一聽是黎博書的伯父，大笑一聲，「黎良駿？那個老頭子還沒死？」

唐宗伯也笑了起來，「都一把年紀了，他從年輕被你咒到現在，一直活得好好的。」

「那是黎老頭命硬，越咒他活得越久！」張中先哈哈一笑。

夏芍聽出些門道來，問道：「怎麼？師父和張老認識這位黎老先生？」

「認識，太認識了，那就是個一毛不拔的鐵公雞，他的家底都是他摳門摳出來的！」張中先雖是這麼說，臉上卻是帶著笑，一看就是老交情了。

他說來說去也沒說到點子上，最後還是唐宗伯為夏芍解惑，「為師年輕的時候，闖蕩華爾街，在那邊幫扶了一些華人企業。妳李伯父的嘉輝集團是其中之一，這位黎伯父也是。他是銀行業的大亨，投資了不少公司。我們有二十多年沒見了，他應該快七十了，想必已經退休，想回來修修祖墳。等他回來，妳也見見他。」

銀行家？

夏芍含笑點頭。

張中先卻是一個勁兒地擺手，「黎老頭回來修祖墳，想請我去幫他點陰宅？不去不去！他要是回來，錢給不了多少，到最後說不定還得叫我盡地主之誼，請他吃飯。」

唐宗伯和夏芍笑了起來，夏芍才不管張中先的牢騷，起身道：「既然是老相識了，那這事我就去跟黎校長說一聲。明年三月黎老來港，指點陰宅的事就勞煩張老了。」

張中先正拿著杯子喝酒，一聽這話，作勢要拿酒潑夏芍，「臭丫頭，淨給我胡亂派事！」

夏芍笑著一避，避到了門口，「我倒覺得您老人家是多年未見故友，歡喜得很。這事兒就這麼定了，我去跟黎校長說。」

「回來！妳個臭丫頭，討打！」屋裡傳來張中先的罵聲，夏芍已笑著往後院去了。

只是後頭仍傳來張中先和唐宗伯說話的聲音。

「你說這黎老頭打個電話來說一聲不就行了，怎麼還找他侄子去老風水堂那邊？」

「二十多年沒見，我十來年不在香港，你也退隱了七八年，以往那些故人啊……唉，可不是聯絡不上了嗎？」

夏芍到後院的屋裡去換制服，這時徐天胤走了進來。

屋裡窗簾沒拉，這是私人宅子，後面的院子和圍牆之後便是山，而宅子裡兩位老人又在前頭吃飯，根本就沒什麼事需要拉窗簾關門的。

夏芍正背對著門，褪下短裙，露出白色蕾絲小內褲和白皙的長腿。

徐天胤的黑眸緊緊盯著她，夏芍敏銳地發現自己被人盯上，下意識往後退去，扯來制服的裙子遮住春光，然後望著他不動，一臉防備。

徐天胤向夏芍走來，夏芍扯著裙子就躲。若是被他抓住，今天下午她就不用回學校了。她赤著腳在地毯上行走，躲到沙發後面，笑著道：「師兄，我得回學校。」

「嗯。」徐天胤應道，卻是伸出手想逮住她。

夏芍敏捷地跟徐天胤繞著沙發玩起了轉圈的遊戲。

徐天胤忽然停下腳步，隔著沙發看夏芍，薄抿的嘴唇彎起，目光柔和。夏芍見他笑了，微微一愣，卻在這時徐天胤突然爆發，往沙發椅背上一按，縱身翻越了過來。

夏芍一驚，轉身躲已來不及，只得抬手迎戰。她把手裡的裙子往徐天胤頭上扔去，徐天胤將其揮到沙發上，另一隻手抓向她的手腕。

兩人早已不是第一次過招，以往尚能打一陣兒，今天卻是不成。

夏芍赤著腳跟徐天胤過招，壓根兒不敢抬腿。一抬腿，必是春光大露，只得手上用勁兒，僅以雙手跟徐天胤對打。按理說，夏芍應處弱勢，可她卻發現兩人勢均力敵。她正不解間，便感覺到徐天胤的目光停留在她雙腿上。

夏芍察覺某人的心思，臉頰微紅，使力拍向徐天胤胸口。徐天胤向後退，手掌已來到她手腕。夏芍手腕靈巧一轉，如魚兒般想要游離，徐天胤卻已看穿她，那一握只是虛晃，他忽然調轉方向，將她的手腕抓了個正著。

夏芍頓了下，要麼束手就擒，要麼……

出於本能，她驟然抬腿，膝蓋往徐天胤的小腹襲去。

他只要放開她便能躲過這一擊，但他卻是握著她的手腕不動，也不往後退，而且視線落在她抬起腿後露出的春光上。

夏芍臉變得更紅，她哪裡捨得真打自己的師兄？

電光石火間，她收回膝蓋，卻因收勢太猛，整個人向後倒去。她的腰身及時被一隻大掌托住，徐天胤順勢將她打橫抱起，往沙發走去。

夏芍苦笑著閉眼，一副打算英勇就義的模樣。

徐天胤把她抱到沙發上，讓她坐在他腿上，接著動手解她的套裝扣子。她雖閉著眼，卻能感受到他灼熱的目光和克制著的侵略氣息。隨即，上身一涼，衣衫已被脫去。

夏芍閉著眼，暗暗希望今天還下得了床，回得了學校，卻不想，耳邊又傳來窸窣聲。

夏芍睜開眼，原來徐天胤幫她換上了學校的制服，連裙子也幫她穿好了。

在她愣神的時候，徐天胤抱著她起身，出了房間來到浴室。在浴缸裡放好溫水，將她的玉足放進水裡，用手掌托著，輕柔地洗乾淨。

夏芍的眼裡淨是感動的神色，他不善言辭，卻總是在為她做著最細緻的事。

徐天胤拿起搭在一旁的毛巾幫她擦乾，又把她抱回沙發上，她卻不肯鬆手了，手臂圈著他的脖頸，靠進他懷裡，依戀地喚道：「師兄。」

徐天胤胸膛起伏明顯一滯，「老實點。」

「叫誰老實？到底誰不老實？」夏芍噗哧一笑，把徐天胤推開，自己去穿鞋襪。等她穿好，轉身的時候，徐天胤已經把她換下來的套裝整齊疊好，放進衣櫃裡。

夏芍盯著衣櫃，不知道為什麼，眼皮跳了跳。

徐天胤走過來，牽著她的手往外走，「走吧，回學校。」

「嗯。」夏芍笑著應一聲，兩人牽著手，一路慢步走過後院，極是甜蜜。

經過前院的時候，兩位老人正在喝茶閒聊，張中先哼了哼，「哼，臭小子，小時候見了我招呼都不打，現在還能找著這麼漂亮的丫頭！小芍子怎麼被他騙到手的？」

唐宗伯呵呵一笑，目光落在徐天胤身上，有些失神，彷彿看見十多年前，孤冷的少年獨自從這座宅子裡走出去，而今他身旁多出了一個人。

如果妻子還在世，看到今天，想必在天有靈也能是欣慰的吧？

夏芍回到學校，下午的課才剛剛開始上。

她去教務處銷假，然後去校長室將張中先同意幫黎良駿指點祖墳風水的事轉告。

夏芍說道：「我聽師父說，他與黎老是故交，應是有些年頭沒見了。黎老來了香港，請一定要去我師父那裡做客，他老人家也想見見故友。」

「那是一定的。」黎博書高興道。他聽夏芍說要推薦張中先，怕二伯不放心，先打電話去問，這才知道原來他和張老是老相識。

夏芍又把黎博書給她的兩份國外名校招生簡章遞還回去，說道：「招生簡章我已經看過了，謝謝校長的美意。不過，我早已和朋友約定要報考京城大學。聖耶是名校，品學兼優的學生數不勝數，我想會有人比我更需要這兩個名額。」

黎博書一愣，他沒想到夏芍會放棄這麼好的出國深造的機會。他把這個機會給夏芍，並不只是為了謝她，而是她真的很用功，任課老師對她的評價很高。推薦學生出國深造，也是關係到學校的名聲，所以他並沒有徇私。

黎博書想了想，隨即了然一笑。夏芍在國內有這麼大的公司要打理，斷不會現在就放手出國，「京城大學也是馳名中外的學府，夏董不會有問題的，到時候校方也會幫忙推薦信。」

「那就先謝謝校長了。」夏芍禮貌地道謝，便告辭回去上課。

幾天後的中午，在學生餐廳裡，展若南帶著刺頭幫的人和夏芍、曲冉圍坐一桌吃飯，展若南正在說著艾達地產的事，賭妹很不解，「戚先生既然去了競拍會，為什麼沒出手？」

展若南翻白眼，「我哪知道？宸哥就這樣，做事憑心情。誰知道他是不是心情很好地去了，中途發生了什麼，心情變不好，就改變主意了，這種事以前又不是沒有過。」

展若南說著，像是想起什麼似的，看向夏芍，「妳那天也請假出去，怎麼這麼巧？不會也去競拍了吧？妳見到宸哥了嗎？有沒有什麼事？」

雖然在媒體報導中沒聽說華夏集團出席，展若南還是覺得夏芍請假出去的時間很古怪。刺頭幫幾人和曲冉都眼巴巴看向夏芍，以她的身分，出席那種場合很正常。

夏芍沒出聲，不是她不願意答，而是她沒聽見。

她望著餐廳門口，不知道在想什麼。

展若南敲敲桌子，夏芍才視線收回來。

「門口的花壇裡埋了金子？」展若南審視著夏芍，「妳最近很奇怪耶，發什麼呆啊？」

夏芍笑笑。她剛才是開了天眼，在搜索有沒有可疑的作法之處。她當然不會一座建築一座建築地去看，那樣找一個人無異於大海撈針。她是憑著陰陽氣場的不同，搜尋可疑的地點，可陰陽氣場不同，不一定與作法有關。有的地方陽氣盛，例如政府大樓、警察局、法院等等。有的地方陰氣盛，例如醫院、紅燈區等娛樂場所。再者，香港社會篤信風水，家中佈風水物件的還真不少，這些都會對氣場造改變。因此，夏芍看到氣場有異的地方，便會用天眼細查。

如此一來，工作量不小，她只好按八卦方位，每天盯著一個方向看，一有時間就開天眼找尋，看在身邊人眼裡，便成了她這些天喜歡發呆。

「沒事，大概是有點累了。」夏芍隨意編了個理由。

展若南皺眉，「靠！不是我說妳，我要有妳這麼多錢，絕對不在學校裡跟蹲監獄似的。又是公司，又是學校，我說妳啊，除了看書，就不能出去玩嗎？」

夏芍看她一眼，壓低聲音道：「小聲點，別嚷嚷出去。」

「這有什麼好藏著掖著的？」展若南鬱悶，卻是沒再揪著華夏集團的話題，而是說道：「週末老娘帶妳出去玩。」

「我哪有展大小姐這麼好的命。」夏芍打趣地一笑，「改天吧，這陣子我很忙。」

「再忙就累趴了。我不管，妳說過欠我一回，我說什麼都行。我要妳出去玩，妳是不是想說話不算話？」展若南瞪眼。

夏芍頓時失笑，「算，怎麼不算？不過，等我有時間的時候再找妳。」

「妳把發呆的時間拿出來出去玩一圈就夠了。」展若南氣不打一處來。

夏芍把碗裡的湯喝完，藉口回宿舍睡一會兒，便走出了餐廳。

曲冉跟著夏芍回宿舍，發現夏芍真去床上躺下，頓感稀奇。夏芍中午多半在複習功課，很少午睡。曲冉便悄悄上床躺下，儘量不發出聲音，免得影響夏芍休息。

她哪裡知道，夏芍躺在床上，眼睛壓根兒沒閉上。她開了天眼，又在搜尋可疑的地方。

夏芍算了算時間，五鬼運財局需要七七四十九天來作法，對方找到瞿濤，必是在她跟瞿濤見過面之後。從時間上來算，應該只過去了半個月不到，所以要找人，時間上還來得及。

這陣子，夏芍每晚都跟徐天胤通電話，詢問找人的狀況。她跟玄門弟子配合，與他們錯開方向，這樣才會更快些。而這期間，夏芍接到了羅月娥的電話。

羅月娥詢問的是艾達地產資金上的問題。

「妹子，我可真是被妳嚇到了，妳這手筆有點大啊！」

在去羅家的那天晚上，夏芍便將自己是艾達地產幕後老闆的事告訴了羅月娥，羅月娥當時就表示，艾達地產如果有資金上的問題，可以找她周轉。只是夏芍沒想到，羅月娥在得知艾達地產拍下了七處地標之後，竟然當真打電話來問她要不要資金周轉。

「妳可不許跟我見外，現在外面都在說妳中了瞿濤的陷阱，等著看艾達地產無力支付標金，宣告破產。只可惜，別人不知道我跟妳認識。」羅月娥的聲音帶著笑，「妳需要多少資金，跟我報個數。我能借給妳周轉的便借妳一些，再跟銀行做個擔保，把錢幫妳貸出來。妳放心，我們羅家這點能力還是有的。」

夏芍聽得心中暖和，「多謝羅姊，我若是需要，絕不跟妳見外，但我現在不需要。」

羅月娥很是意外，她覺得夏芍是在逞強，「妳真不需要？妳可別覺得我是在還妳人情。人情再大，酬勞我也已經給妳了。幫妳是因為咱們一見如故，妳我投緣。妳個傻妹子可千萬別在這時候逞強，公司是妳的，心血也是妳的。這時候逞強，將來妳會後悔的。」

夏芍笑道：「羅姊，妳看我像是死撐的人嗎？我真的不需要。看在我倆的情誼上，我告訴妳一個獨家消息：妳只管放下心來，等著看戲。三天後，大戲便會開鑼。」

三天後的星期三，夏芍卻是接到了師父唐宗伯的電話。

「丫頭，人找到了。妳不用管，妳師兄已經去解決了。」

夏芍問過對方藏身的地點之後才知道，那個方位不巧是她準備最後一處搜索的範圍。她跟玄門弟子配合分頭找尋，因此被他們先找到了那裡。

唐宗伯不要夏芍管，但夏芍怎麼可能不管？

她立刻打電話給校長黎博書，現在已經是晚上八點，沒辦法去教務處開假條。香港近十二月中旬的天氣已有些冷，外面冷風呼嘯，月亮被厚厚的雲層遮住，看起來似要下雨。夏芍顧不得那麼多，拿了件風衣套上便往外走。

曲冉剛才就聽見夏芍打電話給校長，若是以前得知夏芍有校長的私人電話，她一定會很驚訝，如今她倒是不奇怪，只是見夏芍臉色沉了下來，頓時感覺到像是出了什麼事。見夏芍往外走，曲冉連忙問道：「小芍，這麼晚了，妳要去哪裡？」

夏芍囑咐道：「我有事要離開學校一趟，今晚應該不回來了，妳早點休息。看樣子要下雨，妳記得要關好窗子。」

夏芍快步來到校門口，攔了輛計程車，報了目的地：「天水圍。」

不得不說，對方可真會找藏身地。

天水圍原本是一大片魚塘，七十年代末，有地產公司對這裡進行開發。八十年代初，政府宣告收回這裡的土地，如今這裡已是非常繁榮的社區。

不過，天水圍北部發展得比較晚，一九九八年才開始發展。之所以這麼晚才開發，是因為這裡有一大片濕地。這片濕地後來發展成了著名的香港濕地公園，但現在這處著名的生態公園才剛動工不久，第一期的展覽館剛落成開放，另外還有一片未完成的建築設施，以及一些尚未拆遷完畢的廢舊樓房。

玄門弟子找到的那人的藏身地，就在這片廢舊樓房內。

這幾天天氣不好，按說早就過了雨季，卻連續下了好幾天的雨。這裡本來就是濕地區，地面泥濘，下雨的時候動工很慢，一直沒有人過來。

計程車停下來的時候，夏芍只看見廢棄的樓房林立在瓢潑的雨幕裡，有的已經露出鋼筋水泥，玻璃盡碎，黑夜裡如一張張黑洞洞的大口。

夏芍一路都開著天眼，她知道玄門在香港的弟子今晚會全數出動，在那片廢舊樓區佈下八門金鎖陣，而計程車停下的位置，離那邊還有點距離。

她不想今晚有人在這邊作法的事傳出去，便讓司機遠遠停下。天黑加上大雨，司機壓根兒看不見遠處有人，他只是對一個少女晚上來這麼偏僻的地方有些在意。

夏芍付完錢便下車，一句話也沒多說。司機透過後照鏡打量夏芍，只見她負手立在雨中，望著遠處的廢棄樓房，在這半夜黑天裡，在這種環境下，莫名叫人覺得背後發冷。

司機打了個冷顫，趕緊踩油門，一路絕塵而去。

夏芍直到確定計程車開走，這才往目的地走去。

今晚唐宗伯也來了，他坐在一處廢棄的大樓裡，張中先陪在他身旁，其餘弟子都出去佈陣了。兩位老人見夏芍濕淋淋地進來，都愣了愣。

夏芍出來的時候雖知會下雨，卻沒有打傘。今夜風大，撐傘也沒用，她索性淋雨過來，進來的時候，渾身已經濕透。

「妳這丫頭，不是跟妳說不用來了嗎？」唐宗伯嘆了口氣，他尋思著今晚天氣不好，又這麼晚了，地方離她學校又遠，說不定她就不會來了，結果她還是來了。

「瞧瞧妳，趕緊……」唐宗伯本想說拿毛巾擦擦，轉身的時候才想起眼下哪有毛巾。

夏芍打趣道：「淋點雨怕什麼？以前您不是專門挑下雨下雪的天兒讓我站梅花樁？」

唐宗伯老臉微紅，可惜四周昏暗，夏芍「看不見」師父的神情，只轉頭看向前方三十公尺遠的一棟大樓，臉色變得嚴肅。

「人在裡面，小燁子他們在外面佈陣，妳師兄一個人進去了。放心吧，依對方的修為，不是妳師兄的對手，妳就別去了，在這兒等著就行。外面有小燁子他們，還有為師和妳張師叔守著，今晚對方是插翅難飛。」唐宗伯說道。

夏芍皺眉道：「可是對方在大樓裡也佈了陣法。」

這一路趕來，夏芍就盯著大樓裡的情況沒放鬆過。

讓她意外的是，裡面的人除了徐天胤以外，並不止一人。

有九人，為首的是一名女人。

夏芍見那女人年紀約二十七八，便估摸著這人應該是余九志的女弟子，名字叫吳百慧。

這個吳百慧頗有心機，選的地點，與其說是為了藏身，不如說是等著有人查到來找她似的。這一點，從大樓裡埋伏的另外八人便可看出。

她若是事先沒有準備，哪裡會有這麼多幫手？

但她這些幫手都很詭異，他們周身皆裹著黑氣，像是被陰煞控制似的。

這八人分布在陣中，徐天胤獨自破陣，夏芍來這裡的途中，那八人已全部被徐天胤擊殺。

吳百慧現在被逼到頂樓的一個房間裡，但她尚且沒事，所以陣法仍在。

張中先看向夏芍，「芍丫頭的感覺倒是敏銳，這麼遠的距離，小燁子他們還在外面佈陣，妳都能感覺到裡面有陣法。」

雖說夏芍的修為在那裡，但也實在是令人驚奇。

修為越高，感應越強，這自然是真的，但感應無非就是靠著陰陽氣場，現在對面大樓周邊有八門金鎖陣，玄門三十六名弟子佈陣，每個人都有自己的元氣，早對大樓裡面的氣場造成了干擾。況且，那大樓裡面還有五鬼運財局的氣場，這麼亂的氣場裡面，還能感應到佈陣的人的狀況，那感覺得是多敏銳？

夏芍並不多言，只道：「我去幫師兄。」

唐宗伯和張中先阻攔不及，夏芍已衝了出去。

來到對面大樓，見玄門弟子四人一組，以四象方位盤腿而坐，一個個嚴陣以待，身上更是穿了黃色道袍，戴著道帽，手持法器，在大雨滂沱裡坐如金鐘，不動如山。

弟子們見到夏芍到來也不敢分神，夏芍又看向其中一名少年，抿唇一笑。

溫燁穿著黃色小道袍，戴著黑色道帽，形象與平時大相徑庭，儼然一介小神棍。

溫燁感受到夏芍看來的目光，眉頭皺起，但是不敢分神說話。

夏芍轉而打量起眼前的廢棄大樓，這裡以前應是民居，樓層多又髒亂，有些家具還沒搬走，但外牆已經拆了一部分。大雨順著破裂的窗戶灌進去，裡面既黑暗且潮濕。

夏芍開著天眼，知道吳百慧此時在頂樓的一個房間內，但想要到頂樓不容易。

大樓裡佈著九宮八卦陣，吳百慧一人便能佈下此陣，倒是有天賦，可惜她遇上了夏芍。有天眼在，沒有迷陣可以阻擋她的腳步，給夏芍造成困擾的是大樓裡出現的金甲人。

她一踏進大樓，便感覺有殺氣撲面而來。

一名身穿金甲的士兵從二樓躍下，手持利劍向她劈來。

那金甲士兵落地無聲，不是實體，殺氣卻是真的。

夏芍的手滑過腿側，龍鱗已然在手。

龍鱗匕首並未出鞘，夏芍只是以鞘格擋，跟那名金甲士兵劈來的利刃來了個正面碰撞。

龍鱗刀鞘被金甲士兵劈來的勁力撞得錚鳴一聲，不僅如此，夏芍明顯感覺到有種煞力在交手的時候便朝手臂上纏來。她立刻以氣護住手臂，釋出龍鱗的陰煞之氣，震散煞力。

這金甲人明明是幻象般的東西，卻好像有生命力一般，感覺到龍鱗的陰煞，竟整個揉成一團金光，向著夏芍手中的龍鱗撲了過來。

夏芍修習玄門術法這麼多年，見過陰煞無數，卻是第一次見到陽煞。

沒錯，這金甲人身上的便是陽煞之氣。

陽煞本是克制陰煞之物，並非實體，是以元陽以術法幻化，但幻化之體與龍鱗撞上，夏芍便能感覺到如此碰撞，可想而知，手上若是沒有攻擊法器的人遇到這金甲人會是怎樣的下場。

這什麼術法，這麼厲害？

夏芍向後退開，龍鱗出鞘，正想著跟眼前的金甲人過兩招，那金光忽然間散了。

只聽「啪嗒」一聲，有東西從半空中落了下來，掉到地上。

那東西滾到了夏芍腳旁，仔細看去，竟是顆石頭。

正當這時，夏芍敏銳地感覺到二樓有人，抬頭一看，徐天胤從二樓躍下，一落地便兩步來到她身前，檢查她握著龍鱗的手臂。

「沒事。」夏芍笑笑，看向地上的石頭，「師兄，這是什麼術法？」

夏芍之所以問徐天胤，是因為她知道這是徐天胤的術法。因為剛才金甲人在攻擊她的時候，她感覺到陽煞之氣裡有徐天胤的元陽。

也就是說，剛才的金甲人是徐天胤以術法幻化出來的。

徐天胤沒有回答她，只是皺眉看著她濕漉漉的模樣，然後又看著他自己。

夏芍頓時會意，師兄應是想找件衣服給她披著，但他向來很少穿外套。他來這裡的時候還沒下雨，所以他的毛衣是乾的。

「脫掉。」徐天胤去脫夏芍的風衣。

夏芍搖頭，「沒事，現在應該……」

「冷，脫掉。」徐天胤打斷她的話，逕自動手。

「不冷，現在應該……」

「會感冒，換衣服。」

「哪有衣服可以換？」夏芍抗議著，分神間濕透的風衣已經被脫去。徐天胤不由分說拉起她的手高舉，三兩下脫掉她的上衣。

冷風夾帶大雨從大樓門口灌進來，上身只剩一件粉白內衣的夏芍縮了縮肩膀，肩頭卻在下一刻傳來溫暖。一件大號的毛衣罩在了她身上，帶著她所熟悉的味道。

夏芍一愣，裸著上身的徐天胤已牽過她的手，抬頭看向樓上。

樓上是通天井的設計，仰頭便能看到頂樓，但這種設計在黑暗的廢棄大樓裡更顯得詭異。

夏芍見雨水灌進來往徐天胤身上打，便往外一站，要替他擋住。可她步子一動，徐天胤便發現她意圖似的，手上微微用力，把她拉到身後，不讓雨水落在她身上。

他的視線始終望著樓上，「走。」

夏芍苦笑，開始後悔今晚出來沒帶傘了。

後悔的念頭一閃而過，還沒來得及品味多久，徐天胤的氣息驟然一變。

夏芍也敏銳地感覺到有什麼東西朝兩人的方向過來，當即用天眼看去，就見二樓的樓梯轉角處有一名小孩子站在那裡。

不是活人，氣息非常凶戾，周身黑乎乎的，眼睛狠狠地盯著夏芍和徐天胤。

「小鬼？」夏芍瞇眼。

她聯想到先前開天眼看大樓的時候，那八人身上有著陰煞之氣，頓時有種不太好的推測。

莫非這八人不是跟著吳百慧來香港的幫手，而是她以養著的小鬼控制住的人？

如果是這樣，那麼……這座大樓裡絕不只有一隻小鬼。

夏芍以天眼將整棟大樓掃視一遍，頓時哼了一聲。

「師兄。」

「嗯。」徐天胤點頭，他的感覺向來敏銳，自是察覺到了，「還有四隻。人已經殺了，小鬼沒有了宿體。」

「這些人是附近的村民？」夏芍問。她知道在徐天胤眼裡，人沒有有罪還是無辜的說法，只要是敵人，就只有殺。可夏芍卻是要問清楚，如果這些人是普通的村民，吳百慧以小鬼之法附於人身，這筆帳就得找她算。

「被逐的弟子。」徐天胤看了看周圍，兩人前後的樓梯上已有四名凶死的鬼童在靠近。

被逐的弟子？夏芍反應過來，這些是玄門清理門戶的時候被逐的弟子？

這些弟子怎麼被吳百慧找到的？他們是自願跟著她復仇，還是被她暗中所害？

夏芍轉過身，與徐天胤背靠背，望向朝她走來的兩名小鬼。

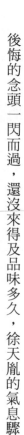

徐天胤蹲下身，在地上撿起四顆小石頭，一手握著，一手掐了個指訣，向空中拋出去。金光劃過，四顆石頭瞬間化作金甲士兵，手持利刃，自空中向四名小鬼劈斬而去。四名小鬼感覺到陽煞逼來，立即退進黑暗中，四名金甲士當即追了過去。

夏芍還沒動手，小鬼就都逃了，她呆愣了片刻。

石頭幻化成金甲人，這術法她從來沒見過，但腦海中忽然掠過一個詞：撒豆成兵。

所謂撒豆成兵，傳說中是以豆子幻化成軍隊的術法，多出現在神話傳說中，但其實在某些古老的門派裡，確實有這樣的祕術存在，像茅山道就有這種祕術傳承。而且，撒豆成兵這種術法，細說起來也不是那麼神奇到難以理解，說白了，就是一種幻術。

無論是陰煞還是陽煞，只要是成了煞氣，使一定範圍內的陰陽之氣嚴重失調，人在其中便能致幻。只是陰煞致幻，所見幻象多為消極恐怖之事，使人恐懼。陽煞致幻，會使人情緒激動亢奮，看見的也是動刀動槍的殺伐之事，比如這些揮舞利刃的金甲士兵。

但僅僅是幻象，只能算是練得皮毛。修為高深的人，可以用自身元陽凝出幻體，進行操控，這便是夏芍此刻所見的徐天胤使出的術法。

不過，令夏芍驚異的是，他用的是小石頭。

玄門的確是有撒豆成兵的祕術，但夏芍清楚地記得，師父曾說過，此祕術在傳承的時候失傳，有一部分祕法的書籍保管不當，已看不清內容，所以這個祕術連師父也不會。

夏芍還記得師父說過，在一些為江湖所不齒的邪法裡，也有撒豆成兵的邪術。不過，那些邪術有損陰德，是把陰人封困在黃豆中，遇敵時撒出，看著厲害，實則陰損。而正宗的撒豆成兵祕術，應該以含有靈性的黃玉為法器，以自身元陽為引渡的術法。玉石本就是含天地靈氣之物，黃色在五行中屬金，而幻化之相用於殺伐，金氣則有助益之力。只是為了便於攜帶，法器被雕刻成黃豆大小，拋撒之時極為美麗，名曰「撒豆」。

師兄用的不是玉石，而是普通的石頭，這祕術是他從哪兒學來的？

夏芍好奇地看著徐天胤，沒來得及問，徐天胤已牽著夏芍的手往樓上走。

第二章

自食惡果

吳百慧還在原來的房間未動，她所放出的四隻小鬼此刻被金甲人追殺，卻不敢貿然將其收回。一旦收回，無異於告訴對方她所藏匿的位置。吳百慧感覺得出，今晚來的是高手。

來到香港，她要對付的就是高手，這一點她很清楚，只是原以為一切布置得很好，沒想到找了個廢物合作。她跟瞿濤說得很清楚，四十九天的時間，她為他佈五鬼運財局，增強他的財運。作為交換，他要擊垮艾達地產，讓對方的風水顧問身敗名裂。

世紀地產比艾達地產的資金雄厚，這麼簡單的事，這個廢物居然出了紕漏。

他自以為是地在地標競拍上將七處地標都讓給艾達地產，以為艾達地產會因資金周轉不足而宣告破產，卻不想，今天一大早艾達地產便與地政總署簽署了地標買賣的一系列合同，十一億的標金一次付清。

從地標競拍到今天，歷時不過一週，艾達地產的資金從哪裡來的？

彷彿還嫌不夠震驚香港社會，艾達地產中午便召開了記者會。總裁艾米麗對艾達地產的資金問題閉口不談，卻親口表示競拍下的這七處地標，將會由風水顧問夏大師親自勘輿佈局。

艾達地產的資金從哪裡來的暫且沒人知道，但所有人都知道的是，那七處地標非但不是逼死艾達地產的局，反而令其在香港大規模地擴張立足。

因為有夏大師擔任風水顧問，很多人都對艾達地產開發的工程表現出極大的興趣。

吳百慧得知時，險些踢翻作法的罈子。

瞿濤自作聰明，到頭來反被算計。現在可好，那個女人的名氣更是如日中天了。

那她還藏身這裡給人作法運財有什麼用？

吳百慧瞇起眼，隨即冷笑。幸虧她早有準備，知道瞿濤不一定靠得住，早就安排了後手。

她在美國得知掌門師祖回來清理門戶，老風水堂的弟子銳減，被逐出門派的弟子被廢除功法，一部分人離開香港，另謀生路，還有一部分人留了下來。她找到了幾個當初認識的人，這些人被逐出門派之後，過得很不好。以往被人當大師相待，如今處處遭人白眼，怎能不心存怨恨？但他們功法被廢，自然不敢興風作浪。

可是吳百慧找到他們就不一樣了。

她告訴他們，她的目的只是讓唐宗伯等人也嘗嘗名譽受損的滋味，只是想幫助艾達地產的敵人，讓艾達地產吃苦頭，讓連東家都保不住的風水師從此在風水界無法立足。她只是要報自己在美國受牽連的一箭之仇。報完仇，她就會帶著他們回美國自立門戶，要他們改投她門下，重新過上風光的日子。

這群蠢貨居然一口就答應下來。

她告訴他們，她在這裡作法，未免被老風水堂的人發現，或者被附近村民誤闖進來礙事，需要在這裡佈下九宮八卦陣。他們的功法被廢，不能在術法上助她，但求他們聚集在這裡，幫她望風把守，別讓人誤闖進來。

這些人想也沒想就答應了。

蠢貨就是蠢貨，一群人功法被廢，她會需要他們幫忙嗎？她需要的只是他們的皮囊。

她的客戶裡求速旺發達而養小鬼的不在少數，她這次來港帶了八隻。這八隻小鬼本就可以當作符使驅使，她需要這八隻小鬼幫她看著九宮八卦陣的八卦方位，根本用不著那幾個廢物，但那幾個廢物若是死了，倒是能幫她一個大忙。

她把那幾些廢物叫來，施法讓小鬼附在他們身上。他們原是玄門弟子，縱使功法被廢，使不出內家勁力，拳腳功夫還是有的。她為瞿濤作法，已料到對方有可能從世紀地產的大樓氣場看出不尋常，找到作法的地方。畢竟她也是玄門弟子，玄門有什麼尋人的陣法，她很清楚。

這些被逐的弟子，功法被廢，與普通人無異，她作法讓小鬼控制他們的時候，就制住了他們的命門。陰煞入腦，太過凶厲或者時間太久，是會要人命的。

她要的就是他們的命。在對方找到這裡的時候，這些傀儡會為她拚命死守這座大樓。他們是被殺了也好，還是身上的小鬼被驅逐也好，全都活不成了。這些人以前都是老風水堂的弟子，有些名氣，如果他們的死狀被媒體報導出去，民眾會認為是誰做的呢？

呵，好一個被同門師弟暗害，十餘年後重回香港的大師。還不是跟暗害他的師弟一樣，迫害被逐出師門的弟子？

吳百慧冷笑，她要的就是對方身敗名裂。

可事態比她預料中來得要快，她今天發現瞿濤事情辦砸，便決定放棄這裡，只把那八名被附身的弟子留下。這些人身上有她養著的小鬼，一旦這些人身死，她便會有所感應。她會聯絡好香港的媒體，到時候來個現場曝光。

就算玄門在香港可以隻手遮天，媒體不一定會刊登這些事，她也會想辦法拿到他們拍攝的東西，之後遠走國外，在其他國家找媒體披露。

吳百慧自認不是跟人硬碰硬的好手，鬥法？她勢單力薄，但鬥計？玄門沒有準備，勢必會栽跟頭，她會在國外好好欣賞他們的狼狽，沒想到她沒來得及離開，對方便找上門來。

她發現那邊出事，便在大樓裡布置一番，打算離開。五鬼運財局還沒完成，她這一離開，不需要幾天，這裡作法的氣場便會散去。香港這麼大，她擔心對方沒那麼快查到這裡，白白浪費了她的心思，便又作了一天法，打算晚上趁夜離開。

就在她打算離開的時候，有人進了大樓。

一個男人單槍匹馬闖進來，吳百慧想到樓中自己佈了九宮八卦陣，另有傀儡把守，困住這個男人一夜應該沒有問題。她從頂樓的窗戶翻出去，卻發現玄門弟子已經在外面佈下八門金鎖陣，而且她還看見兩名老人進入對面的大樓，其中一名人坐著輪椅。

吳百慧心中一沉，她知道掌門師祖唐宗伯來了。

這麼多人將她的退路堵死，她逃不掉了。

吳百慧當即退回來，盤腿坐下。她操控著那八名傀儡，打算活捉那個進入大樓的男人，將他當作人質，換取自己安全離開，但她很快就發現她小瞧了那個人。

那個男人不知道是什麼來頭，身手極為厲害。他進來的時候，她瞄過一眼，明明看見他身上沒帶羅盤，卻沒想到他在陣中能如入尋常之地，不過十來分鐘，便闖到了三樓。她驚懼之下，趕忙操控八個被廢的玄門弟子去阻止他，卻不想一個照面他們就被殺了。

她的小鬼一個接連一個脫離宿主，脫離時她沒有感覺到是被對方用術法驅離的，那就是說，對方是直接動手將人滅殺。

奇門中人遇到被鬼附身之人，第一反應通常是用術法驅離，以保被附身者的性命，可這個男人卻是將人殺了，他到底是什麼來頭？

吳百慧無法看見樓下的情況，她心驚之餘，也萬分慶幸自己當初找了八名宿主來。現在宿主雖然被殺，好歹她的小鬼沒傷到。她立刻趨使小鬼向那個男人圍去，但不知道怎麼回事，出現了陽煞，她的小鬼也在短時間內死了一半。

吳百慧這才覺得不好，知道自己遇上高手了。她開始坐立不安，覺得自己在房間裡藏不了多久就會被發現。這個男人很厲害，如果面對面對上，她不一定是他的對手。

就在這時，她又感覺到有人進來。這個人的出現，似乎拖慢了那個男人的腳步。他原本已逼近她所在的樓層，卻以很快的速度又下了樓。她很慶幸那人出現，給了她喘息的機會。她將剩下的小鬼全都遣去樓下，打算抵擋一時是一時，而她在思量後打開房門，摸了出來。

吳百慧感覺到她的小鬼又被陽煞纏住，她不知道的是，她走出房間，便被夏芍發現。

「師兄，她出來了。」夏芍和徐天胤在樓梯上疾行，有夏芍的天眼在，九宮八卦陣形同虛設，沒有障眼法能拖慢兩人的腳步，兩人便到了八樓。

這棟大樓有十二層高，一路上那些玄門被逐的弟子被一刀斃命的死狀，只是讓夏芍一眼掠過，她的目光始終沒有離開上面吳百慧的動靜。看見她出了房門，夏芍便對徐天胤說道：「她還在頂樓，去的是作法的地方，拿了幾樣東西。她在牆上畫符，應該是想要再佈陣。」

徐天胤點頭，牽著夏芍的手，疾步往上跑，轉眼兩人已到了十樓。

吳百慧真可謂狗急跳牆，這麼短的時間裡，連畫十二道符，在夏芍和徐天胤踏上頂樓最後一級臺階時，她閃身退回走廊盡頭。退走的時候，掐了幾道指訣，走廊頓時起了陣陣陰風。原本畫著十二道符的牆面上，形成巨大的吸力，竟將附近的陰煞全都吸附過來。

夏芍挑了挑眉，原來是困井之陣。

吳百慧找到了大樓的氣口，用符籙將其封堵，把附近的陰煞吸入頂樓的困井之陣內。她這是要用陰煞將夏芍和徐天胤困死陣中，利用陰煞殺人。

夏芍冷笑一聲，目光微嘲地看向走廊盡頭施展術法的女子。

吳百慧遙遙望著踏入困井陣中的男女，神色微鬆，露出得逞的笑意，眼神卻是有些疑惑。她並不認識這兩個人，當初在玄門時，弟子中並沒有這兩個人。

吳百慧不解，嘴上卻道：「我要誇獎你們，能把我逼到這個分上的人不多。只是，你們已經踏入我的陣中，無法離開了。你們應該感謝我，為了我能順利離開，你們可以留下給我當人質。不過，為了不讓你們給我添麻煩，少不得要讓你們吃點苦頭。」

吳百慧嘲諷一笑，「玄門動用這麼大的陣仗抓我，還不是要無功而返？就讓我帶著你們兩個下去，看看掌門師祖會有什麼好看的臉色吧。」

吳百慧等著夏芍和徐天胤不支倒地，卻沒想到對面兩個人一點驚慌失措也沒有，少女按著男人的手，嘴角輕輕翹起，「我也要誇獎妳，短時間內能佈下困井之陣，可惜……雖有才，眼力卻不成。」她的眸光冷了下來，「用陰煞，妳也不看看誰是祖宗。」

夏芍取出龍鱗，黑暗中亮光一閃，煞氣湧動，彷彿有無數怨魂自刀身裡竄出。困井之陣中的陰煞與其相比，竟稀薄如霧，並且以極快的速度被龍鱗吞噬。

吳百慧驚駭之際，又看向少女身旁的男人，那個男人右臂上也纏著濃黑的煞氣。

困井之陣中的陰煞轉瞬就被龍鱗吞噬得一乾二淨，吳百慧連忙退到窗邊，任窗外的風雨打上自己的後背，手上不停用指訣驅動陣法，想要再聚來些陰煞絆住夏芍和徐天胤的腳步。

徐天胤忽然動了手，身前的陰煞收斂，手在空中虛虛一劃，金色的元陽之氣現出，劃破黑暗，看得吳百慧心頭狂跳。

虛空製符？怎麼可能？這個男人是什麼修為？

就見那道符被徐天胤一掌拍去牆上，衝著的正是吳百慧畫在牆上的符。

「滋啦」一聲，牆上的符不僅化了，更像是刻在牆上一般，深深凹了下去。

接著，又是一連十二道符釘去牆上，困井之陣被破了個徹徹底底。

吳百慧看得目光發直，莫說現在玄門弟子裡，除了長老，有沒有能虛空製符的，就算是有，一兩道就已經夠消耗元氣的了，竟有人能連續製十二道符？

吳百慧沒有那麼多時間思考，她看向窗外，十二層樓的高度，即便是身手再好的人，這高度若是失足，也是致命的，況且，大樓底下還佈了八門金鎖陣。

吳百慧閉上眼睛。留在這裡，必被人所擒。若是下去，興許還有破陣逃出的一線生機。

想到這裡，她毫不猶豫地往外躍去，想要翻身下樓，可眼角餘光卻瞥見對面的男女二人悠然而立，沒有出手阻止她的意思。

「外面還下著雨，我不想再出去淋濕了。大黃，去把人叼回來。」夏芍說道。

大黃？

吳百慧下意識往夏芍身後望去，她帶狗上來了？為什麼剛才沒看見？

這個念頭在吳百慧腦海中掠過時，她自己都覺得可笑。

她又不是普通罪犯，對方也不是警察，來捉捕風水師，帶狗幹什麼？

這些念頭一閃而逝，吳百慧借力凌空翻轉，然後抓住窗外牆皮上暴露出來的一根鋼筋，腳蹬牆壁，便想踩著凹凸不平的牆面往下攀去，但她的手剛抓到鋼筋，便覺烏雲罩頂。

只見一條巨大的裹著陰煞的金蛇從窗裡探了出來。

吳百慧被眼前所見驚駭得打了個寒顫，接著臉龐忽然有冰涼的東西貼上來，她的身體僵住，微微轉頭，對上了黑氣森森的陰煞裡露出的一雙金色瞳眸。

「啊……」吳百慧忍不住失態地尖叫，抓著鋼筋的手一鬆，整個人從頂樓墜了下去。

金蟒的頭顱與身體分開，看見她墜樓，頭顱急速向她撲來。

蟒頭的速度比她下墜的速度快，瞬間便飄來她肩膀處，吐著紅信，嘴巴微張，看起來竟像是在冷嘲一般。吳百慧又聞見腥味，還看見金蟒嘴裡的倒鉤牙。

「啊……」吳百慧再次驚恐大叫。

底下佈陣的玄門弟子發現上面的動靜，抬頭看見這一幕，都露出了同情的表情。

師叔祖的這條陰靈符使，當初連余九志都吃了暗虧，生生丟了一條手臂。這女人要是被咬上一口，只怕沒摔到地上就先沒命了。

然而，金蟒並沒有咬下去。確切地說，它咬了，卻沒有傷到人。

吳百慧看見金蟒張大嘴，朝她咬來。她的心跳一停，翻著白眼，昏了過去。

金蟒便叼著她飄回去，送回了頂樓。

底下佈陣的弟子一看連金蟒都出馬了，便知道吳百慧是沒可能逃掉了，這才鬆了口氣，同時又很是興奮。雨夜佈陣圍捕這種事，可跟在風水堂裡幫客戶看風水不一樣，刺激多了。

溫燁嘖了一聲，「又被她搶了功勞！」

吳淑笑著輕拍溫燁的黑色小道帽，「什麼搶功勞？沒大沒小，那是師叔祖。」

「師叔祖怎麼了？人是我們找到的，又是我們佈陣圍捕的。她倒好，帶著蛇進去溜達一圈，就把人給抓了，害我們在這裡淋一晚的雨。」溫燁拍開吳淑的手，語氣彆扭。

吳淑笑道：「是啊，可師叔祖若是抓不到人，你大概會說……『切，帶著蛇上去還抓不到人，真沒用』，對吧？」

周圍的弟子紛紛笑了起來。

吳百慧幽幽轉醒，一睜開眼，險些又驚得昏過去。

她終於看清金蟒的真身，金蟒巨大的身子幾乎將走廊堵住，它看起來像是在衝著夏芍發怒，而夏芍只是悠閒地道：「你不是狗，但叼得挺專業的嘛！」

金蟒聽了，又是一陣鬼哭狼嚎，聽起來像是在抗議。

夏芍看著衝過來露出巨牙的蟒頭，輕笑道：「你是蟒，怕什麼淋雨？」

金蟒鬼嚎，蛇信吐得像鞭子，像是想甩起來抽死她。

夏芍卻還不知收斂，閒閒道：「狗也不怕淋雨呀！」她邊說邊打量金蟒一眼，打趣道：「再說，你老把自己跟狗比做什麼？」

金蟒鬼嚎得更大聲，在走廊上暴躁地撞來撞去，可能是它的聲音太大，夏芍嫌吵，便摸出金玉玲瓏塔，將金蟒收了進去。

吳百慧盯著金玉玲瓏塔，目光一變。她知道那是法器，所以她用更加驚駭的目光望向面前站著的少女。這金蟒鬼嚎的聲音她完全聽不懂，少女卻像是在跟它聊天。

這金蟒……是她的符使？

這可是陰靈符使。世上靈性之物有多難尋，她怎麼得到的？

而且靈性之物智力開化，金蟒陰煞如此之強，如何會願意被一名年紀這麼輕的少女驅使？

玄門什麼時候有這麼一號人物？

吳百慧癱坐在地上，不知為什麼，有一種很不祥的感覺。

夏芍收了大黃，朝吳百慧走了過來。金蟒雖是沒有傷她，但她跟陰煞如此近距離接觸，難免沾染入體。此時吳百慧必是手腳麻木，不能動彈。

吳百慧果然沒有動，她瞇著眼，警覺地盯著夏芍。

「妳應該感謝我師父，他老人家有事問妳，我才會暫時留妳一命。」夏芍說道。

這話聽著有點耳熟，似是吳百慧剛才得意時說過類似的話，但她此時沒心情聽這些。

玄門裡有資格問她事情的人，除了掌門師祖，便是長老。

如今宗門裡的長老除了張老，冷老已經不管事，且如今也不在香港，而張老一脈的弟子她都有印象，裡面並沒有夏芍這樣一號人物。

吳百慧還沒弄清楚狀況，夏芍便蹲下身子笑看著她，「不過，為了不讓妳給我添麻煩，少不得要讓妳吃點苦頭。」

吳百慧突然覺得手腕和腳筋傳來一陣鑽心的刺痛，疼得她臉都扭曲起來。她下意識垂眸，發現手腕完好無損，但手腕筋脈處順著往上，隱隱有一條泛青的線，看起來像是中了毒，實際上卻是陰煞遊走於筋脈的寫照。不必看，她的雙腳此時必然也是這種情況。

夏芍手裡的龍鱗只開了一條縫，但僅是這點陰煞，便令吳百慧的手腳暫時廢了。

「妳不想下半生手腳也不能用的話，待會兒就乖乖配合，實話實說。」夏芍將龍鱗收起來，無視吳百慧怨毒的目光。她聽見樓下傳來奔跑的聲音，果然，片刻後有弟子跑了上來。

「師叔祖。」吳淑和吳可姊妹帶著五人上來，看向地上被制伏的吳百慧。

「吳師叔？果然是妳！」弟子們認出吳百慧來。

夏芍道：「來得正好，把她帶下去，帶到掌門師祖面前。」

「是。」上來的弟子裡，有一人正是當初在老風水堂被夏芍點撥了的周齊，他與另一人上前，一左一右架著吳百慧往樓下走去。

夏芍叫住幾人，問道：「你們過來的時候，有人帶傘嗎？」

眾人一愣，轉過頭來，這才發現夏芍身上套了件鬆垮垮的大號黑色毛衣。她用手遮住胸前，卻還是遮不住領口露出的脖頸和鎖骨。

幾個男弟子忽然感受到一道冷厲的目光，齊齊顫了下，連忙別開頭。

徐天胤走上前把夏芍擋在身後。

吳淑和吳可兩姊妹往樓下跑，嘴裡說道：「有有有，我們下去拿！」

周齊等人也趕緊把吳百慧架著往樓下走，不敢再回頭看。

直到人都沒影了，夏芍才掐了掐徐天胤的手心，瞪著他笑了笑。

兩人到了樓下，就見玄門弟子正把那八名被逐弟子的屍身往外抬，準備抬去唐宗伯和張中先等著的那棟樓房裡。

吳淑遞來一把傘，然後就跑走了。夏芍從地上撿起自己的風衣和制服塞給徐天胤，自己撐起傘，舉到他頭頂，笑道：「走，我們去師父那邊。」

徐天胤伸手要把傘接過來，夏芍瞪他一眼，挽住他的手臂，拉著徐天胤走了出去。

來到對面的大樓，唐宗伯看著地上那八名被逐弟子的屍身，神情挫敗。

夏芍走過去蹲在他身邊，安慰道：「師父，別自責，這條路是他們自己選的。」

被逐出門派的弟子，不會再有以前那麼超然的地位，但他們在老風水堂多年，每個人的積蓄一定不少。雖說不能再做風水師，也能把積蓄拿來做生意，可惜他們無法釋懷，才會和吳百慧一起興風作浪。

唐宗伯嘆了口氣，反過來拍拍夏芍的手。

看到這一幕，吳百慧恍然大悟，沒想到自己竟是輸在了她的手上。

唐宗伯看向吳百慧，「妳就是余九志的三弟子？」

吳百慧哼了一聲，目光在唐宗伯已廢的雙腿掠過，語氣表情皆是嘲諷，「掌門師祖躲在大陸這麼多年，連自己宗門的弟子都不認識，還好意思自稱掌門？」

旁邊的玄門弟子們聽了這話，頓時皺眉。誰都聽得出來，吳百慧這是在諷刺唐宗伯多年不回來，門派早已物是人非，很多弟子都跟他走時不一樣了。他甚至連一些弟子的名字和長相都沒見過，還好意思自稱掌門。

夏芍笑了笑，「我師父不好意思自稱掌門，妳師父就好意思嗎？」

張中先也是大怒，「妳這是什麼態度？掌門師祖為什麼在大陸這麼多年，妳不知道嗎？」

「哼，當初是掌門師祖自己不察，被人暗害，怪得了誰？我師父殺人都殺不死，留個後患回來報仇，也怪不了別人，成王敗寇而已。」吳百慧仰頭，一副視死如歸的模樣，「現在我落在你們手裡，技不如人，要殺要剮，隨你們的便。」

「成王敗寇？好啊，不愧是余九志教出來的弟子。」唐宗伯看了吳百慧一會兒，淒然一笑，笑罷，一拍輪椅，喝道：「一個在江湖上行走了幾天的女娃，也配說成王敗寇？自古明道暗道，道有道義。利益相爭，劃出條道來，願賭服輸。暗地裡使陰招，也配稱寇？小人而已。」

唐宗伯望著被弟子按著跪在地上的吳百慧，雙目如炬，不想跟她再講什麼大道理，「妳要真當我們之間是成王敗寇，那就拿出點氣節來。我問妳答，如實相告，我就留妳一條性命。」

唐宗伯不給她時間再辯，當即問道：「妳是什麼時候去美國的？」

吳百慧盯著唐宗伯，不肯回答。

「這個問題很難答嗎？」

「三年前。」吳百慧的語氣不是很好。

「三年前？」唐宗伯稍一沉吟，「張長老是八年前被趕出老風水堂的，妳那時候還在香港，那我問妳，宗門裡曾丟過三名女弟子，妳可知道？」

吳百慧以為唐宗伯會問她當時有沒有幫余九志迫害同門，沒想到他問的是失蹤女弟子的事，這讓她措手不及，但她表情的變化沒逃過唐宗伯和夏芍等人的眼力。不用她回答，答案就已經明瞭了，她顯然是知道的。

唐宗伯不等吳百慧開口，繼續問道：「那三名女弟子聽說被送去了泰國，妳師父把她們送給降頭師做什麼？她們現在是死是活？」

「我不知道。」吳百慧垂下眼，目光閃爍。

「好一個不知道。」唐宗伯怒瞪吳百慧，「妳師父已經死了，妳還替他瞞著這些事做什麼？她們是妳的同門，是死是活都要回歸故里。把妳知道的說出來，有這麼難嗎？」

「我說我不知道，掌門師祖不信？」吳百慧看向唐宗伯，眼神嘲諷，「這可是掌門師祖說的，叫我如實回答。現在我說不知道，你又不信我？呵，黑的白的都是你說了算！」

「妳這是什麼態度？」張中先爆怒，「妳是真不知道嗎？妳當我們這些人眼是瞎的？」

夏芍也動了怒，她理解吳百慧的憤恨，她也理解吳百慧的顧慮，這些事她若不知道還好，若是知道，十有八九就是參與者。余九志那麼謹慎的人，吳百慧竟然知道這件事，那就必然是她有什麼地方能幫到余九志，余九志這才叫她去辦這件事。

她不說，是怕說了罪更重。暗害同門，在玄門是死罪。

這些夏芍能理解，但她不能容忍吳百慧對師父說話的態度。一切的事錯在余九志，余九志和他的弟子，有什麼資格來怪被他們害過的人？

夏芍冷冷地道：「好好跟妳說話，妳聽不懂，那我就跟妳擺擺勝利者的姿態。」

唐宗伯說話向來一言九鼎，他說會放吳百慧一條生路，不管她以前參與過暗害同門的事沒有，他都不會要她的性命，但夏芍懶得跟吳百慧解釋，今晚為她浪費的時間夠多了。

她緩緩蹲下身子，問道：「我問妳，妳現在這樣是拜誰所賜？」

吳百慧一愣，接著氣得臉色漲紅。

夏芍微微一笑，「沒錯，是拜我所賜，所以，我贏妳輸。現在我問妳答。我不聽辯解，不聽怨言，妳沒有資格。我只要答案。說真話，妳活。說假話，妳死。如此簡單，懂了？」

吳百慧正要大罵，夏芍伸出一根手指，指向她的額頭。吳百慧一驚，龍鱗的陰煞已順著夏芍的手指引向她的眉心。

「我問妳，妳認不認識那三名女弟子？」夏芍將陰煞引入吳百慧腦中，引導她的思緒。

吳百慧明白陰煞入腦的厲害，她拚命搖頭，眼前的景色卻忽然變了。

她看見三名女弟子站在大樓裡，身上的血像是被放乾了一般，皮膚乾癟癟的。她驚得對那三名女弟子道：「說妳們是廢物，就是廢物！妳們來找我做什麼？是那個老鬼通密要妳們的血，妳們不去找他，來找我有用嗎？要怪就怪妳們修為不高，要是天賦高些，誰會捨得送妳們去死？就憑妳們的修為，我連收了妳們做符使的興趣都沒有！」

她這番話令夏芍心頭一凜，她霍然回頭，看向師父。

那三名弟子已經死了，還是被泰國降頭大師通密害死的？

「通密要她們的血做什麼？」夏芍又問。

吳百慧掙扎著，頭搖了兩下，繼續對著自己見到的幻象道：「那老鬼要妳們的血練邪降，妳們去找他不就好了？不敢？所以說妳們是廢物！」

「練邪降，為什麼非得是她們的血？」夏芍瞇眼。她自是知道降頭師取人血，必是與降頭術有關。可為什麼要用玄門弟子的血？他們本國的人都被禍害光了？

「誰叫妳們有那麼點修為，還是童女之身？都說了要怪妳們天賦不夠，修為不精，不然，怎麼捨得讓妳們去送命？」吳百慧冷笑。

旁邊的玄門弟子們一個個驚怒不已。

他們有認識那三名失蹤女弟子的，而且他們大多數人的天賦修為都跟那三人差不多。以前他們雖然是王、曲、冷三脈的人，但有些事他們也是身不由己。清理門派那天，能夠留下來，全憑他們良知未泯，尚懂得仁孝，因此，他們聽見這些話才憤怒。

修為低就該死，這是哪門子的道理？

余九志太狠毒了，年輕一代的弟子明明是宗門的未來。

以余九志不把弟子們放在心上的做派，他們這些人能活到今天，著實幸運。

「混帳！」唐宗伯喝道：「妳師父為什麼要把門派弟子送去泰國送死？他跟通密之間有什麼不可告人的勾當？」

吳百慧抗拒了一會兒，直到過了許久，她才說道：「師父為了天眼，拿妳們的性命當交換，妳們也可以去找他，不過，他已經死了……」

天眼？

眾人都愣住。

張中先的臉色變了變，他早就知道余九志的天眼得來的門路有問題，也知道肯定不是什麼正道，卻沒想到與那失蹤的三名女弟子有關。也就是說，余九志的天眼與通密有關。

可他竟然為了修煉成天眼，害死了同門弟子。

雖然知道這確實是余九志幹得出來的事，但仍然令人氣憤。

夏芍將手收回來，余九志已經死了，比起氣憤一個已死之人的作為，那三名女弟子的遭遇更令她揪心。本是無辜之人，竟如此慘死……

吳百慧在夏芍收回手後，眼前的幻象也漸漸消失。她的眼神本有些迷茫，隨即就反應過來，剛才是被陰煞所製，頓時怒看向夏芍。

夏芍神態冷淡，什麼話也沒說，只等著師父發落吳百慧。即便是不殺了她，她這種心性的人，廢除功法，逐出門派是一定要的。

吳百慧罵道：「妳暗害我？用這種方法逼我說出來，不就是想殺了我？妳殺啊！殺啊！」

夏芍懶得跟她一般見識，吳百慧卻像是受了刺激，死命地掙扎起來。

「別動！」

「老實點！」

周齊等兩名弟子大力按著她，周齊更是踢了下吳百慧的膝彎，將她往地上壓。

吳百慧瞪著周齊，眼裡迸發出怨恨的火焰，張口就朝周齊咬了下去。

周齊是蹲在地上制住她的，吳百慧這轉頭一咬，對準了周齊的脖頸。

她是豁出去了，反正唐宗伯不可能放過她，要死不如拉個墊背的。

周齊沒想到吳百慧如此瘋狂，在她撲過來時猝不及防，幾乎要被她咬個正著。

有一隻手突然伸了過來。

夏芍對吳百慧發勁，化去吳百慧的力道，吳百慧驚駭地瞪大眼睛。

化勁？這怎麼可能？

她的心沉了沉，之前跟夏芍過招，她雖有出手，卻是仗著法器和陰靈符使。吳百慧單單知道徐天胤的厲害，卻不知夏芍的修為在什麼程度。此時她雖是救急的一手，竟令她駭然。

內功到了化勁的境界，那心法豈不是煉神還虛了？

吳百慧聽過師父曾敗在這丫頭手上的傳聞，彼時不過冷嘲一笑，以為是對方杜撰的。區區一個小丫頭，怎麼可能是師父的對手？師父定是著了她的道兒，才不慎被掌門師祖所誅。

可如果她真有煉神還虛的修為，那她這次回來……

怪不得會輸，太大意了，她不該這麼莽撞地回來的。

這一切的想法只是一瞬，吳百慧感覺到自己的力道被化去的一刻，胸口緊接著被人拍了一掌。這一掌的勁力不小，周齊和那名弟子鬆開手，吳百慧當下被拍了出去。

夏芍原是生氣吳百慧傷人，想給她一個教訓，卻不想，把她打飛之後，她落地時抽搐了兩下，便再也不動了……

周齊跑過去一看，只見吳百慧的胸口被一根鋼筋穿了個正著，胸口的血汨汨流出，他伸手往她鼻下探去，然後看向夏芍，說道：「師叔祖，她死了。」

眾人所在的樓房本就是廢棄的，拆了一半便擱置，吳百慧落下的地方剛好有一塊石頭，上面露出鋼筋，吳百慧被鋼筋刺了個對穿，臨死還睜著眼，眼裡滿是驚愕，彷彿是不敢相信，自己來香港這一趟，竟會把命搭上。

唐宗伯嘆了口氣，擺擺手，「罷了。」

把被逐的同門師兄弟拿來做小鬼附身的宿主，這人本就死不足惜。只是原說好了留她一命，奈何她認為他一定會殺她，反而害自己身死，這也算是冥冥之中自有定數吧。

徐天胤把夏芍擁進懷裡，不讓她看吳百慧的死狀。夏芍笑了笑，她哪有那麼脆弱，又不是殺過人。當初，跟龔沐雲吃飯的時候，遇到了殺手，對方不也是被龍鱗陰煞所殺？只不過，那時候她第一次殺人，夜裡確實沒睡好，第二天還去那家飯店作法超渡。師兄大概是記著這一點，才不讓她看吳百慧吧？

夏芍感覺到徐天胤胸膛溫度尚且溫熱，手臂卻是冰冷。這樣的天氣，裸著上身，就算是身體好，體溫也會下降。她當即讓他回車上，車裡有暖氣。

溫燁看了眼地上的屍體，問道：「這些人怎麼辦？」

「找幾處好的風水地葬了吧，再看看他們家裡有些什麼人，需要幫忙的就給點補助。雖然這些都是不肖弟子，但家裡人是無辜的。」唐宗伯說道。

在場的玄門弟子都知道，這些人是不能送回家裡的。他們的家人不知事情真相，就算跟他們說這些人是著了吳百慧的道，也不一定有人信。況且，他們還是被徐天胤一刀劃在頸動脈殺死的，家屬看見這處刀傷，一定會抓著不放，到時候必是說不清。

以後這些人就只能當作失蹤人口，但至少他們的家人生活不會有問題。

余氏一脈如今算是徹底剷除了，可王氏一脈還有弟子在海外，希望他不要再有這麼瘋狂的舉動。掌門師祖為人重情義，只要他們肯回來，以後還是同門。

夏芍對唐宗伯說道：「師父，這個仇，我們早晚會報的。不是不報，時候未到而已。」

唐宗伯緩緩點頭。

夏芍見弟子們要將吳百慧抬走，吩咐道：「對面大樓那些作法的東西別動，我有用處。」

這天晚上，眾人忙到很晚。夏芍把徐天胤打發回車裡，讓他送師父和張老先回去。徐天胤卻趁她轉身的時候撈住她，一起丟進了車裡。

夏芍鬱悶地被帶回去，到了後院，徐天胤先去浴室放了熱水，然後回房換衣服。她只好依他的要求先去洗澡，但出來時卻沒看見他。

夏芍去了前院，發現車子也不見了，這才知道他又開車去了那邊。

唐宗伯和張中先在屋裡說起通密的事，見夏芍來了，知道她明天還要上課，便勸她去睡覺，事情會有人處理，不用她過問。

夏芍哪裡睡得著？她去廚房熬了薑湯，給兩位老人喝了驅寒，剩下的便一直熱著。直到凌晨，天濛濛亮的時候，徐天胤才回來。

玄門弟子跟著過來，交代這一晚的處理進度。夏芍便盛了薑湯，讓他們一人喝一碗，正好她早餐也已經做好，眾人便聚在一起用餐。

周齊傻笑道：「怪不得溫師弟他們說，週末早上有師叔祖熬的粥喝，是真的啊？不過今天不是週末，能喝到也算有福氣了。」

溫燁皺眉，「我沒說。別說得好像我很喜歡喝她熬的粥，她的手藝比我師父差多了。」

眾弟子用懷疑的目光看他，不是吧，他們明明喝著很香啊！

夏芍看了眼溫燁，目光在他喝了個底朝天的碗掠過，又看向他還沒換下來的道袍，笑道：「不愛喝你也喝了，你倒是什麼事都能湊合。這道袍愛不愛穿？我看你穿著挺好看的。以後就這麼穿，放在老風水堂門前當個門童，我看這樣挺好的。」

有弟子差點把粥噴出來，眾人不約而同看向溫燁，發現他真的有門童的架勢。

周齊笑道：「好是好，只是溫師弟的脾氣不大好，招攬不來生意，把人瞪跑了怎麼辦？」

眾人哈哈大笑，昨天晚上的陰霾似乎一掃而空。

溫燁瞪著周齊，周齊只比他大五六歲，卻是人高馬大，小豆丁般的溫燁還得仰頭看他。即便如此，溫燁仍是反駁道：「有空說我，不如好好練練身手，昨晚差點被人一口咬死呢！」

周齊下意識摸摸脖子，起身對夏芍道：「師叔祖，昨晚多謝妳救我一命。」

「都是同門，救你是應該的。」夏芍笑看了眼在場的弟子，「我覺得同門之間就應該是這樣，有福同享，有難同當。心存間隙，別說是有難同當，即便是有福只怕也不能同享。我昨晚救周齊，救的是同門。換做你們其中任何一個人遇險，我都會救，但如果將來你們有吳百慧那樣的人，吳百慧的結局就是參照，懂嗎？」

弟子們聽了都放下碗筷，站起來聽訓，「知道了，師叔祖。」

夏芍的年紀比他們中一多半的人都要小，修為輩分卻不是他們能比的。平時她總是笑臉迎人，說話也和善，但是沒人忘得了當初在漁村小島上，她是怎麼冷起臉來罵人。也正是因為這樣，她在弟子們中間算得上很有威嚴。

唐宗伯看著這情景，笑著微微點頭。

徐天胤在外頭一夜，夏芍心疼他，不要他送自己回學校了，但徐天胤轉身就去發動車子。夏芍走過去的時候，他從車裡下來，一如既往地幫她開車門，繫安全帶。

夏芍看著徐天胤，笑了笑。

快十二月中旬了，過了聖誕節，徐天胤便要回軍區了。這幾個月，夏芍總是忙這忙那，沒有多少時間陪他。車子發動後，夏芍便笑道：「師兄，聖誕節我們出去玩，好不好？」

「嗯。」徐天胤如往常般，她說什麼，他就點頭。

此時離艾達地產跟地政總署將地標手續辦妥，過去了不過一天的時間，震動還在持續。外界對於艾達地產的關注，和對其將來的發展有多看好，世紀地產的低氣壓就有多明顯。

一大早，所有高層主管都在上班時間前到了公司。這種時候誰都不敢踩著時間來，更別提遲到了。而瞿濤晚上就睡在公司，早上召集了眾主管們到了會議室。

「砰！」瞿濤一掌拍在會議桌上，站起身來，目光懾人地從在場的主管們臉上掃過，「要你們去查艾達地產的資金來源，這就是你們給我的報告？」

眾人低著頭，誰也不敢在這時候接話。

艾達地產出乎所有人意料，竟然不缺資金，這簡直是給了瞿濤當頭一棒。

他從地標競拍回來之後，還高興地在辦公室裡品酒，甚至叫人放出消息，要港媒週刊請幾名經濟學的專家來分析操控輿論走向，讓整個香港都認為艾達地產會因為資金不足而破產。卻沒想到，僅僅一星期，艾達地產就高調地打了他的臉。

艾達地產的資金根本沒有問題，那七處地標，簡直就相當於瞿濤送給艾達地產的。

全香港都看了瞿濤的笑話，瞿濤震驚之餘，便是震怒。

他當然不會認為艾達地產真有那麼多資金，肯定是有人在背後支持艾達地產。

這個人是誰？竟敢跟他瞿濤作對。

瞿濤要公司主管撒錢也好，走後門也好，一定要查出艾達地產的資金是從哪裡來的。

世紀地產的人最先能想到的自然是銀行。這麼多的資金，肯定是通過銀行借貸的。世紀地產身為數百億資產的大公司，自是銀行的貴賓。瞿濤跟幾位行長都有著不錯的交情，公司的主管們立刻找到銀行，想查查艾達地產的資金源頭。

出乎意料的是，銀行的人竟然正正經經地言道，私查客戶資料是違法的。

世紀地產的主管頓時想笑。違法？這種事你們銀行平時少做嗎？哪一次瞿董要收購某家公司的時候，要你們幫忙查資金來源，你們不是客氣地答應？怎麼這次就不行了？

難道是因為世紀地產這段時間深陷負面風波，聲譽大不如前？

可是，所謂百足之蟲死而不僵，更何況世紀地產只是聲譽受損，公司運作還很正常，沒有要日落西山甚至破產的跡象，這些人現在就過河拆橋，是不是太早了點？

一連查了幾家銀行，凡是問明艾達地產有戶頭在的，都不肯幫查資金來源。這雖然讓世紀地產的人感到意外，但也讓他們隱隱覺得，艾達地產背後必然有著不為人知的勢力，不然，依世紀地產在香港的勢力，為什麼查不得一家從大陸來港的新公司？

奔波了一天，沒有查出結果，眾人就預料到會招來一頓臭罵，果然，會議一開始，瞿濤就發了火，「我們世紀地產的人脈只剩銀行了嗎？一群廢物！」

世紀地產的人脈絕不只是銀行，瞿濤是政界高官私人宴會上的常客，跟那些人也打著交道，銀行不肯透露消息，找上頭的人施壓一下就可以。

主管們不是沒想到這個辦法，但是以往世紀地產查一些公司的資金來源，哪用得著動用這些關係？昨天中午艾達地產召開記者會，在那之後他們才去銀行查探，一個下午的時間，哪來得及做這麼多事？

瞿濤正在氣頭上，哪管這些？到頭來還是要他親自出馬。

一大早的會議，眾主管們被罵得灰頭土臉地出去，瞿濤回了董事長辦公室，撥了一個電話號碼出去。這個號碼大有來頭，是金融管理局李局長的。

「李局長，你好。」瞿濤露出笑容，全然看不出剛才的怒氣。

「瞿董？你真會掐時間，現在離上班時間還有五分鐘。」電話那頭傳來中年男人的聲音。

雖然民間有政商不分家的說法，但真正來往時，為了避嫌，像這樣的私人電話，為官者一般都是不在工作時間接的。官位越高的人，對這些事越是講究。瞿濤平時多在假期或者私人時間才跟這些高官聯繫，今天是事出緊急，這才一早就打了電話，但瞿濤聽得出來，李局長的意思是只給他五分鐘。

瞿濤當即不跟李局長寒暄，隱晦地表示想要調查競爭對手的資金來源。

「呵呵，瞿董，銀行是不可以隨意洩露客戶資料的，這點我想你很清楚。」李局長說道。

瞿濤頓時皺眉，片刻後笑了一聲，「李局長，明人不說暗話。我瞿濤以前也不是沒查過一些公司的資金來源，那之前銀行算不算洩露客戶資料呢？」

這話聽起來倒有些威脅的意味了。

李局長的聲音沉了下來，「瞿董，我以為你是聰明人。既然這樣，那就沒什麼好說的了。」

瞿濤笑道：「正因為我是聰明人，所以李局長只要稍加提點，我就能知道是誰在背後給我的對手撐腰了。」他這話無異於退了一步，只問是誰在背後封了銀行的口。

李局長嘆了口氣，不答反問：「瞿董，你什麼時候把羅家給得罪了？」

瞿濤一愣，羅家？

「不止是羅家，這也是一些老人的意思。這些老人雖然大多已經退隱，但影響力還在。瞿董可以想想幕後的人是誰，我就不便多說了。」說罷，那頭便把電話掛了。

瞿濤目光閃爍，臉色變了變。

羅家指的是哪個羅家，這很明顯。在香港，除了政商兩界分量極重的那個羅家，還會有誰有那麼大的能量向金融管理局施壓？只是，羅家為什麼要幫艾達地產？

瞿濤想不明白，艾米麗剛來香港，不應該認識羅家才對，而且他什麼時候得罪過羅家？

瞿濤百思不得其解，想了半晌，目光陡然一變。

難道是因為前陣子他利用港媒週刊斥責艾達地產不正當競爭，把輿論八卦引向艾米麗和陳達的時候，惹了羅月娥不快？

羅月娥的母親是曾經的香港總督的千金，她生了二子一女，視女兒為掌上明珠，養成了羅月娥的潑辣性子，誰也不敢惹她，連她結婚嫁了個門不當戶不對的窮小子家裡人都由著她，可見羅月娥在羅家有多麼受寵。

原本瞿濤以為羅家不會因為這麼點八卦就跟世紀地產過不去，難不成……羅月娥一直記恨在心，等著這次世紀地產淪為笑柄，再在後頭落井下石？

要真是這樣，艾達地產就是無端受益了。

那麼……李局長所說的對金融管理局施壓的那些老人又是怎麼回事？

所謂不在其位不謀其政，那些老人在政商兩界呼風喚雨一生，如今年紀大了隱退幕後，正是退休享清福的時候，如果不是什麼天驚地動的大事，他們決計不會出來管閒事。

那麼，能請得動這些人的……是誰？

瞿濤目光連連閃動，過了半晌，突然睜大眼睛。

「難道是他？」唐宗伯？

瞿濤除了唐宗伯，想不出更合理的人。只有這位玄學界的泰斗才有這麼大的面子，請得動那些老傢伙出手干預。而唐宗伯是那名夏大師的師父，她現在不正是艾達地產的風水顧問？定是艾米麗想遮掩背後提供她資金的人，在香港卻苦無人脈，便求了夏大師找她師父幫忙。正巧與落井下石的羅家一起，造成了今日銀行不肯幫世紀地產的局面。

瞿濤臉色很難看，拉開抽屜，手伸向裡面的一張光碟。接著又握緊成拳，把手收回去。現在還不到魚死網破的地步，他現在要對付艾米麗，還是有優勢的……應該吧？

他得擬定對付艾達地產的策略，暗的不行，就只剩下明的。

如果艾達地產是上市公司還好，世紀地產可以收購其股份，可惜艾達地產沒有上市。

瞿濤萬分懊惱，就在這時，辦公室的門被敲響。

進來的是公司的一名高階主管，他進門就道：「董事長，事情查清了。」

「什麼事？」瞿濤下意識就問。

「銀行不肯幫我們查艾達地產資金來源的事，已經查清誰是幕後黑手。」

瞿濤的臉色頓時黑得難看，他拿起桌上的一枝鋼筆丟出去。

「廢物！我養你們這群廢物有什麼用，現在才查到！」他早就知道了。

那名高階主管知道瞿濤心情不好，以為他怪他們手腳太慢，趕緊說道：「剛才有人從銀行一位辦公室主任口中打聽到的，說是這件事可能跟三合會有關。消息不知準不準確，那個主任只說是行長辦公室的清潔工不經意間看見的，也有祕書曾經偷偷透露，說是各銀行行長接到了三合會的恐嚇，說要是透露艾達地產的資金情況就殺全家。瞿董，您看這事……地標拍賣那天，戚先生的言行確實令人不解，您說，在背後提供艾達地產資金的……會不會是三合集團？」

瞿濤的表情很精彩。

三合集團？怎麼又跑出個三合集團？

瞿濤非常鬱悶，無法言說的鬱悶。

羅家和唐宗伯就已經夠讓他頭疼的了，三合集團幹什麼又插一腳進來？

瞿濤煩躁地擺手讓下屬先出去，直到辦公室安靜下來，他將那天競拍時的情況細細回想了一遍，才越想越覺得不是沒有這個可能。只有這樣，才能解釋為什麼戚宸那天不參與競拍，除非是他在背後支持艾達地產，才沒有道理跟艾達地產競標。

這麼說來，艾達地產……會不會根本就是三合集團旗下的？這些年，世紀地產從一家小公司發展成在地產業能與三合集團抗衡的大公司，平時競爭是有的，只是不太激烈。會不會是戚宸看上了世紀地產，假意讓艾達地產在大陸混兩年再進入香港，然後做了一個局，把世紀地產圈在其中，意圖吞併？

瞿濤越想越心驚，也越想越疑惑。

可是，戚宸向來是看誰不爽就整誰，一般不使陰招，動的都是明面上的刀子，這樣用艾達地產來做局，實在不像是他的作風……

瞿濤的鬱悶，夏芍是體會不了的，因為她也不知道羅家和三合會插手這件事。

世紀地產會從資金源頭上查艾達地產的幕後支持者，這是夏芍早就想到的，故而她去求了師父，希望能動用師父的人脈，將銀行封口。夏芍現在雖然在香港有名氣，但時間尚短，她自己建立起來的人脈就只有羅家。雖然羅家的分量已經足夠，但羅家不知華夏集團的事，夏芍無意此時透露，這才請師父幫忙。

夏芍從成立華夏集團至今，第一次開口向師父借人，唐宗伯當即笑著撫鬚，「小事一樁。呵呵，妳這丫頭，過陣子是不是又要來一場轟動的盛事？」

夏芍打趣道：「難不成師父很期待？」

唐宗伯瞪眼，假意斥責：「誰說的？只要妳這丫頭一折騰，滿大街便都是妳的新聞。訂十份報紙，不如只訂一份，內容都一樣，換湯不換藥。妳的事，為師會跟幾位老朋友說說，妳趕緊把事情搞定。這段時間就已經除了妳公司的新聞就沒別的可看了，妳還打算讓師父看多少天一模一樣的報紙？」

夏芍噗哧一笑，眉眼都笑彎了，「知道了，為了師父可以看點別的新聞，我會努力的。」

於是，夏芍在回學校的路上，拿出手機，打了個電話給劉板旺。

劉板旺一接電話，就以為夏芍是問網路傳媒的事，便笑著彙報道：「事情很順利，那群學生都是從名校畢業的高材生，年輕人就是有朝氣，做事很有效率。我跟他們說了網路傳媒未來的發展空間之後，他們都很有幹勁兒，現在網站創建的速度很快，研發小組都很努力。預計過了年，網站就能建立起來，之後就可以營運了。」

夏芍在車上道：「你在媒體業這麼多年，你找的人我放心，只是有一點，注意保密。那群學生太年輕，有時候可能會沉不住氣。要他們注意，不得洩露公司機密。」

「這點您放心，合同裡有保密條款。我在面試聘用的時候，挑的都是沉穩的人。況且，我跟他們說過，一旦洩密，被別人占了先機，日後網路傳媒時代的開創者名字就要換人了。關係到自己將來的名聲和地位，我想他們注意的。」劉板旺說道。

「嗯。」夏芍點點頭，「你平時要盯著網路傳媒的事，還要顧著雜誌社，辛苦了。」

「董事長，您千萬別這麼說，真是太折煞我老劉了。」劉板旺現在都自稱老劉了，他這段時間得知了艾達地產將計就計讓瞿濤吃了個悶虧，對夏芍的謀算可謂是心生佩服。

夏芍又道：「我今天打電話給你，為的就是有件事要你的人報導出去。」

「您說。」劉板旺認真聽著。

夏芍吩咐一番，便掛了電話。

輿論在手，操控起來確實是方便的事。過了年，網路傳媒發展起來，日後便可成為華夏集團的造勢者，這也是她為什麼非要進入媒體業的原因。

夏芍返回學校，一切如常，教室、宿舍，兩點一線，埋首於課業之中。

滿街都是有關艾達地產的報導，有一條無關的報導卻混在其中，引起了瞿濤的注意。

瞿濤之所以注意，是因為刊登這條報導的雜誌社與艾達地產走得很近，瞿濤將其看作對頭，即便對方是二流週刊，他也有訂閱。

報導的標題很三流，看起來像毫無根據的八卦，卻抓住了瞿濤的視線：濕地工程大樓裡驚現法壇，疑有大師作法，現已人去樓空。

若是平時，這樣的消息他看都不會看一眼，可他現在就在請人作法。

吳百慧說要七七四十九天來為他佈五鬼運財局，如今算算時間，已過去了半個多月，兩人只聯絡了兩次。吳百慧作法的地點不肯透露，只叫他對付艾達地產就好，現在事情的進展不如人意，他這兩日也正心煩，直到此時看了報導，才想起吳百慧來。

她那麼想對付那個姓夏的，出了這麼大的事，她為什麼沒打電話來？

瞿濤拿出手機撥打了吳百慧的私人號碼，結果對方關機。

瞿濤繼續打，一連打了幾次都是關機，他的臉色漸漸變了，一種不祥的預感在心頭升起。

過了許久才強壓下不安，拿起週刊來細看。

「昨天濕地工程附近的居民發現，一幢廢棄大樓頂層驚現法壇，疑有大師在此作法。本刊記者趕往現場，發現法壇附近牆上畫滿符籙，更有刀刻般的符籙驚現牆上。不知是什麼法壇，大樓內空無一人，看起來像是人去樓空。附近村民恐法壇是害人用的，因此較為恐慌。本刊已聯繫夏大師前來查探。欲知後事，請繼續關注本刊報導。」

報導裡圖文並茂，附了現場法壇的照片，照片上有五碗米、五個酒杯、香爐、金銀紙、蠟燭，以及祭祀用的五牲、竹片，還有五張黃紙剪成的紙人，四周牆上是血紅朱砂所畫的符，僅從照片就能感受到現場的詭異氣氛。

瞿濤不知道五鬼運財局是如何佈的，不能確定這是不是吳百慧作法的地方。或許這只是巧合，但劉板旺向來跟姓夏的走得近，但凡是以她的名義發表的報導，無一不是風波的開始。

他按下公司的內線電話，將助理喚了進來，「你去找幾個人，要他們幫我辦件事。報酬好說，事成之後，一定虧待不了他們。」

劉板旺週刊上的這篇報導，並沒有像往常一樣引起太多人的注意，卻引起了同行的關注。許多媒體對劉板旺的動作一直都比較在意，這篇報導本身就像娛樂八卦一樣，可看性不大，唯一值得注意的就是，夏大師會去濕地大樓那邊進行現場探查。

對於她這麼個一直不面對媒體的神祕人物，這條消息倒是值得追蹤，說不定能在現場看見她，或者採訪到她，故而有多家媒體開著車前往報導中的地方。

眾人到了以後才發現這附近的廢棄大樓不少，根本不知道是哪一幢。最後四處轉了轉，發現一幢大樓前聚集了工地的工人和附近的居民，這才趕緊扛著攝影器材靠過去。

大樓外頭果然停了一輛空的媒體車，看樣子人已經進去了。

夏大師來了？

眾媒體記者眼神一變，想要進去，卻遭到了居民們的阻攔。這些居民手裡都拿著棍棒等傢伙，氣勢洶洶，誰敢進便要揍誰。

「不能進去，大師來之前，誰也不許進去破壞裡面的法壇。」

「誰知道那個法壇是幹什麼的？萬一你們進去把法壇碰壞了，影響這裡的風水怎麼辦？」眾記者都愣住，「大師來之前？夏大師還沒來？」

「沒有，說是一會兒就來。你們記者也不許進，免得弄亂了法壇。等大師來了，讓你們進才能進。」一有個居民拿著大棒子吆喝道。

聚在大樓門口的工人們翻著白眼道：「有沒有搞錯？那家記者怎麼就能進去？」

他們指著外頭停著的空車，表情不忿。

居民們語氣很衝，「他們是請大師來的人，有本事你們也去請，請來了也讓你們進。」「操！看不起我們怎麼著？我們就是要進去！」工人們吆喝一聲便往裡面闖。

居民們大怒，拿著木棒鋤頭等物擋著門口，見人往裡衝，兩幫人當下打了起來。

眾記者見了，交換一個眼神，也不管這些打架的，趁亂往裡擠。居民總共十來個人，哪裡擋得住這麼多人，一下子便被眾多記者闖了過去。

劉板旺親自帶著人在頂樓拍攝，他身旁的六子聽見下面的吵鬧聲，探頭往下一看，說道：「人都來了，還不少呢，嘿嘿！」

劉板旺笑笑，「按計劃拍你們的，其他事不用管。」

幾個人點點頭，圍著法壇似模似樣地拍攝。

法壇在頂樓，十二層樓高爬起來也不算費力，眾家媒體記者不一會兒就到了，其中領頭的自然是港媒週刊的人。

仇人相見，分外眼紅。港媒週刊的記者見劉板旺帶人來了，嘲諷地笑道：「劉哥是太忙了，還是太清閒了，這樣的活兒都要您親自上陣。」

六子怒了，劉板旺把他攔下，不在意地笑道：「夏大師要來，我當然是要親自過來。」他這麼一說，眾記者的臉色都很難看。誰不知道夏大師的真容也就劉板旺見的最多，也不知他是燒了什麼高香，夏大師竟看上他了。他靠著夏大師東山再起，說這話分明是在炫耀。

有攝影師趕緊開始拍攝，也有記者拿起麥克風，做起了現場報導。

今天來的記者不少，法壇頗大，但有些人總是時不時把劉板旺的人擠到旁邊去。六子憤怒地上前斥道：「你們幹什麼？明明是我們先到的，有沒有點規矩？」

「你們先到的怎麼了？這報導是獨家嗎？兄弟們也是混口飯吃，劉總編不會吃獨食吧？」港媒週刊的人立刻嘲諷。

劉板旺沉著臉，將六子拉回去，說道：「沒事，反正夏大師是只接受我們採訪的。」眾記者撇撇嘴，心裡暗笑。只接受劉板旺的採訪？不見得吧？以前那是因為別人都遇不到夏大師，沒有門路，今天她要是來了，眾人可就一擁而上了。

劉板旺想搶獨家？門都沒有。

眾人把劉板旺的人排擠到法壇周邊，卻沒看見六子趁人不注意，手放進口袋裡輕輕按了按，劉板旺的手機鈴聲頓時響了起來。

手機一響，眾記者紛紛轉頭看向劉板旺，知道他接的定是夏大師的電話。

所有人都豎著耳朵聽，只見劉板旺拿起手機，討好地道：「夏大師，您快到了？什麼？有事來不了了？這……您看，我們都在這邊開始拍了，就等您來……這樣啊，好好好，沒問題，一定按您說的做，再見。」

劉板旺接電話的時候臉色連番變換，眾家媒體的記者臉色也是連番變換。

不來了？這……怎麼就不來了？

今天眾人大老遠過來，為的可不是拍這麼個莫名其妙的法壇，而是要採訪這位神祕的風水大師，可她居然說不來就不來。有人覺得掃興，氣就撒在了劉板旺一行人身上。

「哼，還以為劉總編真能把夏大師請來！下回就別說這種大話，叫同行們看了笑話！」

「呵呵，劉總編可是誇下海口，說是明天刊登夏大師對法壇的探查結果，這下子明天豈不是要開天窗了？」

劉板旺此刻的臉色很難看，他黑著臉對六子道：「夏大師讓我們把法壇所有的細節拍攝好，到時候送去給她看。」

「好。」六子應下，扛著攝影機便走近法壇。

其他人臉色一變，這才知道高興得太早了。港媒週刊的記者對攝影師使了個眼色，那名攝影師連忙擠了過去，「算了算了，見不到夏大師，總得拍點東西回去，不然會被主編罵死！讓開讓開，都讓一讓！」

那名攝影師嘴上叨念著，粗魯地撞向六子。他哪裡是要拍攝，分明是要阻礙劉板旺的人拍攝，好讓他們拿不回去準確的資料。若是夏大師從帶子裡看得不精確，那麼劉板旺的週刊明天還是要開天窗，還要面臨著信譽的考驗。

六子想要罵人，對方的攝影機一轉，撞上了他的額角，他登時向後翻倒了過去。

「六子！」劉板旺驚喊一聲，這可是在計畫之外的事。

抱著攝影機的六子被撞倒，額頭見血，還不小心打翻了法壇的香爐。

劉板旺急奔過去扶他，接著抬頭怒瞪港媒週刊的攝影師，大喝道：「你們這是什麼意思？故意傷人？我要告你們！」

港媒週刊的攝影師沒說話，所有人都沒說話，只是齊齊看向香爐下面。

香爐下面竟然壓著一張黃紙。

如果不是六子被撞到，打翻香爐，誰也不會知道下面壓著東西。

眾人湊過去看，卻見黃紙上寫著生辰八字，以及姓名和地址，而這姓名和地址，在場的人都不陌生，便是瞿濤和世紀地產。
眾人愣了下，接著對準那張黃紙猛拍。
倒在地上的六子對劉板旺咧了咧嘴，也不知是疼的，還是在笑。
唯有港媒週刊的記者怔愣著，這件事怎麼又跟瞿董有關？
本是衝著夏大師來的，卻在香爐下面發現跟瞿董有關的東西，這是不是太巧了？
眾人不知道的是，這本來就是五鬼運財局需要的東西。
五鬼運財局是祭祀供奉東西南北中五位鬼神以求財的陣法。起壇作法時需準備一張桌子，放五碗米、五個盛了米酒的酒杯、香爐、清香、金銀紙、蠟燭和五牲。同時要準備五個竹片，以黃紙或白紙剪成五張紙人，寫上五方生財鬼，貼於竹片上，插於裝米的碗上，依東西中南北的順序排在桌上。
接著，將五根頭髮放入米中，將寫了姓名、地址、生辰八字的黃紙壓在香爐下。之後便是安置五神桌，擇十靈日起壇連供七七四十九天。
供奉的時候須畫黃符、燒銀紙、念作法的咒語，早晚上香、祭拜、禱告，一點紕漏都不能出，如此七七四十九天之後，運財法才會成功。
夏芍便是知道香爐下有黃紙，方佈下今天的局。
其實她本可以今天就叫劉板旺在雜誌上爆料，稱瞿濤找人作法運財，但劉板旺的一家之言，終不如多家媒體報導的效果好，只是沒料到六子會受傷。
正當眾多記者拚命拍照的時候，大樓底下的居民和工人們打作一團的時候，一輛白色的麵包車開了過來。車上下來十來個人，來勢洶洶，個個手裡拿著砍刀。為首的男人左眼戴著眼罩，這群人看起來就不好惹。

居民們和工人們都被這陣仗嚇懵，對方呼喝著罵道：「不想死的都滾開！」

眾人見那些混混衝進大樓，連忙跟了上去。

混混們上到頂樓，看見記者們正對著法壇拍個不停，獨眼男張口便道：「全都給我滾開！媽的，什麼法壇，兄弟們也來參觀參觀！」

眾記者還沒反應過來這些人是打哪冒出來的，便被一群混混揪著衣領拽開，但看見這些人手裡拿著的砍刀，沒人敢吭聲。

這意料之外的發展，也讓劉板旺和六子愣住。

獨眼男目光往法壇上掃去，一眼就落在那張黃紙上，他一把抓起這張紙，放進口袋裡，見在場的記者都看著自己，當即怒道：「看什麼看？看了老子要付錢的知不知道？」

他對跟來的幾個人使了個眼色，那些人會意，凶神惡煞地上前，開始搶攝影機和相機往地上砸，連港媒週刊的攝影器材都沒有倖免。

港媒週刊不是一般小媒體可以比的，已經很多年沒有遇到過這種對待，攝影師立刻大聲斥道：「你們這是幹什麼？香港是法治社會，你們眼裡有沒有王法？」

「老子他媽就是王法！」獨眼男凶狠地喝道，掄起砍刀就往那攝影師的脖子砍了下去。

那名攝影師瞪直了眼，脖子上血如泉湧，當即倒在了血泊裡。

跟著上來的居民和工人們見到如此場面，嚇軟了腿。

「殺人啦！」不知是誰喊了一聲，一群人開始往樓下跑。

很多記者癱坐在地，直愣愣地盯著這群暴徒。

劉板旺和六子也坐在地上不動，眾記者帶著的攝影器材都被毀了，唯獨六子的好好的。

六子機靈，他本就被港媒週刊的攝影師撞倒，乾脆抱著攝影機沒起來。這些暴徒上來打砸的時候，他和劉板旺被擠到角落，離那群人最遠，也就最不顯眼。六子便抓了地上的泥土石塊往攝影機上蓋，做出被砸到地上的樣子，然後便和劉板旺在後頭低調地不出聲。

居民們跑了，這些暴徒也知道不能久留，獨眼男凶惡地掃一眼在場的記者們，恐嚇道：「閉緊你們的嘴，誰要是敢給老子亂說話，老子找著他，殺他全家！」說罷，帶著人快速撤離。

他們上了車，車子開出去之後，才有人不解地問道：「龍哥，幹麼要殺那人？他是港媒週刊的攝影師，瞿董跟那些人有交情。殺了人，咱們回去怎麼交差？」

瞿濤是叫他們來這裡看看法壇上有沒有屬於他的東西，本來以為是件跑腿的差事，他們也沒想到居然真的有寫著他名字的黃紙。按理說，把這東西帶回去給瞿濤，他們便有豐厚的報酬，可是，殺了人，事情就不好辦了。

獨眼男一笑，眼裡閃動著算計的光芒，「殺了人才好辦。老子早他媽在香港待膩了，咱們兄弟為瞿濤幹的見不得人的勾當夠多了，每次都只夠逍遙一陣子，他倒是幾百億地賺著。我看他最近麻煩纏身，又招惹了風水師，不一定有好下場。不如趁他還有錢的時候敲他一筆，撈夠了錢我們就去國外。咱們手裡有籌碼，你們就等著收錢，跟老子去國外逍遙下半生吧。」

車上的人聽了，個個眼神發亮，佩服地道：「還是龍哥想得長遠。」

直到他們的車子開得沒影了，樓頂的記者們才趕緊打電話叫救護車，但是已經來不及了，港媒週刊的攝影師死了。

居民跑出去便報了警，警車很快到來，一群人被帶去警局錄口供，直到傍晚才出來。

劉板旺和六子一出來，就打電話給夏芍。這天剛好是週六，夏芍在師父那裡複習功課，出事的時候，趁著警察沒來，劉板旺打電話簡短說了事情的經過。夏芍沒想到他們今天會遇到這樣的事，有段時間沒見劉板旺了，她還真沒看出他們今天有這一劫。

夏芍約了劉板旺去一家茶店見面，夏芍和徐天胤先到，劉板旺並沒有帶六子來，儘管這小子跟了他很多年，算是他一手帶起來的，但夏芍的身分越少人知道越好。

夏芍見了劉板旺便問道：「你和你的人都沒事吧？」

劉板旺坐下來，也不嫌茶燙，喝了一大杯，才搖頭道：「沒事，六子的額頭被撞了一下，去醫院檢查了，是輕微的腦震盪，出了點血包紮好了，沒什麼大問題。我也沒事，就是這麼多年都沒見過這種場面了。」

劉板旺也不怕說出來丟臉，他到現在還有些腿軟。這些年遇的事多，手底下的人也有挨打的時候，但是很少有人會鬧出人命，像這種砍人的事情，劉板旺還真是第一次親身經歷。

「六子那小子機靈，把攝影機保住了。我當時真替他捏一把汗冷，要是被發現，今天您就見不到我們兩人了。」現在回想起來，劉板旺才覺得這小子膽大包天。

「人沒事就好。」夏芍說道：「讓他好好休息，最好住院觀察兩天，費用記在公帳上。」

劉板旺笑著擺擺手，六子真的傷得不重。

夏芍又道：「日後若再遇著這種事，保命要緊。攝影機丟了也就丟了，什麼東西都沒有性命重要，以後切不可讓他犯這種機靈了。」

劉板旺點頭，「我也是這麼說他的，這小子卻還跟我叨念咱們那臺攝影機裡沒拍到那張寫著瞿濤名字的黃紙。」說到這裡，劉板旺臉色凝重，「董事長，這次咱們是按計劃進行了，卻沒想到半路殺出個程咬金，這對您會不會……」

「沒事，稍有意外而已，世上若是什麼事都在意料之中，反倒無趣了。」夏芍笑笑。那些拿走黃紙的人，明顯是瞿濤派來的。

瞿濤是個謹慎的人，她原本以為他會派眼生的員工來，或者委託港媒週刊的人去看看，沒想到他會派一群暴徒，這不太像瞿濤的做派啊……

夏芍轉頭望向窗外，開了天眼向世紀地產的方向看去。

她收到劉板旺的消息後，便用天眼監視世紀地產裡面的情況，那些人已經找過瞿濤了。

獨眼男從面相上看便是亡命之徒，不得不說，他膽子大得很，殺了人，竟然不躲起來，而是算準了警方的速度，在警察找上瞿濤之前，便與瞿濤見了面。兩人談話並不愉快，瞿濤看起來很惱火，而獨眼男拿出寫著瞿濤八字和姓名的黃紙來，表情嘲弄，意圖威脅。

瞿濤最後答應了獨眼男什麼，便讓他趕緊走了。之後，辦公室裡就只有瞿濤一個人。

此時也是一樣，公司的人已經下班，瞿濤還在辦公室裡。

夏芍收回天眼，對劉板旺笑道：「沒事，事情只不過是繞了個彎，看起來複雜了點而已。實際上，還在正軌上，只不過對瞿濤越來越不利。」

劉板旺點點頭，「先不說那些人殺的是港媒週刊的人，今天這麼多記者在場，攝影器材毀了就夠犯眾怒了。很多居民也在場，瞞是瞞不住了。明早必是眾家媒體聯合報導這件事，即便是沒有當時的影像，這麼多媒體一起報導，也會很有影響力了。只不過，沒有證據證明那些暴徒是瞿濤派去的。」

「是不是瞿濤派去的，警方會查，跟我們沒關係。」夏芍捧起茶杯啜了一口，「別被這件事影響，我們要做的事跟原來一樣，明天該怎麼發消息還是怎麼發。」

「好。」劉板旺點頭。

夏芍吩咐完事情，便讓劉板旺早些回去休息。

劉板旺走後，一直沒出聲的徐天胤握住夏芍的手，說道：「亡命之徒，要小心。」

「師兄擔心什麼？那些人還傷不了我。倒是艾米麗，該提醒她小心些。」夏芍笑道。

徐天胤搖頭，「他們身上有槍，離得遠，對妳就是威脅。」說著，他拉起她的手貼近胸膛，望著她道：「我處理。」

夏芍心裡感動，卻是搖搖頭，「不行。非到萬不得已，別為了我殺人。我會注意的，師兄放心，我不會讓自己有事。」

她捨不得自己重活這一世的性命，也捨不得眼前這個男人。

這天晚上，她一夜沒睡，時不時用天眼監視著世紀地產的動靜。事情果然鬧大了，警方派了人去世紀地產的大樓附近跟監，但那些暴徒已經去找過瞿濤了，怎麼會再去？至少今晚他們是不會出現的。

第二天一早，這起暴力事件果然在眾家媒體的聯合報導下，在社會上引起了不小的震動，而就在各媒體報導這件事的時候，劉板旺的週刊卻發表了一篇更轟動的報導。

瞿濤一向謹慎，在看見法壇的報導時，就想到他給了吳百慧自己的姓名和八字等資料，他不知道作法時這些資料是會燒掉還是會保留，正因為他謹慎，才會找人去看看。

他沒有親自去，也沒有派公司的員工，他擔心這個法壇是陷阱，自己的人出現在現場，被人拍到會多生是非，所以他找了獨眼龍。

獨眼龍雖然混黑道，卻不是三合會的人。自從三合會幫艾達地產隱瞞資金上的事，瞿濤便連多年往來的三合會小頭目沈海也不敢用了，他找到了自己幼時認識的獨眼龍。

瞿濤年少時家道中落，跟獨眼龍在同一個樓裡長大，兩人稱兄道弟。獨眼龍這人的左眼是小時候跟人打架的時候瞎的，他從小凶狠，六親不認，連他父母都怕他，偏偏他不愛拘束，不願意入幫會被人管，就糾集了一幫兄弟遊走在三合會地盤的邊緣。

香港是三合會的總部，整個南方黑道都是三合會當著家，哪允許其他勢力存在？獨眼龍手下就十來個人，不成氣候，三合會高層看不上眼，周邊的小頭目卻為求建功，時常找獨眼龍麻煩。獨眼龍雖狠，卻也知道三合會不能惹，打了幾場架，邊打邊退，挨了不少拳腳。香港眼看著容不下獨眼龍，正當他打算帶著手下兄弟去大陸混點名堂的時候，瞿濤找上了他。

瞿濤的地產公司剛起步，跟同行之間的摩擦不斷。他也是個心狠手辣的人，但礙於明面上的身分，有些事不方便親自出手，便找上了獨眼龍。

自一些小型施工隊之間的爭鬥，到地產公司老闆的意外身亡，獨眼龍在暗處幫瞿濤處理了不少麻煩。除了瞿濤的私人助理，沒有人知道獨眼龍和他的關係。

兩人一明一暗合作了十年，在瞿濤看來早已是一根繩上的螞蚱，利益生死相關，他相信獨眼龍不會背叛他，可沒想到在他麻煩纏身的時候，獨眼龍跟他耍起了心眼。

獨眼龍開了三億的天價。

瞿濤大怒，他怎麼也沒想到那處法壇真是吳百慧作法的地方。七七四十九天未到，法事未成，五鬼運財局本求財的法門，怎到頭來惹了這麼個要錢的上門？

獨眼龍威脅瞿濤，要麼給錢讓他們去國外逍遙，要麼他把黃紙交給瞿濤曾經打壓過的地產公司，相信他一定會有更大的麻煩。

瞿濤看了獨眼龍半晌，笑了，「大家都是一條船上的人，把我捅出去，你也好過不了。」

「別跟我比，我是只顧吃喝的混混，你是社會名流。我到處都有窩，躲警察我有的是經驗。你這麼大的家業在這裡，你捨得扔下潛逃？」獨眼龍笑起來，「你不捨得，所以還是給錢吧。痛快點，少廢話了。」

瞿濤的手捏緊，咬牙道：「公司的股價最近不穩，工程施工、公司運轉都要資金，你讓我一下拿出三億來，我也得花點時間準備，而且你們當眾殺了人，警察很快就會來了。這麼短的時間，我給不了錢。你們先走，這段時間肯定風聲緊，我會看情況跟你聯絡。」

瞿濤說得在理，但獨眼龍知道他城府聲，於是哼了一聲，給了他一個期限，「十天。」

瞿濤險些怒極攻心，不知道為什麼最近這麼倒楣，事事不順。

警察來找他，問他為什麼濕地大樓的法壇上會有他的名字，那些暴徒為什麼會把他的八字拿走，還砸壞記者的攝影機。警方的意思，明顯那些人是瞿濤雇的。

瞿濤冷笑，「第一，我不知道法壇上為什麼有我的名字，我也很疑惑，並且懷疑有人作法害我。第二，如果那些人是我派去的，我會傻到叫他們殺人嗎？殺人會給我惹麻煩。第三，我也想知道那些人為什麼要拿有我名字的黃紙。我懷疑他們會拿著這些東西來勒索我，或者，這一切根本就是有人要陷害我。」

瞿濤說得頭頭是道，警方啞口無言，但他知道警察沒走，他們蹲守在公司大樓外面。

瞿濤頭痛了一晚，他跟警察說的這些話，本可以拿來好好做文章，嫁禍給艾達地產，但該死的獨眼龍殺了港媒週刊的人，齊賀昨天一天都關機，不肯接他的電話。

天一亮，瞿濤便又打電話給齊賀，希望他不會為了一個員工而不顧兩人的大局。

沒想到就是這天早上，劉板旺週刊上的一篇報導，拉開了世紀地產覆滅的序幕。

這篇名為「世紀地產廢樓作法運財，疑被發現雇凶殺人」的報導，混在昨天記者被殺的眾多新聞中，反倒引起了更為廣泛的關注。

很多新聞都只是說昨天殺人的暴徒拿走了法壇上寫有瞿濤名字的黃紙，並沒有證據表明瞿濤買凶殺人，而且警方也正在調查中。只有劉板旺的週刊明確指出是瞿濤作法，買凶殺人。

「本刊記者於昨日上午約夏大師在濕地大廈探查法壇，夏大師有事未到，記者卻意外撞倒法壇上的香爐，發現了下方放著的黃紙。黃紙上寫著世紀地產董事長瞿濤的名字和生辰八字，隨後到來的暴徒打砸了眾家媒體記者的攝影器材，本刊記者冒死將攝影機用土掩埋，逃過一劫。暴徒殺人後囂張離去，帶走了寫有瞿董名字和八字的黃紙，記者有理由懷疑，這些暴徒是瞿董所雇，因為記者撞破了世紀地產求財的法壇。經昨夜本刊記者將拍攝到的珍貴帶子請夏大師過目，大師告知此乃求財的法壇，名為五鬼運財局。」

週刊上對五鬼運財局的作用進行了詳細解釋，並將現場拍攝到的法壇照片公布出來。雖然週刊上說，對瞿濤買凶殺人只是懷疑，但最起碼解釋了動機。

商人作法求財，被發現了便買凶殺人？

眾人聯想到世紀地產近來的負面新聞，覺得不是沒有這個可能。夏大師指明這是五鬼運財局，沒有人懷疑不是，但瞿濤究竟是不是幕後指使人，還要看警方的調查結果。

這篇報導一經刊登，氣壞了瞿濤。

作法的地方那麼隱秘，怎麼就那麼湊巧被劉板旺的人發現？吳百慧作法作得好好的，怎麼就莫名其妙失蹤了？

瞿濤早就有所懷疑，今天看見這篇報導，他算是明白了，這一切都是局。定是吳百慧行蹤敗露，保不住法壇，要麼逃了，要麼死了，而對方便以此法壇來打擊他。

瞿濤瞇眼，「誰打擊誰還不一定。想毀了我，誰毀誰還不一定。」

他打開抽屜，拿了光碟親自去了趟港媒週刊，與齊賀在辦公室裡激烈辯論，齊賀最終點了頭。第二天，港媒週刊發表了一篇報導，作為瞿濤的有力反擊，轟動了香港社會。

這篇報導是與夏芍有關的。

報導上刊登出夏芍去世紀地產大樓，與瞿濤握手笑談，並在會客室裡接過他贈與的百分之一股份和兩套豪宅的協議書的畫面。照片很清楚，由不得人不信。

瞿濤公開指責夏芍，稱此法壇就是夏芍幫他做的。她收了他的巨額酬勞，卻反過來公開這座法壇，損害他的名聲，實在是毫無職業道德。

瞿濤矢口否認買凶殺人，他將對警方說的那番脫罪的話搬上週刊，反說是艾達地產做局陷害他，那些暴徒根本就是艾達地產雇的。艾達地產跟世紀地產資產相差甚大，便用這種下三濫的手段打擊世紀地產，眾人都被艾達地產給忽悠利用了。瞿濤更表示，他的名譽深受損害。他已經聯繫公司法務，將會把艾達地產告上法院，讓艾達地產等著接傳票。

一石激起千層浪，瞿濤自從風水醜聞之後，從來沒有公開回應接受過媒體採訪。這是他第一次公開發表聲明，誰也沒想到竟是大爆料。

瞿濤的聲明說得頭頭是道，由不得人不信。

民眾震驚之餘紛紛不解，身為唐宗伯親傳弟子的夏大師，真的會做這種令人不齒的事？

艾達地產的名聲受到影響，之前被眾多人看好，現在也都投去了質疑的目光。

瞿濤坐在辦公室裡，端著酒杯冷笑。當初留下這張底牌是對的，他沒想到真有用上的一天，而事情到了這個分上，他不反擊就會死，還怕什麼唐宗伯？他不要被他的徒弟連累就好。要他死？誰也別想好過！

瞿濤深深吐出一口氣，這幾個月來，都沒這麼心情舒暢過了。

這一天，艾達地產一點反應也沒有，像是被突如其來的事情擊懵了一般。

眾多記者圍去艾達地產公司門口，公司大門緊閉，不接受採訪。

艾達地產這樣看起來就像是默認了，一時間，艾達地產和世紀地產的形象來了個反轉。

殊不知，這些報導同時遞上兩名商界鉅子的桌上。

李卿宇看著週刊上夏大師清晰的容貌，目光微沉，果斷地道：「找技術部的工程師，分析這兩張照片，給我做出有拼合痕跡的報告。」

嘉輝國際集團是以經營電子商務為主，擁有大批資訊人才，做這樣的報告是輕而易舉的事。而對於李卿宇要出手幫忙，祕書並不意外。總裁前陣子還去唐大師那裡做客，聽說唐大師跟董事長是故交，總裁幫唐大師的弟子也在情理之中。

令祕書不解的是，總裁怎麼知道這週刊上的照片是拼接的？

祕書不敢問，連忙出去吩咐，可是沒過一會兒，祕書又回來了，一臉尷尬地道：「總裁，技術部的人說，這上面的照片……是監控錄影上剪下來的，沒有拼接過。」

李卿宇靜靜地望著祕書，讓祕書感覺後背發冷。

「我說，給我做出有拼合痕跡的報告，聽不懂嗎？」

祕書怔愣，半天才反應過來，總裁的意思竟然是要技術部的人做假報告？

而三合集團的董事長辦公室裡，有人將週刊往桌上用力砸，「找死！」

洪廣聳聳肩，韓飛笑而不語，展若皓表情嚴肅。

「之前我讓人盯著瞿濤，現在別告訴我那幾個人找不到。」戚宸沉著臉說道。

「哪能找不到？不入流的人罷了。前天對方去找了趟瞿濤，兄弟們就知道他藏在哪兒了，正等您發話呢！要宰嗎？」洪廣問道。

「宰了宰了。」韓飛笑咪咪的，別有意味地看向戚宸，「大哥，您的意思也是宰了吧？」

戚宸瞪著韓飛，「宰什麼宰？綁了，丟給條子！」

「給條子？」展若皓蹙眉，「大哥不是最討厭給條子提供業績？」

韓飛笑看展若皓一眼，一巴掌拍上他的肩膀，「你就傻吧，怪不得沒女人緣。」

「什麼意思？」展若皓不悅。

「意思是，哪天哪個女人不長眼看上了你，多半要辛苦了。」韓飛哈哈一笑。

這個白癡，這不是明擺著的事嗎？

人宰了容易，死了一了百了，但是沒人知道。綁了丟給條子，不就可以真相大白，還夏小姐一個公道了？

笨阿皓，比大哥的情商還低！

……

戚宸和李卿宇的安排當天沒有透露出半點消息，但第二天香港卻連番被幾條消息震驚了。

艾達地產召開記者會，在發布會上當著眾多媒體的面拿出一張光碟。

這張光碟的內容，赫然是當日夏芍與瞿濤見面的整個過程的監控錄影。

夏芍根本就沒接受那張協議書。

港媒週刊的記者霎時臉色慘白，眾媒體更驚訝，所謂的接受酬勞居然是假的。

瞿濤昨天的指責，純屬信口開河的誣衊。

「世紀地產汙衊夏大師和我們艾達地產，對我們的名譽造成損害，我們將對世紀地產的董事長瞿濤提起訴訟，請對方等著接法院傳票。」

昨天瞿濤對艾米麗說的話，今天艾米麗如數奉還。

民眾們的臉色很精彩，但現在精彩還有點早。

中午時分，警察局前，一票警察的臉色才叫精彩。

五輛黑色林肯車威風凜凜地開過來。在香港誰都知道戚宸給屬下配備的車有多高檔，清一色的黑色林肯，鬧得在香港除了三合會，沒人再開黑色林肯，免得一上街就被人當成黑社會。

五輛車一開過來，裡面的警察便跑出來，嚴陣以待，不知這幫黑社會要幹麼。

車門打開，裡面的人一腳踹出幾名被五花大綁的人。

那些人滾到警察面前，臉腫得爹媽都不認識。警察們個個臉色難看，三合會太囂張了，打了人綁來往警察局門口丟？是下馬威嗎？

要是不處理，市民還當真以為警方怕了黑社會。

有個警察大怒，身旁的人忽然拉住他，原來其中一名「豬頭」竟是獨眼龍。

三合會的五輛車子砰砰砰把車門關上，瀟灑地揚長而去。

由始至終，裡面的人都沒下來過，只是離開之前，後頭一輛車的車窗搖下來，有人探出頭來，罵了句：「廢物！」

警察們一個個臉色變換不定。他們埋伏了三天兩夜沒抓到的人，最後被黑道送到門口？

這麼丟臉的事，自然是不能對外公布，奈何三合會的人來的時候太囂張了，很多人都看見了，事情便止不住地傳開。

為了不讓警方形象受損，只得緊急進行審訊。像這種有命案在身的凶徒，一般來說不會立刻承認罪行，奇怪的是，獨眼龍和他手下的兄弟竟然沒怎麼反抗，沒幾句話就認了罪。審訊之後僅僅兩個小時，警方召開了記者會。

警方繞開凶徒被捕的過程，只稱獨眼龍等人已經招供，他們是受世紀集團董事長瞿濤指使。殺人是獨眼龍的個人行為，但其招供十年來為瞿濤在背地裡做的凶案數起。

瞿濤被警察拘捕了，一天之內，香港社會兩次譁然。

瞿濤也沒想到自己會有這麼一天，在享受了昨天一天艾達地產和夏芍被攻擊的快感之後，他本以為他穩贏，卻怎麼也沒想到，對方會拿出光碟來。

那天的監控錄影，他早讓人刪除了，只有他和齊賀人手一張光碟。事發之後，兩人都懷疑對方的光碟被偷了，但最後卻發現沒有。

艾米麗手裡的光碟從哪裡來的，瞿濤百思不得其解，也沒有時間考慮了。

股東質疑，股價下跌，都是這一天之內發生的事，而當下午瞿濤聽說獨眼龍被三合會的人抓著丟到了警局的時候，他便知道一切都完了。

留得青山在，不怕沒柴燒，瞿濤當即決定逃跑，卻沒想到獨眼龍會這麼快認罪，他還沒來得及坐上飛往美國的飛機，便在機場被逮捕。

而在瞿濤被捕之時，正坐在學生餐廳吃晚飯的夏芍，接到了艾米麗的電話。艾米麗將今天公司記者會召開之前的一篇報導告知了夏芍，這篇報導是香港嘉輝集團的科技顧問發表的，稱昨天瞿濤抨擊夏芍的照片有人為拼接的痕跡。

「這篇報導在咱們發布會之前發表的，但是咱們發布會召開了之後，便緊急收回去了，所以市面上見到這篇報導的人應該不多。」

夏芍垂眸一笑，「知道了，有時間我會謝謝他的。」

夏芍沒料到事情會這麼順利，法壇的報導只是引子，為的就是讓瞿濤氣急用那天的監控說事，然後她再拿出師兄用駭客手段燒錄的光碟反擊，藉以重挫世紀地產。

出乎意料的是，戚宸和李卿宇竟會出手幫忙，導致原本她以為還要一段時間才能抓到獨眼龍將瞿濤定罪，結果短短一天就打了一個勝仗。

瞿濤被捕，世紀地產群龍無首，接下來該華夏集團登場了。

事情略微有變，看來她要早點做準備。

這時，餐廳門口傳來機車的引擎聲，夏芍習慣了，一聽這聲音就知道是展若南來了。不過，她往常只是午餐在學校吃，怎麼現在過來了？

夏芍思索了下，便笑了，定是展若南聽說了外頭的事，又要來說什麼了。

展若南帶著人大搖大擺進來，臉色卻不太好看。她來到桌旁，手往桌上一按，俯身壓低聲音看向夏芍，「我剛要離開學校，發現校門口全是記者。他們圍在外面，問夏大師是不是在聖耶上學。怎麼回事？妳暴露了？」

夏芍微愣，校門口有記者？

展若南一看她的表情就明白了，罵道：「操，有人洩密！又是哪個吃裡扒外的東西？」

展若南凶神惡煞般掃視餐廳裡的人，周遭的學生全都茫然，不知道發生了什麼事。

上回阿麗告密的事，展若南到現在還惱火著，從那以後，就沒見過阿麗來上學。展若南對叛徒深惡痛絕，前陣子聖耶女中裡一直有夏芍就是唐宗伯弟子的傳言，後來因為週末放假，有人翻出了以前的報導，發現容貌不一樣，這才漸漸消停下來。

但是這件事在學校鬧騰了一陣子，保不准是誰當八卦捅了出去，被記者知道了。

曲冉對這些事的反應向來是慢一拍，她這才瞪大眼睛看向夏芍，「也就是說，不是小芍承認了身分，是誰告密的？這怎麼辦啊？」

夏芍笑笑，「不用擔心，妳們先吃飯，我出去一趟。」

她徑直往校門口走去，沿路都有學生聽到消息，結伴去校門口看熱鬧。夏芍在靠近校門的時候，停了下來，躲到旁邊的大樹後面。

校門口聚集了不少學生，一扇大門把記者們擋在外頭。學校的警衛勸記者們離開，那些記者卻是不肯，見有學生過來，便打著閃光燈，隔著校門大聲採訪。

「同學，請問妳們學校裡是不是有位名叫夏芍的學生？」

「聽說她是大陸轉學來的，是唐大師的弟子，妳們有聽說過這件事嗎？」

被問到的學生都不敢輕易回答，夏芍在學校的名氣太大了，且不說她打架有多厲害，她身邊還整天跟著個展若南。惹火了展若南，下場會很慘。再者，之前不是有人拿了報紙來學校，證明夏大師跟芍姊不是同一個人嗎？怎麼這些記者還來問這些事？

記者們沒得到答案也不管，紛紛舉起攝影機，對著校門裡的學生猛拍。

夏芍拿出手機，剛想撥打劉板旺的電話，手機鈴聲便響了起來。

夏芍一看，正是劉板旺打來的。

「董事長，我剛接到消息，您的身分好像暴露了。現在許多家媒體的記者去了妳們學校，您沒什麼事吧？」

夏芍聽著劉板旺急切的聲音，挑眉問道：「你剛接到消息？」

「是啊！」劉板旺說到這裡，聲音裡明顯帶了火氣，「簡直是欺人太甚，這些人應該是知道我跟您認識，所以他們特意封鎖消息，我事先竟然不知道，還是剛剛六子他們從機場那邊回來，說是確認瞿濤被捕，上車的時候看到兩家週刊的記者使眼色。六子機靈，過去找碴，推搡的時候裝了竊聽器在其中一個人身上，這才知道有幾家媒體昨天就接到了爆料。」

夏芍皺眉，「昨天？」

「沒錯，董事長，您在學校是不是有得罪的人？消息聽說是妳們學校的學生傳出來的，連班級和名字都爆料給了港媒週刊，聽說還拿了不少線人費。雖然可以說對方是為了錢才爆料的，但昨天的時間可是有點敏感。」劉板旺道。

學校裡有傳言不是一天兩天了，就算有人出於刺激好玩或者為了錢而向媒體爆料，那也該早傳出去了。若是平時，夏芍並不在意，可昨天……

昨天正是她下網的時候，艾達地產和她受到了瞿濤的反擊，外界到處都是質疑和抨擊的聲音。這個人在這個時候想要曝光她，可見居心不良。

「我知道了，不用管這件事，對方不過是白費心思而已。」夏芍說完，掛斷電話。可不是白費心思嗎？現在事情將成，即便是身分曝光，對她的計畫也沒什麼影響了。

夏芍本想打電話給校長，號碼還沒撥完，黎博書便來了電話。

原來是校門口的警衛見學生越聚越多，記者也不肯散去，怕再出什麼亂子，便果斷打電話通知了黎博書。黎博書不確定這一切是不是夏芍安排的，便打電話來問她。

夏芍笑道：「我若真想公開身分，也不會這個時間由著這些記者來學校圍堵。」

昨天這些記者就接到了消息，今天傍晚才來，想必是這兩天事情多。也真是要可憐那爆料的人，白費了心思。

「勞煩校長跟那些記者說一聲，就說學校對此不知情，調查之後再給媒體一個滿意的答覆。」夏芍說道：「又給您添麻煩了，實在是抱歉。」

黎博書呵呵一笑，直說沒事，然後掛了電話。

夏芍轉身往回走，半路遇到展若南和曲冉等人。

夏芍問道：「這麼快就吃飽了？」

「誰還有心思吃飯，餐廳的飯又難吃。」展若南皺眉，「消息都傳去餐廳了，妳現在到底能不能曝光？有沒有麻煩？」

「換作幾天前，還會有點困擾，現在倒是無所謂了。」夏芍笑笑，也不管路過的學生們驚奇的目光，招呼著展若南和曲冉回去吃飯。

大批記者堵在校門口，造成展若南不能外出，吃飯的時候，展若南憤恨不已，「媽的，讓老娘多吃一頓這麼難吃的飯！讓我知道是誰吃裡扒外，老娘把她埋到餐廳的菜缸裡！」

曲冉正喝湯，差點嗆著。夏芍倒是淡定，看了展若南一眼，無奈搖頭。

學校裡的氣氛當晚就變了，剛消停下來的傳言再次蔓延開來。

記者都來了，難道還能是假的？

雖然大家也搞不懂為什麼照片裡的人長得不一樣，但傳言就是這樣，越傳越真。夏芍的宿舍明明在走廊盡頭，偏偏有些人會莫名其妙「路過」，然後往裡面探頭。

曲冉很不習慣，夏芍卻是一如既往地淡定。

她的注意力並不在學校的這些事上，而是在校外。

第三章 身分曝光

瞿濤被捕之後，儘管他建立地產公司之初的那些命案時隔太久，證據難尋，但由於民眾關注度太大，警方壓力沉重，時不時地會公布調查的最新進展。

隨著以前的一些事被挖出來，連同這些年瞿濤雇打手擾民的諸多事也被舊事重提。這些事以前不是沒人提過，就連前陣子世紀地產深陷風水醜聞的時候，有不少人將其告上法庭，事情也被瞿濤利用一些人脈一拖再拖。如今瞿濤被捕，樹倒猢猻散，誰也不敢在這時候出頭幫瞿濤，就怕被拉下水。連港媒週刊都因瞿濤的被捕被翻出這些年來幫其造勢的舊帳，面臨輿論很大的壓力，誰還敢步港媒週刊的後塵？

阻礙沒了，案件辦理得也就順利得多。

世紀地產的名聲受損嚴重，股價重挫，夏芍想要等世紀地產的股價跌停再進行收購，但這次跟在大陸的時候不一樣，香港的地產公司不少，趁著瞿濤失勢，都盯上了世紀地產。

地產業的風暴已到了收官階段，三合集團、嘉輝集團、世紀地產三足鼎立地產界的格局明顯要變，只是不知道會怎麼變。

有商業週刊對地產業的形勢做了審視和預估，認為三合集團和嘉輝集團出手吞掉世紀地產份額的機會很大。只要兩家國際財團出手，其他地產公司就沒有指望。艾達地產雖然勢頭很好，有風水大師當顧問，但就目前艾達地產的財力看來，想收購世紀地產是不可能的。

儘管有經濟學者認為，艾達地產背後的支持者成謎，未必沒有一爭的實力，但多數人對此不過一笑。艾達地產背後的支持者已經為其投入了十幾億，還能再投資嗎？實力再雄厚，有三合集團和嘉輝集團財力雄厚嗎？

況且，之前不還有人推測，艾達地產的背後就是三合集團？

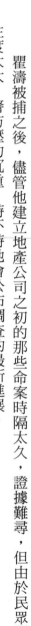

因此，輿論一邊倒地認為，世紀地產最後被三合集團吞掉的可能性大些。

然而，三合集團一點動靜也沒有。不僅三合集團沒動作，連嘉輝集團也沒有收購的端倪。這兩家不動，其他的地產公司便不敢動，所有人都在觀望。

而這期間，世紀地產的股價一跌再跌，十天的時間，出現了五次跌停。

當股價連續跌停三天的時候，在並不平靜的校園裡上課的夏芍，拿起了手機。她給了艾米麗指示，「可以動手了。」

掛上電話，夏芍仰頭看向清早晴朗的天空，微微一笑。

明天是聖誕節，她說好要陪師兄過節。

傍晚，夏芍跟曲冉說了一聲，便往校門口走去。

夏芍漫步在校園裡，來往的學生見了她都對她指指點點，她一點也不在意，只想著要跟師兄去哪裡過聖誕節。在快要走到校門口時，她發現旁邊的林子裡有人影閃過。

夏芍停下腳步，往林子裡看去。曝光她身分的那個人還沒找到，雖然這個人沒有對她造成實質的麻煩，但有這樣的心思，若是被她查出是誰，自然不能放過。

看到那道人影，她果斷跟進了林子。

夏芍跟進去後才發現是自己多心了，那個女學生不是跟蹤她的。她偷偷摸摸來到圍牆旁，小心地探頭往外看。夏芍順著她的目光往外看去，發現徐天胤的車已經停在外頭，而他的車旁還停著一輛灰色保時捷，旁邊有兩名保鏢模樣的男人。那兩人正往學校裡看，似乎在等人。

女學生蹲下身子，順著圍牆往後頭摸去。

夏芍挑眉，既然這名女學生不是跟著她的，她便無心管別人的閒事，但女學生轉身的時候，她卻是看清了她的模樣。

純真的臉龐，豐滿的身材，原來是董芷文。

難不成那輛保時捷是董家的？

夏芍記得董芷文曾經找過她，希望她做她的保鏢，幫她甩開家裡的人，讓她出去自由地玩一天。記得她說她的生日是十二月，難道是今天？

夏芍不討厭董芷文，甚至覺得這個女生很單純，可她不打算介入人家的事，便打算離開。

這時，董芷文的舉動吸引了她的注意。

這位董事集團的千金小姐，平時看起來柔弱無力，竟然踮著腳爬上圍牆。

她……這是為了躲家裡的保鏢，要翻牆出去？

董芷文笨手笨腳地往上爬，膝蓋蹭著牆面，疼得她眼淚都要掉下來，但她仍是堅持爬了上去，作賊似的探著頭看了看遠處保鏢的位置，然後費力地翻圍牆上頭的欄杆。

她笨拙地邁著腿，幾次險些走光，好不容易就要翻躍成功，裙角被欄杆勾住，猛地一扯。董芷文驚呼一聲，整個人失去平衡，往後栽倒，眼看著要摔下來。

校外是石磚人行道，而且是斜坡，若是摔到頭，後果不堪設想。

夏芍的手腳比腦子的反應快，腳尖一點，便翻身抓住董芷文的手。與此同時，借力翻過欄杆，帶著董芷文落在校園外頭。

董芷文嚇得呆住，夏芍拉著她閃身到樹後，說道：「妳的膽子也太大了，不擅長翻牆也敢翻，要不是剛好被我看見，少說也得在醫院躺上一段時間。」

董芷文驚魂未定，眼裡卻已爆發出崇拜的目光，「好厲害，妳那麼輕易就翻過來了！」

夏芍無語地搖搖頭，暗道這女生真是被家裡保護得太好了，現在是讚她厲害的時候嗎？她應該感到害怕才對吧？

「謝謝妳救了我。」董芷文笑著向夏芍道謝，偷偷看了遠處一眼，幸好她家保鏢沒發現。

「妳真的打算自己出去玩？」若是別人，夏芍絕對不多問一句，但董芷文，夏芍真的很懷疑她能不能保證自己的安全。

「沒關係，我帶著錢包。」董芷文天真地笑笑，還拿出錢包揮了揮。

夏芍開天眼看她，「我建議妳還是跟妳家保鏢回去，妳一個人逛街會遇到有人搶劫。」

夏芍不想磨蹭，浪費和師兄相聚的時間，索性實話實說。

董芷文愣住。她……怎麼會知道她會遇上搶劫？

董芷文突然瞪大眼，莫非夏芍真是那位風水大師？不然她是怎麼看出來的呢？

她咬咬唇，今天是她十八歲的生日，她盼這一天很久了，一直想自由自在度過……

夏芍搖搖頭，她算是看出來了，董芷文看著柔弱，卻是個打定主意便不會輕易放棄的人，於是對她說道：「任何人都要對自己的行為負責，如果妳堅持，那今晚不要逛百貨公司，不要走不熟悉的巷子。我言盡於此，決定權在妳，希望妳是個聰明人。」

說完，夏芍轉身離開，走向徐天胤的車子。

徐天胤的車子已經開了過來，顯然他早就發現她了。

夏芍一點也不意外，笑著坐進副駕駛座。徐天胤幫她繫上安全帶，車子便發動了。

董芷文躲在樹後，看起來正在糾結是跟著保鏢回去，還是獨自去逛街。

車子駛離學校，華燈初上，兩側的商店櫥窗隨處可見裝點得美麗的聖誕樹，街上的熱鬧與車裡的安靜恍若兩個世界。夏芍舒服地往座椅裡縮去，難得有這麼悠閒的時光。

她閉目養神，直到感覺到身旁凝視的目光，她才睜開眼睛。

徐天胤眼神柔和，問道：「睡一會兒？」

「睡什麼，難得的平安夜，用來睡覺多可惜？」夏芍笑道：「師兄，我還不餓，我們先找地方玩好嗎？」

徐天胤點頭，「妳想去哪裡？」

「聽說海洋公園有摩天輪，我想去看看。」夏芍說道。以前跟徐天胤出門，不是飯店就是各國風情的餐廳，今晚是平安夜，她想換個地方。不過，海洋公園有點遠，開車要一段時間。

「好。」徐天胤點了點頭，將車靠路邊停下，從後座拿了件外套，傾身過來為夏芍蓋上，輕聲道：「睡一會兒。」

夏芍笑笑，也好，休息一會兒，到了地方好陪他玩。

徐天胤開車很穩，夏芍閉著眼睛，竟然真的慢慢睡了過去。也不知睡了多久，感覺到睡夢中有道柔和的目光一直注視著她，她這才醒轉過來。

一睜開眼便發現車子已經停妥，在車裡就能聽見不遠處的歡鬧聲。

「到了？」夏芍一下子來了精神。

「剛醒，會感冒。」徐天胤按住夏芍，把她身上蓋著的外套拿開。

車裡有暖氣，外套拿開也不冷。夏芍知道，徐天胤是讓她適應溫度，免得下了車感冒。

她笑道：「我哪有那麼嬌弱？師兄以為我的功夫是怎麼練出來的？小時候師父可嚴厲了。他總說我練武晚了幾年，每天練功早晚都要我泡藥澡。大冬天的，梅花樁上潑上水結了冰在上面走，身子骨兒都是摔摔打打練出來的。就這天氣，哪能讓我感冒？」

話雖這麼說，夏芍卻乖乖坐著沒動。

徐天胤大手伸過來將她的手握在掌心裡，輕輕摩挲。

夏芍一笑，練武的人，在習武之初吃的苦頭都是一樣的。聽說師兄小時候被張老教導練習基本功，也是天天被摔來摔去。她看著徐天胤，想像著眼前這個男人三歲的時候，短腿在梅花樁上走來走去的樣子……

「噗哧！」夏芍忍不住笑了起來。徐天胤看著她，面帶疑惑。

夏芍忽然想起師兄那一手撒豆成兵的術法，忍不住問道：「師兄是從哪裡學來撒豆成兵的術法？我記得咱們門派此術法的傳承不全，連師父都不會。」

「殘卷。」徐天胤簡短答道。

「殘卷？」夏芍愣了愣，可殘卷不全啊！

「研究。」看她的表情，徐天胤便知她的想法，便又簡單地解釋。

夏芍咬唇，「師兄自己研究出來的？」

「嗯。」徐天胤點頭，目光落在她的唇上，伸手過來撫住，「別咬。」

夏芍很是驚奇。那不就是無師自通？玄學深奧，有此天賦的人極少。能學精便已不易，更何況無師自通？那些失去了傳承的術法，再重現於世的機率很低微，師兄竟是這種奇才？

師父沒少在她面前稱讚師兄的天賦，她只在對付余九志的時候，見識過師兄對陣法的敏銳。因為他對危險的感知，攻擊性陣法幾乎在他面前形同虛設，但那是因為他兒時的經歷造就的，這種天賦其實夏芍倒覺得他沒有會幸福些。

「想學？」徐天胤問。

夏芍搖頭，「怕是想學也學不來。元陽聚成陽煞的術法，女子大概學不成。」

「唔。」徐天胤望著夏芍，看起來竟是認真在想有沒有辦法可以教她，最後搖搖頭。這術法是他研究出來的，確實只有男人才能用。

夏芍笑笑，她身上有龍鱗和大黃護身，足夠應付險難了，「好了，現在可以下車了吧？」

「嗯。」徐天胤幫她解開安全帶，打開車門，兩人下了車。

今晚是平安夜，入眼的是夢幻的聖誕主題，一下車便聞見了海風的味道。天氣有些冷，夏芍卻興致極好。她牽著徐天胤的手，兩人買了票，便入了園。

香港的海洋公園是亞洲最大海洋公園，夏芍前世的時候就想來，只是那時候的她畢業之後就要找工作，還真的沒時間來。沒想到，如今的她比前世要忙得多，卻有機會來逛逛。

公園裡今晚很是熱鬧，到處都是年輕的情侶或者一家人，小孩子的笑鬧聲不斷。公園裡有海洋天地、水上樂園和兒童王國等區域，夏芍對太刺激的娛樂設備不感興趣，她和徐天胤都不是喜歡吵鬧的人。雖然夏芍選擇到這裡來玩，卻想和師兄共度溫馨的平安夜。

於是，她拉著徐天胤直奔摩天輪。

巨大的摩天輪放著絢爛的彩光，排隊的人不少。站在夏芍和徐天胤前面的是一家三口，年輕的父母牽著三歲小男孩的手。小男孩仰頭想看摩天輪的最高處，身子往後仰，眼見要摔倒。

夏芍伸手要去扶小男孩後背，卻有人比她更快，她的手落在了男人的手背上。

徐天胤先一步扶住了小男孩，小男孩沒摔倒，一雙懵懂的大眼睛看著兩人。小男孩的父母發現之後，連忙向夏芍和徐天胤道謝。

年輕女子轉頭就去念叨丈夫，嬌嗔道：「都是你，只顧著自己，忽略了兒子！」

女子的丈夫撓撓頭，蹲下身把小男孩抱起來騎在他脖子上，「這樣行了吧？」

「太高了，你小心摔著他！」年輕女子驚呼，伸手去護著孩子的後背。

「沒事，我有數。」女子的丈夫咧嘴笑了笑，說道：「輪到我們了，走吧。」說著，又對小男孩道：「我們跟媽咪比比誰先進去好不好？」

年輕女子小跑著跟上，笑罵：「都是有兒子的人了，怎麼還跟個小孩子似的？」

一家三口笑鬧著走進摩天輪的其中一個車廂，接著就輪到夏芍和徐天胤。

徐天胤卻站著沒動，他的目光落在剛進去的一家人身上，神情有些恍惚。

夏芍的笑容一滯，心中微痛。

那小男孩看起來也就三歲，師兄失去他父母親的時候，也就只有那麼大吧？

夏芍捏捏徐天胤的手，「師兄，你以前坐過摩天輪嗎？」

她的聲音喚回了徐天胤的思緒，他搖搖頭。

「既然這樣，我陪你。」夏芍沒說自己也沒坐過，拉著徐天胤就走了進去。

摩天輪上的視野很好，隨著車廂慢慢上升，地面上的喧囂漸漸遠去。夏芍原本是想要看風景，此刻所有的心思卻放在身旁的男人身上，徐天胤正望著遠處的海平面出神。

夏芍依偎著他沒說話，徐天胤卻突然開口道：「原本要來的，他們說過，後來出了事。」

夏芍愣住，這是徐天胤第一次主動說起他父母的事。徐天胤出生時，國內還沒有這樣的主題公園，他父母帶他去國外玩，他們答應他要帶他去公園坐摩天輪，卻在前一晚遇害了。

夏芍握著徐天胤的手緊了緊，「你還想要去哪裡？不等以後，就今晚。」

徐天胤伸手擁住她，把臉埋進她髮間，聲音悶在裡面，說道：「結婚？」

夏芍一愣，噗哧笑出了聲，「你真會接話。」

她是說不等以後，今晚就陪他做他想做的事，可結婚這麼有難度的事能算嗎？她還不到法定結婚年齡，怎麼跟他去結婚？

夏芍在徐天胤腰間掐了一把，他好不容易消停了幾天，又想起這事來了。這一掐夏芍可沒忍心掐得太重，她很快就抱住了他的腰，笑道：「我陪著你，以後都陪著你。」

這算是暗示了，只是不知道這男人聽不聽得懂。

徐天胤沒說話，只是將夏芍抱得更緊。

外面的風景越來越開闊，夏芍從徐天胤的臂彎裡看向外頭，發現快要到最高處了。

她忽然想起以前聽過的話，亦即當摩天輪轉到最高點時接吻，相戀的人便會得到幸福。

夏芍靠在徐天胤胸前，終是沒好意思開口。她又不是小女生了，兩個人就這麼相擁著走過頂點，在天空與大地之間靜靜走過一個輪迴也不錯。

夏芍這樣想著，抬起頭看向徐天胤，卻見他望著下方，目光專注地盯著什麼。

她順著他的視線往下看，只見下方的車廂裡，一對年輕的情侶正在擁吻。

夏芍眉心一跳，果然看到徐天胤又看向她，在她反應過來前，他已經低頭覆上她的唇。

徐天胤吻起來沒完沒了，直到快要落地，夏芍掐了他一把才讓他停下。饒是如此，她的唇也紅腫滋潤。徐天胤盯著看，夏芍紅著臉拉著他出了摩天輪。

「餓了嗎？」徐天胤問。

夏芍不太餓，但已經晚上九點多了，兩人還沒吃晚飯。公園裡很熱鬧，好玩的地方雖多，但坐過了摩天輪，夏芍對其他地方興致缺缺，便點頭道：「我們去吃點東西。」

兩人牽著手從公園裡走了出去，打算上車找家餐廳用餐。

剛出來，便看到一名少女低著頭在人群裡擠，看起來很急切地想要往入口去。

那低著頭的少女，不是別人，正是董芷文。

這可真是不知該說巧還是不巧，一晚竟能遇見她兩次。

董芷文沒看見夏芍，只是驚慌地買票，看起來逃命似的往公園裡跑去。夏芍蹙眉，她今晚是看出董芷文有遇劫一事的，曾經告訴她別去逛百貨公司，沒想到她來了海洋公園。

百貨公司和海洋公園都是人多的地方，她之前在天眼裡看到董芷文因隻身逛百貨公司，被三名混混盯上。雖然最後她會被路過的人救下，沒有受到太大傷害，但受驚卻是不小。

夏芍不想管閒事，但是一晚遇到董芷文兩回，也算是有點緣分。公園裡有山有水，雖然人多，偏僻的地方也不少，同為女生，她總不希望董芷文遇到劫色的事，當下走過去，拉住董芷文的手，問：「妳遇到什麼事了？是不是去了百貨公司，遇到打劫的了？後頭有人在追妳？」

董芷文嚇了一跳，看見是夏芍的時候很是意外，「妳怎麼也在這裡？」

夏芍看她還能笑出來，就知道她沒遇上什麼危險的事，這麼急切必是另有原因。

董芷文說道：「我在躲我家保鏢。我被發現了，這裡面人多，我進去他們就不好找我了。」

夏芍挑眉，被保鏢發現了？董家的保鏢，爬牆的時候看不見人，在人流這麼多的大街上，倒是有本事把人找著？

「我倒楣嘛！妳說不讓我去百貨公司，我就沒敢去。本來我是打算去買新衣服，把我這身制服換了的，可是我不敢去，就想著去別的地方玩。結果我穿制服太明顯，居然家裡的保鏢撞見……我不跟妳說了，我要趕快進去。」董芷文邊說邊往遠處的人群裡瞄。

不巧的是，三名穿著西裝的保鏢匆匆出現，四處張望。他們搜索的重點就是買票口，正好一眼便發現了董芷文。

董芷文驚呼一聲，竟想插隊買票往公園裡擠。

三名保鏢跑了過來，「小姐，請跟我們回去。」

夏芍往旁邊退去，並不插手。在她看來，董芷文在外面不安全，還是回家好。

「放開！你們放開我！」董芷文被保鏢逮住，痛呼著引來周圍人的側目。

這時，一名身材姣好的中年女子走了過來。

那女子下巴尖細，顴骨略高，美則美矣，卻給人一種高高在上的刻薄感覺。

這人夏芍曾在校長室見過，正是董芷文的母親。

「……媽？」董芷文沒想到母親會來，頓時忘了掙扎。

「妳太胡鬧，太讓我失望了。」董夫人穿著高貴的禮服，頭髮高高綰起，一看便是出席宴會的打扮。她看女兒眼神像是要噴出火來，「妳知道今晚多少人到場幫妳慶生嗎？妳竟然給我和妳爸丟臉，太讓人失望了。」

董夫人揚起手，想要打女兒一巴掌。但手揚起來，看見女兒姣好的臉蛋，又忍住了。

董芷文不可思議地看著母親，似乎不相信剛才母親竟然想打她。她從小到大都沒受過這種對待，當即眼裡委屈地盛滿淚水，「別以為我不知道，說是給我辦生日宴，實際上就是相親宴。媽，姊姊因為妳們安排相親，得了憂鬱症，前段日子險些自殺，你們非得要這麼逼我嗎？」

「閉嘴！」董夫人臉色難看，掃視周圍，發現很多人圍了過來，豎直了耳朵在聽。

「把她給我帶回去。」董夫人生氣地命令保鏢。

保鏢打開車門，架著董芷文往車上去。

董夫人怒氣沖沖地要跟上車，卻在上車前瞥見了夏芍。

她跟夏芍在校長室門口曾有一面之緣，但她並沒有記住夏芍。她看向夏芍是因為發現她跟自己的女兒穿著同一所學校的制服。

董夫人臉上像是罩了一層寒霜，「我說我們芷文從小就是名門淑女，今晚的事不像是她能做出來的，原來是有人教唆她。」

夏芍沒想到自己站在一邊，不摻和也能惹上事，不由面色冷淡了下來。

董芷文在車裡聽見，探出頭來解釋：「媽，您別亂想。是我受不了，自己想出來的。」

「妳給我閉嘴！妳有多少膽子，我這個當媽的還不知道？」董夫人斥責完女兒，目光如釘般盯向夏芍，「聖耶女中這種學校真是不能讀，什麼沒教養的學生都收，還帶壞了別人……」

董夫人話沒說完，倏地一驚。

夏芍按住本想出手的徐天胤，「別動手，今晚是平安夜，打架不好。」

徐天胤聽了，果然沒再動作。

夏芍沒生氣，慢悠悠地對董夫人道：「我倒是覺得，以您的家世教養，能將女兒教成這樣，真是個奇蹟。」

董夫人一時聽不出這話是褒是貶，沒發現夏芍說話間手指輕輕虛空畫了什麼，往她身上彈去，然後便拉著徐天胤離開了。

兩人開車走了一段時間，最後在一個法國餐廳外面停了下來。

餐廳今晚有聖誕主題的燭光晚餐，來用餐的都是年輕的情侶，夏芍和徐天胤選了靠窗的位置坐了下來。兩人點了沙拉、乳酪濃湯、鵝肝、通心麵、燒烤龍蝦等，還叫了白葡萄酒，卻沒點牛排，夏芍不太吃得來牛排。

餐點沒一會兒就上來，夏芍胃口不錯，拿起刀叉，準備開動。

這時，餐廳的女侍者走了過來，她打扮成兔女郎，頭上卻戴著聖誕鹿的髮箍，脖子上戴著金鈴鐺，打扮得很俏皮。

「先生、小姐，這是我們餐廳今晚送給每一位客人的禮物，請挑選出您想要的禮物。」女侍者端著托盤，上面放著五樣東西，有餐廳的折價券、貴賓卡，還有餐點券等等。

東西不多，不值什麼錢，不過是餐廳在平安夜討顧客喜歡的行銷手段罷了。

夏芍的目光在托盤上掠過，沒什麼特別喜歡的。本想隨便挑一樣，忽然瞥見女侍者頭上的聖誕鹿髮箍。那髮箍做得倒是精巧，毛絨絨的紅色鹿角很可愛。

夏芍問道：「妳頭上的髮箍可以送給我嗎？」

女侍者一愣，這髮箍並不在贈送的範圍內，況且，說起來髮箍還沒托盤裡的贈品值錢。

女侍者念頭一轉，這種事本該問餐廳領班的，她又怕不馬上答應會得罪了夏芍，便笑道：「既然您喜歡，那髮箍就送給您吧。」說罷，她把髮箍摘下來，替夏芍戴到頭上，並且讚美道：「小姐，您戴上很可愛。」

夏芍笑笑。女侍者又端著托盤來到徐天胤面前，問道：「先生，您要選什麼贈品？」

徐天胤看著她的脖子，答道：「鈴鐺。」
女侍者嘴角抽了抽，默默把鈴鐺摘下，放到桌上，然後恭敬地退走。
徐天胤傾身過來，把鈴鐺給夏芍戴上。
夏芍的嘴角也抽了抽，突然發現，她選這個聖誕鹿髮箍，或許是個錯誤的決定……
這晚，回宅子的時候，夏芍是被徐天胤抱回房間的。她有些頭暈，酒喝得太多了。
夏芍依偎在徐天胤懷裡，迷迷糊糊的，但意識還算清醒。她清醒地知道徐天胤把她抱到床上，去浴室放水。他回來的時候，她已經睡了過去，只是睡得尚淺。她能感覺到徐天胤將她抱進浴室，幫她褪去衣裙，抱她入水。
抱起她時，鈴鐺聲響，很明顯，她戴著的聖誕鹿角和金鈴鐺，某人都沒幫她摘下。
泡著溫水，夏芍微醉，背後便倚著徐天胤精壯的胸膛，享受著他用熱毛巾輕輕為她擦拭的服務，甚是舒服，但毛巾漸漸變成了大手，他開始不安分地在她身上吃豆腐，轉眼間細細的嚶嚀從她嘴裡小聲溢出。
徐天胤果斷地將她扳過來，讓她面對著他，將她的美妙盡覽眼底。她的眼眸半睜不睜，頭上戴著聖誕鹿角，脖子上的金鈴鐺清脆作響，萌極了。
徐天胤不知萌這個字，卻像是被雷擊中，黑夜般深邃的目光鎖定眼前的少女，將她往懷裡一帶，便開始了凶猛的掠食。
夏芍輕笑出聲，她向來知道師兄喜歡情趣，今晚他向女侍者索討鈴鐺時，她就知道今晚會是這麼個情況。兩人就要分開了，她也捨不得他，不如今晚盡興一點。
夏芍很是配合，甚至時不時撩撥師兄兩下。兩人的房事其實不算頻繁，不算兩地分隔的時候，即便是現在，夏芍平時上學，一週才回來一次，有時複習累了，徐天胤心疼她，並不折騰她。可他要麼不折騰，一折騰就是一晚，鬧得她像打過一場硬仗，第二天都不想起床。

夏芍心想，下不了床就下不了床吧，大不了明天陪他一天。

但她的豪情壯志卻在男人凶猛挺進時被擊成碎片。

痛！太凶殘了！

她扒著浴缸的邊緣想逃，卻被撈了回去，浴室裡逐漸被鈴鐺聲和水波聲盈滿。

許久之後，夏芍累趴在徐天胤身上，稍作歇息，便想要爬出去。可惜她酒勁兒未解，腿也軟，浴缸濕滑，她反而滑了回去。她這般模樣反而引起了某人更的吞噬欲望，於是浴室裡的鈴鐺聲再度響起。

夏芍不知自己是什麼時候被抱回床上的，她只知道，師兄把她放到床上，便又覆了下來。

徐天胤發現她今晚算得上是難得的配合，直到現在還衝著他笑。許是喝了酒的關係，難得她有這麼乖巧的時候。

徐天胤望著夏芍，半晌吐出兩個字：「結婚？」

夏芍捶了徐天胤一拳，拳頭打在他胸膛卻沒什麼力氣。這男人越來越有心眼了，不過，為什麼還是這麼萌？他怎麼會想到趁著她迷糊時詢問？

越是這樣，夏芍越不想輕易答應了，她想看看他還會使出什麼逼婚的招數。

她不答只笑，令徐天胤眼睛微微瞇起。她的笑聲被他吞噬，化作夜晚裡最動聽的旋律。

經過一夜的折騰，夏芍第二天果真是睡到日上三竿才醒。等她醒來別說是早餐，就是午餐時間都過了。而早餐和午餐是徐天胤做的，她睜開眼睛的時候，徐天胤正從外面進來，手裡端著碗熱騰騰的粥，來到床邊坐下，瞅著她問：「餓了？」

夏芍搖搖頭，鈴鐺又響起，她這才發現聖誕鹿角和鈴鐺一夜沒摘。想起昨晚，夏芍的臉有些紅，她見徐天胤的眼神變深，果斷往被子裡鑽，說道：「不准再來了，今天還要幫師兄收拾行李，明天一早的航班。」

「收拾好了。」徐天胤道。

他雖是這麼說，但夏芍總要替他檢查一下，於是拖著疲累的腰起了床。徐天胤的行李不多，他這些年在世界各地執行任務，習慣了簡裝而行，除了三兩件衣服和洗漱用品就沒別的了。

夏芍打開衣櫃，從最下面拿出藏著的袋子，取出一條深藍色的圍巾。

這是她在宿舍抽空織的，香港的天氣不算太冷，一直沒用上，「回去以後，青市那邊應該還在下雪，記得戴上這條圍巾。」

夏芍把圍巾圍在徐天胤脖子上，知道他因為小時候的事不喜歡束縛，圍巾特意圍得很鬆，挑選毛線時選的也是綿軟的，只為他戴著暖和又不會難受。

「嗯。」徐天胤應了一聲，目光凝視著眼前的少女，房間裡生出些不捨的氣氛來。

「青市氣溫低，師兄別穿這麼少，記得加衣服。」

「嗯。」

「師兄不喜歡穿保暖衣，至少要穿一件毛衣和一件棉外套。」

「嗯。」

「回到軍區好好照顧自己，習慣在床上睡了嗎？」

「嗯。」

「不許敷衍我，一定要去床上睡，地上很涼的，知道嗎？」

「嗯。」

「別太記掛我和師父，晚上在宿舍，我會打電話給師兄的。」

「嗯。」

夏芍嘮嘮叨叨地在房間裡轉，幫徐天胤把行李檢查了一遍又重新歸攏好，又檢查了證件和機票，確保明早登機順利之後，她才停了下來。

他要走了，她自是不捨。夏芍拉著他去師父房裡，三人共度最後一下午的時光。晚上玄門弟子聽說徐天胤要走了，都來到唐宗伯的宅子裡，擺開五桌大席，為他餞行。

直到現在，玄門弟子對這位師叔祖都不是很了解，他很少與人交談，只有在掌門祖師和他師妹面前才看起來像是有感情的人，在其他人面前連話也不說。

這一晚熱熱鬧鬧到很晚，散了席已經十點。

夏芍和徐天胤回房，兩人相擁而眠，卻是誰也沒睡著，只是安靜地感受著彼此的體溫。

徐天胤回青市的航班是早上七點半，提前兩個小時便要往機場走。唐宗伯腿腳不便，夏芍和徐天胤沒讓他相送，兩人去師父房裡告別，這才開著車到了機場。

夏芍把行李遞給徐天胤，「師兄，一路順風。」

「嗯。」徐天胤還是這麼一句，卻深深看了她一眼，像是要將她的模樣刻進眼裡一般。

夏芍揮手，看著徐天胤轉身離去……

徐天胤離開了香港，返回青省軍區。車子由夏芍開回師父的宅子裡，留著平時用。

師兄的離開雖然讓夏芍心中空落落的，卻得打起精神繼續上學和處理公司的事。

其實兩個人分別也不會太久，一個月後就放寒假，回家過年時，兩人還會再見。想到此處，夏芍這才好受些。回到學校後，她的心思便放在了世紀地產上。

聖誕節過後，世紀地產的股價仍處在跌停的態勢，艾米麗展開了收購行動。她按照夏芍的指示，先在股市大肆收購世紀地產的股票，一天之內便將市面上散戶所持有的百分之二十收購到手。當天收市時，艾達地產成為世紀地產股東的事傳遍了商界。

不是沒人看好世紀地產這塊大蛋糕，但大家都因忌憚三合集團和嘉輝集團而不敢出手，只怕得罪了這兩家公司。誰也沒想到，這兩家沒動，艾達地產竟然敢先動。

艾達地產一動，其他人便也蠢蠢欲動，尤其是見兩家大集團沒有動靜之後，其他地產公司更是坐不住了。他們開始收購世紀地產的股份，並意圖進入董事會。這些地產公司算是看出來了，到現在三合集團都沒反應，顯然在背後支持艾達地產的人並非三合集團。

都到了收官的階段，沒道理大集團不出面，反倒讓個小公司在這裡出風頭。

一時間，眾人全都動了起來，世紀地產面臨股權被瓜分的局面，但世紀地產的股東卻在這時候齊了心，一致拒絕出售世紀地產的股權。

這個時候他們想聯合對付進入公司的外敵是可以理解的，奈何艾達地產這時候已經成為世紀地產的股東。僅僅三天，艾達地產強勢收購世紀地產五位小股東手中的股權，很快艾達地產持有世紀地產股份達到百分之四十，成為世紀地產最大的股東。

這天是二〇〇一年一月七日，艾達地產以大股東身分入主世紀地產董事會，召開股東會議，以瞿濤貪贓枉法，致使公司陷入經營困境為由，解除其董事長職務。

三天後，艾達地產再次收購另一名大股東手中的股權，所占份額達到百分之五十七，接著對外宣布對世紀地產實際控股。

艾達地產的雷霆舉動令人目瞪口呆，這就算是把偌大一個世紀地產弄到手了？

所有人都懵了。

就算世紀地產股價跌停，資產縮水，要收購也不是一筆小數目。

艾達地產怎麼有這種實力？它的幕後支持者到底是誰？

然而，無論大家如何驚異猜測，艾達地產仍是一夜之間成為地產業的新貴。

記者們紛紛湧向艾達地產，整日堵在公司門口請求採訪。公司員工也被這勢態給驚喜得懵了，一開始只不過以為是在一家小地產公司混口飯吃，誰想到短短數月，自己竟然成為大公司員工。總裁的資金從哪裡來的？公司是不是有什麼祕密？

正當連自家員工都搞不懂的時候，艾米麗接受了記者的採訪，召開了記者會。

記者會上，艾米麗對如雪片般飛來的問題並沒有回答，只是宣布一件事。

「這個月二十號，為慶祝艾達地產成為世紀地產的新主人，華夏集團將在維多利亞港灣飯店舉辦舞會，屆時新聞發布會將一同舉行，歡迎各位的到來。」

記者們面面相覷，華夏集團？為什麼是華夏集團？

這個集團對香港人來說已經不算陌生，前陣子因為華苑私人會館的事，著實在香港火了一把。到現在也沒人弄清楚戚宸和李卿宇跟華夏集團年輕的當家人有什麼關係，反正鬼小學的風水之謎解開了之後，各界名流對華苑私人會館貴賓名額搶購的事，至今還有人拿出來當談資。

現在艾米麗再度在記者會上提起華夏集團，頗為耐人尋味。

華夏集團要舉辦舞會，跟艾達地產有什麼關係？為什麼要艾米麗來宣布？

雖然知道華夏集團是艾達地產的客戶，可這關係也太好了吧？沒道理在這時候還替華夏集團宣傳吧？除非，在幕後給艾達地產提供資金，幫助艾達地產扳倒世紀地產的就是華夏集團。

這個傳言越演越烈，艾達地產卻沒有再做過公開回應，而是一封封邀請函陸續發給了香港的政商名流和眾家媒體。邀請名單一經公布，立刻又掀起了熱烈的討論。

政商兩界名流自不必說，關鍵是，唐宗伯老先生和他的親傳女弟子，外界傳言神祕的那位風水大師，竟然也會到場。

這位夏大師可是從來不在媒體面前露臉的，這回竟然要出席？

聽說邀請的還有南方黑道當家人戚宸，就連在香港政界地位很高的名門羅家，都答應邀約。那不就是政界商界、黑道白道，各方齊聚了？

嘉輝國際集團的總裁辦公室裡，李卿宇修長的手指輕撫邀請函上精緻的印花，沉靜如水的氣氛裡，說不清的心緒湧動，「她會來。」

祕書點頭。

「替我把那天所有的行程全都排開，只留晚上華夏集團的舞會。」李卿宇吩咐道。

「是。」祕書應了一聲。

同樣是接到邀請函，三合集團董事長辦公室裡的情景卻是令人忍俊不禁。

接連幾個「噗哧噗哧」的笑聲，令戚宸在鏡子前轉身，冷冷地瞪著旁邊的人。

韓飛笑得最囂張，眼淚都快流出來了，「大哥，您什麼時候這麼女人了？辦公室裡放全身鏡，是自戀癖犯了，還是……噗，女人追不到，沒有自信了？」

展若皓看著那面員工搬進來的全身鏡，嘴角難得也有點抽搐。

洪廣笑得憋紅了臉，不說話。

戚宸哼了一聲，揮揮手，讓人將鏡子又搬走。他坐回椅子裡，摸著下巴思索道：「我就空著手去？是不是應該帶見面禮？」

「不用吧，這就是商業舞會，又不是生日宴。」洪廣道。

展若皓不解地看著戚宸，大哥怎麼像沒出席過舞會似的？

「女人不就喜歡那些東西？可是她都有了。」戚宸不理洪廣的話，固執地思考見面禮的問題，但沒想一會兒就發現自己不擅長這種事，隨即煩躁地看向捂著肚子笑得沒了形象的韓飛，瞇眼道：「太平洋上的奧茲島基地有段時間沒派護法駐守了，你想去嗎？」

韓飛趕緊收斂笑狀，「大哥，我錯了，我知道您應該送什麼了。」

戚宸挑眉。

「夏小姐不是那些庸脂俗粉，您有的東西，她都能買來。車子、房產、名牌包、首飾珠寶那些您就別想了，咱要送，就送最令她難忘的。」

「說重點。」戚宸很暴躁。

「送紙巾。」韓飛說完，忍不住又要笑，而辦公室裡卻是靜了下來。

洪廣和展若皓都看向韓飛，這小子找死嗎？

他們都聽說這件事了，大哥在地產競拍上曾遞了張紙巾給夏小姐，但夏小姐沒收。

這時候把這事拿出來開玩笑，這小子膽子真肥。

戚宸笑了起來，笑得令人背脊發冷，「我看你不應該去奧茲島，應該去米爾島上。」

這下子，韓飛是真笑不出來了，「大哥，我真的錯了，我還是去奧茲島當野人吧。」

米爾島都在北極圈了，愛斯基摩人才喜歡在那種地方住，他去那種地方會要命的。

戚宸森然一笑，接著一個人被丟了出去，然後傳來戚宸的怒吼聲：「今天就給我滾！」

洪廣搖頭嘆氣。也就韓飛這小子敢跟大哥嘻嘻哈哈，當然被罰最多的也是他。不過，大哥每次把高層人員派出去，都是有要事要辦，而韓飛是負責情報的，所以他出差的時間最多。只是這小子每次就不能乖乖被派出去，非得惹大哥不快，把他一腳踹走。

戚宸的送禮計畫泡湯，這幾天三合會裡一直都是低氣壓，幫會成員和公司員工全都低著頭輕手輕腳走路，就怕被颱風尾掃到，內心更是期盼著二十日早點到。

這一天，就在眾人的期盼中到來。

舞會是晚上八點開始，但才七點，維多利亞港灣飯店門口便有一輛輛豪車駛來。

飯店從門口遠遠地便鋪開了紅毯，只是今晚來的不是明星，而是政商兩界的名流。

看熱鬧的民眾被飯店的保全阻隔在外圍，媒體記者則在兩旁全程做現場實況轉播。

兩輛勞斯萊斯從兩旁大道駛來，在飯店門口不期而遇。兩名同樣耀眼的男人從車裡下來，一下便迷了人的眼，連記者的閃光燈都有一瞬間的停滯。

兩人身形同樣挺拔，只是氣質不同。

左邊車上下來的男人穿著深灰色西裝，鼻樑上架著金絲眼鏡，看起來既深沉又優雅，而右邊車上下來的男人則穿著筆挺的黑色西裝，渾身散發著狂傲不羈的氣息。

兩個男人的目光相觸，互相點頭致意，象徵性地握了握手。

嘉輝國際集團和三合集團，雙方一直有交情，聽說戚老爺子當年跟李伯元因唐老爺子結識，自此兩家關係便一直算得上友好。雖然不見得有多親密，但至少從來沒有交惡過。

戚宸和李卿宇年紀相同，也都是極受名門千金青睞的黃金單身漢。

兩人都到了適婚年齡，不知有多少家族想高攀，但戚宸的私生活沒人敢報導，也一直比較神祕，李卿宇卻是從來沒傳出過跟女星模特兒或者哪位名門淑媛的緋聞。兩人與一些紈絝子弟不同，尤其是李卿宇，作風嚴謹。正因如此，李卿宇在許多名門淑媛眼裡，比戚宸更加炙手可熱。並非是說戚宸傳出過跟女人的緋聞，而是傳言他喜怒不定，不羈難馴，不是每個女人都有膽量觸碰，駕馭不了的結果，可能是粉身碎骨。

戚宸和李卿宇一起出現在公眾場合的機會不多，今晚自是難得。據說李卿宇是因為跟華夏集團有合作，當初才不顧鬼小學的傳聞，公開表示成為華夏集團旗下的私人會館的貴賓。那麼，戚宸又是為什麼？今晚總算能有答案了。

有些眼尖的記者發現戚宸的著裝很正式，他以前別說打領帶了，襯衣扣子都扣不幾顆。聽聞戚宸身上那條玄黑大龍是他成年時紋的，他很喜愛，便走到哪裡都不讓黑龍藏身。

可他今天卻是領帶打得一絲不苟，實在是稀奇。

華夏集團的舞會，他竟這麼重視？

就在戚宸和李卿宇要進入飯店的時候，一輛賓士商務車開了過來。

戚宸挑了挑眉，停下了腳步，這輛車他看過。

車子停下，車裡下來兩名老人和一名十二三歲的少年，其中一名老人坐著輪椅，正是香港風水界的泰斗唐宗伯。

「唐大師？」

連離得最近的記者忍不住驚喜地出聲，雖然知道今晚唐宗伯會來，但是沒想到這麼早。

「伯父。」

「唐老。」

戚宸和李卿宇見到唐宗伯，都上前跟老人家打招呼。

唐老來了，那不就是說……夏大師到了？

李卿宇的目光也跟著記者一樣往車裡投去，手不由自主地微微捏緊。

可是，車裡沒人。車門關上後，司機便將車開走了。

她……沒來？

李卿宇的目光隨著那輛車遠去，今晚來此的意義似乎在這一刻散去。

有記者急切地發問：「唐大師，請問您的愛徒呢？聽說艾達地產公布的出席名單上有她，夏大師為什麼沒來？」

唐宗伯笑了笑，指著飯店說道：「那丫頭早我們一步來，已經在裡頭了。」

咦？什麼時候的事？

記者們有些呆愣。他們一直全程跟著來飯店的人，怎麼會沒看見夏大師進去呢？莫不是她真人與照片上差別很大，導致他們看漏了？

李卿宇霍然轉身，望向飯店大廳，沉靜的眼眸終於有了波動，嘴角也微微揚起。

她來了！

「哼！這個女人又搞喬裝！」戚宸哼了一聲，走過去推唐宗伯的輪椅，與張中先、溫燁和李卿宇一起走進了飯店大廳。

夏芍確實是先一步到了，她前腳進了飯店，戚宸和李卿宇後腳也到了。戚宸猜的沒錯，她確實又喬裝成艾達地產的員工，隨著艾米麗進入飯店。

今天並非週末，夏芍是在放學後才去艾達地產公司。她穿著制服，不便出現在媒體面前，便跟著艾米麗喬裝成員工，先來到飯店。

今晚的舞會在飯店一百樓的觀景大廳舉辦，艾米麗來的時候便已經打扮好了，今晚的她一身紅色晚禮服，一改平日的嚴肅形象，看起來冷豔而成熟。

夏芍隨著艾米麗一出現在這層樓，便有不少人過來與艾米麗握手寒暄。

「我們中國有句話叫做沉魚落雁，艾米麗總裁絲毫不輸古代的四大美女啊！」

「艾米麗小姐這次拿下世紀地產的控股權，真是大手筆！」

這些人沒有注意到夏芍，夏芍趁機回預訂的商務套房換衣服。

房間就在同一層，她抬腳往外走，電梯門忽然打開，走進來一對中年夫婦和穿著禮服的少女。她用眼角餘光看見這一家三口，暗道冤家路窄。

來人正是董氏船業的董氏夫婦和他們的女兒董芷文。

董氏船業在香港是除了三合集團外的船業龍頭，艾米麗走過來與董臨握手。

董芷文穿著身粉色洋裝，笑容純真，仔細看卻能看出她笑得有些僵硬。

今晚的舞會限制不多，來的人或是帶舞伴，或是帶親眷，董芷文出現在這裡並不奇怪，她百無聊賴地四處張望，竟看見了夏芍。

董芷文頓時睜大眼睛，「咦？妳、妳……妳怎麼……」

夏芍今晚喬裝只是換了衣服，並未易容，董芷文一眼就認出了夏芍來，她驚訝地看著她這一身上班族的打扮。董夫人也被女兒的反應吸引了注意力，轉頭看到夏芍時，也是一愣。

「妳怎麼在這兒？」董夫人拉下臉來，神色不善。她那晚回去琢磨了一番，才覺得這女孩子那句話果然是在諷刺她。她把自己女兒拐帶出學校，她本要去學校向校長討個說法，但是不知道為什麼，那晚回去之後，夜裡她就一直做惡夢，這幾天晚上都是被嚇醒的，白天精神恍惚，晚上又心悸難眠。今晚的舞會不來也行，但聽說唐老會出席，她便想著來見見唐老。平時見唐老預約也不一定能見上面，她想趁這時候請唐老看看她是不是中邪了。

董夫人的話讓周遭人也對夏芍側目。

「我說，艾米麗總裁，你們艾達地產公司如今怎麼說也是大公司了。我知道你們剛來香港，可能員工不夠，但也用不著請這麼個兼職的學生跟在身邊。就算是請兼職，也不要只看學校。有的人成績再好，家世不好也是沒教養的。」

董夫人認定夏芍家境不好，小小年紀就出來打工。

「妳亂說什麼！」董臨輕斥妻子。他這個老婆說話向來不分場合，也不想想，打工的學生怎麼會在總裁身邊？她別是又要得罪人了。

董夫人神態高傲，不覺得自己會得罪艾米麗。在她看來，艾米麗是因為幕後有人扶持才站到如今的高度，董氏船業論資產論資歷，怎麼都應該是艾米麗來攀附他們才是。

夏芍趕著去換裝，沒時間跟董夫人計較，只是笑道：「董夫人精神倒是好，我若是每晚都做惡夢，可不敢晚上出門。」

董夫人臉色大變，夏芍已笑著離去。

她來到訂好的套房，走了進去。

「董事長。」房間裡的員工是跟著艾米麗來香港的，知道夏芍的身分，見她來了，立刻恭敬且興奮地迎上來，「化妝師已經在等您了，您的禮服也送來了。」

夏芍看了這名員工一眼，笑問：「遇上什麼事這麼開心？」

員工答道：「當然是因為您。今晚的記者會過後，不知道會驚了多少人呢！」

夏芍笑笑，開始換衣服化妝。

觀景大廳裡，應邀前來的政商名流陸續到場了。大廳裡金碧輝煌，記者要到發布會開始的時候才會被請進來，沒有記者的打擾，眾人相談甚歡，尤其是見到戚宸和李卿宇陪著唐宗伯來了之後，在場的人都圍了過去，跟唐老寒暄，也趁機在戚宸和李卿宇面前露個臉。

眼尖的人發現唐宗伯身邊並沒有女弟子的身影。

李卿宇的目光在大廳裡轉著，他知道他所見過的她不是她的真容。儘管他沒有見過她的真容，但她若是出現，他必能一眼認出，她的氣質並非其他女子能有。

許多年輕名媛見李卿宇望過來，紛紛露出自己最美的笑容向他點頭致意，卻不想他的視線沒有在任何人身上停留太久，只是一掠而過。

不是，都不是，她不在大廳裡。

原以為來到大廳便會見到她……

這時，大廳裡進來一名工作人員，帶著記者們入場。眾人一看，便知發布會要開始了。

觀景大廳很寬敞，本就是做大型舞會用的，因此今晚便在臺下闢出一個記者專區，等發布會結束，記者們離去，這裡還能用作休閒區域。

今晚的舞會是由華夏集團主辦的，按說華夏集團只有一家私人會館進駐香港，不應該辦這麼大的舞會。之所以有這麼多人到場，全都是為了艾達地產控股世紀地產的事，為了那個外界一直都有的幕後支持者的傳言。

記者們眼巴巴地望著臺上，最先上臺的毫無意外是艾達地產的總裁艾米麗。

艾米麗掃視了一眼大廳的記者和賓客，用流利的中文說道：「感謝今夜的來賓，無論是記者朋友，還是應邀出席舞會的貴客們。我代表艾達地產公司，感謝你們的捧場。到今天為止，艾達地產公司來到香港三月有餘，我們的收穫是可喜的，我們的成績是有目共睹的。我想諸位今夜來到這裡，一定帶著很多的驚奇和很多的疑問。我之所以前幾天沒有在媒體朋友們面前解答，是因為我沒有權力回覆你們的疑惑。艾達地產有今天的成就，離不開我們的員工盡職地工作，也離不開一位令人敬佩的領導者的指引。我不是這位領導者，在此，請允許我請出她來。她是我的人生中除了父母和導師之外，最令我欽佩的人。她便是華夏集團的董事長，夏芍小姐。」

艾米麗做出一個請的手勢，記者、賓客齊刷刷看向大廳入口處。

從臺上到入口鋪著一條長長的紅色地毯，地毯盡頭站著一名十八歲左右的少女。

少女穿著改良式的旗袍，黛色的底子，上面繡著淺鵝黃的芍藥。遠遠望去，像是初春裡見著了初夏，令人有時光交錯的恍惚和淡淡的歡喜。

少女的眉眼悠遠，氣韻沉靜，如詩如畫。她的髮絲輕綰，露出的耳珠上點綴著潔白的珍珠。俏立門口，大廳裡一時鴉雀無聲。

這名少女就是華夏集團的董事長？

早就聽說嘉輝集團在大陸與華夏集團有合作，其董事長是一名年僅十八歲白手起家的少女，但因為華夏集團一直在大陸，因此香港的商界人士不曾親眼見過她的真容。

卻不想這一眼，令人驚豔。

自夏芍現身開始，就有一道目光始終沒離開她身上。

那一刻對他來說很漫長，又好像很短暫，交織的情緒難以言說。

……是她？

是她！

坐在貴賓區的李卿宇握拳，西裝褲被他揪皺。

儘管她的真容在瞬間便刻進心裡，印下此生都不曾體會過的名叫驚豔的詞彙，但她的眉眼氣韻，卻早已在半年前烙進他的記憶裡。

那記憶至今未曾淡忘，明明與他相伴時，是那樣一張不起眼的臉龐，午夜未眠時卻總是不期然想起。他一直在等她出現，他這輩子最好的就是耐心，卻不知多少次與她相見的機會，錯失在他的耐心等待上。

華夏集團的董事長？

為什麼他之前沒有發現，沒有去查？

他從來沒關注過華夏集團，儘管聽祖父稱讚過，但他有太多事要忙，沒那麼多時間去關注一個大陸剛剛崛起的新星。祖父打拚半生，創下偌大的家業，對方若是想要站到令他關注的高度，怎麼說也得半生。

沒想到，她來了。這麼快就來到了香港，站上了更高的舞臺。

初見她，她是他的私人保鏢。

再見她，她是唐老的嫡傳弟子。

今夜見她，她是華夏集團的董事長。

她到底還有幾個身分？還要給世人帶來多大的驚喜和不可思議？

李卿宇不知道，他也估量不出。他已經估量錯了一回，也錯過太多次就在眼前的見面機會。今夜她終於現身，他看著她走來，終於有種宿命之感。像是宿命裡有緣，卻也無緣，只是相見了，便渲染開了半生的歡喜和餘味……

他的目光恍惚，坐在旁邊的戚宸，眼神也恍惚。

那不是他該有的眼神，但有了也不自知。反應過來的時候，就只是皺著眉頭，瞪一眼旁邊區域坐著的媒體記者，甚是來氣。

這些記者有沒有會拍照的？以前這女人盛裝出席發布會和舞會的照片簡直是拍瞎了。所以說，有的女人看照片就好，有的女人卻必須看真人。

戚宸嘴角帶笑，為他親眼目睹了一回。

而同樣是見到一個人，卻有人這時捂住了嘴。

羅月娥驚訝地指著夏芍，「我眼花了吧？你掐我一把。」

她和丈夫陳達早來了，還是第一波來的。原因在於羅月娥對夏芍有太多的疑問，且有段日子沒見了，想敘敘舊，不料來了之後沒見到人，反而被一群政商名流圍著寒暄了半天。

羅月娥實在沒想到會在這個場合見到夏芍，但她確定她沒看花眼，因為夏芍身上穿的禮服就是前段時間打電話給她，請她公司的設計師設計的。

可……這妮子不是說她艾達地產幕後的老闆嗎？怎麼成了華夏集團的董事長？

陳達自然也是震驚，但聽見妻子的話後，苦笑一聲。他哪裡敢掐她啊？於是說道：「不如還是妳掐我吧。」

記者們回過神來，猛打閃光燈。

有人懷疑自己眼花了，董夫人就是其中之一。

「她是董事長？」

開玩笑的吧？她不是打工賺錢的女學生嗎？怎麼轉眼就成董事長了？

董芷文也瞪大眼睛。董事長……那不就是跟她父親一樣的人？

夏芍緩步上臺，第一句話便開起了艾米麗的玩笑：「我從來不知道妳那麼會逢迎拍馬，平時怎麼不見妳多說點？」說的是艾米麗開場白的那段話。

「我說的是肺腑之言，肺腑之言天天掛在嘴邊，那才叫逢迎拍馬。」艾米麗刻板的回答，讓臺下不少人笑了出來。

夏芍一開口便是調侃的話，讓她在眾人心目中的形象一下子變得嬌俏起來。

艾米麗退去一旁，夏芍這才泰然自若地繼續說道：「我最先要說的還是感謝，感謝今晚各位的捧場。各位一定很疑惑，為什麼華夏集團會在這時廣邀諸位出席？為什麼是請艾達地產的總裁艾米麗小姐發出邀請？」

「對各位來說，或許這是疑問，但對我來說，這是理所當然。艾達地產與華夏集團有著千絲萬縷的關係，我與艾米麗總裁在三年前於大陸結識，我們是志趣相投的朋友，是合作無間的夥伴，也是上下級關係。」

上下級？這個字眼令在場的人聯想到了什麼。

「沒錯，艾達地產公司隸屬於華夏集團旗。註冊之初，出於各方面的考量，不適合對外公布這件事情，如今我不介意在此向大家宣布，艾達地產屬於華夏集團，而世紀地產現在由華夏集團實際控股。」

臺下一時間沒有聲音，大家還在消化兩個訊息。

艾達地產隸屬於華夏集團，世紀地產現在由華夏集團實際控股。

沒人想到過，瞿濤也沒想過，而就是這個不曾想到過，成為了最大的殺手鐧。曾經輝煌的世紀地產被強勢收購，如今歸諸他人。

彷彿嫌給人的震驚還不夠，夏芍又含笑道：「我們既然已經將世紀地產控股，公司的營運將會很快步上正軌。接下來，我們將會通過法律手段，收購世紀地產前任董事長瞿濤手中的股份，預計明年六月前將世紀地產更名，歸於華夏集團旗下。」

雖然世紀地產股價大不如前，但收購其股權還是耗費了華夏集團不少資金。今晚之後，股價必然會開始回升，與之前收購盛興集團時一樣，等股價回升，資金回升，夏芍再考慮收購瞿濤手中的部分。當然，瞿濤必然不會那麼容易轉讓股權，這部分就只有走法律途徑了。

她的話果然再次震驚了眾人。

這個少女年紀不大，胃口倒是不容小覷。

瞿濤手中的股權大約有百分之三十，這是一筆不小的數目，她的資金從哪裡來？

這段時間，當外界都在盛傳華夏集團是艾達地產的幕後支持者時，就有專業人士將華夏集團的資料找出來，分析了其資產。

外界傳言華夏集團有百億資產，其實算來遠遠不止。這個集團這兩年沒什麼大的投資，前景卻一直被看好，股價在持續上升。有人做了預測統計，發現這兩年這家年輕的集團資產也如滾雪球一般，資產只怕已近三百億。

世紀地產的資產市值最高的時候有人估計有五百億，但是股價連續跌停之後，資產已大幅度縮水。華夏集團收購其百分之五十七的資產實行控股，是完全有這個資金實力的。

但這個少女只給自己半年的時間，就聲稱要吞併世紀地產，這是不是在開玩笑？

許多人不相信，卻有一人低頭微笑。

李卿宇用手指輕撫剛才捏皺的褲管，不知撫平的是衣皺，還是思緒。

她能做到，他沒有任何懷疑。

在場的人沒注意到她還有一件事沒公布。

相比他的沉靜，戚宸卻是哼了一聲，不屑地掃了在座的人一眼。

這個女人不過是公布了個身分，就把他們給驚到這個分上，還忘了另一件更重要的事，難怪這些人的高度就只有這樣了。

夏芍並不在意臺下眾人不信的表情，她只是微笑著。

正當她要繼續說話的時候，有一名記者舉手站了起來。

他先是對夏芍點頭致意，表示對打斷她的發言很抱歉，卻堅持問道：「夏董，我想在座的人都有這樣一個疑問，請允許我提問。」

夏芍點點頭。

「謝謝夏董。我想問的是，您宣稱明年六月前將世紀地產完全收購至華夏集團名下，這算不算是宣告？您有什麼依據保證一定會完成此計劃？有沒有考慮過六月之前做不到？」

夏芍淡定地道：「我相信華夏集團的進入將會為世紀地產注入新的生機。眾所周知，世紀地產深陷風水醜聞，而我們在接手世紀地產後，首先要解決的便是民眾的信任危機。華夏集團雖然是年輕的集團，但在大陸有著良好的口碑。我們以古董業起家，不作偽不造假，誠信經營一直是集團發展的理念。雖然我們是地產業的新人，但我們會秉持誠信的理念。在此我們也可以向大眾做出宣告，日後凡是華夏集團開發的地標，絕不會出現世紀地產壓低價碼、尋釁擾民之舉。我們對任何地段的開發，都將遵照業內標準，誓將誠信經營進行到底。同時，在人們越來越重視生活環境和品質的今天，我們開發的地標工程日後都將從地段、建築形態和布局上，遵照最基本的風水原理，為廣大市民提供舒適的居住環境。」

在她身後站著的艾米麗聽完，忍不住帶頭鼓掌。

董事長的演說總是很有感染力和號召力，簡直就是天生的領導者。

艾米麗的掌聲響起，在場的記者和貴賓只好跟著她一起鼓掌。

夏芍沒有直接回答記者的提問，卻很好地解釋了他的疑問。

風水，他們怎麼都把這件事忘了。

艾達地產是聘請了唐老的嫡傳弟子夏大師為風水顧問的，如今爆出艾達地產隸屬於華夏集團，也就等於是華夏集團聘請了夏大師作為風水顧問。

以老風水堂在香港的名氣，夏大師親自擔綱風水顧問，華夏集團的工程還怕售不出去？今晚的報導一出，還怕世紀地產的股價不回升？這些不都是資金來源嗎？

剛才他們居然還不信明年六月之前華夏集團能將世紀地產完全納入版圖，現在想想，都覺得這個時間是保守估計了。如今想來，她是謙虛了。

「夏董，請允許我再問個問題。您說華夏集團日後將以為廣大市民提供舒適的居住環境為理念，在開發工程上遵照風水原理。那麼，我想請問，這件事夏大師同意嗎？她將會長期擔任華夏集團的風水顧問，確保每處地標在購買時和購買後的建築設計以及布局都提供風水意見嗎？」那名記者在驚訝過後，索性繼續提問。

他的問題還是很犀利。華夏集團打算長期在地產業發展，那風水顧問也是長期的嗎？如果今年是，明年又不是了，那麼所謂的日後在開發工程上遵照風水原理的承諾，不就是空話？所謂的誠信經營，不就是打臉？

夏芍還沒回答這個問題，這名記者就被身旁另一家週刊的女記者拽了下去。

「之前說好的每家媒體有一次提問機會。」女記者對那名男記者道，提醒他他的提問機會已經用過，應該輪到別人了。

女記者站起來，對夏芍笑道：「夏董，您好，我想請問，之前外界都傳言今晚夏大師會出席舞會，但是到現在都沒見到她，請問夏大師來了沒有？不知能否請她出來跟大家見個面？」

在場的人當即都目光灼灼地看著夏芍，這也是今晚他們出席的目的之一。

艾達地產能在香港這麼快地受到關注，夏大師功不可沒，這個功臣現在在哪裡？

夏芍眨眨眼，說道：「不是已經跟大家見面了嗎？」

大夥兒茫然，一時間沒反應過來這話是什麼意思。

接著，眾人齊刷刷轉頭，看向大廳的入口處，可是門口空無一人。

那名提問的女記者以為是她問得不夠清楚，夏芍沒聽明白，於是又解釋道：「不好意思，夏董，我的意思是，既然夏大師是華夏集團的風水顧問，那麼她會不會一直擔任華夏集團的顧問，這還是由她本人來回答比較好。能請她本人出來接受採訪嗎？」

夏芍看著那名女記者，笑著答道：「不是已經在接受採訪了嗎？」
大廳裡這回是真沉默了，大家回味過來，卻不敢相信自己的猜測。
這時，有人忍不住笑出聲，正是羅家千金羅月娥。
羅月娥是早就知道夏芍風水師的身分，只是不知道她竟是華夏集團的董事長。
「華夏集團的當家姓夏，夏大師也姓夏，這不明擺著的事嗎？」羅月娥笑吟吟地道。
大廳裡一下子炸開了鍋。
「夏董，您的意思是，您就是唐老的親傳弟子？您沒開玩笑吧？」女記者萬分驚訝。
夏芍看向最前排坐著輪椅的老人，笑道：「唐老今晚就在場，我哪有那麼大的膽子，當著他老人家的面冒充他的嫡傳弟子。」
眾人齊刷刷轉頭去看唐宗伯。
唐宗伯笑著輕斥道：「妳這丫頭，越來越沒大沒小。我是妳師父，妳叫我唐老？」
我是你師父，這話把大家都敲愣了。
「可是……」記者們都坐不住了，有人急著問道：「可是，夏大師的面容之前有人拍到過，似乎跟夏董您……不是同一個人。」
「我師父在大陸休養的這些年，香港到處都是余九志的人。我之前孤身前來，勢單力薄。為了安全著想，我才不得已易容行事。」
又有記者問道：「那之前有人說您目前在聖耶女中就讀，這件事也是真的嗎？」
這件事校方曾說會調查之後給媒體一個滿意的答覆，但那答覆卻是石沉大海。
夏芍挑眉，這事是有人在背後害她，而這個人她已經讓劉板旺去查了，早晚有結果。

夏芍點頭道：「沒錯。因為我讀的是畢業班，課業比較重，我不希望有人打擾，便對外界隱瞞了這件事。」

一切的疑問都解開了，有的人這才將在聖耶女中讀書的夏芍，與艾米麗介紹華夏集團董事長入場時說的「她便是華夏集團的董事長夏芍」聯想在一起。

人家一開始就亮明身分了，是大家自己沒想到而已。

艾達地產隸屬華夏集團，華夏集團的當家人是唐老的弟子夏大師，夏大師是艾達地產的風水顧問……這都什麼跟什麼？

現在總算是有人明白過來，所謂的風水顧問，根本就是事情還沒公開的時候，艾達地產為了跟世紀地產打一場商戰而拋出的煙霧彈。

瞿濤並不知道夏大師便是華夏集團的董事長，是艾達地產的幕後東家，他還傻傻地想用百分之一的股權和兩套別墅來賄賂夏大師，請對方幫自己對付艾達地產。

到現在很多人還是不知道艾達地產是怎麼得到當天的錄影光碟，有人認為是趁著瞿濤不注意，從他那裡偷來的，但現在想想，真的是偷來的嗎？能把余曲王冷四大風水家族給整跨，這樣的人怎麼可能會乖乖被人算計之後，再手忙腳亂地去偷光碟？

就憑她隱瞞了自己是瞿濤競爭對手的身分，以眾人所熟知的「夏大師」那張臉去世紀地產見瞿濤就可以知道，這件事是誰算計誰還真不好說。

搞不好是瞿濤偷雞不成蝕把米，賠了夫人又折兵。

夏董是風水界泰斗唐大師的弟子，未來華人世界多少政商大佬求之不得的風水師。就憑這個身分，對她的年紀有所輕視、對她的集團有所覬覦的人，只怕也不敢再妄動。

唐老有多少人脈令人畏懼，將來她就有多少人脈令人仰望，而她以老風水堂正經傳承的風水大師身分進入地產業，日後在地產業裡，還會有人是她的對手嗎？

接下來，記者們紛紛起身，對夏芍進行了提問。整場發布會前後竟持續了一個多小時，當提問都結束了之後，夏芍才笑道：「感謝今晚媒體朋友們的到場，待會兒還有舞會，如果大家還有什麼問題，之後我們會再安排時間受訪，謝謝大家。」

她這已經算是在做結束陳詞了，記者們自然是不想走，但今晚的衝擊太強烈了，估計回去之後要熬通宵寫新聞稿了。眾記者陸續起身，在工作人員的帶領下依序離開了大廳。

觀景大廳裡奏起了輕緩的音樂，端著香檳和葡萄酒的侍者魚貫入場，自助餐點也都推了進來，舞會正式開始了。

夏芍從臺上下來，大家立刻圍了過來，寒暄、讚嘆，剛才在大廳門口用在艾米麗身上的話，現在又用到了夏芍身上。只是，對夏芍的態度卻是恭敬多了，畢竟她有一層超然的身分在。

夏芍端著香檳，在人群裡走了一圈，這才朝休息區走去。

那裡不僅有唐宗伯、張中先和溫燁在，政商兩界的寵兒戚宸和李卿宇也坐在那裡，羅月娥和陳達夫妻也陪坐一旁。

眾人的目光都落在夏芍身上。

溫燁小聲咕噥了一句：「滿身珠光寶氣的，真奢侈。」

夏芍歪頭道：「讓你穿道袍去風水堂門口當道童你不幹，今晚是想來飯店當酒童嗎？」

溫燁今晚算是盛裝打扮，居然穿了身黑色小燕尾服，襯衫領口還打著個小蝴蝶結，乍看還真是個小紳士，但到了夏芍嘴裡就變成了酒童。

酒童頓時臉色變黑。

唐宗伯說道：「行了，你們兩個什麼場合都能鬥嘴。」他邊說邊搖頭，對周圍的幾人道：「這丫頭都是師叔祖了，還老跟門派裡年紀最小的弟子過不去，像個長不大的孩子似的。」

羅月娥笑道：「再是董事長，年紀也在那裡，難免有孩子心性。」

戚宸也哈哈一笑，大咧咧地靠在沙發椅背上，抬頭看著夏芍，目光中有著欣賞。

李卿宇臉上的笑意淺淡，他從今夜見到她出現的那一刻起，視線就沒離開過她。她在臺上神采飛揚地致辭，她端著香檳周旋於名流之間應對自如，她走過來打趣同門的嬌俏模樣，他全都看在眼裡，留待日後，回憶品讀。

夏芍感受到李卿宇的目光，向他看來。李卿宇見她望來，鏡片後深沉的眼眸有瞬間的凝滯，卻見夏芍嬌媚一笑，調侃道：「李先生，你今晚是送報酬來給我嗎？」

李卿宇聽到「李先生」，笑容微滯，但聽見後半句，不由笑道：「妳果然是財迷。」

羅月娥朝夏芍招手，讓她坐到她身旁。

夏芍坐下之後，又看向李卿宇，「我不是財迷，就沒有今天的華夏集團，所以財迷的錢可別想吞下來，快點上交吧。」

李卿宇淺笑道：「我沒帶。妳有時間，去我那裡拿。」

「連同我的獎金？」夏芍反問，李卿宇當時答應要給她加薪的。

李卿宇的笑容變深，「妳來了，就有。」

兩人的談話落入眾人耳裡，除了唐宗伯，自是誰也聽不懂。

戚宸摸著下巴，目光在夏芍和李卿宇之間來回。

這個女人！

「咳。」戚宸咳了一聲，手裡握著的啤酒罐子喀喀響。

夏芍看過來，戚宸便把身子轉向，剛好露出他今晚刻意穿好的襯衫領帶。

夏芍彷彿沒看到，挑眉問：「戚當家嗓子不好？不好就少喝酒。」

戚宸聽到前半句，臉色黑了黑，但聽見後半句，果斷陰轉晴。

夏芍卻又補了一句：「免得喝得不舒服了，要怪我的舞會讓你喝壞了嗓子。」

戚宸臉色又晴轉陰，且有雷鳴閃電之勢。

夏芍笑了笑，轉頭招呼羅月娥和陳達。

「妳這妮子，這麼大的事，也不提前知會我一聲。」羅月娥嗔道。

兩人姊妹狀似親密，戚宸是知道怎麼回事的，這回換李卿宇疑惑了。

「我看看，這身旗袍很適合妳。」羅月娥打量夏芍，讚道：「我在服裝業這麼久，什麼時尚大師沒見過，還是頭一次見到有人能把旗袍穿得這麼有韻味，以後妳的禮服就交給姊了。」

夏芍這身禮服是她週末去了趟羅月娥的公司，請她公司的設計師量身設計的。至於今晚她佩戴的珍珠項鍊和耳飾，都是成年禮那晚，師兄送給她的。

想起徐天胤，夏芍垂下眼簾。師兄已經回到青省軍區了，雖然兩人每晚都會通電話，但見不到面，確實想念。尤其是週末，回到師父的宅子，住在師兄的房間裡，時不時地便會想起兩人相處的時光。

「今晚妹子大出風頭，我敢保證妳明早便會風靡全港。我妹子年少有成，有財有貌，還是風水大師，一定會有一堆富家公子追著妳不放。」羅月娥開起了玩笑，隨即從桌上端起了一杯香檳，「我得敬妹子一杯，今晚太完美了。」

她這麼一說，戚宸和李卿宇也拿起酒杯，跟著眾人一起舉杯。

夏芍卻是說道：「別人敬我，我一定喝。月娥姊敬我，我可不敢喝。」

這話令陳達、戚宸和李卿宇微愣，唯有唐宗伯和張中先呵呵地笑著，溫燁則是聳了聳肩，看了羅月娥一眼。

羅月娥問道：「這話怎麼說？我敬的酒怎麼就不敢喝？」

夏芍答道：「孕婦為大，我哪敢讓月娥姊敬酒？再者，妳現在也不宜喝酒。」

「什麼？」羅月娥懵了。

戚宸挑眉看著夏芍。

羅月娥雖然保養得好，看起來也就三十出頭，但實際年紀都四十八了，怎會懷孕？

「夏大師，妳這話是……是什麼意思？」陳達反應過來，語氣激動。

夏芍一看夫妻倆這反應，就知道他們還不知道，於是搖頭笑道：「你們可真粗心，也不知去醫院看看。月娥姊面如桃花，氣血虛浮，眼尾意態懶散，明顯是孕期之相。」

不過，夏芍也理解兩人沒發現的原因。羅月娥這年紀，只怕兩人都認為已過了孕齡，不會再有孩子了，但現在不乏高齡生育的例子。

「大師，妳的意思是，月娥有了？」陳達又驚又喜。

夏芍說道：「月娥姊，妳的身體自己應該清楚，明天去醫院看看吧。」

羅月娥捂住嘴巴，眼裡含淚，「我、我還以為……」

她還以為這輩子不會有孩子了。她跟丈夫這些年因為兩人誰也不坦誠，爭吵的時候很多，房事卻很少。如今兩人感情漸濃，房事自然也多了，但孩子兩人卻是都不想了。她已經快五十歲了，怎麼可能還會懷孕？

「別激動！別激動！」陳達手忙腳亂，趕緊把妻子手裡的酒杯拿開。

「是別太激動。現在激動，也太早了點。」夏芍笑著再次丟下重磅炸彈，「月娥姊的子女宮氣色紅潤，有子之相，但臥蠶卻氣色黃明，有女之相，這一胎應是兒女雙全。是與不是，現在可還檢查不出來，只看日後了。」

面相的事，有機率性，但夏芍方才開天眼觀了一下，確實是看到了一對漂亮的龍鳳胎。只是羅月娥印堂略暗，這一胎並不會太順利分娩，畢竟她的年紀擺在這兒。

「兒女與父母也是前世註定的緣分，你們夫妻之前爭吵不斷，孩子沒來。如今他們來了，也是與你們的緣分到了。」夏芍提醒道：「不過，月娥姊的年紀，只怕要吃些苦頭。我建議妳還是早早去醫院住下，費些心思看護。」

羅月娥和陳達面面相覷。兒女雙全，他們以前從來沒想過。

陳達比羅月娥反應快，連連點頭，握住妻子的手，「那是自然！那是自然！」

「那，我我我……」羅月娥說話結巴起來，有些不知所措地看著丈夫，這與她平時女強人的形象可是大相徑庭。

「今晚回去就把劉醫生請來看看。」陳達道。

「不用等舞會結束，這裡環境吵，月娥姊還是早些休息。」夏芍提早放人，「我送送你們，你們早點回去歇著吧。」

夏芍起身喚來大廳的侍者，讓其下樓去通知羅家的司機，開車到飯店門口等著。

陳達扶著羅月娥起來，夫妻還是有些懵。

兩人剛站起來，董臨便帶著妻女走了過來。

董夫人勉強對夏芍笑道：「夏小姐。」

董夫人的到來讓羅月娥和陳達暫且坐回沙發裡。陳達扶著羅月娥，小心翼翼，彷彿她已有八個月身孕似的。羅月娥見到董氏船業的人來了，便收斂起激動的情緒坐下。

董夫人的笑容很不自然，董臨也很尷尬，暗暗瞪了妻子一眼。

董夫人拉了女兒一把，她已經問過女兒，那晚女兒是從學校翻牆出來的，還是夏芍救了她。既然她肯出手救自己的女兒，那就表示兩人還是有點交情的，那就好說話了。

董芷文被母親拉上前，有些局促。抬眼對夏芍含蓄一笑，便把頭低下了。

董夫人見女兒連句招呼也不打，狠狠瞪了她一眼。

夏芍微笑不語，重新坐了下來。

夏芍坐著，陳達、羅月娥夫婦坐著，戚宸和李卿宇更是沒站起來。除了溫燁站在唐宗伯的輪椅後頭，張中先也坐在沙發裡，幾人都沒有起身的意思。

董臨沒好意思提剛才在門口的事，因為有求於夏芍，才帶著妻女過來。

董夫人有錯在先，董臨只得忍受此刻的冷遇。

「夏董，我剛才聽小女說，妳們都在聖耶女中讀書，這可真是有緣，呵呵！」董臨見妻子礙於面子，打了聲招呼就不開口了，只好主動替她出面。

夏芍挑眉，「世上的緣分很多種，救下董小姐算是緣分，聆聽董夫人訓示也是緣分。」

平安夜那晚的事和今晚在大廳門口的事，在座的人都不知情，但聽了夏芍的話，都不由抬頭看向董夫人。

羅月娥冷下臉來，以她的家世身分，董家人在她面前只有恭維的份。別看她在夏芍面前總是笑著話家常，平時羅月娥可是出了名的高貴。看不上眼的人，她一直都是淡淡的。今晚這一冷下臉來，看得董夫人心裡咯噔一聲。

然而，還沒等董夫人反應過來，她便覺一道霸烈的目光瞪來。

董夫人順著目光望去，與戚宸的視線對上，呼吸差點停滯。

戚宸在上流圈子是很特殊的存在，他是三合會的當家，三合集團在船業上還壓董氏一頭，董氏卻只能在三合集團面前畢恭畢敬。

見把戚宸給惹了，董夫人頓時如履薄冰，不敢與戚宸對視，只好別開頭，卻對上了李卿宇的目光。他的眼神冷沉，令董夫人幾乎喘不過氣來。

張中先哼了一聲，不客氣地道：「咱們家的丫頭，我們這些老傢伙都不捨得說一句，什麼時候輪到別人訓示了？」

唐宗伯面色威嚴，看著董夫人，不發一言。

董臨夫婦懵了。

董臨本以為帶著妻子過來道個歉就行，妻子平時講究身分，待人向來刻薄，但董家也是有頭有臉的，因此，她雖然說話尖酸，卻沒人敢跟她計較，哪知今天會踢到了鐵板。

對方雖然是商界新人，卻是奇才，吞了世紀地產後，資產跟董氏已經不相上下。最關鍵的是，她還是唐老的嫡傳弟子，實打實的風水大師。

僅憑這身分，政商兩界的大佬便不好在她面前擺臉色，更何況是董家？

最令董氏夫婦錯愕的是，這名少女竟跟羅家人、三合會和嘉輝集團的關係很好。

早在今晚之前，就有人不懂戚宸為什麼在華苑私人會館的事情上這麼積極，鬧了半天，是因為跟華夏集團的當家人有關，而李卿宇此刻看起來，似乎也不僅僅是因為兩家有合作……

這邊的氣氛不太好，有人悄悄看了過來。

要知道休息區裡坐著的可都是重量級的人物，唐宗伯、戚宸、李卿宇、羅月娥，任何一人出現在宴會裡，都是眾人恨不得圍起來的對象，如今坐在一起，怎能不引人注目？

董家人過去之前，眾人便盯著這邊看了，對這邊閒聊的氣氛，和戚宸、李卿宇和羅月娥等人的神態也是看在眼裡。幾人跟夏芍閒聊越是隨意，越是令人驚訝。

風水師的人脈果真令人心驚。

董夫人不敢說話，董臨則強笑著打破冷場，「夏董，有些事是誤會。所謂不打不相識，聽說妳救了小女，有機會還請讓我們董家請妳吃頓飯，聊表謝意。日後有機會也可以多走動走動，畢竟妳跟小女是同學嘛！」

董臨把話題轉到夏芍救了董芷文的事上，巧妙地把大廳外面的不愉快給帶過。

夏芍卻慢悠悠地道：「豈敢？董家乃是名門，我怎敢高攀？」

董夫人聽了，臉皮緊繃。

「我不過是普通人家的女兒，白手起家才有今天的成績。董家富麗堂皇，只怕我不敢輕易走動，進了董家，我怕我會自慚形穢，誠惶誠恐。」

董臨夫妻的臉上火辣辣的。

普通人家的女兒？她還真敢說。

說是白手起家，可年紀輕輕白手起家就有如今堪比董家的資產，她會自慚形穢？

董臨乾笑一聲，他已經很多年沒遭遇過如此的冷待了。換作平時，他定是翻臉走人，但此時卻只得陪笑，誰叫妻子最近整晚做惡夢，醫生也看不出結果，正想著請夏芍看看。

似是嫌給他們夫妻的難看還不夠，羅月娥在這時打趣道：「妳是說我們羅家不夠富麗堂皇？不然上回請妳去吃飯，怎麼也沒見妳誠惶誠恐？」

李卿宇看著夏芍，眼眸帶笑，「妳會誠惶誠恐？在李家住了兩個月，也沒見妳惶恐過。」

戚宸眉頭一擰，目光在夏芍和李卿宇臉上狠狠刮過，「妳去的地方倒多，什麼時候來戚家大宅住住？住下就別走了。」

李卿宇看向戚宸，兩個男人對視，火花四射。

羅月娥沒想到她一句調侃的話，會引來戚宸和李卿宇那麼大的反應，不由露出饒富興味的笑意。倒是夏芍瞥了兩人一眼，隨即把目光轉開，當作沒看見。

董氏夫婦的臉色別提有多精彩。

羅家、李家、戚家，哪一個不比董家豪華？被人打臉的滋味可真不好受。

夏芍竟然去羅家用過餐，還在李家住了兩個月？現在連戚宸話裡也有點什麼意味……

董氏夫婦都是過來人，再看不出李卿宇和戚宸對夏芍的心思，那就是白活了。

董臨狠瞪了妻子一眼，都說讓妳教訓人要擦亮眼睛，妳惹的麻煩，妳自己解決。

董夫人讀懂了丈夫眼神裡的意思，少見地慌了。

她哪知道這個丫頭這麼有能耐，要早知道，她會教訓她嗎？

董夫人臉色漲紅，顯然她不道歉，求對方看看她是不是中邪的事就不好開口，於是只得拉下臉來，說道：「夏小姐，之前我是因為我這不爭氣的女兒逃家的事心情不好，沒弄清楚怎麼回事就遷怒妳。這事是阿姨不對，阿姨向妳道歉，這事就揭過去吧。」

「人跟人相處，哪能一點誤會也沒有？董夫人的心情可以理解。」夏芍笑道。

董氏夫妻眼睛一亮。

「但是，」夏芍話鋒一轉，臉色淡了下來，「董夫人，我知道有人看家世，不能強求，但家世不能代表教養，妳我之間若只是這點誤會，一笑倒也過了，可我的教養是父母給的。我雖然家世普通，但自小父母在教導我做人之理上從來不落於人。他們費了心，我便不能被人問候我的教養。就如同別人指責你們的女兒教養不好，便是在指責你們一般。問候我的教養，就等於問候我的父母，我自然是要跟妳討個說法的。」

戚宸、李卿宇和羅月娥等人向她看來，這才明白她為什麼今晚如此不給董氏夫妻面子。

董夫人愣了，想了好一會兒才想起她確實是在大廳門口說過夏芍沒教養的話，沒想到是這話惹怒了夏芍，她還以為她是因為她兩次找碴而生氣。

「呃，這話是我隨口說的，並沒有針對夏小姐的意思。妳要是氣我這句，我道歉，這總成了吧？」董夫人乾笑兩聲，顏面算是在今晚丟盡了。今晚過後，她怕是暫時沒臉在上層圈子裡走動。這要是被那些富家太太知道，還不背後笑死她？

董芷文也沒想到父母會受到這般冷遇，她雖然對母親的做法不滿很久，但畢竟是自己的母親，她小聲求道：「夏小姐，對不起，都是我沒跟我媽把話說清楚，讓她誤會妳了。她說話一直是這樣，我都習慣了。我知道別人聽不慣，要不我替她向妳道歉，拜託妳別生氣了……」

夏芍在心裡一嘆，難得董家有這樣的女兒，可惜董夫人身在福中不知福，偏要給她安排相親，想爬得更高。就連此時女兒幫她說話，也不見她多感動，真懷疑到底是不是親生的。

不過，這是董家的事，夏芍沒心思過問太多。

她點了點頭，算是把此事揭過。

董家人這才鬆了口氣，但是要提讓夏芍幫忙的事，還是很尷尬。

董芷文將父母的尷尬看在眼裡，便低著頭，替他們開了口：「那個……對不起，我知道現在說這件事可能有點過分，但是還請夏小姐幫個忙，是關於我媽的。她……她從平安夜那天晚上回家，便每晚都做惡夢，醫生也查不出結果，能不能請夏小姐幫忙看看？」

董芷文跟夏芍的關係實在稱不上很熟，她這樣跟人說話，長這麼大還是頭一遭，總覺得在夏芍面前就好像平時她面對父親叔伯一樣，畢竟她的身分是跟自己的父親平起平坐的，而自己只是董家的女兒，低了一等。

董臨見女兒幫忙開口，有些感動，而董夫人則是讚許地遞給女兒一個眼神。

夏芍淡淡地道：「不用看了。董夫人也不知去過哪裡，帶了些不乾淨的東西在身上。」

「不乾淨的東西？」董夫人大駭，想起夏芍在大廳門口跟她說過的話，當即便信了。顯然，她是那時候就看出她身上有不乾淨的東西。

「那怎麼辦？」董臨也臉色大變。

夏芍懶得解釋，只是虛空用手指畫了道符，抬手往董夫人身上彈去。

董夫人頓覺身上清爽不少，卻不明白夏芍對她做了什麼。

這時，飯店的侍者走了過來，對羅月娥和陳達道：「陳署長、陳夫人，你們的車子已經在飯店門口等了。」

羅月娥和陳達點點頭，夏芍卻喚住侍者，讓他拿來了紙筆，在紙上快速寫下一串帳號和帳戶姓名，遞給了董臨。

「兩百萬，明天匯去這個帳戶。」

「什麼？」董夫人還沒反應過來。

夏芍道：「董夫人身上不乾淨的東西我已經驅除了，日後不會再有惡夢纏身。兩百萬是酬勞，明天要匯到。」

董氏夫婦張著嘴，連董芷文也瞪大眼睛。

驅除了？什麼時候的事？

就剛剛那在空中隨便畫兩下？

她畫那兩下不過是幾秒鐘的事，就要兩百萬？董家雖然有錢，但也覺得太貴了。

夏芍臉色冷淡，董家人便沒敢說什麼。她到底做沒做到，今晚回去就知道了。倘若真是做到了，那這錢自然是要給的，風水大師是得罪不得的。

「好好好，明天就匯，真是謝謝大師了。」董臨笑道。

夏芍沒有再跟他們家人說話的意思，她看向羅月娥道：「月娥姊，我送送妳。」

「送我做什麼？妳是今晚的主角，離場多不好？不用妳送，我又不是重病號，自己還沒長腿？」羅月娥笑道。這一會兒，她心情雖然還是如在夢中，但臉上卻已看起來平靜了些。

夏芍只好囑咐她心情不可大起大落，便將陳達和羅月娥夫妻送到大廳門口，讓侍者帶著他們先行離開。回來後，便接收到師父似笑非笑的目光，顯然她幹的那點事沒逃過師父的法眼。

夏芍笑了笑，她就是敲了董家一筆，那又怎麼樣？反正這錢是做善事用的。誰叫董夫人平安夜那晚在她陪師兄的時候給她找不愉快，就是要讓她吃點苦頭。

這晚，舞會進行到十點多才散場。

第二天，華夏集團一夕成名，連夏芍的名字也轟動全港。

第四章　家宴風波

媒體報導的夏大師，真容竟如此令人驚豔。
年輕貌美，身價數百億，還是風水大師，夏芍的傳奇經歷，一夜之間家喻戶曉。
多家媒體在向華夏集團提出專訪邀約之餘，也湧去聖耶女中的校門口，想要近距離圍堵夏芍，而學校裡也是沸騰了。
聖耶女中的學生們從沒想過，從大陸轉學來的大陸妹居然有這樣驚人的身分。
她明明是跟她們同年紀的人啊！
怪不得她能半途轉學來聖耶女中這種名校，怪不得她可以一開學就請兩個月的假，還以為她是父母在大陸有什麼身分地位，鬧了半天，這都是她本人的成就所致。
擺脫了媒體的包圍，剛回學校的夏芍，便遭到了同學的圍觀和機車黨的圍堵。
展若南騎著機車帶著她的刺頭幫擺開陣勢，氣勢洶洶瞪著走進校園的夏芍。
夏芍噗哧一笑，猜到她這是所為何來。
「我的基地原來是妳讓人買了拆的？」展若南很鬱悶。昨晚的舞會她原本可以去參加的，結果她那個龜毛又獨裁的大哥，非要她穿裙子戴假髮，她當然不幹，據理力爭的結果，就是被大哥給限制出行。大哥昨晚也沒出席，小心眼地在家裡看著她。
靠！她怎麼有這麼個大哥？
昨晚的事已經讓她吐血，今早看了報導更加吐血。夏芍這個女人，艾達地產原來是她的公司。她的基地壓根兒就是她授意拆除的。
展若南抱持著「毀我老巢等於斷我手足」的心態，今天早早地到學校圍堵「仇家」。
「仇家」卻只是笑笑，安撫小孩子似的擺擺手，「行了，我知道了，欠妳兩頓飯。」

「我的基地就值一頓飯？」展若南怒斥，馬上又問道：「什麼時候去？」

夏芍抬頭望了望香港一月清早的天空，說道：「寒假過後吧。」

「寒假……」展若南的臉頓時黑了。那豈不是要一個多月後？

展若南這才想起來，過幾天就要考試，考完試便是寒假，夏芍家在大陸，她要回家了。

夏芍望向青省的方向，離家半年，她真的有些想家了。

自從夏芍的身分曝光後，她走到哪裡都會收到看稀奇物種的目光，學生們像是不敢相信身邊竟有這樣的大人物跟她們一起讀書，豔羨的目光、崇拜的目光、好奇的目光，幾乎將夏芍包圍。連上課的時候，任課老師都換了一種讚嘆的目光看她。而教務處的林主任自從知道夏芍的身分，再遇見她，總能看見她複雜的眼神。

夏芍依舊寵辱不驚，不為周圍的氣氛影響，但曲冉卻發現夏芍最近心情很好，原以為她是為華夏集團在香港的熱度而歡喜，問過之後才知道，她的歡喜是因為快放假回家了。

曲冉得知夏芍的父母感情很好，有些羨慕。她的父母感情也很好，可惜父親去世得太早。

夏芍看出曲冉的心思，說道：「我來香港讀書，半年都不能見父母。雖然妳父親不在世了，至少妳每週都可以回去陪母親。」

曲冉笑著點頭，「也對。以前我爸就說，完美的人生就像完美的食材一樣，很難找。」

雖然在曲冉看起來，夏芍的人生就很完美，但她大概也有她煩惱和頭疼的問題。

夏芍聽曲冉說起食材，不由一笑。劉板旺預計過了年回來，網站的建設便可以試行，到時候她可以考慮讓曲冉去網站上開節目，這或許對改善她和她母親的生活有所幫助。

「切，妳們兩個少來了！」展若南大力嚼著牛筋肉，對著夏芍和曲冉翻白眼，「妳們還能見到父母，我爸媽早在生下我之後就被人打死了！」

夏芍和曲冉聽了這話都是一愣，展若南還是頭一次說起她自己的事。

「我是被我大哥養大的，小時候他還沒進三合會的時候，帶著我在貧民窟生活。他每天出去打架搶便當回來給我吃，我還想著以後長大了，要跟他一起出去打架幫他的忙，結果他進了三合會。」展若南吊兒郎當地說，完全看不出那段經歷讓她有多難以回首，但是卻能想像出展若南童年時期坎坷的經歷。她如今這麼喜歡打架，不是沒有原因的。

曲冉不能想像那樣的生活，她以為自己和母親被親戚趕出家門已經很不幸了，沒想到展若南的經歷更加糟糕。

氣氛有些沉悶，展若南很討厭這種氣氛，看向夏芍，轉換話題，「過兩天就放假了，妳是一放假就離開香港嗎？放假那天晚上出去玩玩吧！」

「如果我沒事，我會出去，可惜妳晚了一步，那天我有事。」

華夏集團的發布會和舞會第二天，夏芍就接到了羅月娥的來電。她在電話裡驚喜地聲稱，夏芍並沒有看錯，她是真的懷孕了。如今整個羅家都被這個好消息給驚喜到了，在外度假的羅月娥的父母也連忙坐飛機趕回來，連她兩名在國外經商的哥哥也回到了香港。一家人齊聚，聽說了夏芍的事，便都想見見她。

夏芍盛情難卻，只好答應。

考試結束這天剛好是星期五，香港的學校沒有所謂的寒假，大多是春節假期，而且時間不長，只有十天，加上前後兩個週末，夏芍僅有半個月的假期。

考試結束當天傍晚，夏芍便跟曲冉和展若南告別。

曲冉捨不得地說道：「妳明天就走嗎？我去機場送妳吧。」

展若南最看不得這種哭哭啼啼的場面，煩躁地擺手，「不就是回家過年嗎？妳們當拍電影呢，搞得跟生離死別似的。快走快走，走了快回來，妳還欠老娘兩頓飯。」

「妳就記得那兩頓飯。」夏芍笑看她一眼。

三人來到校門口，一堆記者圍了上來。

同校的學生和來接學生的家長齊刷刷看向夏芍，夏芍無奈之下，只得回答了幾個問題。

一輛豪華轎車開了過來，車子停下，一名西裝革履的男人從裡面走下來，來到夏芍跟前，恭敬地道：「夏小姐，您好，我是羅家的人，我們夫人讓我來接您。化妝師和您的禮服已經在工作室，我帶您過去。」

夏芍有些意外，她本想著搭計程車去百貨公司買件禮服，像上次那樣裝扮妥當再去羅家，沒想到羅月娥已幫她準備好了。

一個小時後，夏芍進入羅家大宅，一進門，陳達和迎上來的兩名中年男人便眼睛亮了。

夏芍穿著一襲淺紫色晚禮服，款式簡潔，肩膀有朵芍藥，讓她整個人顯得高雅雍容。

「夏董，一回來香港，就都是妳的報導，害得我一下飛機，還以為香港出什麼大事了，哈哈！」出聲招呼夏芍的男人笑起來很爽朗，眉眼與羅月娥有幾分相像，正是羅月娥的哥哥。

夏芍與他握了握手，「月娥姊可跟我說是家宴，既然是家宴，朋友相稱便好。」

她又往對方旁邊的男人看去，這兩人竟是雙胞胎兄弟，怪不得她會從羅月娥面相上看出雙生子的跡象，原來是遺傳。

「爽快，怪不得我妹子都對夏小姐讚不絕口！」男人熱情地將夏芍迎進去。

羅家今晚可謂是家族成員齊聚，客廳的沙發裡坐著兩名老人，老者目光慈祥，老婦則是外國人，氣質高貴。夏芍知道羅月娥的父親經商，母親是曾經的香港總督的千金，子爵的女兒。

夏芍笑著走過去跟兩位老人打招呼，旁邊還有兩名年長的男人，從面相上看，天蒼高闊亮澤，乃是為官之相。一眼便能斷定他們是羅月娥在政務司和律政司任司長的大伯和叔叔了。

羅老笑呵呵地站起來，「不敢當大師的禮。唐老的弟子果然是名不虛傳，小女和女婿的事，我已經聽說了，真是要謝謝大師了。」

羅夫人對夏芍點頭，剛要說話，羅月娥便從樓上由傭人扶著走了下來。

羅月娥慢慢走過來，拉著夏芍的手笑道：「妹子，我都不知道該怎麼謝妳了，妳真是我的福星。自打遇見妳，好像什麼事都變好了。」

「可不是嗎？他們夫妻吵了十來年，我還以為到死都得看他們這麼折騰。」羅父笑道。

「那還不是因為月娥眼光不好，挑來挑去，給自己找苦頭吃。當初我就說了……」

「大哥，都多少年的事了，你還說他做什麼？」羅月娥打斷大哥的話，瞪了他一眼。

陳達在一旁笑著，看起來已經不在意羅家人對自己的看法。他扶著妻子剛要坐下，傭人便道晚宴準備好了。一家人在羅母的主持下，熱情地請夏芍到了餐廳就坐。

桌上是西餐，羅母親自下廚做了濃湯，烤了麵包和甜點，將家裡的英國大廚都請了出來，親自為夏芍介紹菜品，儼然奉她若貴賓。

儘管這樣，羅月娥還是隆重地向家人介紹了夏芍，「這位就是華夏集團的董事長，夏芍小姐。我們之前見到的時候，她只稱她是唐老的弟子，可沒告訴我她還有這麼大的本事。發布會那晚可真把我嚇了一跳，不過，既是我妹子，就是自家人了。」

羅月娥拉著夏芍又介紹自己的家人：「妹子，這是爸媽。這位是大伯，政務司的司長，別看他明年就退休了，人脈可不少，以後有什麼事就找他。這位是三叔，律政司司長，離退休還有幾年。妳不是要循法律途徑收購瞿濤手中的股權嗎？甭客氣，交給他了。這兩位是大哥和二哥，在英國經營珠寶和出口貿易，日後去歐洲，讓他們招待妳。」

夏芍知道羅月娥這樣把自己介紹給她的家人，也是為了幫自己建立人脈，便大方地笑著頷首，跟羅家人再次打招呼。

席間氣氛融洽，羅月娥的大哥話最多，聊著聊著，便聊到了羅月娥的身孕上。

「夏小姐，我妹子雖然是懷孕了，可是才月餘，醫院也查不出是不是雙胞胎，妳真的能確定嗎？」醫院都還查不出是不是雙胞胎，她就已經認定是龍鳳胎，這靠譜嗎？

夏芍還沒回答，羅母便開了口：「確定是龍鳳胎。」

羅家人愣住，夏芍也看向了羅母。

羅母笑道：「我在回來前，已經請奧比克里斯大師占卜過，結果跟夏小姐的預言一致。」

「奧比克里斯大師？」羅大哥拍掌大笑，「那就沒錯了，看來小妹這次不僅是晚年得子，還一下子兒女雙全了。」

夏芍目光突然一變。

羅月娥見夏芍沒反應，以為她沒聽說過奧比克里斯大師，便笑著解釋道：「奧比克里斯是歐洲很古老的巫師家族，他們分為白巫和黑巫兩派，家族成員多住在英國，是皇室很尊敬的大師。皇室一直沿襲古老的中世紀傳統，很多事會請巫師占卜，只是這些事外界不知道。我外祖父是子爵，也是英國貴族，我母親在英國的時候，常能見到奧比克里斯家族的大師。他們的塔羅牌占卜很準，跟咱們東方的卜卦有異曲同工之妙。現在妳跟奧比克里斯大師都說我這胎是龍鳳胎，那就一定沒錯了。」

「是啊，說起來真神奇。東方和西方明明兩種文化，在神祕學方面卻是有很多相通的地方。」羅大哥讚嘆道。

羅月娥又繼續對夏芍道：「我對這些不是很了解，不過你們都是神祕學的大師，應該會有興趣見面吧？以後要是想見，我陪妳去英國，幫妳引薦。」

夏芍微微一笑，「好，會有這一天的。」

今晚來羅家吃飯，夏芍本以為只是見見羅家人，沒想到竟能聽到奧比克里斯家族的消息。這家族是歐洲的巫師家族，也就是所謂的魔法師。他們的老巢確實是在英國，只不過，夏芍倒忘了羅月娥的母親是貴族千金，有可能會認識奧比克里斯家族的人。

這一頓飯吃得很愉快，用過餐後，羅家派車將夏芍送回去。夏芍收拾好回家的行李，她訂的機票是隔天傍晚四點鐘，白天還有點時間，早起之後，便來到了嘉輝國際集團的大廈。

夏芍對這裡很熟悉了，給李卿宇當保鏢的那段日子，天天陪著他來公司上班，只是今天她是獨自前來的，而且沒有易容。

夏芍沒有預約，但她一走進嘉輝集團的大廈，便引起了保全和櫃檯員工的注意。

這不就是電視上天天報導的那位嗎？

保全興奮地跑過來問道：「您好，請問您是華夏集團的夏董嗎？」

夏芍點頭，「是。我想找你們總裁，他今天有空嗎？」

「總裁交代了，說您要是來的話，他就有空。不過，他現在正在開會，請您到會客室稍候片刻。」櫃檯的女員工笑容甜美，將夏芍近距離打量了一番。唉，早就知道她們這些人是沒有機會麻雀變鳳凰的，那些人天天濃妝豔抹地來上班，算是白費心思了。

夏芍被帶到會客室，她在裡面坐著喝茶看報紙，一坐便是一個多小時。這時，會客室的門被打開，夏芍抬起頭來，明顯感覺到李卿宇進來的那一刻似是有些急切，但是見到她之後，又恢復一如往常的沉穩。

他走到對面的沙發坐下，說道：「讓妳久等了，我知道妳會來，但沒想到是一大早。」

「你知道我今天會來？」夏芍笑道：「什麼時候李大總裁也改行卜卦了？」

李卿宇微微一笑，笑容裡有著繾綣的意味。她給他當保鏢的時候，總是穿著黑色連身裙，現在才知道她喜歡白色。眼前的她便是穿著件小西裝外套，脂粉未施的臉蛋如玉，讓人一眼看見，便捨不得移開目光。

「我知道妳要放假了，妳這麼財迷，回家怎麼會不帶點錢？」李卿宇難得開起了玩笑。

「既然你都這麼說了，我如果說我是來看老朋友的，是不是顯得太虛偽了？好，那就拿來吧。」夏芍笑了笑，乾脆把手心攤到他面前。

李卿宇的視線落在她粉嫩的手心上，直到看得夏芍有些尷尬，欲收回手，他才從掏出一張支票，輕輕放到她的手上。

薄薄的紙張，隔著男人修長的手指和少女溫暖的掌心，他似能感受到她的溫度，想稍稍停留一會兒，最終沒有逾矩，頓了頓，便把手收了回來。

夏芍果然沒覺得有什麼不對勁，她把支票打開，然後挑眉。

一億？

幫李卿宇渡劫，夏芍一直沒有跟李伯元談具體的酬勞。這酬勞實在是不太好算，她自己也不知道該收多少，乾脆把這事交給李家人去考慮。他們覺得多少合適，便是多少吧。

夏芍沒想到，李卿宇出手竟如此大方。

她忍不住打趣道：「這是你給自己定的價碼嗎？」

言下之意是，李卿宇覺得自己的命就只值一億。

李卿宇如何聽不出她的調侃，當即點頭道：「我剛接手嘉輝集團，依目前來看，我確實就值一億。不過，也許再過幾年，我還會升值。」

夏芍噗哧一聲，笑了出來。

升值？他以為他是古董嗎？

還以為李卿宇很古板，沒想到他還會開玩笑。

夏芍笑起來時，眼眸彎作月牙，笑容甜美。

李卿宇望著她，沉靜地笑著。

「嗯，按照我六十歲退休能為李氏集團創造出的財富來算，我的升值空間很大。這一億算作本金，利息按月結算，節日和年底都有分紅，妳來取嗎？」

他的雙手自然地交疊在膝上，說出的話像是在進行一場商業談判。

夏芍又輕笑出聲，「你倒是比以前風趣了，看來這段時間過得不錯。」

「還好。」李卿宇看著夏芍，目光和語氣耐人尋味，「妳呢？過得好不好？」

「我？忙得不可開交。忙著上課和公司的事，偶爾還得去老風水堂轉轉，恨不得一天有四十八個小時。」夏芍實話實說。

李卿宇的笑意微微一頓，說道：「工作永遠做不完，別這麼累。覺得累的話，我辦公室旁邊有休息室，妳可以去休息一下，中午我請妳吃飯。」

「現在離中午可還有兩個小時。」

「休息兩個小時不算多。」

「可是，李大總裁這麼賣力工作，我卻用來睡覺的話，我會覺得對不起我的員工。」夏芍笑著站起身，她自是不會在李卿宇的公司休息，「正好我也打算去公司看看，就先回去了。」

李卿宇似乎不意外，卻堅持地問道：「附近新開了家德國餐廳，聽說餐點不錯。我叫人訂了位，中午肯賞臉嗎？」

夏芍想了想，再推脫便有些矯情了，這才應下。她先去了趟公司，安排了一些事。世紀地產剛剛由華夏集團控股，股價如今已經回升，但公司內部還是有很多不確定的因素要好好整頓，因此，這期間雖然公司也放假，但艾米麗今年卻是要在香港過了。只是年前她會回青市一趟，今年的公司年終舞會，她可是必須出席的。

中午跟李卿宇一起用過午餐，夏芍便回到了師父的宅子。

唐宗伯今年留在香港過春節，他多年沒回來了，張氏一脈的弟子也都在香港，張中先嚷嚷著今年要跟唐宗伯好好過個年。夏芍雖然想把師父接回去，但想著自家過年的時候，親戚齊聚，師父以往就不出席，與其讓他回東市過年時冷冷清清，不如留在香港熱鬧。

只不過，夏芍有些不放心，畢竟現在玄門雖然清理了門戶，泰國和歐洲那邊誰知道會不會有人找上門來？臨走前，夏芍徵求了師父的意見，開天眼預測了過年的事，這才放下心來。

夏芍知道，跟她有關的事，天眼不會顯示。師父跟她關係親近，天眼預測有多少準確性，她不敢保證，只好將金玉玲瓏塔留給唐宗伯。她把金蟒喚出來，吩咐它這段期間要聽從師父的召喚，雖然這傢伙很不樂意，但夏芍就這麼決定了。

反正回家她也只是陪陪父母，出席公司的年終舞會，並沒有特別的事，身上有龍鱗足矣。

一切安排妥當，當天下午四點，夏芍拖著小行李箱，來到了機場。

時隔半年，她踏上了回家的路。

一月末的天氣，北方還很冷，東市前幾天下過一場雪，飛機降落在跑道上的時候，天色已黑。下飛機的人們全都穿上了厚實的羽絨外套，行色匆匆。

有個穿著白色羽絨外套，搭著淺色牛仔褲的少女走在人群中。一對中年夫妻來回走著，邊走邊張望。入關的人不少，卻在少女進入大廳的瞬間，夫妻兩人就看見了她。

李娟頓時眼圈紅了，朝少女招手，「小芍，媽在這裡！」

夏芍一臉驚喜，拖著行李箱跑了過去，「媽！」

李娟迎了上去，母女兩人抱在一起。夏志元接過女兒手中的行李箱，含笑看著。

夏芍任由母親抱著，眼圈也微紅，「媽，你們怎麼來了？不是說好在家裡等我就好嗎？」

李娟擦擦眼淚，放開女兒，一眼看見她的穿著便瞪她，「不來接妳，怎麼知道妳穿這麼少？幸虧媽來的時候給妳帶了厚衣服。」

夏芍苦笑，她穿的少嗎？她穿了件羽絨外套好不好？雖然她裡面只穿了粉色的薄毛衣，但她圍了圍巾，一點也不冷。

李娟轉頭對丈夫道：「快快快，把小芍的外套拿給我。」

夏芍這才看向父親，發現他左手提著自己的行李箱，右手提著袋子，裡面裝著羽絨大衣。

見母親把衣服拿去，夏芍方對著父親一笑，伸出手擁抱了父親，「爸。」

夏志元愣住，女兒長大以後從來沒跟他這麼親近過。他拍拍女兒的後背，連聲道：「好好好，回來就好，回來就好！」

李娟直到父女兩人分開，才把外套展開，說道：「把妳那件脫了，拿回去媽給妳洗洗。」

「那衣服是羽絨的，水洗不好，外頭不是有乾洗店嗎？」夏志元笑道。

「你現在是有錢了，不在乎去乾洗店了是不是？都是女兒辛苦賺的錢，給她省點不成嗎？」李娟瞪了丈夫一眼，瞪他不識趣，不懂她這個當媽的心，她就是想幫女兒洗衣服。

夏志元苦笑著搖頭。

夏芍笑看父母親鬥嘴，眼神溫暖。這幾年父親打理慈善基金，幫她分擔了很多，不然她自己又要管理公司，又要管理基金，還要兼顧學業，真的是很辛苦。父親原本是很老實憨厚的人，不太適合經商，但這些年也是努力在跟著經理人學習，現在也算有模有樣了。

「試試這件，媽知道妳要回來，新給妳買的。」

夏芍頓時笑了。那外套與自己身上的外套一樣，都是羽絨的，只不過是長身的罷了。

李娟知道夏芍喜歡白色，給她買的外套也是白的。她親手幫女兒穿上，蹲下身子為她拉拉鍊，邊整理衣角邊嘮叨，「媽跟妳說過很多次了，冬天最要緊保護的是小腹和膝蓋。膝蓋年輕的時候不注意受了涼，老了就會疼。還有這腹部，媽不說妳也明白。女孩子千萬不能圖苗條，大冬天的穿外套連扣子都不扣。妳以為脖子上繫條長圍巾擋擋就成了？這麼薄能擋得住冷風？」

李娟說著，伸手往夏芍的腹部拍了拍，又嘆了口氣，「早知道當初就不放妳去香港讀書了，妳這孩子一點也不會照顧自己，媽就知道妳一去會瘦。腰身一點肉也沒有，下巴也尖了。」

「難不成媽還希望我胖得您都認不出來才好？」夏芍笑著打趣。其實她自小習武，如今修為又高，早已不怕冷。雖不能像師兄一樣冬天穿那麼少，但至少不穿羽絨服沒什麼問題。

「妳知道什麼？女孩子腰要有點肉才好。」李娟將女兒上上下下仔細打量一番，發現女兒去了趟香港，人沒胖，皮膚倒是比以前好。也是，她正年輕，皮膚一掐便能掐出水兒來的嫩，如玉娃娃一般。聽說這次寒假回來只有兩週不到的時間，元宵節都不能在家裡過，李娟頓時下定決心，就憑著這幾天也要在家裡給女兒好好補補。

「好了，換好了衣服就趕緊走吧。家裡的車在外頭等著，今晚出去吃。妳爺爺奶奶、姑姑叔叔，聽說妳回來，在市中心訂了飯店，說是要給妳接風洗塵。」夏志元道。

夏芍原本還以為今晚能吃到母親的手藝，一聽說那幫親戚訂了位，頓時垂下眼眸。

夏志元嘆了口氣，自從分家以後，兄弟姊妹之間除了過年過節，平時便不怎麼來往了。其實他和妻子也挺喜歡這種無人打擾的生活，可再怎麼生疏，兩位老人家畢竟還在世，總不好鬧得像斷絕關係似的。

夏志梅和夏志濤兩家聽說夏芍回來，先做主去十里村把兩位老人家接出來，訂了酒席，來了個先斬後奏。老人家已經在飯店裡等著，夏志元和李娟也不好擺姿態不到場。想著夏芍跟奶奶還是有感情的，半年不見，許也想念，夏志元夫妻這才放下家中為女兒準備的晚餐，開車出來接她去飯店。

上了車，夏志元在前面開車，夏芍和母親坐在後座，這才知道了事情的來龍去脈。夏芍搖頭哼笑一聲，這事一定是小叔叔夏志濤的主意，就他歪主意多，拿老人家來當擋箭牌。

「小叔叔還做建材生意嗎？」夏芍開口，漫不經心地問。

夏志元在前面開車，聽了女兒的問話，愣了愣，接著答道：「是啊，一開始生意不好不壞，也就是維持著，現在倒聽說好點了。」

夏芍點點頭，夏志濤的店鋪風水被她改動過，可後來他換了店面。那店面風水如何，夏芍沒去看過，不過看他做生意不像之前發達那麼快，店鋪風水必然只能算是一般。但夏志濤做事有一種混不吝的衝勁兒，咬著誰算誰，有些人不敢跟他硬爭，加上夏芍的名氣大，很多人更不敢跟他爭了，他這兩年賺了些也是應當的。

這些事無關於夏芍願不願意，她總不能告訴東市所有人夏家分了家，讓人都不用給夏志濤面子。親戚沾光是不可免的，只要他們不打著自己的旗號惹禍，便各過各的。

「那大姑姑家裡呢？貸款還得怎麼樣？」

「還在還。妳也知道，去年妳表哥考大學沒發揮好，妳大姑和姑父到處託關係花了不少錢，給妳表哥走後門進了一所二流大學，學經濟管理。男生在外頭讀書，花銷總是大些。現在妳大姑家裡還是做著油料生意，供著妳表哥讀書，還著銀行的貸款，還得補外頭的欠債，日子過得還真不如妳小叔叔家。」

夏芍沒再說話，轉頭看向窗外家鄉的夜景。東市這兩年的發展日新月異，以往只是個三線小城市，如今連機場都建起來了，市中心更是大廈林立。

聽到表哥劉宇光上大學，夏芍才想起自己從小的玩伴劉翠翠和杜平也上大學了。兩人在去年自己去香港後，便踏上去大學讀書的旅途。劉翠翠上一世考試失利，去年卻是憑著勤奮考上了南方的一所普通學校，讀的是新聞系。而杜平卻是令夏芍驚訝，他前世雖然考上大學，但學校並不理想，便放棄了讀大學，跑去參軍。現在卻是一鳴驚人，考上了京城的學校。

雖然並非京城大學，但也很有名氣。杜平的分數算是搭上了末班車，但也是考上去了，讀的是金融學系。這讓胖墩周銘旭嗷嗷叫了好一陣，發誓拚了命也要考去京城見他二爺爺。

夏芍也為朋友們高興，春節假期雖短，但也許能與兒時的玩伴見上一面。

夏志濤訂的飯店是東市新建起來的五星級飯店，配合著東市陶瓷民窯方面的旅遊業和興旺的古董業，飯店裝潢得極是古香古色。夏芍下車的時候，打量了一眼，對這家飯店老闆的心思倒是頗為讚賞。

李娟怕外頭風大，下車前便把羽絨服後面的帽子給夏芍戴上，惹得她一笑。就這麼幾步路，母親也太緊張了。

進了飯店，服務生上前詢問是否有預約。夏志元報了名字，服務生便帶三人去了貴賓間。貴賓間是中式設計，紅色雕花大燈，富貴花開的壁畫，角落擺放著竹子和闊葉植物。

夏志元走在前頭，夏芍和母親在後頭挽著手臂低聲交談。一踏進貴賓間，夏家人的目光齊刷刷向夏芍看來，且都站了起來，十分熱情，這架勢跟迎接長官也差不了多少。

夏芍的爺爺夏國喜向來是個重視禮數的人，以前在家裡是說一不二的主，晚輩進來，他是萬萬不會起身相迎的，今晚倒是垂著眼，拄著手杖站了起來。

夏芍的奶奶江淑惠可不管這些，她離席上前拉著夏芍的手，高興地說道：「小芍子，來來來，到奶奶這兒來。」

「奶奶，我回來了。」夏芍笑道。

江淑惠慈愛地打量她，但一看之下便心疼地道：「怎麼瘦了？天天想那些賺不完的錢，都沒好好吃飯是不是？」

「媽，您這話怎麼說的？錢是賺不完，可有人想賺錢還賺不來。咱們小芍能把事業發展得這麼大，那是她的本事。」夏志濤笑著插了一句嘴。

顯然夏芍在香港的事蹟已經傳回了青省。

夏芍看了叔叔姑姑一眼，兩家人趕緊笑容滿面地對她點頭。夏芍見兩位老人家還站著，便禮貌地跟爺爺打招呼，然後扶著兩位老人家坐下。只是坐下的時候，夏芍不忘打趣奶奶道：「學校的飯菜肯定是比不了家裡，不過，我看您精神挺好，年輕了不少。」

她這一打趣，把江淑惠逗笑了，「妳這孩子，還跟小時候一樣，就是嘴甜。」

「要不奶奶能這麼疼我？」夏芍笑著轉身請父母入座，之後才跟大姑夏志梅和姑父劉春暉、小叔夏志濤和嬸嬸蔣秋琳打招呼，最後對表哥劉宇光點頭致意。

劉宇光也放了寒假，剛回來沒幾天，今晚就被帶來出席表妹的接風宴。只是，他看著夏芍的目光卻很是複雜。

「姊姊。」堂妹夏蓉雪怯懦地喊了夏芍一聲。

夏芍對她招招手，這個堂妹前世膽子就小，卻心地善良。這一世，因為夏芍曾在分家前暗示過小叔夏志濤有外遇，之後夏志濤生意虧損，小三提出分手，如今夏志濤和蔣秋琳好好的沒離婚，堂妹也才有完整的家庭。

一家人熱情地招呼夏芍坐下，看她的目光極為熱切。

夏芍問道：「小姑沒來？」

「妳姑父不是在青市警局工作嗎？妳表妹也在青市一中讀書，妳姑姑乾脆辭職去青市了。現在他們一家團聚，就在那邊住了，等過年回來拜年的時候就能見到了。上個月妳往家裡打電話的時候，不是跟妳說過了嗎？」李娟笑看女兒。

夏芍恍然，吐了吐舌頭，「我真忘了。」

上個月正是跟世紀地產競爭得最激烈的時候，這事夏芍還真是聽過就忘去腦後了。

「哈哈，咱們小芍現在是日理萬機啊！家裡這點芝麻綠豆的小事，哪比得上公司的事重要？小芍現在做的可是大事業！」夏志濤見縫插針地誇起了夏芍。

「是啊，我前幾天出差去了趟青市。聽說咱們小芍在香港地產業大出風頭，把幾百億的大公司都給收購了，我差點以為耳朵出了問題。」劉春暉附和地讚道。

香港那邊的週刊在大陸看不到，但因為華夏集團的總部在青市，艾達地產的總公司也在青市，事情發生了之後，省內也進行了報導，浪潮絲毫不遜於香港。

東市是夏芍的家鄉，也是她白手起家傳奇開始的地方，因此東市的震動可想而知。在東市商圈的歷史上，從來沒出現過打拚到香港，創下如此基業的人。今年的企業家年會，東市市長劉景泉早就跟陳滿貫打過招呼，將夏芍當作嘉賓邀請去演說，給其他企業家指點路子。

這時候省裡的企業家年會已經過了，但聽說省委書記元明廷在大會上還稱讚過華夏集團，年度最優秀企業家的獎盃已經發給了夏芍，讓華夏拍賣公司的總裁孫長德給帶回去了。

夏志梅和夏志濤兩家人都看著夏芍，到現在他們想想這段時間省裡的震動都還覺得暈乎乎的，自家怎麼就出了這麼個能幹的孩子？以前怎麼就沒看出來？

連夏國喜都用看不明白的眼神看向孫女，那可是幾百億的大公司啊。這個從小不被他重視的孫女，怎麼就能把這麼大的公司給弄到手？

這幾百億的數字對普通人家來說，簡直就是天文數字。別說幾百億了，家裡有個一百萬的，都算是富裕了。像夏志梅一家之前有個千萬家產，在家人眼中就已經是高不可攀，但如果千萬家產都算是有頭有臉的人家，那夏志元一家如今幾百億的資產，又算是什麼樣的家庭？

只怕連嫉妒都嫉妒不來，只能是仰望了。

而帶給家裡這麼大改變的孫女，還沒過十九歲的生日，還在讀書。

夏芍無視其他人的目光，低頭幫奶奶夾菜。江淑惠心疼她在學校沒辦法吃到家鄉菜，便把魚肉雞肉全往她面前的碗盤裡堆，瞧得李娟想給女兒夾菜都沒法下筷子。

夏芍跟奶奶和父母談笑，對席間誇讚她的話充耳不聞，明顯不想在家宴上提這些事，但兩家人總能找到話題，夏志梅在在高中教書，開口便是課業上的話題，問夏蓉雪道：「蓉雪都十歲了，才上小學，成績就不怎麼好，以後可怎麼辦？看來放假得去補習了。」

夏蓉雪的成績確實一般，她低頭局促地應了一聲。

蔣秋琳對夏志梅訓斥自己女兒的姿態有些反感，轉頭看向已經上大學的劉宇光，「宇光都上大學半年了，聽說青省理工也是不錯的學校，去了之後成績能跟得上吧？」

她這是含沙射影劉宇光花錢上大學，暗指他讀了好學校，成績也未必跟得上。

夏志梅一家豈能聽不出？臉色當下沉了下來。

蔣秋琳從來不在嘴上吃虧，便瞪了自己的女兒一眼，「我告訴妳，我們家可沒那麼多錢，妳要是將來考不上好學校，家裡可沒錢讓妳走後門！」

這話聽著是訓斥女兒，卻連帶著把夏志梅一家又給數落了一遍。

夏芍聽著這些，微微蹙眉。她不喜歡聽這些話，只想回家陪父母，可看見堂妹不安地坐著，連筷子都不敢動，這才開了口：「成績不代表能力。」

她一開口，席間霎時安靜下來，兩家人都看向她，彷彿在聆聽訓示一般。

夏芍笑著對堂妹說道：「別給自己太大的壓力。讀書改變命運，這句話沒錯，卻被很多人理解錯了。讀書改變命運，而不是成績改變命運。讀書提高的是自身涵養，成績提高的只是分數。在社會上工作，不看分數，看的是個人素養。」

夏蓉雪才十歲，還有些聽不懂，卻很認真地記住每一字每一句。

「很多人的成績不好，這不代表他們是失敗的，只代表他們不擅長考試。不要拿自己不擅長的，去和別人擅長的做比較。妳要做的不是發現自己的短處，而是發現自己的長處。世界上只有一個妳，別人再好也只是別人。把看別人的目光收回來，放到自己身上，多挖掘自己的潛能。妳喜歡的事，妳擅長的事，都有可能為妳的將來鋪就一條獨一無二的路。」

夏蓉雪有些震動。她的成績不好，父母為了錢，經常吵架。她知道自己是女兒，不受爺爺喜歡，讓母親受了爺爺的冷落，所以她便要接受母親的挑剔。母親對她很嚴格，總希望她能事事比人強，好為她把看不起她的人都踩下去。可事實是她恨不得躲起來，不想介入大人的事。

堂姊的華夏集團風生水起之時，她還小，母親便天天在她面前念叨，希望她能像堂姊那樣，讓家裡揚眉吐氣，但她做不到，她成績不好又內向。

她很崇拜堂姊，也想跟堂姊學，可就是學不來。她平時見堂姊的次數很少，只敢怯怯地看著她，不太敢跟她說話，雖然她感受得到堂姊對自己的善意。

從來沒想到堂姊會出口為自己解圍，也沒想到會聽到這麼一番話，從小積在心裡的壓力好像減輕了不少，她對夏芍笑道：「我知道了，謝謝姊姊。」

劉宇光也收起複雜的神色，低頭沉浸在自己的思緒裡，顯然也有所感悟。

夏志元和李娟夫妻轉頭看著女兒，又是驚訝又是自豪。

他們哪裡知道，夏芍這話雖是說給堂妹聽的，卻也是說給在座的兩家人聽的。

可惜一陣沉默後，夏志濤感慨道：「說的好，人這輩子就應該走一條路出來。小芍，叔叔這裡有件事想妳幫著出出主意。」

夏芍無聲一嘆，她真是白費唇舌了。

夏志濤話都說出口了，也不等夏芍應聲，便又說道：「我這兩年做建材生意，也算是有些經驗了。現在國家扶持地產業，咱們東市妳看看就知道了，兩三年前哪有這氣象？現在到處都在蓋樓。我認識了幾個包工程的朋友，他們說現在包工程很賺錢，想拉我一起做，我拿不定主意，這不知道妳回來，想問問妳能不能給叔叔支個招，這事該做還是不該做？」

夏芍見兩家人都看著她，淡然反問：「是叔叔的朋友想拉你入夥，還是你想入夥？」

「呃……這有什麼區別嗎？」夏志濤尷尬地笑了笑，「妳覺得這事成不成？」

「不成。」夏芍直截了當地道。

兩家人頓時愣了，夏芍就知道他們哪裡是拿不定主意，分明是就想入行。

她不可能同意，華夏集團在香港的地產業跟穩腳跟，未來青省的地產業肯定會最先被華夏集團拿下。以華夏集團的名氣，夏志濤想沾的自然是這個光。

夏芍太了解自己的叔叔了，幾年過去，他的心又開始大了起來。或許是他認識的那些朋友，知道他是自己的叔叔，便想拉著他一起幹，到時候不少人都會給華夏集團面子，他們的業務豈不是能拓展開來？

夏志濤確實是這麼想的，如今不是華夏集團剛成立的時候，他還天真的以為能進入集團內部，幫忙管理。自從被侄女教訓之後，知道她的能量有多大，如今得知她又在香港闖出一番大事業來，也是自嘆不如，也更加佩服了。

這兩年他的生意有點起色，攢了些錢，看著大哥一家越過越好，他自然也想往高處爬。包工程的事是朋友來找他的，他覺得很有賺頭，這才動了心思。

只不過他知道自己這侄女，哪怕是沾她的光，他都不敢自作主張，必得先問問她。這事夏志梅一家也知道，他們之前合計著，如果夏芍答應，那夏志梅一家就不做油料生意，把錢也投到工程案上，兩家人一起幹。

他們以為夏芍會答應，誰知她竟一口回絕。

「為什麼不成？」夏志濤急切地問道，夏志梅拉了他一下，怕他因為太急跟夏芍起衝突。

「我說過，華夏集團不可以是家族企業。」夏芍淡淡地道。

夏志濤一聽便笑了，「小芍，妳這就誤會了。華夏集團的工程我們不碰，你們做的都是大工程，給我我也包不起。我和那幾個朋友就只是想藉著華夏集團在地產業的名氣多拉些活兒做而已，這也不行嗎？」

「既然叔叔也承認是想藉著華夏集團的名氣找活兒做，那我就當這是公事來談。」夏芍放下碗筷，表情變得嚴肅起來。

兩家人立刻噤聲。

「隔行如隔山，包工程的暗道敢問夏先生知道多少？僅僅是建材一項，有多少的水頭你知道？華夏集團在招建商的時候，對工程品質最為看重，對摻假的豆腐渣工程向來是杜絕的。我們寧可多花成本也要保證品質，為的就是保住集團的信譽。我們能做到，夏先生在包工程的時候是不是也能保證做到？保證你那幾個朋友和手底下的人不把手伸到工程品質上？你們要是能做到最好，要是做不到，沾了華夏集團的光，出了事把自己賠進去不說，連帶著把華夏集團在業界苦心建立起來的信譽賠進去，你要怎麼跟我交代？」

「這、這不會吧？」夏志濤不自然地笑了笑。

「你拿什麼保證？」夏芍絲毫不鬆動。

她太了解這個叔叔了，她要是點頭，他絕對會把自己的話當免死金牌用。到時候四處宣稱是她讓他入行的，業界的人還不都得給他讓道？他那幾個朋友找他入行，看中的必不是夏志濤的本事，而是他跟自己的叔侄關係。夏志濤的朋友，猜也能猜到是些什麼樣的人。到時候這群人在業界裡橫行霸道，攪得同行不安寧，卻平白讓華夏集團背這個罵名，她犯傻才會同意。

夏志元看了女兒一眼，今晚老二和老四兩家搞這家宴，他就猜出會有什麼事，沒想到是想沾自家女兒的光。夏志元皺了皺眉頭，他已經不是以前的他了，這些年他管理慈善基金，知道管理一家公司有多辛苦，也就更能理解女兒將集團發展至今的不易。

自己並不是發達了就看不起親戚的人，現在兄弟姊妹間的生疏全是因為當初兩家人太過分，而這幾年雖說分了家，但其實老二和老四家裡也沒少沾他們的光。夏志梅在東市教書，校方優待，她現在已經是教務主任。劉春暉銀行的貸款還是看夏芍的面子才貸出來的，而夏志濤在建材行也是一樣，不少人去買他的建材都是衝著攀關係去的。

夏志元覺得自家人沒有對不起這些親戚，再有過不愉快，他們也得了些利益。現在想明擺著讓女兒同意讓他們沾光，那是不行的。誰知道他們在外頭顯擺身分，會鬧出什麼事來？

「志濤，這事大哥也不同意。大哥說句話，你別嫌難聽，你沒忘記咱家老大的兒子是怎麼進去的吧？」夏志元插嘴道。

夏志偉的兒子夏良，當初跟著曹立當打手，犯下不少人命案子，被判了死刑……夏國喜唯一的孫子落到這樣的下場，這事在夏家幾乎是不能提的，老人家把他當成恥辱。

如同當頭一棒，砸得夏志濤有點懵，喃喃道：「不可能這樣吧……」

「你怎麼知道不可能？」一聲怒喝，並非夏芍和夏志元，而是出自夏國喜。

全家人都看向老爺子，夏國喜氣得臉色漲紅，怒瞪著小兒子，「你怎麼知道不可能？根本是心存僥倖！出了事誰給你收拾爛攤子？我孫子沒了，還得再少個兒子嗎？」

夏志濤沒想到老爺子會發火，不禁呆住。

江淑惠在一旁幫老伴順氣，看了眼小兒子，說道：「才消停了幾年，怎麼又開始不安分了？你大哥一家沒少讓你們沾光，別不知足了。」

「還不是因為大哥一家發達了，您才這麼說。」夏志濤小聲咕噥。

「老么，你說什麼？」江淑惠怒道。

蔣秋琳見夏芍去扶老人家，臉色變得有點冷，在底下偷偷拉了丈夫一把，陪著笑臉解釋道：「媽，您別生氣。您還不知道志濤？他心眼不壞，就這張嘴。有時候心裡服了，嘴上還得爭兩句，您別生他的氣。其實志濤也是看著小芍如今這麼能幹，把公司做得有聲有色，他身為叔叔有些汗顏，就想著也闖一闖。他的出發點是好的，只是可能找錯了項目。既然大哥和小芍都不同意，那我們就再看看。」

江淑惠說道：「想闖就憑自己的本事，有多大的本事，吃多大碗的飯。沾小芍子的光，你們再發達，也是靠小芍子。靠自己，將來說出去才硬氣。」

夏志梅和劉春暉一直不出聲，夏志濤被掐得齜牙咧嘴，再看二姊一家不吭聲，頓時有些生氣。之前兩家都想包工程，今晚卻只叫他一個人在這裡敲鑼打鼓，壞人都讓他一個人當。

「好，不幹就不幹！」夏志濤拍桌子，對夏志元道：「大哥，這回我可是聽你的。你說不幹就不幹，不過我是不幹了，二姊一家想不想幹我就不知道了。」

夏志濤也不是善碴，雖然沒什麼心眼，總被人當槍使，可也不輕易吃虧，當即反咬了夏志梅一口。夏志梅一家眼皮一跳，兩位老人家看向他們一家，顯然沒想到這事他們也摻和上了。

劉春暉尷尬地笑了笑，夏志梅則皺起眉頭。

「小芍，妳擔心妳叔叔往來的那些人不可靠，保證不了工程品質，那就不用他們。咱們自家人做，這總能信得過了吧？」劉春暉顯然還是不想放棄。

夏芍表情冷淡，叫人看不出心思來，她看了一眼姑父，不緊不慢地道：「隔行如隔山，沒有行內人領著，姑父有經驗嗎？」

「這……」

夏志梅插嘴說道：「小芍是以古董起家的，後來做的是拍賣，跟地產業也不搭邊，不也做起來了嗎？」她如今在夏芍面前可不敢擺冷臉，說話的時候語氣溫和帶笑，只是這話怎麼聽都有將她一軍的意思。

「我有職業經理人，你們有嗎？」夏芍反將回去。

夏志梅頓時語塞，過了半晌，才嘆了口氣，「好吧，其實這幾年也是因為妳哥哥上學，家裡過得有點拮据，我跟妳姑父這才想著轉行。既然妳覺得不合適，那就不做了。只不過，那些人找上妳叔叔，看的肯定是咱們這層親戚關係。妳叔叔都答應來問問妳了，現在覺得做這行不妥，不知道妳叔叔怎麼回去跟人家說。」

夏志梅看了夏志濤一眼，夏志濤愣了下。

夏芍心裡冷哼一聲，她這個叔叔雖然經常犯渾，卻沒什麼心眼，而她這位大姑，看起來悶聲不響的，說話卻總能把夏志濤給點著，心甘情願給她當槍使。

夏志濤果然皺起眉頭，「大哥，這怎麼辦？一開始我以為小芍肯定不會計較，我都答應人家了。咱們老夏家在東市在青省，也算是有身分的人家了吧？我要是跟那幾個兄弟說小芍不同意，叫人家怎麼看咱們？說不定在外頭說小芍發達了，連這口飯都不肯給親戚吃。」

夏志濤是有什麼說什麼，夏志元卻瞪著弟弟，一臉的恨鐵不成鋼。

「我不管！是你自己答應人家的，別往小芍身上扯！你怎麼答應人家的，就怎麼回絕，別來問我！」夏志元怒道。

「管，為什麼不管？」夏芍忽然說道。

全家人都愣住，夏志元和李娟夫妻不解地看向女兒，兩位老人家也望了過來。

「小叔說的對，都是一家人。既然你惹了麻煩，沒臉面解決，我就幫你解決。」

夏志梅和夏志濤不知道自己這侄女什麼時候這麼好說話了？兩人本該欣喜，但也聽出夏芍話裡似有其他意思，因此都不確定地看著她。

夏芍卻不解釋，拿出手機，撥打了個號碼，「喂，高老大嗎？」

全家人都是一驚，兩位老人家不知道，夏志濤和劉春暉卻是眉心一跳，當初他們可是都吃過這個人的苦頭。夏志元也震驚地看著女兒。姓高，又能被稱為高老大的，在東市地面上不就是……安親會堂口的堂主高義濤？

那可是黑社會呀，女兒怎麼認識這樣的人？她成年禮的時候，安親集團的龔當家來祝賀，可以說是兩人工作上有過接觸，可高義濤是怎麼跟女兒認識的？

夏芍對周圍的目光恍若不覺，笑著跟高義濤聊了起來，「嗯，是啊，我剛從香港回來，七點鐘下的飛機。許久不見，本該是我請高老大出來吃飯，實在不好意思，有事才打電話。」

電話那頭在說什麼，眾人都聽不清，只能聽到那邊高義濤在笑，態度很是客氣的樣子。

「我叔叔有幾個包工程的朋友，攛掇著他一起入行。我想知道這幾個人是誰，把他們找出來，把人給我帶過來，我在麗華飯店的倚蘭廳。」

全家人愣愣地看著夏芍，看著她掛上電話，又撥打了個號碼。

「喂，劉市長嗎？對，我回來了，我剛下飛機，和家人在麗華飯店的倚蘭廳吃飯。我發現幾個在建築工程有偷工減料嫌疑的工頭，他們一會兒會到我這兒來，市局對這件事要跟進嗎？好的，謝謝劉市長。」

夏芍再次掛電話，席間鴉雀無聲。

兩位老人家都瞪直了眼，是不是他們聽錯了，自家孫女打電話給市長？

夏志梅和夏志濤兩家人已經不知該如何反應了。他們聽得出來，自家侄女跟高義濤說話雖然客氣，姿態卻一點也不低，而且她這時間聯絡劉市長，說明她打的是劉市長的私人號碼？

夏志濤咕咚嚥了口唾沫，小芍說讓高義濤把人找出來帶過來是什麼意思？她根本不知道是哪幾個朋友攛掇他的，能這麼短的時間就找出來嗎？再說，她打電話給劉市長，是想把他這幾個朋友弄到局裡去嗎？

夏芍沒明說，但兩通電話已表明這個意思。席間氣氛暗湧起來，誰還有心思吃飯？

夏芍悠哉地轉著桌上的菜品，夾著菜給老人家和父母，偶爾嘗著哪道菜好吃，便轉去堂妹那裡，笑道：「蓉雪嘗嘗這道，味道不錯。」

夏蓉雪哪有心思吃飯？她瞪大眼睛盯著堂姊，第一次發現堂姊這麼有派頭。

劉宇光卻是眼神複雜地看著夏芍，又看一眼自己的父母，覺得臉丟得差不多了，恨不得拉著父母離席趕緊回家。

就在這時，一幫人夾著公事包進來。

劉春暉一看見眼就直了，來人是東市刑偵大隊的李隊長。

「李隊長？」劉春暉站起來打招呼。

李隊長卻看也沒看他，而是低頭對坐在門口位置的夏芍伸出了手，「請問是夏董嗎？我是市刑偵大隊的隊長，我姓李。聽說您舉報有人在工程建築上偷工減料，我們是來調查這件事情的。請問人在哪裡？」

夏芍笑笑，「刑警隊辦事就是有效率，李隊長來得真快，可惜人還沒到，我跟家人正在用餐，還有位置，要不一起坐下用一些？」

李隊長還是第一次親眼見到這位省內龍頭企業的當家人，外頭傳得神乎其神，見了才發現實在是太年輕了。只是氣度沉穩，不像這個年紀的年輕人。

今晚是局長親自下的命令，他們來得能不快嗎？

雖然來得早了，李隊長也不能跟夏家人一起用餐。夏芍舉報工程上的事也是為民除害，只是她是報案人，他們當然不適合坐在一起吃飯。

「不了，謝謝夏董。既然我們來早了，就先到外面等著。」李隊長帶著人到外頭等，飯店服務生過來給開了個廳，請他們坐到對面等。

夏芍繼續慢悠悠地吃飯，夾了筷子筍絲，對母親笑道：「我還是喜歡媽做的筍絲。」

李娟也被今晚這情況鬧得懵了，聽見女兒說想吃自己做的菜，便慈愛地看她一眼，笑道：「知道妳愛吃，家裡都準備了，明天就做給妳吃。」

「我在香港有個同學，父親曾是飯店的行政總廚，從小就教她做菜。我去過她家裡，跟她學了一手，回去也讓我做兩道菜給您和爸嘗嘗。」

夏芍轉頭又對奶奶道：「奶奶去我們家住幾天吧，您也嘗嘗我的手藝。」

「好好好。」奶奶連連點頭，欣慰地拍拍孫女的手。她也看出今晚事情的苗頭來，但她並不懂這些，覺得孫女這麼做很對。那些人要真是偷工減料，就該舉報。

走廊上傳來呼喝聲，對面廳裡坐著等候的李隊長等人站起來往外一看，見一名西裝革履的男人走在前頭，身後跟著幾名同樣穿黑西裝的人。這些人手裡提著三名嚇傻了的男子，一路直直過來，進了夏芍所在的廳內。

為首的男人正是北方黑道安親會東市堂口的堂主高義濤。

高義濤一進來就對夏芍伸出手，後頭的幫會人員一腳一個把三名工頭給踢著跪在地上。夏家人都驚駭地站了起來，夏芍按住母親和奶奶，起身與高義濤握手。

「夏小姐，半年不見，妳又幹了件大事啊！」

「還好。本以為是榮歸故里，今晚一回來就遇見件鬧心的事，實在是掃興。大晚上的還麻煩高老大，改日一定請你和兄弟們吃飯。」

「夏小姐這就跟我客氣了，咱們認識這麼久了，怎麼也有點私交了。我高義濤對朋友從來不講究這些，有用得著我的地方我才高興。」高義濤笑道，聽見身後三人驚恐的聲音和幫會人員的呼喝，頓時轉頭，威嚴地道：「小點聲，這裡有老人，別驚著老人家。」

後頭瞬間聲音小了下來。

夏芍對高義濤笑了笑，又看了眼夏志濤，見他震驚地盯著地上三人，便知抓對人了。

高義濤一揮手，三人便被提到夏芍腳旁。

外頭李隊長等人過來，問道：「你們幹什麼？」

「李隊長，好久不見。」高義濤走到門口，看著是打招呼，卻把門給堵了。

「高總，你們這是非法拘禁，是犯法的。」李隊長義憤填膺。

高義濤笑了，「李隊長說話可真有意思，我要非法拘禁，還會在你們刑警隊面前？這是公共場合，門也敞開著，我只是把這幾個人帶來給朋友問問話而已，問完就交給你們。」

李隊長氣得拳頭握緊，青筋都爆了出來。對，門是開著，這裡也是公共場合，可在公共場合做這些事，才更囂張吧？

李隊長帶著的人上前，高義濤後頭的幫會人員也上前，兩幫人對峙起來。

這樣的場面，夏家人何嘗見到過？夏蓉雪嚇得往父母身後躲，夏志元則起身安撫妻子和兩位老人家，一家人都看向夏芍。

夏芍穩穩地坐在椅子上，對著地上跪著的三人笑道：「就是你們攛掇我叔叔要入行？」

「沒、沒……」三人拚命搖頭。

「嗯？」夏芍懶散地歪著頭。

「有有有！」三人嚥了口唾沫，點頭如搗蒜。

夏芍漫不經心地又問：「想沾華夏集團的光？」

三人心驚。他們是聽說華夏集團進軍地產業，便動了歪心思，找上了夏志濤，一通誇捧，便讓他答應入行。尋思著等他入行，有他這個華夏集團董事長的叔叔開路，幾人能在建築業界霸出一條牛市來，到時候油水絕對不是現在靠著偷工減料撈到的可比。

三人哪裡知道，夏志濤領教過侄女的厲害，不敢悶聲不響答應，回來後考慮了一下，決定問問夏芍，然後才惹出了今晚的麻煩。

當安親會的人找到三人的時候，他們才知道事情沒有他們想得那麼容易。

萬萬沒想到會得罪眼前這名少女。

老實說，這名少女的發家史外界都傳得神乎其神，他們都聽爛了，卻不以為然。她不就是因為撿漏撿了個元青花發的家？運氣好而已。她叔叔夏志濤這麼好忽悠，她還能難對付到哪兒去？卻怎麼也沒想到，正是這名少女驚動了安親會的高義濤，讓人光明正大地綁了他們來。

三人在路上已經被安親會的人問候過，不敢說謊。

他們拚命點頭，「是是是……」

「哦？」夏芍笑了，緩緩俯下身，「那你們告訴我，華夏集團的光好沾嗎？」

三人連忙搖頭，「不好沾，不好沾！」

「抬起頭來，看著我回答。」

前頭的人一驚，被迫抬頭，卻望進一雙含笑的眼睛，只是眼裡笑意冷淡，並無溫度。

「華夏集團的光好沾嗎？」夏芍又問。

「不、不好沾！」為首的人驚駭，想搖頭，下巴卻被夏芍掐住。

「那再請你們看看我叔叔。」夏芍向後抬手，一指夏志濤。三人看向夏志濤，夏志濤卻早已被這場面給驚懵了。

夏芍慢悠悠地問道：「我叔叔說，我們夏家也算是有身分的人家，他答應了你們，反悔的話，你們會對夏家有看法。來，告訴我，現在他要反悔，你們對夏家有看法嗎？」

「沒有，沒有。」

「我們不敢有。」

三人趕忙澄清。

「那你們會覺得，我夏芍發達了，連這口飯都不給親戚吃嗎？」

「不，不會，不會。」

「很好。」夏芍滿意地鬆了手，拿起桌上的濕紙巾擦了擦，「我懷疑你們在工程上偷工減料，現在刑警隊的人來了，你們進去好好跟他們聊吧。」

三人大驚。

夏芍笑道：「李隊長，人你可以帶走了。我只是問了幾句話，耽誤你的時間了，抱歉。」

高義濤的人已經讓開了路，李隊長一個手勢，後面的人迅速進來，把三名嫌疑人銬上帶了出去。直到臨走時，李隊長還看了夏芍一眼，心情複雜。

人被帶走，夏芍才看向高義濤，「讓高老大看笑話了。」

高義濤大笑，「我可是覺得很精彩，或許正是因為夏小姐每次找我，都讓高某有好戲看，所以高某才這麼樂此不疲。」

「改天請高老大吃飯，到時候還請賞光。」夏芍說道。

「好，那我就等夏小姐的電話了。」高義濤爽快地應了，跟兩位老人家和夏芍的父母點頭致意，便帶著人離開了。

兩撥人來了又走，廳裡頓時又寬敞了起來，但氣氛卻是死一般寂靜。

夏芍轉向夏志濤，「事情解決了，叔叔還有別的疑慮嗎？說出來，我可以幫你解決。」

夏志濤一雙眼睛瞬得溜圓，一句話都說不出。他還敢讓這侄女幫忙解決問題嗎？

夏芍去看夏志梅，「姑姑覺得，夏家的臉面受影響了嗎？」

夏志梅臉色漲紅。原來這侄女早就看出她把夏志濤當槍使，這事與其說是做給夏志濤看的，倒不如說是做給她看的。

「臉面？夏家的臉面是我一步一步掙回來的。在我面前，你們倒是把它看得比我還重。」夏芍一笑，頗有嘲諷的意味。

兩家人猶如被人打了一巴掌。

是啊，在自家這晚輩面前，誰比她更有資格提身分和面子？

只是一家人誰也沒想到，夏芍會有這等面子和人脈。兩個電話而已，東市黑白兩道最有話語權的人就都出了面。半個小時，事情就解決得徹徹底底。

或許，不是他們想不到。華夏集團發展到如今的程度，省內實打實的龍頭，難道連這點面子和人脈都沒有？只是夏家人沒有親眼見識過。幾年前家裡分家鬧得事再大，他們也只是坐在侄女面前道歉認了個錯，不曾直觀到她的能量。

夏志元和李娟對女兒的做派也是第一次見，都覺得實在不像平時乖巧的女兒，但越是見她如此，夫妻兩人心裡越是心疼難受。

這人脈、地位、手段，她一個十來歲的女孩子，走到今天這一步，得費多少心思，吃多少苦頭？如果不是鍛鍊出來了，她能有今晚這樣的手腕？

「臉面不是別人給的，而是自己掙回來的。我贊成叔叔和姑父創業，但不贊成任何跟我的集團有利益接壤的事。今晚的事，我不希望再發生。如果再發生，結果就不止是這樣。」夏芍臉色冷淡，下了最後通告。

明知這是警告，兩家人卻不敢說一句話。侄女的手腕他們是見識了，這孩子超出他們的想像，不再是小時候那個性格內向無爭的孩子。她對待她的集團，就像對待自己的孩子，誰敢動，便是死無葬身之地。

這時候的兩家人並不知道，那三名工頭被帶去警局後，所包的工程被突擊檢查，建築材料被送檢鑑定，果然有很大的偷工減料成分。市長劉景泉震怒，藉此事情在東市展開了維護建築安全的宣導活動，藉由華夏集團進軍地產業之機，配合著重視起建築品質。

夏芍一回到東市，當天晚上就給業界來了個下馬威，業界一些靠著偷工減料撈油水的人雖然是恨極，無奈華夏集團誰也惹不起，於是一時間還真是沒人敢頂風作案。

此事更贏得民眾交口稱讚，華夏集團大受好評，夏家在東市更是受人稱讚。

見這情況，夏志梅和夏志濤兩家人對自己侄女這手段，算是又怕又服了。從此之後，再不敢有鬧騰的事。當然，這些都是後話。

當天晚上，夏芍提出讓兩位老人家跟著回家裡去過夜，順道在家裡住幾天。兩家人看著夏芍對老人家的孝敬模樣，心裡都覺得，若是不顧念老人家，或許她真不會認兩家親戚。
江淑惠自是同意，她現在身體還好，想著給孫女親手燉些湯來補補身子，而夏國喜見老婆子跟著去，自己也只得跟著了。
臨走前，飯店的經理急急忙忙趕了上來，來到貴賓間裡見到夏芍，便是熱情寒暄，「夏小姐，不知您光臨飯店，實在是失職。您的傳奇事蹟我仰慕已久，今晚這桌請一定讓我請。」
飯店經理知道夏芍來了，自然是因為高義濤和李隊長兩撥人。警察和黑社會都到了，他趕來的時候事情都處理完了。高義濤臨走時本想幫夏芍把這桌的帳結了，飯店經理一聽，便說他請，而後他才上來跟夏芍見面。
夏芍跟經理握了握手，卻轉頭看了眼姑姑叔叔兩家人，笑道：「你的盛情我心領了，不過今晚是我姑姑和叔叔為我設宴接風洗塵，長輩的一番心思，豈有讓他們白費的道理？大廚的菜做得很可口，我還會再來的。至於今晚這桌，請一定要成全我家長輩的心意。」
經理一聽，笑著點頭。
夏志梅和夏志濤兩家人，臉色跟吃了蒼蠅似的難看。
夏芍扶著奶奶，跟著父母親，讓經理殷勤地送出了飯店。
回家的路上又下起了小雪，夏芍坐在母親和奶奶中間，歸心似箭。
進了自家社區，夏芍笑了一聲，「總算是到家了。」
夏志元忽然說了句：「咦？誰在咱家門口？」
這麼一說，李娟趕緊探出頭去看，夏芍也直起身子望向前方。
只見自家的車燈照耀盡頭，有一名穿著西裝的男人。他身材頎長，倚在一輛路虎車前，面對著緊閉的宅院大門。發現有車從遠處開過來，這才轉過頭來。

夏芍驚訝地叫道：「師兄？」

車子停下，李娟最先下了車，「小徐？」她很是意外。

「小徐來了？怎麼這個時間來了？」夏志元問道。

「伯父，伯母。」徐天胤對兩人點頭致意。

雪花還在飄，夏芍沒讓兩位老人家下車，自己卻是快速跟在母親後頭下車。徐天胤見她下來，望了過來。香港一別，兩人一個多月未見。

「師兄，你什麼時候來的？怎麼也不打個電話？師父今年在香港過年，不回來了。」夏芍走過去，背對父母，衝徐天胤狠狠眨了眨眼。

這些事徐天胤都知道了，夏芍在上飛機前還給徐天胤打了電話。今天是週六，雖然徐天胤可以休息，但夏芍是晚上才到家，又是搭直接回東市的航班，就沒讓徐天胤過來。他今晚來了，明天中午就要走，何必這麼勞累呢？

沒想到他電話裡答應得好好的，還是跑來了。

夏芍暗中對徐天胤使眼色，他這麼晚來，父母肯定覺得奇怪，她不得不撒謊。

「嗯。」徐天胤應了一聲，算是配合了。

夏志元和李娟夫妻倆還是覺得奇怪，李娟看著外頭還在下雪，便說道道：「趕緊先進門，外頭冷，進屋再說吧。」

李娟開了門，夏志元和徐天胤上了車，兩人前後把車開了進去。夏芍跟在後頭進門，李娟卻在後來拉了女兒一把，問：「妳師兄怎麼這時間來了？」

夏芍心裡咯噔一聲，笑道：「師父今年在香港過年，我走之前太急，忘了告訴他了。」

李娟審視女兒一眼，覺得理由還說得過去，但怎麼就是覺得哪裡不對勁？

夏芍陪著母親進屋，一進去，便見徐天胤提了一堆禮品進來，正跟兩位老人家打招呼。夏國喜和江淑惠在夏芍成年禮的生日宴會上見過徐天胤，對他不熟，但印象深刻。畢竟五官這麼帥氣的年輕人很少見，而且他孤冷的氣質也不多見。

夏志元一看那些禮品就瞪直了眼，「你看你，來就來，帶這麼多東西幹什麼？」

李娟看了女兒一眼，不是說來看唐老嗎？這些禮品看著可不像是給老人家的。

夏芍淡定地微笑，「來看師父不就看見你們了嗎？還能空著手？怎麼說我這個師妹的父母，也得有點分量吧？」

李娟被這話逗樂了，轉頭就去說徐天胤：「小徐，下回再來，帶這麼多東西可不許進門。咱們家不講究這些禮數。人來了就好，你先坐著，阿姨燒水泡茶去。」

李娟對徐天胤的印象還是不錯的，驚訝過後便去張羅著招待他了。

進廚房前，李娟讓夏芍坐著陪徐天胤和爺爺奶奶。若是平時，夏芍一準兒不會讓母親去泡茶，自己便會去廚房準備，但今晚她卻是乖乖坐了下來，她得盯著師兄。

這男人突然來襲，帶著禮品，還穿著西裝，看起來就很可疑。師兄近來常催婚，雖然她告訴過他，在父母眼裡她年紀還小，提結婚父母定是接受不了，誰知這男人聽不聽話？這麼晚跑來，已讓父母起疑，若是來一句「結婚」，這個年她就甭想好好過了。

夏芍坐在奶奶和徐天胤中間，笑咪咪看了他一眼，眼中似有警告的光芒。

徐天胤看著她，默默不語。

夏芍為免父親和爺爺奶奶起疑，便說道：「師兄什麼時候到的？怎麼不打電話給我？」

徐天胤說道：「家宴，會打擾。」

「這有什麼好打擾的？」夏志元這時候開口說話了，「都熟悉了，你打個電話來，伯父還能不給你飯吃？加張椅子，加雙碗筷的事兒不是？」

夏芍笑著點頭，要是來了還好，今晚就沒這麼多不愉快的事了。不過，今晚的事之後，相信大姑和小叔兩家就能消停了。

李娟端著茶進來，正聽見這句話，說道：「可不是嗎？你說你，不知道打電話，也不知道在車裡等著。外頭下著雪呢，站在車外做什麼？知道你們當兵的身體好，可也不能這麼折騰。」

「當兵的？」夏國喜聽見這句，插嘴問道。他是退伍軍人，雖然年紀大了，但戰爭年代過來的人，對部隊還是有特殊的情感。

夏志元解釋，「可不是嗎？小徐在省軍區工作。」

「小夥子不是文職吧？」夏國喜問道。

李娟正給老人倒茶，聽了這句，噗哧一聲笑了出來，「我看著小徐不像文藝兵。」

夏志元和李娟到現在都還不知道徐天胤在軍區做什麼工作。

夏芍看向師兄，被母親的「文藝兵」三個字逗樂，想像著師兄站在臺上唱軍歌的樣子，更是忍俊不禁。徐天胤看著她的笑臉，夏芍頓時咳了一聲。

夏國喜一聽徐天胤不是文藝兵就來了精神，將他上下打量了一遍，點頭道：「看著身體是挺結實的，像是部隊出來的。小夥子當兵幾年了？」

「十四年。」徐天胤如實答道。

一家人全愣了。

「幾年？」夏志元不可思議地看著徐天胤。他是知道徐天胤的年紀的，過了年就二十九了，軍齡十四年，不就是十五歲就入伍？這也太早了吧？

「小徐算錯了吧？」李娟倒完茶，坐到一旁的沙發上，驚訝地望著徐天胤。

「小夥子多大了？」夏國喜見兒子兒媳這樣吃驚，便問道。

「二十九。」

「喲，那是當兵挺早的。」江淑惠驚訝地道。

夏國喜沉吟了一下，再看向徐天胤的目光已變得認真，「早什麼早？不早！小夥子，難不成你參加過越戰？」

這麼一問，連夏芍都愣了。爺爺不問，她還沒算過。可不是嗎？按照師兄的年紀，為國家出任務的時候是一九八七年，而中越戰爭雖然狹義的時間是指一九七九年在兩國邊境爆發的戰爭，但其實這場戰爭持續的時間很長，一直到一九八九年這十年間，兩國都有流血衝突。

這麼算起來，師兄確實有可能參加過。

夏志元聽了這話，也算了算時間，然後倏地看向徐天胤。

徐天胤點頭，「出過任務。」

夏國喜看向徐天胤的目光就不一樣了，接著問：「殺過敵？」

「嗯。」很多。

李娟張了張嘴，怎麼也想像不出來坐在眼前的年輕人參加過那場戰爭還殺過人。

夏國喜立刻目光灼灼地問：「小夥子立過軍功嗎？」

「立過。」很多。

「好，好啊！」夏國喜重重點頭，如果不是中間隔著老伴和孫女，他都想拍拍這年輕人的肩膀。此刻拍不到，目光卻是炯亮，讚賞道：「小夥子，爺爺也是退伍老兵，戰爭年代殺過鬼子，死在我手上的鬼子少說有一個排。現在是和平年代了，很多兵摸過槍打過靶，卻沒真正上過戰場。只有真正上過戰場的人，才知道國家流了多少戰士的血，才知道和平來之不易。」

夏國喜脾氣硬，看不上眼的人管他是誰，向來沒有好臉色，尤其是自覺小時候虧待過孫女，跟孫女在一起的時候，他話就更少。今晚說了這麼多，實在是少見。

夏志元也沒想到過徐天胤的經歷這麼豐富，一時很是意外。他是家裡的老大，出生在很艱苦的年代，聽著父親講述戰爭經歷長大的，對為國效力的軍人有一份獨特的崇敬。雖說眼前的年輕人還不到三十歲，自己比他年長很多，但刮目相看還是有的。

「光顧著說話了，趕緊喝點熱茶暖暖身子。」李娟像是重新認識徐天胤一般，有些刮目相看，問道：「小徐今晚過來路上開車要五六個小時吧？那你吃晚飯了沒？」

「肯定沒吃，我去做吧。」夏芍對徐天胤自是了解，雖然怕他在父母面前亂提婚事，但想起他還餓著肚子，怎麼都覺得心疼。她立刻起身，瞪了徐天胤一眼，用眼神警告他別亂來，然後便想去廚房。

李娟攔住她，「妳也坐了幾個小時的飛機，快別動了。媽早就把菜洗好切好了，原想著晚上做給妳吃，結果妳姑姑叔叔打電話來說要去飯店吃。現在那些菜都在盤子裡放好，下鍋炒了就行。媽去吧，妳坐著歇會兒。」

就在母女兩人爭著去廚房的時候，夏國喜喝了口熱茶，繼續問徐天胤：「軍齡十四年，又立過軍功，小夥子現在應該是營長吧？」

「哪能？」夏志元笑了，「營長不得是少校了嗎？爸，軍銜四年一升，您老算算吧，應該也就是上尉。要是家裡面沒什麼關係，晉升得還慢。您看我妹夫張啟祥，在部隊多少年了，不也還只是連長嗎？」

夏國喜瞪眼，「他立過軍功，能比嗎？小夥子，你說，現在是不是最少也有少校軍銜？」

「少將。」徐天胤說道。

「你看，我說什麼來著？」夏國喜樂了，對兒子哼了哼，露出一副「你這小子還是不如你老子算得準」的表情。

夏志元卻眼神發直地看著徐天胤。

「噗！咳咳，什麼？」夏國喜瞪完兒子就喝茶，茶剛入口才發現兒子表情不對，這才回過味來，當即一口茶噴了出來。

「你說什麼？」老人家瞪著眼睛。

李娟本想去廚房，此刻也轉過身來，跟婆婆一起看向徐天胤。

「少將。」徐天胤重複。

在座的人卻更加錯愕。

夏芍看著自家人這反應，不由苦笑。這件事她沒有隱瞞過，是父母沒問，但她預料到自己一會兒鐵定會受埋怨，於是趕緊趁此時溜進了廚房。

「少將？小徐，我、我聽錯了吧？應該是少校才對吧？」夏志元結結巴巴地道。

「少將。」徐天胤又重複一次。

「那、那你在省軍區的職務是？」夏志元突然覺得心跳加快。

他想起來了，徐天胤第一次開車送小芍回來，車子就是掛著軍區司令部的車牌。

那時候他以為他是在司令部工作，聽說了他的軍功，還認為他頂多就是個校官。二十九的校官，前途也算不錯了，哪知道他居然是少將？

那、那省軍區少將軍銜的職務是……

「司令。」徐天胤道。

司……

夏志元瞠目結舌，夏國喜更是「啪啦」一聲，茶杯掉到茶几上。

李娟和江淑惠也懵了。小徐是省軍區司令？

李娟捂住嘴，他們家這幾年，每年過年都有位省軍區司令來拜年？

夏志元反應過來。不能吧？徐天胤過了年才二十九歲，就算是軍齡再多，最多也是少校，畢竟自家妹夫可是混了好多年，一直是連長來著。可是眼前竟然有位二十九歲的少將？還擔任省軍區司令？共和國除了戰爭年代，未滿三十歲的少將聽都沒聽說過。

「你你你你……」夏國喜想起什麼似的，「你姓徐？那你認不認識徐老首長？」

夏志元一聽這話，霍地站了起來。他聽女兒說過，徐天胤的家在京城。

「嗯，我爺爺。」徐天胤點頭道。

刷啦一聲，夏國喜也站了起來，但他站得太快，險些跌坐回去，幸虧旁邊的江淑惠扶了他一下才沒摔著。但老人家卻是不在意，神色激動，張了好幾次嘴，卻沒說出話來。

此時此刻，客廳裡一家四人都愣了。

連李娟都知道徐老首長是誰。這位老首長在抗戰年代很有名，指揮過重大戰役無數，他在共和國成立後從政，現在是唯一還在世的開國元勳。

「老首長他身體還好吧？」夏國喜顫巍巍地問道。眼圈微紅，他越過老伴，抓住徐天胤的手，聲音激動得發抖，「我、我剛參軍的時候，老首長是我們團的參謀長，在上面講過話，我到現在還記得他當年的話。後來我殺鬼子立了功，還跟老首長一個桌子吃過飯。」

「爺爺身體康健，現在還打太極。」徐天胤很少把話說這麼明白，大抵是見夏國喜的情緒激動，便安慰道。

「好好好！那就好，那就好！」

相對於夏國喜的激動，夏志元和李娟夫妻卻是另外一種驚駭。

他們家這兩年過年過節的時候，一直在接待老首長的嫡孫？本來以為眼前的年輕人是省軍區司令已經是最大的震驚了，沒想到他竟是徐老首長的孫子。

那可是開國元勳啊，實打實的紅頂家族。共和國如今再榮光的家族，能榮光得過徐家？

夏志元和李娟對視一眼，不由啞然。

夏芍端著炒好的菜進來，笑道：「可以吃飯了。今晚在飯店我也沒怎麼吃好，我去多準備幾副碗筷，當是吃宵夜了。」

「妳等等。」李娟逮住了女兒，把她拉回來，「妳這孩子，小徐……徐司令的事，妳怎麼也不跟我們說一聲？」

夏芍縮了縮脖子，「你們也沒問啊！」

「我們沒問，妳就不說了？這多大的事？」要知道是徐老首長的嫡孫，怎麼也得再好好招待招待，雖然之前對他也不錯。

夏芍無奈，「爸媽，你們別太在意。師兄之前不說，不就是怕你們不自在？這是在家裡，你們就還叫他小徐好了。」

徐天胤點頭。

「妳這孩子！」李娟笑罵一句，和丈夫對望一眼。雖然是震驚，但自家也確實不是那種攀龍附鳳的人，只是這事太突然了而已。

因為這突然的事，一家人吃得滋味難言，只有徐天胤吃的多，因為菜是夏芍炒的。

夏芍一直提防徐天胤說結婚的事，好在爺爺奶奶和父母因為他的身分，還有點懵。徐天胤悶頭吃東西，也沒說話。

吃過飯，李娟給徐天胤安排了夏芍對面的臥室，囑咐兩人都去休息，畢竟一個開了半天的車，一個坐了好幾個小時的飛機。

夏芍見爺爺奶奶和父母還坐在客廳裡，顯然有話要說，便道了聲晚安，洗澡睡覺去了。進了房間，仍能看見客廳裡亮著燈，直到很晚才傳來李娟勸公公婆婆去休息的聲音。接著沒一會兒，燈便滅了。

院子裡靜寂無聲，夏芍睜著眼，望著窗臺，看著外頭月色溶溶。

窗臺枝頭的雪忽然顫了顫，夏芍趕緊閉上眼，有人悄無聲息地翻了進來。

夏芍不出聲，很快感覺到來人翻身上床。他躺到被子上頭，伸過手來抱住她，下巴擱在她肩頭，輕輕摩挲，呼吸灼熱。

夏芶眼睫微顫，睜開眼，黑暗裡，徐天胤的胸膛就在眼前，惹得她壓低聲音道：「大冬天的，你不嫌冷，被子是用來壓的嗎？」

徐天胤愣了下，掀開被子鑽了進來。一進來就伸過手臂，把她圈過來，吻向她頸間。

夏芍縮著脖子，瞪著徐天胤，「老實點，這裡是我家。」

「結婚就不用躲了。」徐天胤吐出一句，又靠過來。

夏芍咬著唇笑，他現在反應還挺快的。果然，他今晚過來，動機不純。

「說，今晚來幹麼的？」

她戳戳他的胸膛，徐天胤卻只望著她。他感覺得到，她不想讓他提結婚。

「為什麼？」他的聲音低沉，像受傷的野獸一般。

夏芍呆住，還沒說話，徐天胤已翻身將她壓在了身下。

「師兄……」她想解釋，聲音卻被吞沒。

沒一會兒，房裡傳來壓抑的喘息聲。

徐天胤的目光落在夏芍忍耐的迷離眼眸上，腰身忽而大力往前撞。

夏芍忍不住顫抖，險些叫出聲來。

她瞪他，無聲控訴。

徐天胤又道：「結婚。」

夏芍不答，又被一道大力撞擊得差點呻吟。

「結婚！」他的目光危險，語氣霸道。

夏芍被氣笑了，真沒想到他會來這一招。

她硬是不語，卻像被大浪拍打的小船，等她再次聽見男人要求結婚的話，才忍不住怒了。

夏芍伸出手，軟綿綿的拳頭砸在徐天胤胸口，壓低聲音怒斥：「結什麼婚？第一，我還不到法定年齡。第二，你根本沒有求過婚。」

徐天胤在她身上的動作猛然停下來，一時間呆住。

……

凌晨四點，外頭下了一夜的雪剛停，床上激情過後的少女睡得正熟，男人俯下身子輕輕親吻她的肩膀，之後幫她把被子蓋好，這才無聲無息下了床。

穿好衣服出了院子，回到自己的房間。徐天胤沒開燈，拿出手機撥打了一個號碼。

手機響了七八聲，那邊的人才接起來。一接起來，便是一頓臭罵：「徐天胤，你能不能找個大家都睜著眼睛的時間打電話？我凌晨才睡，早上紀委還有會要開！」

徐天胤才不管秦瀚霖的怒罵，開口便問：「怎麼求婚？」

電話那頭瞬間沉默，半晌，傳來噴笑聲，但很快又忍住，之後便是嚴肅的回絕聲：「我不知道，別來問我。」

這小子的師妹跟一般女人不一樣，每次給這小子出主意，倒楣的總是他。吃一塹長一智，他秦瀚霖看起來是那種在一個地方不停摔倒的人嗎？

徐天胤沒有多問，乾脆地掛了電話。

這天，李娟和夏志元也很早就起來了，原因是兩人昨晚沒怎麼睡好，早上還得做早餐。讓兩人驚訝的是，他們一出院子，發現徐天胤已經把院子裡的雪都掃好了。

夏志元和李娟過意不去，趕緊把他請進屋裡暖和。李娟去廚房做早餐，做好了才叫兩位老人家和夏芍起來吃飯。

吃飯的時候，夏國喜、江淑惠和夏志元夫妻還時不時地看徐天胤，有些不敢相信自家竟然跟徐老首長的嫡孫，青省軍區的司令員同桌吃飯。

氣氛太詭異了，李娟沒話找話，「小徐家世這麼好，也不知道將來誰家的閨女有福氣，能嫁去老首長家裡。我記得前兩年聽你說有女朋友了，怎麼這兩年沒聽你說結婚呢？」

徐天胤聞言，放下碗筷，看向李娟，「還沒求婚。」

李娟和丈夫互望一眼，夏志元笑道：「現在的年輕人就是花樣多，搞那麼多花樣有什麼意思？我們那時候能過日子就行，哪有求婚一說？」

徐天胤轉頭，默默望向夏芍。

夏芍低頭吃飯，說道：「求，必須得求。年代不一樣了，現在的年輕人講究浪漫。」

徐天胤又把頭轉回去，端起碗來吃飯。

夏志元又問：「小徐中午就得回軍區了吧？昨晚下了一晚的雪，這路好走嗎？」

夏芍一聽這話便想了起來，華夏集團還有年終舞會。原計劃她是打算明天再去青市，可是師兄今天在這裡，若是路能走，她今天就跟著一起去青市。

正想著，夏芍的手機響了起來，她放下碗筷去接電話。

是孫長德打來的，一接起來，夏芍便聽出孫長德說話語氣不太對勁。

「董事長，請問您有沒有師弟？」

夏芍下意識道：「沒有啊，怎麼了？」

「那就不對了，我剛得到消息，有位客戶，據說是一個月前由您師弟給指點了一處陰宅，結果現在家裡出事，您要不要來看看？」

夏芍當機立斷決定今天就去青市，但她神色如常，只告訴父母公司有些事要處理，今天就跟著徐天胤一起去青市。

李娟有些意外，女兒昨晚才回來，今天就得走。雖然是去青市，可一去就三兩天，總歸是捨不得，「早上的雪有些厚，這路能走嗎？」

夏芍出去看了看，雖然雪掃出來了，但看得出昨晚一夜下得可真有些厚。孫長德所說的事讓她很在意，今天必須去青市。

「中午應該可以。道路積雪過多，會有相關部門組織清理的。」夏志元說道。

夏國喜哼了哼，「你等著吧。清理？就你們城裡能清理出來，外頭別說國道上了，就是回十里村的路都不一定能走。去年那場大雪，省道封了三天，村裡有人出去買東西，路上打滑，還翻了一輛車。老楊頭斷了腿，在家養了一個冬天呢！」

「那小芍子還是等路上雪化再走吧，安全重要。」江淑惠擔憂地看著孫女。

夏志元看了老人家一眼，說道：「也不能怪市政部門，老天要下雪，環衛處就那麼幾輛車幾個人，清掃市裡就很大的工作量了，清理道路估計還要各部門配合吧。」

「小芍非得今天走嗎？是不是有要緊的事？」李娟問道。

夏芍笑著安撫母親，「沒事，也不是公司的事，就是青市那邊有認識的人約我見個面。」

徐天胤看著夏芍，這時把碗筷放下，說道：「來吃飯。」

夏芍一愣，這才想起自己早餐還沒吃完。只是她剛坐下，便見徐天胤拿出手機。

「喂，我是徐天胤。東市到青市的道路，中午前清理出來。」

夏芍的爺爺奶奶都抬起頭看向他，夏志元和李娟也愣愣地望著他。

徐天胤見一家人都盯著自己，難得解釋道：「給部隊打的電話，他們會幫忙市政府。」一家人這才明白過來，夏國喜點頭，「這事好，軍民一心，部隊幫忙搶通道路，老百姓出行都方便，養兵千日，用在一時嘛！」

徐天胤給軍區打了電話，中午便一定會走。李娟趕緊幫女兒收拾東西，夏芍表示自己三天就回來，不用準備什麼。

原定中午走，沒想到徐天胤的電話驚了軍區和東市市政府，連青市都驚動了，兩市聯手，上午十點便有人打電話回報，說道路已經清理完畢。

這效率讓夏家人咋舌，以往下這麼大的雪，怎麼也得封路個一兩天。

夏芍便跟爺爺奶奶和父母告別，上車趕往青市。

路上夏芍才將孫長德的話告訴徐天胤，徐天胤並不意外，顯然自己打電話時說的話父母沒聽見，卻逃不過他的耳力。

徐天胤的車開得很快，這樣的天氣，他竟然還能開得很平穩。

夏芍在半路又接到了孫長德的電話：「董事長，按您的吩咐，剛才已經查過。自稱您師弟的那個人，接觸了我們十來位客戶，還好不是每個人都有風水方面的需要。也就幾個人明確表示等您回來請您親自看風水，只有一位客戶因為祖墳所在的地方開山修路，因此急遷，才找了那個人。現在他家中頻頻出事，這才找到我。」

孫長德所說的客戶，並非指華夏集團生意方面的，而是夏芍在風水方面建立的人脈網。半個月前這人來到青市，就能找上十幾個人，夏芍隱隱覺得事情不那麼簡單。

「把這人接觸過的客戶名單記錄下來，我會都去看看。另外，告訴圈子裡的人，我沒有師弟。任何以我的名義出現的人，都不要輕信。」

「我已經讓人致電我們私人會館的所有客戶了。」孫長德道。

夏芍點頭，「好，那位家中出事的客戶祖墳在什麼地方，我直接過去。」

孫長德當即報了地址，徐天胤便開往所在的村子。那村子就在東市去往青市的路上，原本預計下午四點才能到青市，結果三點就到了村子。

請夏芍的「師弟」勘輿祖墳風水的人是青市政府的一名官員，名叫趙長志。徐天胤的車子到了村口的時候，他正站在那裡焦急地等著。來的人不只是他，還有趙家的一眾老少親戚，另外便是村子裡聽說趙家祖墳出事，來看熱鬧的老老少少。

趙長志一看掛著軍區車牌的車開過來，便是一驚。在青市上層圈子沒有不知道徐天胤和夏芍的關係的，今天聽說徐天胤一個命令驚動了兩市軍政界。趙長志倒沒想到這是為了來見自己，但夏芍能來得這麼快，也算緩解了他的焦急。

見到徐天胤，趙長志立刻搓著手上前，笑道：「徐司令，沒想到您也來了。家裡有熱茶，您要是不介意的話，就請去坐著歇一會兒。」

徐天胤沒說話。

夏芍嘆氣。這人家裡出了這麼大的事，還不忘客套。

「別說這些了，山上的路清理出來沒？趁著天沒黑，這就上山看看吧。」

「呃，已經能走了，實在是多謝夏小姐了。夏小姐日理萬機，讓您大冷的天趕來，真是過意不去。」趙長志又道。

夏芍點點頭，不再說話。趙長志這才在前頭帶路，指引著徐天胤的車開上了山。車在半山腰停了下來，趙家祖墳還要往上走一段路才看得見。趙長志帶著趙家人和村裡人，領著夏芍和徐天胤往上走了一會兒，這才指著山窩處說道：「就在那裡。」

趙長志局促地看著夏芍，他家裡頻頻出事，也不敢確定就是祖墳有事，但這事太巧了。半個月前他請了那名自稱夏小姐師弟的人，之後家裡就出事，由不得他不往風水上想。只是他今天找了孫長德之後才知道，那人竟然是冒充的。

他本想問為什麼那人會自稱夏芍的師弟，卻不敢開口詢問，畢竟當初是他自己輕信人，現在只希望是他多想了，不是祖墳風水有問題。

趙長志密切注意著夏芍的神色，見她並沒有拿羅盤，只是用目光看向山窩處。

他不知道夏芍此時已開了天眼，地形山勢在她眼前豁然開朗，連不遠處的山村都看得一清二楚。看過之後，夏芍眼神微變。

趙長志臉色發白。怎麼，確實是風水有問題？

夏芍轉頭對徐天胤道：「師兄，去山頂。」

她牽著徐天胤的手，兩人很快到了山頂。夏芍不說話，看著徐天胤。

徐天胤看過山勢，也臉色微沉。

「天馬嘶風。」沒有羅盤，徐天胤也是一眼就斷定。

夏芍點頭，目光微冷。

趙長志等人的腳程沒那麼快，這時才跟著爬了上來。他一上來，還沒站穩腳步，夏芍便看向了他，「你近來收到升遷的消息？」

趙長志一愣，後頭跟來的趙姓族人也呆住。這件事顯然趙家人都知道了，趙長志剛收到升任副廳級的命令。雖然還沒有正式公告，但是八九不離十了，沒想到夏芍一開口便說準了。

夏芍繼續道：「你父親剛去世。」

趙長志臉色又是一變。他袖口還戴著孝，可以看得出家裡有喪事，夏芍卻斷定去世的是他父親，這讓趙長志的心開始往下沉。

「你三弟也剛去世，年紀很輕，不超過三十歲。」夏芍再道。

趙長志的臉色刷地再變。趙家人中頓時有兩名女人開始哭，顯然是趙長志三弟的親屬。後頭的村民們更是面面相覷。

「此處葬著的老者，其三女也剛剛夭折。」

趙家人震驚地看著夏芍，失去了說話能力。

趙長志反應過來，「夏小姐，妳全知道？真、真是風水的問題？」

夏芍嚴肅地道：「我不僅知道，我還知道此穴坐辛向乙，青龍白虎環抱有情，名堂開闊。乍看是絕佳的風水寶地，再看卻是大凶之地。按下葬之地，青龍方為凶，老父絕地，主家無長壽之男人。白虎方為吉，對宮艮砂卻為凶，同樣是絕地。主家無長壽之女人，長子主位震方為凶，次位艮方為凶，必有禍事。次子主位坎方為吉，對宮離位為凶，也是絕地，主貧窮短壽。三子主位艮方為凶，次位青龍方還是為凶。長女、次女、三女，皆是絕地，主不能出生或夭折，此乃絕戶穴。」

「啊？」趙長志臉色慘白，「不、不可能吧？那位大師說，這處寶地出功名之人，我確實是在這之後就收到了升職的命令。」

夏芍搖頭道：「此地確實能出官，也能出富，且出官必為貴，但代價是無子嗣繼承。此乃絕戶穴，快則一載，慢則三年，有絕戶之災。」

風水之事，陽宅關乎一家，陰宅關乎一族，未有真才實學，不敢妄斷陰宅。請人勘輿陰宅風水，慎中之慎。夏芍尚有半個月就回來，趙長志即便是祖墳要遷，也有暫且安置先人的辦法。他實在是太著急了，不然也不會出這樣的事。

「給你指點風水的人，一看便是紙上談兵之輩。此穴在古籍中有記載，確實出官，也是寶穴，但天下山形龍勢，豈有相同之理？差之毫釐，謬以千里。這人實在可恨，我想知道他多大年紀，體貌特徵如何，你還記得嗎？」夏芍問道。

趙長志有些懵，他沒回答夏芍的話，後頭的趙氏族人卻圍了過來。

「大師，那現在怎麼辦？」

「您一定要救救我們啊！」

「我們再把祖墳遷出去怎麼樣？」

「趙長志，都是你，想升官想瘋了吧？是你跟那個風水師說要升官的寶地，你害死了我們家長國，你賠你賠！」

「你害死了我們家小寧，你償命！」

「爸也是你害死，我他媽打死你個想升官想瘋了的！」

一群人圍上來就要打，後頭的村人也不知道該不該勸架，反倒是趙長志的家人不住地攔著，怒罵：「怎麼？遷祖墳的時候你們就沒同意？一說出官，你們哪個不是兩眼放光？我們家長志當了官，你們哪個沒沾光？哪個不巴結？哪個不想家裡也出官？當初遷墳的時候，你們都巴不得早點下葬，現在出了事，你們就賴上我們了，還有沒有天理？」

趙家人在山頂扭打成一團，山上路滑，夏芍眼看著這樣打下去會出事，便喝道：「你們還想不想遷墳了？」

這一聲比任何勸架的聲音都管用，趙家人立刻安靜下來。

「錯的是那名風水師，沒有真才實學也敢給人指點陰宅。我現在想把這人找出來，見過他的人，告訴我他長什麼樣子。你們趙家的祖墳我會另找一處地方，保你們子孫興旺。」

這話讓趙家人安靜下來，後頭有村民都替他們急了，當先喊道：「我看見那人了，他長得挺帥的，個頭也高。」

「對，三十來歲。」

「說話聽不出什麼口音，但肯定不是青市人。」趙長志抹了一把臉上的血，他剛才被族人把臉撓破了，「那人濃眉大眼的，說是您的師弟。我看他相貌不凡，就、就信了他。」

趙長志很憤怒，那人一定是聽說夏芍是香港唐大師的弟子，就出來坑蒙拐騙。都怪自己，去年沒升職，今年做夢都想著，結果就被這小子騙了。

趙長志自覺心虛，對族人追打自己的事沒說一句話。

夏芍沒說什麼，轉身望了山勢龍脈，指點了一處穴位道：「那裡龍勢甚旺，首起太陰落為平坡，復起太陰兩星相照，兩虎爭肉形，吉格。此地出學者，大學之士。你們若是覺得可以，便可擇吉遷墳。」

趙家人面面相覷，他們是想出官的，但是似乎出學者也不錯。只不過出學者不如出富商有錢，也不如出官有權。一家人面面相覷，都有點撇嘴。

夏芍任由他們討論考慮，懶得參與。她看向徐天胤，目光微微閃動。

剛才跟趙家人說那名風水師沒有真才實學，其實是不想讓他們知道太多。對方既然能給人指出這麼處風水穴，哪怕是紙上談兵，也是有些學問在的。只不過功力不到家，反害了人。

只是當真如此簡單嗎？

若真是個想沾自己的名氣招搖撞騙的風水師倒罷了，只怕對方另有目的。

這個人若是想招搖撞騙，為何要來青省？青省是她起家之地，算得上是大本營。若想騙些錢財，應以安全為上，為什麼要來這裡？豈不是很容易被揭穿？

而且這個人在半個月內聯繫了十多人，全都是夏芍的客戶，這也太巧了。

世上的事太巧便不是巧合，怕是對方精心謀算。

夏芍思量者，張長志尷尬地走了過來，剛才還打得不可開交，現在便代表族人前來告知討論結果。張氏一族的人考慮之後，還是不想要學者之地，他們想來想去，有想要官的，有想要富的，最終統一，決定請夏芍指點一處出富貴的風水寶地。

夏芍沒說什麼，回身便指向後山某處，那地方是大富的格局，但夏芍在指點的時候，卻是略微偏了偏。沒有大富，只有小富。

人有欲望是正常的，無論是求官，還是求富，但是趙家人老父剛過世，夏芍並未覺得他們有多傷心，反倒是為了自身利益大打出手。若說剛才怨怪趙長志是人之常情，此時巴巴地想要富貴，便讓人搖頭了。

這些人若是大富，只怕為富不仁，因而夏芍在指點風水穴時，故意偏位。沒有富甲一方，但也是一方小富。不管怎麼說，若對方真是衝著夏芍來的，趙家人雖有一定責任，也算是無妄之災。夏芍這麼做，也算遵照趙家人的意思，盡心補償了。

之後夏芍掐指算了算吉日，讓趙家人在三日後遷墳。接著並未提報酬的事，便跟徐天胤頭也不回地離開了。

在回青市的路上，夏芍給身在香港的師父打了電話，說明遇到的事，提醒師父在香港時要小心。並請師父幫忙調查王氏餘孽裡有沒有年紀相貌與自己所說的相符之人。

晚上到了青市，唐宗伯來了電話。

問過老風水堂的弟子們之後，發現並無符合條件的人。

夏芍的心沉了幾分。

沒有符合的，要麼是她多想了，要麼……就是新的敵人？

這不能確定的因素，讓年關的氣氛染上了一層陰霾。

第五章　無妄之災

夏芍回到青市，去了位於市區黃金地段的華苑私人會館。會館裡，接到電話的政商名流們都到了，見到夏芍，先是對其在香港的一番作為大力稱讚，之後才問起冒充她師弟的風水師。

夏芍自然不會實話實說，只笑稱對方是冒名頂替，想占便宜。

當即便有人建議夏芍報警，但其實在場的人都明白，報警這事純屬扯淡。這事涉及風水，讓法院怎麼判？包括趙家出了這麼大的事，也只能吃啞巴虧。別說那人跑了，就是在眼前，也沒有辦法告他。

眾人之所以說這些話，還是交好的心思居多。

「以夏小姐在省內的地位和影響力，要是真找到了這個人，管他娘的警方和法院，整死他是件輕而易舉的事。在座的各位有力的出力，把這孫子給找出來。」熊懷興一嗓子吆喝出來，敢這麼說的，也就只有號稱天不怕地不怕的他了。

夏芍笑笑，「趙家出事，這人多半是跑了。要找必是不好找的，我只跟諸位說一句，日後再遇上這種人，千萬莫輕信。」

「那是那是。」眾人點頭，卻有些人臉上有懼意。這些人正是被那名風水師找過的人，雖然他們沒同意讓他看風水，但趙家出了這麼大的事，誰知道他們有沒有被背地裡動什麼手腳？

「不用擔心，我看諸位面相，暫無大礙。不放心的，今晚我可為諸位卜一卦，權當補償。」夏芍笑道，其實早已開天眼預測過了。

眾人自是不知那人可能跟夏芍有私人恩怨，聽她說要為眾人占卜，眼神發亮，只覺得賺了。沒被那名冒充的風水師找上的人，頓時捶胸頓足，這可是免費的機會啊！

那十幾人坐了下來，把自己這段時間想求的事一說，無論是投資、升遷，或者家宅，夏芍都以大六壬神課排盤占卜，直到很晚，這群人才散去。

徐天胤回了軍區，夏芍便宿在會館裡。青市的會館裡佈著七星聚靈陣，夏芍有陣子沒在其中打坐了，晚上思來想去睡不著，乾脆在屋子裡打坐到天明。

第二天是華夏集團的年終舞會，艾米麗從香港回了青市。

今年的年終舞會是盛事，比華夏集團剛落戶青市，吞併盛興集團那一年還要熱鬧。坐落在市區黃金地段的華夏集團大廈，今年迎來了新人——艾達地產的員工們。

包括艾達地產的主管在內，都不知自己公司屬於華夏集團，事情公開的時候，他們自己也被嚇了一跳，如今來到集團總部，親眼見到董事長，也是件幸事。

夏芍與陳滿貫、孫長德、馬顯榮齊聚，站到了大廳的講臺上，一如吞併盛興集團的那一年，但今年臺上多了個艾米麗。

夏芍依舊盛裝而來，新員工用一種驚奇的目光注視著她，而在下方的老員工卻能感覺到，這名未滿十九歲的少女在韜光養晦了近兩年之後，氣度越發沉穩。

「記得上一回站在這裡的時候，我說華夏集團起航的那一天，我希望看見你們還在。我希望當日後越來越多的新夥伴加入時，還能看到你們。很高興，你們還在。也很高興，我實現了當初的承諾。你們給了集團成長的時間，我讓你們看見了它的未來。今晚有新夥伴加入我們，他們是艾達地產公司的功臣們。我從不誆騙，從無空言，我許你們一個未來，希望你們跟我一起見證。下次當我站在這裡的時候，集團將會更加興盛。」

夏芍的話剛告一段落，底下便是雷動的掌聲。夏芍繼續說道：「艾達地產一直是我們的成員，今天他們終於回家了，讓我們用掌聲歡迎他們，也歡迎他們的總裁艾米麗小姐。」

夏芍將發言權交給艾米麗，底下的員工睜大眼睛看著艾米麗。

艾米麗的致辭是她慣有的風格，不煽情，實事求是。她將自己與夏芍相遇的過程、艾達地產從成立到發展至今的歷程簡單講述，故事裡有開創事業的激情、艱難和輝煌。

孫長德、陳滿貫和馬顯榮在後頭笑著聽著，夏芍的心思卻轉到了那名風水師身上。

舞會鬧到很晚才散，夏芍坐公司車回會館，跟陳滿貫約定明早來接她，返回東市。

徐天胤要回京城過年，他之前請了長假，軍區有很多事要忙。夏芍沒有讓他送自己回家，只打電話說一聲，便與陳滿貫一起回到了東市。

路上陳滿貫才說起明天是東市的企業家年會，華夏集團身為青省龍頭企業，自然要出席。市長劉景泉希望夏芍能在會上演講，這事早在夏芍回來之前就通知了陳滿貫。

夏芍點頭應下，回到家裡的時候正是中午，李娟做了一桌女兒愛吃的菜，兩位老人家還在家裡住著，中午一家人坐在一起吃了頓飯。

李娟聽說明天女兒要出席企業家年會，便笑著說道：「你們父女都得去，我就搭你們的順風車。把我載去百貨公司，我再去添置點年貨。你們開完會記得來接我，可別把我忘了。」

江淑惠說道：「瞧妳說的，他們父女倆把妳忘了，妳還能找不到家門？」

夏芍和夏志元都笑了，李娟不好意思地跑去廚房。

第二天一家三口開著車，先把李娟送去百貨公司，夏芍才和父親去會場。

父女兩人一到會場，便成為了焦點。今天雖說是企業家年會，但少不了政界人士出席，因此政商兩界的名流都圍過來寒暄道賀。

「夏董，不聲不響地去了香港，結果幹了一番大事啊！」

「夏小姐如今可真是省內企業家的楷模啊！」

「何止省內啊？華夏集團的資產拿到全國來講，也能排上百強了。這樣的人物出在咱們東市，出去說起來臉上都很有光彩！」

「聽說夏董要演講，可得好好給咱們這些還沒走出東市的人說說發展之道啊！」

一群人圍著一名少女，一點也不覺得在她面前說這話會有失顏面。

夏志元看著女兒從容地應對，既驕傲又感慨。到現在他還記得當初和妻子兩人第一次跟女兒出席拍賣舞會的情景，那時覺得驚訝，好似女兒不知不覺成長至此令他不敢相信。從那以後，他開始陪著女兒，幫她打理慈善基金，直至今天，他也習慣了這些寒暄。

香港地產之爭，她昨天已講給他和妻子聽。兩人都不敢想像她能把一家市值數百億的地產公司吞下，而且唐老的事他也有所耳聞，只是再多的耳聞都不如女兒親口說出來。

夏志元怎麼也沒想到，當初在村裡後山上住著的神祕老人，竟是華人界裡聲名赫赫的玄學泰斗。他在大陸這些年，竟是被他師弟所害。唐老是怎麼清理的門戶，女兒說得很輕鬆，但他不傻，知道這麼多年過去了，對方必然在香港很有勢力，過程怎能輕鬆？

但這是女兒的本事，身為父親，他很為她高興。

就在這時，身旁有個道聲音響起：「老夏？哎呀，真是你啊！」

周圍的人都看過來，誰敢叫夏志元老夏？他現在辦的慈善基金很有名氣，受過不少政府獎勵，而夏志元身為慈善基金的理事長，很多人現在都稱他為夏理事長。

夏芍循聲看去，見到一名穿著深灰西裝的男人正笑著看過來。男人身材中等，戴著眼鏡，氣質算得上儒雅。

夏志元顯然認出了那人，「老徐？原來是你。」

夏芍蹙眉。

這人姓徐，名叫徐志海，是徐文麗的父親。

當年徐文麗因為自己跟元澤走得近，便找人毆打父親，惹得夏芍在她和趙靜家裡佈了白虎催命陣，徐文麗的父親便被調到了下面的縣裡工作，一家都搬了過去，從此再無音信，沒想到今天會在這裡遇到。

夏芍見徐志海天蒼亮澤，唇色紅潤，最近應是有升遷之機。

徐志海笑道：「沒想到會在這兒見到老夏你。這是小芍吧？三年多不見，長這麼大了。」

周圍的人見了不由交換了個眼色。東市政府的官員有不少認識徐志海的，畢竟他以前是祕書處的處長，後來工作出了問題，被下放到縣裡。他在縣裡幹了三年，最近聽說是可能要升回來，今天是帶著下邊縣市的企業家一起來的。

有消息說他認識夏芍一家人，這次升回來可能是上面考慮到這層關係，給了他個指標。

這事是真是假，有人持懷疑態度，但今天一見，怕是再沒人懷疑。

當即有人對徐志海露出了和善的笑容。

夏志元知道徐志海這些年在縣裡，他家當初舉家搬離東市，李娟還感慨了些日子，說是好朋友原本嫁得好，卻不知也有不走運的一天。徐文麗的母親陳美華最愛面子，怕是受不了這打擊，夏志元還勸了妻子幾句。

「可不是嗎？孩子們都長得快，一轉眼咱們就老了。」夏志元不知道當初自己被打的真相，雖知道對方以前對自己很看不起，卻覺得不是太大的恩怨，沒有必要當面給人難堪。

夏志元更不知道徐志海正在升職的關鍵期，自己這話對他有多大的助益。夏芍卻是清楚明白，便意味深長地一笑。

「我怎麼覺得有些年沒見徐叔叔了？你家的大門朝哪開，我可不記得了。」

夏芍這麼一說，很多人便豎直了耳朵。

徐志海笑得有些尷尬，「這孩子真會說笑，都說年輕人記性好，有的時候還不如我們這些上了年紀的。聽說小芍如今事業做得很大，叔叔很為妳驕傲。」

夏芍不理會他的恭維，點了點頭，「這麼一說，我倒真是記起來了。徐叔叔家裡大門朝哪開，我不是不記得。」

徐志海一聽，舒心一笑。

哪知夏芍又補了一句：「而是壓根兒就沒見過是朝哪兒開的。」

在場的人都不笨，有人露出了然的神色。

看來這位曾經的徐科長，眼界很高，沒看得起夏家，倒是夏家如今成為省內商界的頭等人家之後，這位下放的徐科長便想著來攀交情了。

徐志海當真是搬起石頭砸自己的腳，要是他躲著夏芍，不來攀談，許有人信他和夏家的交情，如今來了這麼一齣，那官位最後歸了誰，還真不一定。

徐志海也懂得這其中的厲害，心中懊悔不迭，怎麼也沒想到當初那名不起眼的少女，竟然成為了省內家喻戶曉的龍頭企業的當家人，而夏志元也成了什麼理事長，自己卻還是縣裡一名小小的科長。要攀上成為名流的夏家，要拉下好大的臉面來，這讓徐志海很不能適應。

市長劉景泉到了之後，夏芍從容地上臺演講，沒見她準備講稿，卻獲得臺下陣陣雷動的掌聲。等她發言完畢，華夏集團毫無意外地捧得了年度最佳企業獎，而夏芍也拿到年度最具貢獻的企業家獎盃，在眾人的簇擁和祝賀聲中走出會場。

整個過程，徐志海連邊都沒沾上。

夏芍和夏志元依照約定去百貨公司接李娟，車子開到百貨公司門口，夏芍下車，說道：「我去就行了，爸就在車上吧，外頭冷。」

夏芍一進百貨公司，便往休息區看去，卻不想沒看到母親，卻看見了不想見的人。

陳美華和李娟在休息區聊天，徐文麗陪在一旁，笑容有點假。

陳美華比李娟大一歲，皮膚白皙，身材苗條。她年輕時便很活躍，善於表現，追求她的人很多。她眼界高，看不上做生意的人，最後嫁給了知識份子徐志海。

徐志海在市政府祕書處當官，雖然結婚的時候是科員，漸漸的也混到了科長。他的官算不上大，但是掌握著不少一手消息。過年過節，上門送禮的、求辦事的人很多，陳美華身為科長夫人，在公司也是水漲船高，很快任了部門經理。家裡有錢有權，地位自是不同，周圍都是官太太，陳美華便和李娟沒了什麼共同語言，也有些看不上她，可陳美華無論如何也沒想到，自家也有不走運的時候。

丈夫被下放到縣裡，她也因出車禍，公司有人頂替了她的職位，連女兒都得跟著轉學。

這一去，就是三年。

這三年裡，陳美華都不敢回東市，怕以前的朋友嘲笑她，可她在這三年裡，不斷聽說著李娟家裡發達了的消息。

陳美華怎麼也沒想到，木訥不起眼的李娟，如今居然大富大貴。

她和女兒來百貨公司採買年貨，偶然看到李娟，差點沒認出來。

李娟穿著件淺紅色的羽絨服，這件羽絨服是國外的牌子，價錢貴得咋舌，款式卻是簡單大方，正是陳美華前些日子在百貨公司一眼見了喜歡，卻沒捨得買的。陳美華對此念念不忘了幾日，回家還對丈夫發牢騷，剛才看到有人穿，她便多看了一眼，卻沒想到越看越覺得眼熟。

李娟的膚色比以前白了，人也有氣質多了，手裡提著大包小包，儼然闊太太的模樣。

陳美華看了好一會兒才認出來，也正因為她看得太久，李娟覺得有人在看她，便也看過來。兩人的目光撞上，陳美華臉皮發緊，李娟卻是愣住。

「美華？」

「娟兒。」陳美華有些尷尬，但還是帶著女兒走了過去。

李娟也覺得尷尬，她知道陳美華愛面子，其實自從多年前兩人在百貨公司遇見，她裝作不認識自己以後，兩人便漸漸疏遠了。

不過，依李娟的性子，雖然自家發達了，但讓她見到認識的人裝作不認識，她是做不到的，畢竟當年她因為朋友這種嫌棄的行為難過了許久，她是不會做出這種自己都不喜歡的事。

陳美華感到很沒面子，便回頭拿女兒來緩解尷尬，「怎麼不叫阿姨？」

徐文麗也是過了年便十九歲了，出落得跟她母親年輕時似的，青春漂亮。她紮著馬尾，穿著件棗色的羽絨小短外套，看到李娟，表情也是不自然，只好皮笑肉不笑地喚道：「阿姨。」

「哎，幾年不見，文麗也長大了，跟妳媽年輕時真像，出落得真漂亮。」李娟笑道。

本是一句再平常不過的打招呼的話，陳美華卻聽著諷刺。

跟自己年輕的時候像？自己就是因為年輕時左挑右挑，挑了個讀書人。以為丈夫能仕途發達，結果還不如李娟嫁了個窮車間主任，還生了個好閨女。

陳美華不自在地笑了笑，沒順著李娟的話誇獎夏芍。她是誇不出口的，丟不起這個臉。以前看不起李娟一家，現在反倒是自己不能跟對方比，說出來不等於在提醒李娟自己如今事事比不上她，那怎麼能開得了口？

「妳們也出來買年貨嗎？我也是。這不買完了，打算在這兒等我家志元和小芍，他們父女倆忙完了會來接我。」李娟見陳美華不說話，氣氛很尷尬，只得沒話找話。

這話聽在陳美華耳朵裡更不是滋味。這什麼意思？在暗示她現在女兒丈夫有能耐了，家裡都能坐上轎車了還是怎麼的？什麼叫妳們也出來買年貨？這百貨公司是他們夏家開的嗎？

陳美華往李娟身旁放著的大包小包的禮盒看了一眼，那些東西都很貴，一看就是過年時回禮用的。這要是放在以前，就李娟家裡的條件，她哪會捨得買這些？

而且，站得近了陳美華才發現，李娟不僅是皮膚變得比以前白，身材也苗條多了。

陳美華越發不是滋味，面上卻不自在地笑著說道：「妳怎麼這時候才出來買年貨？我們都買好了，就缺幾樣，今天出來補補就行了。」

徐文麗看了母親一眼，其實母親買的禮品不少了。這些都是聽說父親有望調職回來，買了打算過年去上司家裡送禮的。只是跟李娟買的比起來，確實是少了些。對於李娟家裡發達的事，徐文麗也是知道的。如今華夏集團在省內家喻戶曉，她怎能不知道董事長就是夏芍？只是她怎麼也不願意相信。今天看見李娟穿著比自己母親闊氣，她的心裡很酸，便沒有揭穿母親。

李娟笑了笑，本想說其實她這也是出來補點年貨，但她知道陳美華愛面子，於是笑道：

「那妳們買好了嗎？我買好了，但得在這兒等一會兒。」

陳美華扯著嘴笑，剛要說話，有人走了過來。

李娟看見女兒，頓時笑著朝她招招手，陳美華和徐文麗霍然回頭。

只見夏芍穿著一身白色羊毛大衣，腰帶斜斜繫著，踩著白色高跟鞋，慢慢走來。東市的女孩子很少有穿這種款式的衣服，一看就是剛出席重要的聚會回來。

陳美華和徐文麗對夏芍本就不陌生，加之她如今是名人，儘管三年沒見，也一眼就認出了她。母女兩人很不是滋味，但又忍不住看她，像是想要近距離看看，親眼證實這就是兩人曾經認識的那個人一般。

夏芍卻看也沒看陳美華母女一眼，只是提起母親放在旁邊的大小禮盒，笑道：「我和爸在車上就說，您出來補年貨也一定能把車子塞滿，果然沒錯。」

李娟有些臊，「你們父女就背後說我吧，以為我捨得花這麼多錢啊？還不是要打點妳公司和基金會的那些經理？」

夏芍只笑不語。年貨公司早就發下去了，年終獎金加上禮品，也是很豐厚了，但母親覺得自己在外讀書，陳滿貫、孫長德等人出力不少，家裡總得給他們些年禮，顯得敬重些。

而且父親一開始打理基金會的時候也是門外漢，現在有模有樣了，也是請經理人手把手教的。大過年的，禮品在這些人眼裡不值什麼錢，卻是他們的一份心意。

事實上，陳滿貫、孫長德他們都有股份，每年分紅就足夠豐厚了。再者，他們幾人是公司的元老，另有情分在。母親做這些事，只要是她覺得安心和開心，她便不說什麼。

「行，您考慮得周到。快走吧，爸在車上等著呢。」夏芍說道。

李娟這才有點尷尬地看了女兒一眼，又看向陳美華，說道：「妳美華阿姨在呢，幾年沒見，認不出來了吧？」

「哪位阿姨？媽不是說老家早就沒人了嗎？您沒有姊妹，我哪來的阿姨？」夏芍催促著母親，讓她趕緊回家。

李娟知道女兒對當年陳美華對待自己的事有氣，但這不是遇上了嗎？她不是那種擺架子的人，打招呼總還是可以的，可女兒顯然沒這個意思，李娟知道她向來有自己的主意，只得嘆了口氣。這終究是陳美華當年不對，女兒有氣也是正常的。

直到兩人走出百貨公司，陳美華母女還臉色青紅不定。

陳美華只覺臉上被人打了一巴掌。李娟在村裡有一個姊姊，但以前那年代，吃不飽穿不暖的，醫療條件還不好，她姊姊是生了場病死的。李娟曾經將她當成好姊妹，現在夏芍明擺著說她母親沒姊妹，不是在打她的臉嗎？還有，她剛才竟說她母親是來補辦年貨的？

陳美華臉上頓時火辣辣的，低頭看看自己手裡提著的東西，再想想之前跟李娟說的話，恨不得找個地縫鑽進去。她緊著臉皮看看女兒……

這些年就算是到了縣裡，陳美華也讓女兒念最好的學校，如今女兒成績很好，明年考重點大學沒有問題，而且女兒長得也漂亮。她本以為女兒很優秀了，哪知剛才看到夏芍，那氣度，那氣質，跟自己女兒一比，簡直把她比成了個還沒長大的孩子。

徐文麗見母親看向自己，頓時有些惱。她恨恨地盯著夏芍離去的背影，實在想不通，當初那個家世、相貌、成績、性格都不如自己的夏芍，怎麼就能成為家喻戶曉的企業家？

手機鈴聲響起，陳美華接起來，一看是丈夫打來的。

以華夏集團如今在省內的地位，陳美華自是知道夏芍今天是去參加企業家年會了。她回來了，那就說明會議散了。陳美華以為丈夫是打電話來說要接她們母女的，不料那邊卻傳來丈夫一通抱怨，陳美華臉色變得很難看。

「媽，怎麼了？」徐文麗問道。

「妳爸要升回來的事，搞不好會黃。」

「啊？」徐文麗慌了，父親為了回來，沒少打點。這幾年在縣裡，她算是過夠了。她盼白天盼晚上地想要再回到以前那種日子，本以為過了年就能搬回來，轉學手續都辦好了，怎麼就出現變數了？

「怎麼會黃呢？」徐文麗又問。

陳美華怒道：「還不是妳李阿姨那個好閨女！」

徐文麗一愣，因為夏芍？

「走，我要去問問他們家是什麼意思？發達了不認我也就算了，怎麼還落井下石？」

陳美華要去夏家討說法，卻沒立刻去。她先打聽了夏芍家的地址，發現竟是在桃源區。

桃源區幾年前是東市新開發的復古園區，如今已成為市裡的頂級富豪區。聽說社區裡是傳統宅院，一幢宅子就要五六百萬，而且保全很現代化，嚴格得不近人情。沒有事先跟業主預約，任何人都是不允許進入的。

陳美華沒有夏家的電話，想要打聽，但自從那天在企業家年會上，眾人知道徐志海得罪過夏芍之後，便沒人願意給夏芍找不快，夏志元的手機號沒人肯透露，事情一拖就拖到了年後。

過年的時候，夏家仍是齊聚一桌，把老人家接上，在飯店吃團圓飯。今年這頓年夜飯吃得舒心，夏志濤一家乖乖地陪著老人家過年，不敢提生意的事，看夏芍的眼神都有些懼意。

大年初二，夏志梅、夏志琴兩人回來拜年，一家人又是在飯店團聚的。這回夏志梅一家也不敢提生意的事，連小姑父張啟祥詢問劉春暉的生意有沒有起色，都被劉春暉笑著岔開了話題，邊笑還邊瞥夏芍兩眼，就怕她翻臉。張啟祥有點莫名其妙，但觀察過夏志梅和夏志濤兩家小心翼翼的作態後，才明白過來，定是這兩家又鬧什麼事惹得夏芍不高興了。

對於這位本事大得不得了的外甥女，張啟祥除了驚嘆便是讚嘆。他如今在青市刑警隊，外甥女的大名年前又在局裡天天都能聽到。他是退伍軍官，對警察系統本是門外漢，還是沾了外甥女不少光，局長對他很客氣。

好在自己家裡雖然不算大富大貴，可也都是憑著自己的本事吃飯。妻子來了青市後，在家裡附近找了份閒散工作，平時在家做做飯，週末女兒從學校回來，一家人團聚，其樂融融。而且，女兒雖然野了點，時常叫她母親頭疼，成績倒是一直不錯。

夏芍有些日子沒見張汝蔓了，見她還是跟以前一樣，像個男孩子似的。

「姊，妳又在香港幹了一番大事，什麼也不說了，佩服，我敬妳！」張汝蔓抄起桌上一罐啤酒就想要來敬酒。

夏志琴瞪著女兒，「喝什麼酒？還沒上大學。妳就不能學學妳表姊，淑女一點。」

夏芍聞言一笑，小姑這是沒見過展若南。自從認識了展若南，她便覺得張汝蔓溫柔多了，只是從小在軍區混，沾染了些男人氣質而已。

張汝蔓撇了撇嘴，咕噥道：「像淑女有什麼好？」

夏芍挑眉。這可真新鮮，以前她總會據理力爭幾句，今天是怎麼了？

張汝蔓似乎有心事，但她顯然不打算說，只是說道：「姊，我決定了，我大學還是要考軍校。我從小在軍區長大，想來想去，還是沒什麼比當兵更適合我的了。」

張汝蔓以前的夢想是當外交官，可她的性子太直，不合適這行。

「什麼？軍校？妳拉倒吧，我可不想把閨女養成兒子！」夏志琴反應很大。

張汝蔓這才跟母親爭辯起來。席間話題圍繞著考大學的事展開，但等一家人聊起來之後才發現，張汝蔓考大學還要一年半，反倒是夏芍，快要考試了。

「小芍打算考香港大學嗎？」夏志琴問道。畢竟夏芍轉學去了香港，在眾人眼裡，香港那邊的大學似乎更好點。

「不，是京城大學。」夏芍笑道。

「京城大學？」一家人都愣了。她轉學去香港，這回又在香港發展地產業，夏家的人都以為她會為了公司選擇在香港讀大學。

夏志元說道：「這孩子小時候不是在村裡跟著京城大學的周教授讀了兩年書嗎？當初周教授走的時候，她跟教授說日後會去京城看望他老人家。我還以為她是胡亂許諾的事，哪想到她還真放在了心上。這不，這些年一直都想考京城大學。」

「好，做人就應該守信。我跟周老哥也有些年頭沒見了，聽周旺說，他身體還可以。」夏國喜看了孫女一眼，讚許地點了點頭。

唉，孫女從小到大，似乎他這個爺爺都沒盡過什麼責任。

「京城大學好，歷史悠久，出過名人無數啊！」

「京城是皇城腳下，天子居所，地靈人傑，是好地方！」

「小芍成績不錯，肯定能考上。咱們夏家也不知哪輩子積了大德，能有這麼個後輩！」席間誇獎聲四起，夏芍淡然聽著，沒往心裡去。

過了年，走完親戚，便是一輪送禮的大潮。

過年過節，夏芍家裡總能收到很多人送來的貴重禮品，除了相識的人，比如陳滿貫等人，夏芍基本不出面。這些人也知道桃源區進不去，便將禮盒放在警衛室門口。保全也很無奈，只能打電話讓夏芍家裡人來取。

今年華夏集團成功進軍香港地產業，送禮的人比以往更多，每天社區保全都會打電話來讓夏志元去拿禮盒，大年初四這天，保全又來了電話。

夏志元一接電話就皺了眉頭，然後把電話遞給妻子，「妳老家的王姨。」

李娟把電話接過去，說了兩句便往外走。

夏芍從房裡出來，見母親出門，便問道：「什麼事？」

「妳王姥姥來了，還記得她吧？妳媽出去接了。」夏志元嘆道。

夏芍蹙眉，王姥姥是陳美華的母親。當初李娟在村裡的時候，聽說父母和姊姊去世時，王姥姥幫襯過不少忙。這老太太夏芍見過，是個厲害的人，今天來想必不是什麼好事。

沒一會兒，李娟扶著一名老太太進來，她身後還跟著徐志海、陳美華和徐文麗三人。一家子人進了夏家的宅院，一路東張西望，臉色變換不停。

前些年徐志海任科長、陳美華任經理的時候，家裡也是住獨幢的小樓，可是今天看看夏家住的地方，這才驚覺，以前住那地方算什麼？

王老太進門便是一哼，「娟兒，妳現在是發達了，也不記得妳王姨了。過年過節的，也不知道回去看看。忘了當初妳爸媽和妳姊過世時，王姨怎麼幫襯妳了？這做人哪，不能忘本！」

李娟有些冤枉，倒了茶水來，笑道：「王姨，我哪忘了妳了？這幾年我不是逢年過節都回去看您老人家嗎？每年都是初五回去，今天不是才初四嗎？我哪知道您老人家來了呢？」

這話不是說假的，李娟雖然跟陳美華疏遠，卻沒忘記王老太當初的恩惠，逢年過節便會回去看看。只是會避開陳美華回老家的日子，免得撞上了尷尬。

王老太被說得沒話，撇了撇嘴，轉頭看了看裝潢典雅的屋裡，問道：「妳閨女呢？聽說現在辦了個公司，挺有本事的。怎麼也沒見妳帶她回去看看我？是有本事了看不上我這把老骨頭，還是怎麼著？娟兒、志元，不是我說你們倆，女兒再有本事也得教好，做人不能忘本。」

李娟也看了眼房門，「她這些天回來也沒好好休息，整天忙公司的事，應該還在睡吧。」

王老太的脾氣李娟清楚，她要是把女兒叫出來，女兒也得跟著聽她訓話，還不如就讓女兒待在房裡。再難聽的話，她聽著就行，何必叫女兒出來看老太太的臉色？

可就在這時候，房門開了。

王老太和徐志海一家都轉過頭去，夏芍走了出來。

徐志海立刻露出笑容，這就要站起來。陳美華按住丈夫，給他使了個眼色。徐文麗則很不是滋味地看向夏芍。

王老太看向李娟，「不是說在房裡睡著嗎？」

夏芍穿戴整齊，哪裡像是剛起來的樣子？

「娟兒，可真是人發達了就變了。妳以前哪是會說謊的，現在連我老婆子都騙了？」王老太用手杖往地上敲了敲。

李娟也沒想到女兒會出來，頓時愣在那裡。

陳美華冷笑一聲，徐文麗也翻了個白眼。

夏芍往沙發裡一坐，神色冷淡。夏志元一見女兒這樣，眼皮一跳。他可是見過女兒怎麼處置家裡的姑姑叔叔，這王老太只怕是來者不善，但看女兒這臉色，恐怕今兒這事不好收場。

夏芍先給自己倒了杯茶，懶懶地開口：「人發達了就變了，老人家，這話說的真對，只是，敢問您老這話說的是我媽，還是您女兒陳美華？」

陳美華臉色微變。

夏芍又道：「王姥姥，我小時候見過您。聽我媽叨念，您老在她年輕時幫了她不少忙？」

王老太這才反應過來，上下打量著夏芍，「可不是嗎？當初妳大姨生病過世，也就妳這麼大吧。妳媽家裡窮得什麼也沒有，下葬的錢還是我幫著掏的。妳媽家裡窮，我沒少給她吃的，現在倒好了，她閨女賺了點錢，有能耐了就忘本了。怎麼著，眼界高了，真覺得自己是大富大貴的人，不認這些老街坊了？不認也就算了，還用當著那麼多人的面不認？志海是當官的，這麼一鬧，還有臉面嗎？」

王老太又看向李娟，「娟兒，就是妳教得不好。妳閨女能開起這麼大的公司來，能這麼點人情世故都不懂？我看要是不懂，這公司趁早關門，不然也得賠進去。」

夏志元當即站了起來，「老太太，大過年的，您老要是來拜年，我們夫妻倆好好招待，可您老要是來說這話的，還是請回吧。您要是有什麼事，咱們私底下商量，別當著孩子的面說。孩子年紀輕輕的，一手建立起華夏集團來不容易，大過年的，您說這話給孩子添堵，我們當父母的聽著心裡也不舒服。」

「怎麼？我就說了一句，你就心裡不舒服了？我老婆子還心裡不舒服呢！」

徐志海擔心地看了夏芍一眼，也覺得岳母這話說得不中聽。以夏芍如今在省裡的地位，惹火了她沒有好處。他剛想起來，陳美華又按住他。

夏芍笑道：「爸，您坐吧。我都走到今天這步了，這點是非還能受不住？」

夏志元吶吶地坐下，夏芍便又看向王老太，問了句不相關的話：「老太太，您以前幫襯我媽家裡的時候，花了多少錢？」

王老太臉色不太好看，「以前那錢可值錢，別看不多，比現在的錢可值錢多了。」

「那您以前幫襯我媽家裡，可是把您家裡的錢都拿出來了？」夏芍又問。

王老太一家人愣住。哪能都拿出來，自家又不是不過日子了！

「那就是了。」夏芍哼笑著起身，提了十幾盒補品過來，往王老太面前砰地一放。王老太眼皮一跳，她看得出來，這些都是這幾年李娟去看自己常帶的禮盒。

「老太太，您可瞧好了。這些禮品價值少說兩三萬，這還只是過年的，過節也沒少讓人捎禮品給您。我們家發達了這些年，您老收禮，收了得有十來萬了吧？以前的錢比如今的再值錢，十幾萬在現如今在老百姓眼裡，也不是個小數目。我們夏家發達了，可一直沒虧待您老。您老從進門數落到現在是為哪般？」夏芍質問道。

王老太沒想到夏芍會來這手，一時有些懵，但老太太不是善碴，反應很快，「這能比嗎？那可是幫襯著妳媽家裡辦喪事。沒我老婆子幫襯著，妳大姨下葬的錢都沒有。」

陳美華笑著瞥了眼夏芍，自家對夏家的恩，可不是十幾萬還得清的。

夏芍點點頭，「我這人向來恩怨分明，您老對我媽家裡的恩情，確實難以用錢衡量。」

「可不是？」王老太撇嘴，硬氣起來。

「既然難以用錢衡量，那這些禮品也不必給您老了。給的再多，也還不清。華夏集團雖然資產數百億，但也都是我辛苦賺回來的。錢花的不是地方，我心疼。」夏芍把禮品收回去。

王老太傻眼。

陳美華則是臉色一變。華夏集團的資產，她也聽人說過，以前聽說有個百億，年前又聽說在香港地產業大出風頭，把人家的大公司吞併，資產現在能有個數百億，但這事不知是真是假，沒想到竟是真的。

徐文麗咬著唇，臉色難看。

夏芍笑了，「我是商人，錢也好，權也好，人脈也好，商人喜歡把能利用的利用在點子上。既然我覺得做了不值得的投資，自然是要收回，這點還請理解。」

她靠向椅背，又道：「我倒是有個想法，能還清您對我母親的恩惠。這事也簡單，只需等著，等您家裡也辦喪事，我們夏家便會出錢幫襯。您放心，一定大操大辦，讓場面風光。」

王老太氣得渾身發抖，顫巍巍從沙發上站起來，不住地用手杖敲打地面，「妳這是什麼意思？大過年的，詛咒我們家裡有喪事怎麼著？」

「李娟，管管妳的好女兒，說這話是什麼意思！」陳美華也生氣地站起來。

徐志海皺起了眉，徐文麗也很憤怒。

夏志元擋在妻子女兒身前，道：「幹什麼？有話好好說，別指指點點的，這是我們家。你們家老太太剛剛不也咒我們了嗎？敢情大過年的，就你們不愛聽不好聽的話？」

王老太全然不管，撒潑地喊道：「我不管，你們這是要咒我老婆子去死啊！好好好，我今天就死在這兒，看你們夏家說不說得清！」

「妳敢！」夏芍大喝一聲，氣勁震出，所有人莫名覺得耳朵微疼，胸口發悶。夏芍在小指的指尖上一掐，以掌中十二訣克制了老人所站方位的氣場，一家人頓時安靜下來。

王老太呆呆地盯著夏芍，見她慢慢走過來，叫人心驚。她在三步遠的地方停住，笑容很涼，「老太太，在我家裡，想死也是要點本事的。您老沒這個本事，不妨靜一靜，聽我說。」

陳美華扶著王老太，驚駭地看著夏芍，不知為什麼，此刻的她，令她莫名心驚。

夏芍看著王老太，「老太太，想給妳女兒當槍使，也請先把槍口對準自家人開兩槍。人發達了就變了，這事您女兒可是模範。路上遇見朋友當不認識，這都是您女兒幹過的事。老太太，不是我當晚輩的說您，您的女兒要好好教，做人不能忘本，這都是您身為家長的沒教好。」

傻子都能聽出來，這是王老太進門時教訓李娟的話，現在被夏芍拿來打了老臉。

王老太臉色漲紅，陳美華也感覺被人扇了一耳光。

夏芍又看向陳美華，「陳阿姨，老太太的話同樣送給妳。妳的女兒妳要教好，省得她在學校裡為了個男人，找混混把我爸打到住院。世上的事，有前因才有後果，你們家裡如今這樣，不是沒有原因的，這都是妳身為家長的沒教好。」

徐文麗臉色慘白。

徐志海和陳美華倏地轉頭看女兒，見她臉色發白，頓時震驚了。

「什麼？」王老太懵了。

夏志元和李娟更懵，這是怎麼回事？

當年夏志元被打，是徐文麗找人做的？這怎麼可能？那時候她才多大？再者，任誰都聽得出來夏芍話裡有話，似乎在說徐志海一家當年被貶去縣裡，是有原因的。

「我知道你們今天來鬧是為了什麼，我自認為企業家年會那天說的話沒錯，至於別人怎麼理解怎麼辦事，那是別人的事，別扣在我頭上，沒人能讓我夏芍背黑鍋。既然你們認定是我，我不坐實了，豈不是白白被冤枉？」夏芍冷笑。

「夏董，這件事是誤會，妳聽我說……」徐志海想要解釋。

夏芍擺手打斷他的話，看向王老太，「老太太，華夏集團能開起來還是能賠進去，不勞您操心。不過，既然您都問候了，我便可以讓您老知道，至少在華夏集團賠進去之前，我可以讓你們一家人都賠進去。」

夏芍拿出手機，打給社區保全，很快便有人登門。

「把人帶出去，以後東市不會有這家人了。」夏芍淡淡地吩咐道。

保全強制把人往外攆，徐志海和陳美華夫妻被人架著往外走，徐文麗更是心驚地回頭，不可思議地看著夏芍，不知道她這話是什麼意思，但第二天她就知道了。

第二天是大年初五，東市政府的工作人員還沒上班，一封舉報信就發到了紀委的人手裡。徐志海昨天來夏芍家裡，順道帶的禮品和裡面的卡片都到了紀委手上。徐志海昨天也是想著先拿老太太鎮鎮場子，再說說好話送點禮給夏芍，把自己升回市裡來的事給搞定，因此他帶的禮可是不輕。這一被送去紀委，徐志海立刻以違紀罪名被隔離調查。

這回不但是升回東市的事黃了，連公家的飯碗也丟了。

同一天，東市一中拒絕了徐文麗轉學的申請。

事情一出，東市上層圈子的人都心知肚明，這是徐志海犯渾，得罪夏芍了。

王老太驚怒，撒了潑似的往市政府去，在大街上大罵華夏集團和東市紀委，但人還沒走到政府門口，便在一條巷子裡被人挾持進了一輛黑色麵包車。

車裡兩名穿著黑西裝的人亮出刀子，警告道：「老人家，識趣點。咱們不動妳，不過妳女兒女婿和外孫女就不保證了。」

旁邊的人拿出一疊照片丟給王老太，王老太一看，嚇得腿都軟了。照片裡是陳美華和徐文麗被綁在黑屋裡，臉上全是瘀青，明顯挨了打。

王老太哪見識過這個，當即就怕了。

「限你們家三天內搬離東市，滾得越遠越好。再在夏小姐眼皮底下找不快，下回就到閻王爺那裡說理去。」

安親會的人把王老太放下車的時候，王老太嚇得跌坐在地上好一陣沒站得起來。

當晚陳美華和徐文麗被放回來，一家人第二天就離開了東市，去這些年住的縣裡收拾了東西，打算去南方親戚所在的城市。可一家人剛買票，還沒上車，便又被綁架。

車裡的幫會人員拿過陳美華一家買的車票，看了眼目的地，嗤笑一聲，目光嘲諷，「告訴你們，別以為走得遠就沒事了。南方是他媽三合會的地盤，三合會年前也發了黑道令，不准惹夏小姐。識時務的，你們就安安分分的，敢有不軌的念頭，一樣有你們好看。」

陳美華和徐文麗臉色一白，徐文麗當年就聽說過夏芍似乎跟安親會有關係，只是不明白，為什麼三合會和安親會這兩大國際黑幫都護著她。

她想不明白，也沒時間想，只是知道，自家這一輩子都沒辦法翻身了。

一家人下車之後，趕緊上了客運，遠走南方城市，從此再沒了消息。

夏芍過年回家的時間不長，鬧心的事卻不少，處理了兩撥人後，接到來自香港的電話。是劉板旺打來的，向夏芍道喜，網站建好了。她回去之後，就可以試營運了。

這總算是件好消息，夏芍訂了初七的機票，準備飛回香港。

回港前，她抽出時間與兒時的玩伴聚會。

讓夏芍意外的是，她只見到了劉翠翠和周銘旭，卻沒見到杜平。

「杜平那小子考去京城了，過年也沒回來，說是在打工。」劉翠翠說道：「這小子當初成績出來，可是把我們嚇著了。沒想到他成績這麼好，現在連過年都不回來，實在是太拚了。」

夏芍也很意外。打工是好事，只是杜平是家裡的獨子，過年不回家，估計村子裡有閒話。

「今年村裡人串門，都在問杜平哥怎麼沒回來。杜嬸逢人就得解釋，我也覺得杜平哥太拚了，有必要過年都不回來嗎？這麼拚是為了什麼啊？」周銘旭不解地咕噥。

「還用問嗎？被小芍子刺激到了唄！」劉翠翠翻了個白眼。杜平早就對小芍子有那心思，可是得知她是華夏集團的董事長後，就像受了刺激似的，大抵是覺得配不上她才這麼拚吧？

夏芍垂眸，杜平的心思她早就看出來了。可當時以為是他一時迷戀，隨著年紀和閱歷的增長，上了大學，許也就放下了，沒想到他會這麼拚。不過，杜平也不一定就是為了她，男生打拚也是為了將來，或許他是在京城見識了很多差距憤起拚搏也不一定。

周銘旭吐了吐舌頭，「芍子是刺激人，我在學校都被她刺激到了。」

夏芍知道他說的是香港地產業的事，無聲一笑，不談這些，而是看向了劉翠翠。

劉翠翠這趟回來倒是時髦了不少，穿著大衣和長靴，襯托著她那傲人的身高和窈窕的身段，看起來一點也不像是十里村走出去的女孩子。

「果然是上了大學的人，都會打扮了。」夏芍打趣道。

劉翠翠啐夏芍一口，「會打扮什麼？妳沒見總有些人正眼都不瞧妳這種農村娃子。妳都不好意思告訴她，華夏集團的董事長跟妳一個村裡長大。」

夏芍笑笑，劉翠翠的性子還是那樣直爽。

「說這些人幹什麼？不說了，掃我們的興致，倒對不起自己了。」劉翠翠說話間起身，對夏芍和周銘旭擺出一個動作，神祕兮兮地笑問：「你們看出什麼來沒有？」

夏芍挑眉，周銘旭憨憨地一笑，「翠翠姊，妳……又長高了？」

「去你的！」劉翠翠笑罵。

劉翠翠的身高在同齡人屬於很高的了，一七八公分，又穿高跟鞋，都一米八了。

夏芍看著劉翠翠修長的美腿，笑道：「能看出什麼？就看出翠翠姊不當模特兒可惜了。」

劉翠翠眼睛一亮，看向周銘旭，「看吧，還是小芍子聰明，要不怎麼能管這麼大的公司呢？你這小子，腦子都長到肥肉上了，學著點吧。」

周銘旭愣住，「啥意思？」

夏芍挑眉，她倒是看出劉翠翠印堂隱有光澤，有機遇在身，倒沒想到真是模特兒。

劉翠翠眨眨眼，看起來很是興奮，「我也沒想到，原本我報的是新聞系，想著就我這身高，以後出去跑新聞，天然優勢啊。哪知到了大學，我們學校有個業餘的模特兒團體，我就被拉進去了。進去才知道，我們學校有學長接雜誌封面的工作，一個月能賺不少錢。我想著也走走這條路子，我弟的學費就有著落了。」

劉翠翠家裡還有個弟弟，她上大學對她家是一筆不小的開銷。當初她收到錄取通知書的時候，她那酒鬼老爸還不允許她讀大學，叫她出去工作，供她弟弟讀書。倒是劉俊俊懂事，心疼他姊姊，幫著一起勸，才勸服了他爸，讓劉翠翠上大學，要不劉翠翠也不會對她弟弟這麼好，一上大學就想著為她弟弟籌學費。

「這事可行，不過，這行業水深，翠翠姊要注意些。妳知道我的手機號碼，有難事別自己撐著，可以打電話給我。」夏芍道。隨即一想，劉翠翠沒有手機，萬一有事聯絡不方便，乾脆結了帳，出去給劉翠翠買了支手機。

劉翠翠受寵若驚，原以為是夏芍要買手機，哪想到是給她的？

「我不能收，太貴重了。」這年頭手機不是每個學生都能有的，這玩意兒雖不像前幾年那麼奢侈，可也不便宜，而且夏芍曾經送給劉翠翠一個上好的玉鐲子，她怎麼也不能再收手機。

夏芍說道：「再推就矯情了。我們是什麼交情，還在乎這些？」

夏芍送劉翠翠手機，一來是讓她帶在身上，有事好聯絡。二來是聽說她想入模特兒這一行，心裡冒出個念頭來。網站建好了，倒可以拉她來合作。

只是這話夏芍沒說，打算等著回了香港，看看網站的情況再跟劉翠翠聯繫。

劉翠翠白了夏芍一眼，「姊什麼時候矯情過？還不是覺得用不上？妳這丫頭有錢也不能花在沒用的地方啊！」

見夏芍不肯收回去，劉翠翠嘆了口氣，接了過來。手機到手，劉翠翠其實也是歡喜的，但翻來覆去地看，最終還是嘆氣。

有手機在手，她也還是會去打公共電話，畢竟現在手機費那麼貴，她捨不得用。

周銘旭看著劉翠翠的手機眼饞，嘆道：「我什麼時候能有支手機拿著？那才帥呢！」

「把你這身肥肉減減，你就帥了。」劉翠翠取笑道。
夏芍也道：「給你買了你放哪兒？手機拿去學校，當心被沒收。」
這年頭學校管理嚴格，高中生在學校裡是不允許帶手機的。
周銘旭瞪眼，「誰讓妳買給我了？我大老爺們兒的，想要也得以後有錢自己買。」
「噗，還大老爺們兒？」劉翠翠被逗樂了，「行，有志氣！還有半年就要考試了，你可得用心點，考上京城你也跟杜平學學，多磨練磨練。」
夏芍看著兩人鬥嘴，上午的時光匆匆而逝，三人在外頭吃了飯，下午便回了家。
回到家中，夏芍毫不意外看見院子裡停了輛軍用路虎。
每年初六，徐天胤都會來拜年，今年自然也不例外。只是夏芍上午去見朋友，徐天胤定是中午前就來了，在家裡和父母一起吃的飯。
夏芍走進屋裡，果然看見徐天胤正坐在沙發裡，陪夏志元和李娟喝茶看電視。
徐天胤看見夏芍，眼睛便離不開，一會兒才問道：「要走了？」
「嗯，明天下午四點的飛機。」夏芍坐到他身旁，伸手去拿茶壺。
「燙。」徐天胤先她一步拿過去，幫她倒了杯熱茶，推了過去。
夏芍看了眼父母，果真見父母相互看一眼，眼神古怪。
徐天胤對夏芍細心入微，這點夏志元夫妻都是看在眼裡的。上下車連車門都不用她開，這幸虧是倒熱茶，若是熱水，非得放溫才會遞給她。若不是見過他照顧唐老也是如此細緻，夏志元夫妻還真以為他對自己女兒有什麼意思。
李娟說道：「小徐，讓她自己倒茶。都是大姑娘了，連茶都不會自己倒，你這也太寵她了。你還真把她當成小師妹了，她可不小了。」

話雖這麼說，李娟還是仔細看了看徐天胤。自打年前知道他是徐老首長的嫡孫，她便有些想不通。有這家世，怎麼會跟唐老學風水？

「怎麼不小？比小徐小十歲呢！」夏志元笑道。

李娟這才想起來，徐天胤說過他有女朋友了，應該也快結婚了吧？這她就放心了。不是說她不喜歡徐天胤，相反的，她覺得這孩子家世好，有孝心，待人也心細。不像那些有權有勢的紈綺子弟，不拿正眼看人。這孩子就是性子冷些，待人卻真誠。李娟覺得，自家女兒比他小十歲，年紀差得太多。再者，女兒年紀小，談感情太早。

當然，以小徐的家世，自家女兒再能幹，只怕也配不上人家。而女兒要是嫁去別人家，那一定是風風光光的，當寶貝一樣寵著。何必有好日子不過，去攀那高門受氣呢？

夏芍不知父母這一會兒心裡轉了幾個來回，她把話題一轉，說起了明天回香港的事。

李娟嘆氣，「這香港的學校，春節假期也太短了。妳回來才幾天，又要回去了。」

「那邊考試早，比大陸早兩個月，考完我就回來陪爸媽。」夏芍笑道。香港沒有所謂的高考，中學會考安排在四五月，八月公布成績。而這個年頭，大陸高考在七月，確實是差了兩個月。如今已二月，夏芍這次回香港，再有三個月便能回家。

李娟嗔道：「就妳嘴甜，會哄爸媽。什麼是早去早回？妳就是回來了，也是到處跑，待在家裡的日子沒幾天。」

夏芍也知道自己這輩子雖然讓父母過上了好日子，但陪伴他們的時間卻少了。這大抵就是所謂的有得必有失吧。因此，她推了下午和一些人的會面，在家裡陪了父母一天。第二天下午，徐天胤和夏志元夫妻開車送夏芍去機場，夏芍與父母和師兄揮手作別。

三個小時後，飛機抵達香港國際機場。

下飛機的時候，天色有些黑了，但機場大廳裡卻有些安靜。

夏芍看見展若南頂著刺頭正等在那裡，曲冉站在她旁邊，是最先看見夏芍的。

「小芍！」曲冉朝夏芍揮手。

夏芍很意外，她們居然會來接機。她一入關，曲冉便跑過去拿行李。

「芍姊。」賭妹等人過來打招呼。

展若南皺著眉頭，好像等久了似的，說道：「走，去吃飯。妳欠我兩頓，先還一頓。」

夏芍噗哧一笑，「我頭一次見到來接機的人，要客人付飯錢的。」

「我騎機車來的，我們這麼多人來接機，加油費不用付啊？我夠義氣了！」

夏芍點頭，「但願妳們去吃飯的時候，不要想著多點些酒菜，把加油費也吃回來。」

展若南走出去幾步，聽見這話，回頭道：「好主意！」

夏芍無語，從曲冉那裡把行李箱搶回來，打了個電話給師父說晚點回去，這才出了機場，搭上計程車，往展若南指定的一家銅鑼灣的娛樂城而去。

銅鑼灣是香港的主要商業及娛樂場所集中地，許多大型百貨公司都在這裡。計程車停在一家皇圖娛樂城門口，下車的時候，天已經黑了。街道兩旁霓虹燈閃爍，甚是熱鬧。夏芍起初聽這娛樂城的名字，還以為是金碧輝煌的地方，沒想到下車一看，卻是設計得很現代。整座娛樂城高達兩百公尺，占地上萬坪。

銅鑼灣這地方，地皮極為昂貴，在這裡蓋這麼座娛樂館，可謂大手筆。

展若南從機車上下來，說道：「這裡是宸哥的場子。」

夏芍一笑，並不意外，只是笑道：「妳可真是肥水不流外人田，知道我請客，把我拉到戚宸的場子來消費。」

「不是我吹牛，在香港，妳想找娛樂，還真沒有好過這裡的。進去就知道了，走。」展若南轉身，大搖大擺地帶著夏芍往裡面走。

門口的侍者顯然認識展若南，恭敬地道：「南姊來了，裡面請。南姊今天帶了幾位朋友？」

展若南不說話，用手往後一指，侍者看過去，頓時瞪大眼睛，「夏小姐？」

華夏集團的董事長，唐老的親傳弟子，那位風靡香港的風水大師。前段日子都是在報紙和電視上看見她的報導，沒想到今天能見到本人。

侍者趕緊走過來，恭敬地接過行李箱，幫夏芍提進去。

皇圖娛樂城裡的主色調是黑色鎏金，氣派裡帶著尊貴。侍者聽說夏芍沒來過，便當起了導遊，宣稱皇圖娛樂城耗資五十億港幣，歷時三年興建，一層是接待廳，二層是舞廳，僅舞廳便有六層樓，賭場也有六層，另有三溫暖、宴會廳等等。三十樓以上是貴賓間，每天來此銷金的人無數，可謂是最氣派的娛樂城了。

一行人搭電梯上了三十樓，侍者開了個貴賓間，恭敬地請夏芍和展若南等人進去，「服務生立刻就到，有什麼需要，隨傳隨到。」

夏芍笑著點頭，剛要踏進門，便見另一個貴賓間門前有人叫罵道：「媽的，老子來這裡，你給我開這麼間房？戚老大的地盤上，手底下的人都是這麼辦事的嗎？」

這人說話發音不標準，操著外國腔。夏芍轉頭看去，見這人身材中等，穿著花襯衫，脖子戴著條粗重的金鏈子，甚是痞氣。

展若南皺眉罵了句：「操！乃侖來了宸哥的地盤，竟然還這麼張狂！」

夏芍看向展若南，展若南道：「他是緬甸那邊的大毒梟，金三角那邊很大的份額都是他的，宸哥跟他合作幾年了。這人愛擺闊又粗俗，每次來都找碴。」

「聽他的名字，不像是緬甸人。」夏芍道。

她倒是知道，泰國那邊的男人，無論婚否，「乃」字開頭，就是先生的意思。通密的全名也不叫通密，而是叫乃帕西．通密。乃侖這名字，聽起來倒像是泰國人。

展若南說道：「聽說他是泰國人，不過一直在緬甸混。這人是個狠角色，就是太難搞定了，每次都被他鬧得很頭大。」

展若南大步走了過去，「我去擺平他。」

夏芍沒來得及拉住她，賭妹等人也跟了過去，剩下曲冉站在原地看夏芍。她沒接觸過這些黑道的人，咬著唇問：「小芍，怎麼辦？那人看起來很凶，南姊不會吃虧吧？」

乃侖顯然認識展若南，見她過來，頓時笑了。

「這不是展護法的妹子嗎？怎麼，戚老大讓妳來陪酒？」

「陪你媽！」展若南張口就罵，「乃侖，你不是第一次跟宸哥合作了，每次搞這麼多事有意思嗎？宸哥給你安排的房間，我就他媽不信你不進去！」

乃侖說道：「展小姐，妳說這是戚老大給我安排的房間？那我還就真不進去了。戚老大是什麼意思？這個房間號帶四，你們中國不是有句話，說四就是死，不吉利。」

「操！你一個緬甸人還忌諱這個？我看你就是找碴！」

「我是泰國人，不是緬甸人。我們泰國人也講究吉利的，就像你們有風水師，我們有降頭師一樣。這個房間不吉利，給我換一間，不然今晚的生意就不用談了。」

展若南無語，所有的侍者都看向她，用眼神詢問是不是要打電話給戚宸。

有個聲音響起：「不吉利？這是泰國降頭師的說法？我倒覺得這個房間再吉利不過了。」

夏芍慢慢地走過來，乃侖目露驚豔之色，語氣極為輕浮，「戚老大今晚很大方啊，居然找了這麼個美女來陪酒。」

「操！」展若南張口就罵，被夏芍按住手。

「民間視四為不祥，是乃侖老大從哪裡聽來的？該不會是你們的降頭師這麼認為的吧？」夏芍問道。她的笑意很淡，且有些涼。

乃侖挑了挑眉，眼裡帶了些興味，「有意思。這位美女過來，就是為了跟我討論這個問題？四不吉利，不是你們中國的文化嗎？」

「中國文化博大精深，乃侖老大道聽塗說，可不能當成正統，不然說出去會讓人笑話。」

「這麼說，這位小姐深知中國文化？那我倒是想洗耳恭聽。」

夏芍哼了聲，「四被視為不吉，不過是因為其與死諧音。不過，那都是民間誤傳。在我們中國的《易經》裡，先天八卦中的『四』與震卦對應，有著積極向上、奮進、茂盛等的意象。後天八卦中『四』與巽卦對應，有著自由、活潑、昌盛等的意象，哪來的不吉？再如我們中國的住宅建築講究風水，四合院這種建築從沒有任何風水大師認為其不吉，就連紫禁皇城也是這種格局。今晚戚老大招待貴客，想必有道四喜丸子，這菜名也帶四，卻是盛行千年的名菜。

中國人講究好事成雙，成雙成對便是四。以四喻博大，四喜臨門、四海昇平、四方輻輳、隆通四海，哪一個不帶四？哪位易學大師說過不祥？即便是在國外，四也是吉數。情人節是二月十四，平安夜是十二月二十四。依我看，四倒是極好的數。乃侖老大只知其一，不知其二，日後還是不要妄談中國文化的好。」

夏芍也不管乃侖聽不聽得懂，兀自慢悠悠地解釋。

乃侖眼睛睜得有點大，顯然是聽得懂的。

這時，後頭傳來掌聲。一群人抬頭望去，只見戚宸不知什麼時候到了。他的目光落在夏芍身上，笑起來牙齒潔白，很是耀眼，「妳回來了？」

夏芍挑眉，意思是，這不是明擺著的嗎？

「難得妳來我這裡，我這場子真是蓬蓽生輝。」戚宸笑道，接著對夏芍身後的侍者說道：「以後她來，費用全免。」

「別。」夏芍看向展若南，「我來就是花錢的，不花錢我欠她的飯局是還不掉了。難得有人想肥水不流外人田，你就成全一下吧。」

戚宸身後的展若皓看向他妹妹，展若南卻完全不理她哥。

兩人都不是差這點錢的人，戚宸點頭道：「好，等妳還完阿南的，我再請妳。」

他們的話聽在乃侖耳裡，自然看出夏芍和戚宸是認識的，他不由笑道：「戚老大，這位美女是你的人嗎？」

這話說得夏芍和戚宸都是一愣，夏芍蹙眉，戚宸見她神色不快，當下黑了臉，先是瞪她一眼，然後看向乃侖，「這不關你的事，知道太多的人都死得早。」

「哈哈！」乃侖哈哈大笑，「這怎麼不關我的事？戚老大，你找這麼個房間給我就算了，還讓這位美女把我教訓了一頓，她要是你的女人，我就得找你給我個說法，如果不是……叫她今晚陪我喝酒。陪到我痛快了，這事就了了。」

「你找死！」戚宸眯眼，手上瞬間多了把黑色手槍，槍口直指乃侖的眉心。

乃侖身後跟著人的大驚，紛紛拔槍。展若皓等人動作比他們快，早就拔槍把人圍住。

乃侖冷下臉來，「戚老大，今晚的生意你是不想談了？」

「不談就不談，我戚宸不缺那點錢。」戚宸狂傲一笑，殺氣卻叫人背脊發冷。

乃侖大笑，「戚老大，我以為你是聰明人，沒想到你也愛說大話。沒有我的供應，你的貨會少一半。有多少損失，不用我說吧？」

戚宸笑得比他更狂妄，「我以為你是聰明人，沒想到你還真把自己當一回事。天下毒梟，你不做，我做。宰了你，端了你的基地，金三角是我的。」

「戚老大，你可真天真，真有這麼容易取代我乃侖，我還能活到今天？你知道這麼做不容易，你也知道這麼做會死多少人。」乃侖絲毫不懼。

「天真的是你，這時候還為我想。你安居金三角這些年，再無進取就是因為你考慮的太多。我戚宸做事，從來不考慮會死多少人。你死後，洪水滔天你也得死。」

乃侖與戚宸對視著，卻不說話了，因為戚宸說的是事實。

他這人比較謹慎，正因為如此，很多事他都要反覆考慮，這些年才沒有大肆擴充地盤，而戚宸這人就是瘋子，他的瘋狂是黑道的人都知道的。他少年時期還沒接掌三合會的時候，就在美國看黑手黨科洛博家族的三少不順眼，帶人把他和手底下的人給宰了，惹得科洛博家族震怒，傾巢出動圍殺戚宸。這個瘋子半個月內幹了無數次架，不知怎麼的還能聯繫上同為黑手黨的甘比諾家族的人，聯手殺了科洛博家族一個措手不及，到現在布亞諾、甘比諾、傑諾維三個黑手黨家族鼎立，科洛博家族卻一蹶不振。

這件事讓戚宸一戰成名，他沒動用三合會的勢力，沒讓戚老爺子出手，卻事後安然無恙在美國繼續讀書。從此他就得了個瘋子的綽號，沒人敢招惹他。

乃侖跟戚宸合作幾年，知道他的脾氣，他此刻拿槍指著自己的腦袋，殺氣是真的，話也不是威脅，所以他不敢開口說「有種你就開槍」，因為他真的會開槍。

乃侖眼珠一轉，看向夏芍，「這位小姐，妳真厲害。如果妳還不是戚老大的女人，我勸妳跟了他，他會對妳很好的。」

「這不關你的事。」夏芍神色淺淡，「戚當家說的話真對，你可真會為別人考慮。不過，為別人考慮的太多，勞心太過，容易早死。」

乃侖哈哈一笑，「這位小姐，妳真有趣，能請問芳名嗎？能罵我乃侖的人，還能讓戚當家拿槍指著我的人，我怎麼也得記住。」

「夏芍。」

「這位是華人界玄學泰斗唐老先生的嫡傳弟子夏大師。」

夏芍只是簡單地報出姓名，侍者則補充了一句。

乃侖瞪大眼睛，他是泰國人，敬畏降頭師，自然也敬畏風水師。他臉色數變，頃刻間便收斂起笑容，變得嚴肅，接著想伸出手，想到什麼，又看了眼指著自己眉心的槍口。

戚宸哼了一聲，把槍收回去，目光卻依舊冷冽。

乃侖朝夏芍伸手，客氣地道：「原來是夏大師，失敬失敬。剛才不知夏大師的身分，說了些得罪的話，還請夏大師別介意。」

夏芍沒跟他握手，而是看著乃侖的印堂處落，「乃侖先生，這個世上能讓我陪酒的人，通常都再難喝到酒。」

乃侖茫然，不明白夏芍這話是什麼意思，但隨即反應過來，定是他得罪了她，她出言警告而已，因此乃侖笑了笑，「那是，我怎麼會讓夏大師陪酒呢？借我一百個膽子也不敢。」

在泰國得罪降頭師，通常只有死路一條，而且死狀奇慘。這不像黑道的打打殺殺，很多時候你死都不知道什麼時候中了招，死前會受什麼折磨。聽說風水師不會這麼害人，但也有法術一類說不清的事，相當厲害。

乃侖可不想得罪這種人。

「戚老大，今晚就算是我得罪了。生意好談，裡面請吧。」乃侖知道戚宸和夏芍認識，這也算是向兩人示好了。

戚宸走進去之前，看了夏芍一眼，身上的殺氣已經收斂，笑得花開燦爛，「等一下我去妳那邊蹭飯吃，可別吃完了，記得留點給我。」

夏芍但笑不語。蹭飯？今晚這頓飯可不會消停了。

她看出乃侖印堂變暗，雖不至於有性命之憂，卻有血光之災。戚宸倒是沒事，但今晚他們談事情的時候，必定會出些事。

夏芍也不提醒，他們做毒品生意，本就是害人，她不想捲進去，更不想介入這種因果。

夏芍轉身走進剛才開好的貴賓間裡，展若南和曲冉等人跟進來，幾人對剛才的事反應沒有夏芍這麼的淡定，曲冉拍著胸口道：「嚇死我了，我還是第一次看見那麼多人拿槍指著對方，我還以為會打起來呢！」

展若南看了夏芍一眼，咕噥道：「懂的真多，聽得頭都暈了……點菜！」

侍者跟著進來，敬佩地看著夏芍，恭敬地將菜單遞給夏芍。夏芍轉手就給展若南，展若南丟給賭妹等人，說道：「多點一點，芍姊發話了，要妳們把加油費吃回來，不用替她省。」

菜單上那些菜名全都很詩意好聽，寓意倒是好，就是看不懂。賭妹等人來吃飯的次數也不少，至今仍是兩眼抹黑，只好猜測著點了幾道，反倒是曲冉對這些相當了解，一看菜名就能猜出大概是什麼菜。跟侍者聊了兩句，竟與她猜的差不多。看曲冉的打扮，不過是普通人家的孩子，按理說，來皇圖娛樂城該像進了大觀園，沒想到她能猜出熟客都搞不懂的料理食材。

曲冉懂是懂，但她靦腆，不敢放開了點菜，總是看看夏芍，才敢出聲點菜。

夏芍要她隨意，她這才不好意思地道：「那我點幾道我沒吃過的吧。」

夏芍打趣道：「點妳沒吃過的不要緊，點好了吃過了，妳得能做出來才行。」

「沒問題，我回去試試就能做出來了。」曲冉拍胸脯保證。

侍者聽了撇撇嘴，這些都是大廚做的頂級料理，她能做得出來？吹牛吧！

曲冉卻不管別人怎麼想，點了三道她沒吃過的菜，最後展若南嚷嚷著幾人太善良，點的不夠多，便又加了幾道大菜，叫了幾瓶酒，這才把菜單遞還給侍者。

夏芍只讓侍者上壺碧螺春，吩咐他快點上菜。她剛才雖開了天眼看，但也不知道那邊會是什麼時間出事，所以還是抓緊時間，趕快吃完走人。

菜餚果然上得很快，眾人吃得津津有味，曲冉更是連連點頭。

「佛跳牆的油是蔥油，很正宗。」

「這鹵水鵝的湯汁真不錯，大廚祕製的，少說用了二十幾味醬料。我嘗嘗……五香粉、蔥粉、蒜粉、紅椒油，沙薑粉、桂皮粉、蘇子粉、濃縮的鮮香粉……」

「嗯？這麵點應該是鹹的，怎麼有點回甜？」曲冉咬了一口精緻的點心，細細品了品，忽然眼睛一亮，「南瓜，絕對是南瓜，只是看這顏色，放的量很少。」

侍者在旁邊聽得眼睛都直了，不懂曲冉的舌頭是怎麼長的，這麼多調料居然能吃得出來。

夏芍笑笑，堅定了要曲冉在網站上開節目的決心。

展若南等人卻鬧騰得不得了，非要夏芍喝酒。夏芍拿出她擋酒的本事，自己沒喝兩口，展若南卻灌了不少。可惜她的酒量好，兩瓶下肚，還是半點醉意都沒有。

眼看桌上的菜吃得差不多了，夏芍才提出今晚就到這裡，她得回去了，免得師父擔心。

展若南道：「走什麼走？這裡還有很多好玩的地方，去下面的賭場走一圈？」

「太吵了，我不喜歡吵鬧的地方。」夏芍婉拒道。

「那也太沒勁了，今晚特地去接妳，妳吃完就想走？」展若南鬱悶地道。

「那一起去兜風也行，總比在這麼吵的地方強。」夏芍只是想早點離開罷了。

展若南眼睛亮了亮，難得夏芍主要說要出去兜風，她大手一揮，一群人魚貫地跟著下樓。

到了樓下，夏芍結完帳，把行李箱先寄存在這裡，便準備往外走。

就在這時，大廳裡的燈閃了閃，然後熄滅了。

皇圖娛樂城的一樓是負責接待來客的地方，燈光一滅，大廳霎時暗了下來。

不明就裡的顧客都呆住，三合會的人反應很快，有人叫道：「快去看看。」

話音剛落，有東西從窗戶丟了進來，只聽砰砰兩聲，接著濃重刺鼻的煙霧瀰漫開來。

幾乎是同一時間，大廳的燈光閃了閃，又亮了。

這顯然是皇圖娛樂城自備的緊急發電系統啟動了，從燈滅到燈亮，不過短短幾秒，煙霧彈丟進來恰巧是在黑暗的那幾秒，時機掌握得恰到好處。

大廳裡一陣混亂，陸續有人昏倒在地。

「操他媽的，是催淚瓦斯！」燈雖然亮了，但白色煙霧充斥大廳，展若南大罵一句，咳嗽不止，但她反應很快，在地上滾了滾，滾去邊緣處，然後起身往樓上跑去。

夏芍的速度比展若南慢一點，她得護著曲冉。曲冉滾得很慢，加上催淚瓦斯吸進了不少，滾到旁邊，趴在地上咳嗽打噴嚏好一會兒，才慢慢站起來。

賭妹等人還好些，她們常出去打架，反應很快，只是催淚瓦斯不常遇見，避得再快也吸了些進去。她們看見展若南上了樓，也踉蹌著要往樓上跑。

夏芍攔住她們，把曲冉推過去，「在這裡等著，上面有亂子，妳們幫不了忙，我上去。」

樓梯上擠了很多人，大家樓下發現有催淚瓦斯，全都不敢過去。

三合會的人處理突發事件還是很有經驗的，頃刻便有穿著黑衣的人下來，將舞廳、賭場的客人全都帶離樓梯，聚集在各自的樓層，找人看護著。面對三合會，這些人就算是再害怕下面的事態，再想離開，也不敢鬧事。

事情被以最快的速度壓制下來，而夏芍也以最快的速度來到了三十樓。

她不想捲進這次的事，不過，她之前開過天眼，知道上面有槍戰。展若南二話不說往上跑，她想走也走不了，只得跟上去看看。

她在半路就追上展若南，上面已能聽見槍聲。三合會的人從下面跑上來，看見夏芍和展若南都是一驚，一隊人馬停了下來，其他人繼續往上跑。

「夏小姐、南小姐，妳們去下面，有人會保護妳們。」停下來的那隊人說道。

「保護個頭！我哥和宸哥都在上面！」展若南大怒，對其中一人道：「拿把槍給我。」

那人不肯，展若皓希望他妹妹像普通人一樣生活，怎麼可能教她槍法？這點三合會的人都知道，自是不可能把槍給她。再說，幫規也不允許。

「操！我叫你給……」展若南還沒罵完，忽然兩眼一翻，往地上倒去。

前面的人反應快，一把接住了展若南，這才看見夏芍站在她後面，平靜地吩咐道：「兩個人帶她下去，其他人跟我上去。」

一時沒人有動作。

他們剛才都沒看到夏芍出手，展若南就昏倒，實在是令人驚駭。

這些三合會的人，個個都是練家子，卻沒看到夏芍是怎麼動的手。領頭的是一名副堂主，名叫魏虎。人如其名，身材魁梧，身上有股濃重的煞氣，一看便知是背了不少人命。

魏虎看著夏芍，按幫規來說，她無權指揮他們，但這個少女身分太特殊了，且不說她是唐老的弟子，不說玄門和三合會的交情，就說戚當家為她發了黑道令，私下裡幫裡的兄弟們便興致勃勃地議論她會不會是三合會未來的主母。

她在當家的眼裡地位很特別，他們不好忤逆她。

聽說唐老的身手了得，他的弟子必然也不差，如果上去，她應該不會扯後腿，但……

「夏小姐，冒昧問一句，您的槍法怎麼樣？」

「我不用槍。」夏芍答道。

魏虎蹙了蹙眉。不會用槍，那就不能上去了。

「抱歉，夏小姐，子彈不長眼，您要是出了什麼事，我們不好向當家交代。」魏虎大手一揮，撥了兩個人要帶夏芍去安全樓層。

夏芍指尖輕彈，欲上來的兩人臉色陡然大變。

「怎麼了？」魏虎敏銳地問道。

那兩個人不說話，扶住樓梯欄杆，腿腳冰涼僵硬，動彈不得。

夏芍聽著上面傳來的槍戰聲，淡淡地說道：「戚當家要是出了事，你們不好交代。既然你們不想跟著我上去，那我便單獨行動。有本事攔住我，你們便試試看。」

夏芍說完，消了那兩人腿上的陰煞，轉身便往樓上奔去。

魏虎無奈，只得帶著人跟上。

來到三十樓的樓梯口，夏芍擺手，要大家停下來。

她已開了天眼，看到整個樓層正混戰著。

三合會先到的人跟八人在槍戰，其中有兩人穿著服務生的制服，顯然是混進來的。戚宸和乃侖等人還在那房間裡，乃侖的左肩中彈，死了兩個手下，傷勢不輕。

戚宸和乃侖躲在吧臺後面，吧臺上有幾個彈孔，像是防彈的。她看著彈孔，感覺不對勁。混亂中房間裡的燈被打壞，有淡淡的光線在吧臺上快速掠過。夏芍看向窗口，發現街道對面的飯店裡，有一名狙擊手潛伏在窗戶後面。玻璃窗是完好的，便知這名狙擊手很沉得住氣，還沒有出過手。剛才的亂子應該是兩名打扮成服務生的人引起的，而這名狙擊手已經發現了戚宸等人，剛才吧臺前掠過的光芒就是證據。

「媽的，兩邊都有人！敢在皇圖鬧事，給我宰了！兄弟們，留兩個人保護夏小姐，其餘人給我分兩邊去！」魏虎喝道。

夏芍擺手阻止他，「你們老大還在議事的那個房間，對面的飯店有狙擊手，下面大廳被封了，你們想辦法聯絡外面的兄弟，到對面把那名狙擊手解決掉。」

「狙擊手？」魏虎愣了下，「夏小姐怎麼知道對面有狙擊手？」

而且，怎麼知道當家的還在那個房間裡？

夏芍沒時間解釋，她密切注意著房裡的情況，見乃侖失血過多，展若皓跟戚宸說了兩句話，便要起身，似乎要打掩護，護著戚宸和乃侖衝出去。

夏芍吃了一驚，回頭喝道：「快去！」

魏虎遲疑了一瞬，轉頭對手下使了個眼色，讓人退下去聯絡外面的人。

夏芍則是二話不說，往前面的走廊衝去。

魏虎大叫：「掩護！」接著跟在夏芍後面，奔了出去。

走廊上子彈交織如雨，各個貴賓間的房門大敞，三合會的人在裡面避著，時不時探出頭來跟轉角處的人互射。夏芍一衝進走廊，裡面的人看見她都跟著一驚，也不知道她怎麼膽子這麼大，這麼猛的火力，衝過來是想變成馬蜂窩嗎？

「掩護！」魏虎又喊了一聲。

兩旁貴賓間裡的三合會人員不約而同出來，齊齊開槍，壓制著拐角處的人。

夏芍的速度極快，一腳踹開了戚宸所在的貴賓間房門。

「躲回去！」一進門，夏芍立刻大叫一聲，手握拳往對面的飯店揮去。

展若皓剛站起來，聽見夏芍的話，本能蹲低身子，結果一顆子彈擦著他的臉頰過去，釘入他的右肩之中。

展若皓寒著臉，眉頭都沒蹙一下，槍換到左手，朝對面的飯店開了槍。跟著夏芍進來的魏虎等人火力比較強大，當即衝過去對著對面一陣掃射。

戚宸從吧臺後面站起來，看著夏芍，臉色發黑，眼底都逼出血絲來了，「誰讓妳來的！」

「我不來，你手下的大將就沒命了。」夏芍往對面飯店的房間看去，發現那名狙擊手蹲下躲了起來。見暴露了，便持槍往外走，剛走到門口，三合會的人已經衝進來，雙方開始交戰。

夏芍這才收回目光，沒去看那名狙擊手的下場。

戚宸大步過來，抓著她的手腕往吧臺後走，力道之大，扯得夏芍都疼了。

夏芍用暗勁把戚宸的手震開，「行了，對面的人解決了，剩下就是怎麼出去的問題了。」

這時，魏虎接到電話，聽到狙擊手已死，忍不住震驚地看向夏芍，「夏小姐，您真神了，您怎麼知道對面有狙擊手？怎麼知道……那該死的傢伙剛才被殺了？」

夏芍自是不能說她有天眼，只道：「你忘記我是做什麼的了？」

魏虎張了張嘴，難不成真是算出來的？這也太厲害了！

兩人的對話沒有說得太明白，但以戚宸的智商，自是能猜出前因後果。

他深深地看著夏芍，笑道：「妳是特意趕過來救我的？」

夏芍覺得他的笑容很欠扁，回嘴道：「戚當家，被女人救，用不著這麼開心。」

戚當家的笑臉當即變成了黑臉。

有人哼了哼，從吧臺後面被人扶著站起來，他看著夏芍說道：「都說中國的玄學大師有未卜先知的本事，我看大概是謠傳吧。」

說話的是乃侖，他中彈的地方離心臟不過兩指，幾乎要靠手下攙扶才站得起來。幾個小時前還中氣十足地找碴的男人，此刻臉色蒼白，說話都沒有力氣。

乃侖這話明顯是在怪夏芍之前沒看出今晚會出事，夏芍淡然地扯了扯嘴角，笑意微嘲，「就算我看出來了，又憑什麼要告訴你？」

乃侖被噎得一時說不出話，戚宸也看著夏芍。

夏芍哼了一聲，「你們混黑道的，這種事不是家常便飯，還用得著人提醒？」販賣毒品的利潤很大，卻害人無數。黑道的人錢來得快，命去得也快。夏芍沒想過要介入這些因果，但她今晚既然因為種種原因出擊，就不能白白出手。

「雖然我不願意出現在這裡，但我救了乃侖老大是事實。樓下被催淚瓦斯封了出口，外頭也有人埋伏。乃侖老大要想盡快治療你的傷口，我是有辦法讓你出去，但是我們的交情沒好到讓我無償幫你，所以，這個人情你得記下，日後有讓你還的時候。」

乃侖的傷勢拖不了太久，可他不知道眼前的少女有什麼方法幫他逃出去。

「戚老大的人也中彈了，夏小姐能幫戚老大出去，就能幫我出去。」乃侖挑眉道。雖說夏芍是風水師，乃侖是敬畏的，但現在他很懷疑她有沒有真本事。他要結交人，自然要挑有本事的，他的錢也不是那麼好賺的。

夏芍胸有成竹地說道：「我能幫戚當家出去，就能讓你出不去。幫戚當家是一回事，至於幫你？我得要報酬。」

一句話讓乃侖的臉黑了，戚宸則臉色瞬間放晴，還笑了起來。
夏芍瞥了他一眼，「你家老爺子跟我師父有交情。」
戚宸的臉又黑了。
「我乃侖不缺錢，夏小姐需要多少酬勞，隨便妳開。」乃侖權衡過後說道。
「不巧，我也不缺錢。我只要你記著這個人情，日後再償還。」夏芍也是看乃侖是泰國人，雖然他如今身在緬甸，但他對泰國的事應該有所了解，說不定什麼時候她會用上這個人。
乃侖知道人情不好還，沒有什麼比付錢來得直截了當，但對方顯然有所求，而他此刻的傷勢也由不得他不同意，於是，他勉強點了頭。
夏芍這才看向右肩中彈的展若皓，「你沒事吧？你妹妹在下面，有幫會的人保護，非常安全。你要是還能走的話，我們現在就下去。」
展若皓點點頭，他原本對夏芍有成見，因為他妹妹的頭髮是因為她才剃掉的，不過，她剛才救了他一命也是事實。他向來恩怨分明，有恩必報，這恩情他記下了。
外面走廊上的雙方人馬還在對峙，戚宸一馬當先，夏芍被他護在身後，洪廣和魏虎的人守著兩旁，將乃侖、展若皓和夏芍護住，以翼狀的方式前進。
夏芍用天眼一掃，發現原先的八人此刻還剩五人，左三右二，藏身在兩邊走廊的轉角。轉角處是死胡同，沒有樓梯通往下面。這些人想必是抱著必死的信念來的，他們分開站在有利的死角，一旦有人冒頭，便可以舉槍射殺。
「左邊轉角，一點鐘方向、三點鐘方向、六點鐘方向。」夏芍指示道。
眾人很驚奇，魏虎率先帶人殺了過去。

兩旁的人掩護，魏虎等人按照夏芍指示的方位，迅速開槍將人射殺。

乃俞和他的手下一個個瞪大眼睛，這些人都站在死角，從走廊這邊根本看不見他們，她到底是怎麼辦到的？真是算出來的嗎？

夏芍又道：「右邊還有兩個人，你們自己解決，下樓。」

她沒指出那兩個人在哪裡，她的目的只是帶人脫身。左邊的樓梯已經清出來，下樓沒有問題。至於那兩個人，在敵眾我寡之下，必定逃不了，但夏芍若是指出來，人死了，這業障便要算在她頭上。她今晚已經背了三條人命，不想再增加了。

戚宸沒說什麼，手一揮，幫會人員都圍過去，大局已定。

一行人很快下到了二樓，展若南跑過來，看見夏芍，剛想算她剛才劈暈她的帳，卻見展若皓肩膀中彈，當下驚道：「哥，你受傷了？」

「沒事。」展若皓看了夏芍一眼，補充說道：「多虧夏小姐。」

展若南看向夏芍，夏芍卻道：「我把曲冉交給賭妹她們了，下樓去看看她們怎麼樣了。」

曲冉等人都沒事，她們站在樓梯口，見夏芍和展若南出現，紛紛跑了過來。

曲冉臉被瓦斯辣得臉通紅，終於能開口說話，只是聲音嗆得都變了，「小芍，妳沒事吧？我聽見上面有槍聲，嚇人了，外面街上也有槍戰。」

夏芍笑笑，「我不是好好站在這裡嗎？」

曲冉拍拍胸口，驚魂未定。

樓下的催淚瓦斯散了大半，上頭的圍剿行動也很快結束了，沒多久有人下來報告道：「大哥，上頭的人都處置了。八個人外加對面飯店的一名狙擊手，街上還有十來人，剛剛也解決了。我們的兄弟死了三個，傷了十來個。」

戚宸渾身散發出殺氣，狠戾地道：「給我查！查出來，宰了！」

三合會的人點頭，面色如常，但他們知道老大的作風，查出來可不只是宰了這麼簡單。

不過，敢在皇圖鬧事的能有幾個，不就是那些嗎？

這時又有人過來道：「大哥，有條子帶人過來了。」

戚宸嘲諷一笑，「出事的時候不見他們來，沒事了他們來得倒快。帶人從後面走，把乃侖和阿皓送去醫院。」

展若皓還好說，乃侖是緬甸的大毒梟，一旦被抓，可是有很大的麻煩。

他們這些人受傷了都是去私人醫院，三合會有自己的醫院，幫會裡的人熟門熟路。

夏芍可沒有被請去警察局做筆錄的打算，因此到櫃檯取了行李，便帶著曲冉和展若南等人一起跟著往後門走去。剛出後門，兩輛車開了過來，乃侖的人先上車。到了車上，乃侖才看向夏芍，眼神複雜。他不是言出必行的君子，很多事他應允了也是可以反悔的，但面對眼前這名少女，他不太想冒反悔的代價。她知道對面飯店有狙擊手，也知道死角槍手所站的位置，若說不是用了什麼神祕的本領，乃侖根本不信。

明刀明槍，乃侖不怕，但深知降術可怕的他，對風水師的祕術也存在著三分畏懼。

因此，他一上車便扯出虛弱的笑來，「多謝夏小姐，妳的人情，我記著了。」

正當乃侖把頭從車窗伸出來的時候，夏芍的眼神驟然一變。

她看見乃侖的印堂發黑，有著濃重的死氣。

「縮頭！」夏芍大喝一聲，使出暗勁。乃侖只感覺到一道勁力逼來，迫使他往後退。下一秒，一顆子彈擦著他的鼻尖飛過去。

戚宸的反應最快，抬手便朝子彈的來處開了一槍，射中街角的一輛車子。那輛車裡的人頓時濺血，向後栽倒。另一人抓過機槍，向著後門的三合會眾人所在的方向掃射。

那機槍是朝著乃侖所在的車子掃射的，這些殺手明顯是衝著乃侖來的。

夏芍手指一掐，車裡的機槍倏然卡住。戚宸手連開兩槍，車上的槍手和司機瞬間斃命。

就在這時，三處巷子口接連開出六輛黑色麵包車，車窗齊齊打開，槍口對準了乃侖。

這三個巷口各在不同方位，來得又快，對街那輛車的危機剛解除，還沒來得及對付這突然出現的六輛車，車上的子彈便如雨般飛了過來。

三合會的人立刻開槍反擊，以乃侖坐著的車為圓心，對方的六輛車幾成包圍之勢。

戚宸將夏芍拉到身後，開槍又擊斃兩人，但一行人中還有曲冉和展若南等人，她們身後不遠就是皇圖娛樂城的後門，卻被火力壓制，只能緩慢退去。且此時裡面的人聽見了聲音，也跑出來支援，反倒堵住了後門。

右肩中彈的展若皓，只能用左手持槍，槍法竟也奇準，幾乎是彈無虛發，他剛開完槍，就回頭吼道：「往兩邊的巷子散開，別堵著後門！」

「不行，前面有條子來了，出不去！」後門出來的人一邊開槍一邊喊道。

「那就先退回去，讓她們幾個女生先進去！」展若皓又叫道。

曲冉和刺頭幫的女生手中沒槍，聚在這裡也是礙事，沒了她們反倒好施展拳腳，畢竟護著她們周全比開槍殺人難度更高。

門裡出來的人也明白，一隊人出來，一隊人退回，讓出半扇門。

展若南離門最近，展若皓二話不說，把他妹妹往裡面推。

展若皓右肩受傷，只能用左手去推展若南，以致於身前露出空門，讓別人逮著機會，不遠處有一管手槍瞄準了他。

在槍林彈雨之中，沒人注意到這危機，除了一個人。

曲冉和賭妹等刺頭幫的女生趴在地上抱著頭，賭妹等人最愛刺激，此時反倒興奮著，不時抬頭張望，注意力分散，沒發現敵人的槍口正對準展若皓。倒是曲冉聽見展若皓吩咐後門讓出來讓她們進去的聲音，忍不住抬起頭。這一抬頭，正好看見有人拿槍指著她身前的展若皓。

千鈞一髮之際，曲冉想要出聲提醒他，又怕來不及，可她也沒把握自己能救得了他，於是幾乎是出於本能，她採取了既能保護自己又能救下展若皓的方法。

她維持趴在地上的動作，伸手往前抓住展若皓的褲管，接著用力一扯。

展若皓沒有防備，突然被人這麼一拉，腳步不穩，整個人摔在倒地。摔倒時撞到了右肩的傷口，他的臉色猛地變白，與此同時，一顆子彈擦著他的頭頂飛過，登時便知道發生了什麼事。他頭也沒回，倒地的瞬間果斷開槍，射殺前方車上的人。

對面車上立刻有人搶過槍，對著這邊地上掃射。展若皓將身旁的賭妹她們往後門推，卻沒時間推還趴在他腳邊的曲冉。情緊急之，抓著她原地滾了兩圈，滾進旁邊的一條窄巷。

夏芍則是被戚宸強迫按蹲在車後，這麼短的時間內，他們少說射殺了十來人。夏芍透過車窗玻璃看見乃侖躲在車裡躲避，他的人開窗還擊，結果又死了兩人。她瞄了瞄眼前的狀況，覺得情況不妙，當即取出大腿外側的龍鱗。

龍鱗出鞘，一道如線般的亮光在黑夜裡晃得人的瞳孔縮了縮。匕首的黑氣陡然散開，夏芍站起身，戚宸轉頭對她吼道：「蹲下！」

可他剛轉頭，目光驟變。如天幕般的黑氣蔓延了整條巷子上方的夜空，三合會的人齊齊抬頭，只覺耳旁有厲鬼在嚎，上面投下無數扭曲怨念的鬼臉，腳下踩著的地似在瞬間化為屍骨堆積如山的刑場，刑場上又有許多人在承受千刀萬剮之刑，受刑者無不被削成血淋淋的骨頭，只剩一顆顆巨大的頭顱，而面孔猙獰扭曲。

即便是常在鬼門關行走的黑道份子，看了這場面也是頭皮發麻，而對面三條巷子裡的人見到這場景也是驚呆。前一刻還槍林彈雨，這一刻四周便安靜得只能聽見警笛聲。警方到了皇圖娛樂城前面，聽見後頭有槍聲便趕了過來。

兩頭被警車堵上，戚宸卻下令：「一個不留！」

隨著他一聲令下，三合會的人紛紛舉槍，將那六輛車裡動彈不得的槍手射殺。

警察下車，擺開陣仗對著這邊喊話，戚宸看也不看，對乃侖所在的車上使眼色，車子立刻發動。乃侖臨走前起身，深深看了夏芍一眼，這一眼有著畏懼。在見識了剛才的景象之後，他對反悔已不做考慮。夏芍的那把匕首似乎很可怕，難不成就是降頭師所說的法器？看來這名少女確實是有些什麼祕法，還是不要招惹她為好。

乃侖對夏芍點頭致意，車子便開了出去。

「停下來！」

「快停下來！」

前方的警察躲在車門後喊話，乃侖的車卻理也不理地猛衝過去。

這時，後面有一輛黑色林肯駛來，戚宸打開車門，對夏芍道：「上車。」

夏芍收起龍鱗，看向旁邊的窄巷，「我朋友……」

話音未落，她便愣了，巷子裡沒人。

「有人會送她回去。少廢話，妳不想今晚在警局過夜，就快給我上車。」戚宸把夏芍的行李放到車上，揪出司機，自己坐上駕駛座。

夏芍不理戚宸，開著天眼往前方掃視，見皇圖娛樂城前面的街上，警察已經在設置封鎖線，而封鎖線外不遠處的一條巷子裡，曲冉正扶著展若皓剛走出去。

「他們在那邊。」夏芍一指，「你快派人去接應，別讓警察找上她。」

今晚的事跟金三角的大毒梟有關，捲進這案子可不好脫身。

「行了，哪來那麼多廢話！」戚宸的語氣不是很好，「上車！」

夏芍見洪廣帶人往那邊摸去，這才上了車。

戚宸踩下油門，跟著乃俞的車衝撞出去。

兩輛警車被撞開，黑色麵包車和黑色林肯朝兩個不同的方向揚長而去。

有警車追出來，戚宸哼了哼，大晚上的，在鬧市飆起車。這人的技術好得沒話說，雖說橫衝直撞的，卻沒撞到路人，沒一會兒便擺脫警車，穩穩地往前行進。

他把車開到一處高架橋上，也不知是不是知道開得太猛，故意停下來讓夏芍稍作休息。

夏芍坐著後座上，一言不發。戚宸靠在駕駛座裡，把車窗搖下來，點了根菸抽。

菸味隨風飄散出去，夏芍看了戚宸一眼，「打電話回去問問他們找到我朋友了沒。」

曲冉沒有手機，夏芍一時聯絡不上她，只好問戚宸。

戚宸頭也沒回，說道：「我說她不會被牽連，妳這女人怎麼就是不信？她救了阿皓一命，三合會還能吃了她不成？」

這時，戚宸的手機響了起來。

他掐滅菸頭，丟到橋下，接起電話聽了一下，臉色沉了下來。

戚宸一句話都沒說，掛斷電話後打開車門下車。砰一聲，車門被他用力甩上。

夏芍見他回身一腳踹在車門上，駕駛座的車門凹了一大塊，不由蹙眉，跟著下了車。

戚宸從車裡拿出一罐啤酒，仰頭喝了大半罐，直到喝夠，才轉頭看她。

「妳知道今晚的事是誰幹的嗎？」

「你們黑道的事我管不著，也不想管。只是，既然你這麼問，別告訴我是龔沐雲。」

她認識的黑道就只有龔沐雲和戚宸，這兩人是死對頭。戚宸這麼惱火，又特意問她，不就是暗示是龔沐雲幹的？

戚宸冷笑一聲，「還真不是他，不過跟是他幹的也沒什麼區別。美國黑手黨傑諾賽家族的二少傑諾。他是衝著乃侖來的，乃侖一死，金三角局勢會變，我的貨源要暫時斷一半。傑諾跟龔沐雲去年開始合作，這筆帳龔沐雲要攤一半。」

夏芍不懂戚宸為什麼要跟她說這些黑道上的事，她挑眉道：「哦？是誰拿槍指著乃侖的頭，揚言要殺他搶他在緬甸的地盤？現在怎麼又開始擔心他死了，金三角的局勢會變？」

戚宸傲然道：「我把手伸去金三角，那是我的事。我戚宸做事，只有我想做的，沒有被人逼著的道理。金三角的局勢，我讓它變它就得變。別人讓它變，這帳就得算。」

夏芍無語，這人也太霸道了，但這確實是戚宸的作風。

她確實沒想到這事跟龔沐雲有關，畢竟三合會在黑道上混，仇家也不是只有安親會。世界黑道那麼多，三合會樹敵必然不少。誰知道他和乃侖見面，影響了誰家的利益？當然，即便是龔沐雲，她也沒多大的感覺。他必定不知道自己今晚會在皇圖，再說，這事是美國黑手黨那邊下的手。

戚宸氣未消，又朝車門踹了一腳。

車門凹了兩個洞，這回能打開也關不上了。

夏芍蹙眉看了戚宸一眼，「這車惹到你了？好歹是輛林肯車，又不便宜，你是錢多到沒處花了嗎？真是敗家！」

戚宸聽了這話倒是笑了，「它不是林肯我還不踹它，龔沐雲最愛的就是林肯車。」

夏芍愣了半晌，嘴角略微抽搐。

人人都道戚宸大方，給手下配的都是林肯車，難道……

夏芍想起第一次在福瑞祥古董店見龔沐雲，他的座車就是林肯車。往後再見，他也都是坐林肯車，他似乎很喜歡這款車，而戚宸把龔沐雲喜歡的車配給他的手下……

夏芍搖頭失笑，戚宸這人怎麼那麼孩子氣？

橋邊的霓虹燈光映在她的笑顏上，分外嬌俏。戚宸看著，也跟著一笑，氣似乎消了些。

「你就這麼討厭龔沐雲嗎？」夏芍忍不住問道，但問完她又有些後悔，這是他們兩家的恩怨，她不該過問的。

戚宸斂起笑容，黑眸盯著夏芍。

她以為戚宸不會回答，沒想到他開了口。

「他跟我有殺父之仇，妳說呢？」

夏芍愣住。

殺父之仇？

她記得師兄曾說過這事，龔沐雲和戚宸年少時就不和，凡是跟龔沐雲走得近的人，戚宸殺了不少，難不成是因為兩人有殺父之仇？

戚宸仰頭把啤酒喝完，用力一握，把罐子狠狠往地上砸，然後一腳踢遠，這才轉身幫夏芍開了車門，說道：「上車！」

夏芍知道戚宸的性子就是這樣，也不跟他爭論，低頭坐進車裡。

戚宸關車門，到前面把踹得變形的車門拉開，坐進來開車走人。

一路上兩人都很沉默，夏芍回到唐宗伯的宅子時已接近凌晨。她半路打電話給師父，讓他早些休息，但到了之後卻發現老人家還沒睡。戚宸送夏芍進門，跟唐宗伯打了聲招呼，簡單說明今晚發生的事，又喝了口茶就準備離開了。

戚宸走的時候，夏芍跟著出來，他挑眉道：「送我？」

夏芍攤手，「乃命的私人號碼，我忘記跟他要，只能跟你討了。」

戚宸惡劣地一笑，「我手裡的東西是那麼容易拿的嗎？要用時來找我，我看心情給。」

夏芍鬱悶，戚宸彷彿就愛看她鬱悶，哈哈一笑，心情極好地大步走了。

夏芍跺著腳回去，見唐宗伯在喝茶，便笑著走過去，幫他把腿上的毯子蓋好，蹲下身子趴在輪椅扶手上，開玩笑地道：「師父，新年快樂，紅包拿來。」

唐宗伯差點一口茶噴出來，咳了兩聲，說道：「妳這丫頭，初七都快過了。大年初一打電話的時候就要紅包，剛回來就又要紅包。就不忘了妳的紅包！為師怎麼收了妳這麼個財迷？」

夏芍笑了笑，話鋒一轉，問道：「張老睡了嗎？師父在香港春節過得怎麼樣？」

「他這兩天忙著幫妳查冒名的那人的事，這年過得也是忙裡忙外。」唐宗伯嘆氣，然後取出金玉玲瓏塔還給夏芍，又道：「目前沒什麼動靜，我前天排盤卜算，推演不出天機來，可見這事是衝著妳來的。天機不顯，這麼查也是大海撈針。這人要是衝著妳來，他還會再出現的。」

夏芍點頭，「不怕他不來，只要他現身，總能看出蛛絲馬跡來。」

「嗯。」唐宗伯擺擺手，「晚了，快去睡吧，明天還得上學，妳這也到了非常時期，考上了就能去京城大學。這些事妳不用管，那人來了，有咱們玄門幫妳。」

夏芍暖暖一笑，年前心中的那片陰霾忽然就消散了。

第六章

網紅初現

夏芍回到聖耶女中時，曲冉已經在宿舍了，只是頂著黑眼圈，明顯沒睡好。

曲冉一見夏芍，便心有餘悸地說道：「我這輩子沒這麼驚險過，我居然從槍下救了人，還到處躲警察。還好三合會的人來得快，把南姊她大哥接走，又送我回來。我整晚都提心吊膽，就怕今天早上起床，報紙頭條上有我的臉。我媽要是看見了，還不被嚇死？幸好沒有。」

昨晚的槍戰雖是發生在市區，但以三合會的勢力，想必能夠壓下，只是得鬧騰一陣子。得知曲冉沒事，夏芍放下心，這才問道：「展若南她們呢？也沒事吧？」

曲冉搖頭，露出擔憂的表情，「不知道，早上沒看到南姊，也沒看到阿敏她們。她們不會是被帶去警局了吧？」

展若南等人就是被抓去警局了。

她們的運氣沒那麼好，當時退回娛樂城後，便遇上警察前後包抄，她們被困在裡面，最後就被警察給帶回警局喝茶問話了。

這茶一喝，就喝了一夜。

中午展若南等人才回來，進了學生餐廳坐下就開始罵：「操！我都說我什麼都不知道了，審他媽的屁！還說要關我四十八小時，當老娘是被威脅大的啊？最後還不是頂不住放人了！」

曲冉張了張嘴，昨晚她要是裡面，多半也會被帶回警局。一夜不回家，母親還不知道要怎麼擔心。這也是夏芍不希望她被抓的原因之一，而且警方的問訊她可是親身經歷過的。警方知道展若南的身分，對付審訊很老練，但曲冉哪有這種經驗？夏芍相信曲冉不會出賣朋友，卻不希望她受那些審訊的苦頭。

展若南看向對面埋頭吃飯的曲冉，說道：「喂，謝謝妳救了我大哥。」

對於曲冉，展若南是因為她和夏芍走得近，才跟她說幾句話的。在她眼裡，曲冉連話都不敢大聲說，膽子太小了，但昨晚她竟然敢冒險救她大哥，這令她有些刮目相看了。

曲冉很不好意思，「沒什麼，我當時沒想那麼多，就是伸了個手而已。」

說起這事，展若南突然哈哈大笑。

她伸手拍拍曲冉的肩膀，「幹得好！我哥還是第一次被人拽褲管摔倒。妳不知道，我剛才去醫院看他，他膝蓋都破皮，腳還扭到了，臉色超級難看。哈哈哈，妳幹得太好了！」

曲冉嘴角一抽，不懂展若南和她大哥的感情到底是好還是不好？

這天，夏芍白天正常上課，晚上則請假出了學校，搭車來到一幢老舊的商業大樓。裡面分租給很多小公司，年前幾個月，有幾名剛畢業的大學生租下八樓的一間辦公室，擺了很多臺電腦，整天加班，也不知道在搗鼓什麼。

這天晚上，大樓裡的人都下班了，除了那些每天加班到很晚的大學生。

一樓大門口的保全，正在看電視新聞，新聞播放著昨晚市區的黑幫槍戰。

有個紮著馬尾，戴著棒球帽的少女走了進來，保全連忙起身問道：「妳要找誰？」

「找我哥哥，他在八樓。」少女晃了晃手上提著的一袋便當，表示她是來送飯的。保全打電話到八樓確認，得到肯定的答覆，就放她上去了。

夏芍腳步輕快地上到八樓，來到其中一間辦公室，敲了敲門，來開門的是劉板旺。

這個辦公室約莫四十幾坪，放了三十多臺電腦，每臺電腦前都有二十來歲的年輕人，男女總共三十幾人。這些人看到進來的夏芍，目光中充滿驚奇、崇拜和探究。

今晚劉總編告訴他們，他們的幕後老闆是華夏集團的夏董時，他們都震驚了。

華夏集團如今在香港幾乎是無人不知無人不曉，沒想到自己的頂頭上司就是夏董。

夏芍開玩笑地道：「誰是我哥哥，我是來送飯的。」

這話一說，大家都笑了起來。

「您要是來送飯的，我就是來打掃的。」劉板旺笑著指了指自己身上的清潔工制服，「每次來這裡都像在作賊，幸好這裡管理不嚴，我才能每天混進來。」

「那也是劉總編會找地方，才方便我們的地下工作開展。」戴眼鏡的斯文男生笑道。

劉板旺為夏芍介紹：「這是陳信傑，他是程式設計組的組長，平時最會帶動氣氛。」

「夏董，您好，真沒想到能在這裡見到您。」陳信傑伸出手跟夏芍握手。

夏芍笑著點頭，接著問道：「你想過網站的未來會是什麼樣子嗎？」

陳信傑沒想到夏芍會有此一問，想了想，答道：「網站的未來怎麼樣，就要看怎麼運作了，但如果是網路的未來，我想，不出三五年，網路將無可取代。科技發展日新月異，傳統媒體已經不能滿足資訊的傳播與交流。我對夏董的眼光和對未來的遠見非常佩服，不過，等到我們的網站正式開始營運之後，一定也會有人看到商機，搶吃這塊大餅。夏董，您是網路的先鋒，如果您能永遠做先鋒，那麼我們的網站誰也取代不了。」

夏芍讚賞地點頭，「你說的很對，但有句話說錯了。」

陳信傑目露疑惑之色。

「網站的未來不僅掌握在我手裡，也掌握在你們研發團隊的手裡。我是掌舵者，執掌大方向，你們是我的手足。沒有了我，你們會迷失方向。沒有了你們，我寸步難行。這句話我對華夏集團所有的員工都說過，現在再對你們說一遍，歡迎你們加入華夏集團。」

聽到這番話，在場的年輕人頓時熱血沸騰。

一畢業就能進入大集團，身後有所倚仗，跟孤軍奮戰，不知道努力會不會付諸東流，絕對是不一樣的。眾人都很興奮，陳信傑則是笑容裡多了些深意。

沒錯，沒了她，他們會找不到方向，可是沒了他們，她還可以再找別人，並非寸步難行。

剛才那番話是激勵他們，卻不能成為他們恃才傲物的本錢。

夏小姐不愧是華夏集團的董事長！

夏芍笑道：「等我考完試，我們的網站正式上線，我再請你們去飯店好好吃一頓。」

大家這才想到夏芍還在念高中，不由又是佩服又是感慨。

陳信傑領著夏芍挨個電腦走過，向她展示並解釋網站的研發過程和現階段的成品。

夏芍在決定架設網站的時候，就已按照後世網站的架構對劉板旺詳細解說，劉板旺再轉告陳信傑等人的研發團隊，但直到此時，陳信傑等人才知道，最初的構想是夏芍提供的。

網站的分類很齊全，從新聞時事、綜藝娛樂到體育財經，從時尚科技到生活旅遊，無所不包，甚至有少見的直播頻道，另外還有招收會員機制，以及預留出來的廣告版面。

以陳信傑為首的研發小組，對於網站的前景深具信心，更是沒想到提出這種種規劃的人，居然是個十來歲的少女，令他們好生佩服。

面對這些人的欽佩眼神，夏芍受之有愧，她只是沾了重生的光罷了。

夏芍坐下來試著點選幾個功能，那熟練的操作，讓陳信傑等人看得嘖嘖稱奇。夏芍又對幾個使用起來不太順暢的地方提出修改建議，然後就趕回學校了。

第二天傍晚，接到劉板旺的電話，夏芍又去了一趟，查看更新成效，並表示很滿意。

她為網路傳媒公司取名「華夏娛樂」，將網站命名為「華樂網」，取華夏娛樂的首尾兩字。在三天後的週末，以華夏集團的名義，高調召開新聞發布會，宣布成立傳媒公司，以劉板旺為華夏娛樂總裁，即日起試營網站。

這次夏芍之所以不像往常那般低調行事，是因為網站這東西，一旦低調上線，難免有有遠見的人發現，見其無名無背景，起了模仿的心思。至少不能讓跟風的人太快冒出來，免得影響了華樂網的試營效果。

因此，夏芍選擇悄悄研發，高調上線。以華夏集團在香港和大陸的名氣，為華樂網大力宣傳。果然，新聞發布會過後，吸引了各方的注意。

傳統媒體感到震驚，生意人卻看見了商機。

網路傳媒在二〇〇二年初，還不為人們所熟知，國內最有名氣的網站多建於二〇〇五年後，夏芍邁出了這一步，比前世早了幾年。

二月底的香港，天氣漸漸回暖。

今天出席發布會的，不僅是各家媒體，還有華夏集團成立以來，在記者會上從未邀請過的影視製片、導演、演藝人員、音樂人及香港娛樂界的大佬。此外，另有遊戲發行商等等。

在場的人都看著會場臺上的夏芍，想知道她又有什麼新的動作。

螢幕打開，華樂網的宣傳片播放過後，整個會場變得很安靜。

有眼光的人呼吸已經開始急促。

「如各位所見，這是華夏集團新架設的網站，稱為網路傳媒。」

有的人一臉茫然，有的人卻是聽說過。聽過的人都知道，聯合國曾提出過第四媒體的概念，但國內發展得比較晚，今天卻出現了。

「網路傳媒並非傳統的媒體，它是大眾傳媒在經歷了報刊、廣播、電影電視三百多年歷史後的新產物。顧名思義，它利用網路進行傳播，在資訊化的今天，趨勢已不可阻擋。」

夏芍耐心解釋，邊解釋邊示範網站的操作。

當眾人看到華樂網預留出來的廣告版面時，再愚鈍的人，也看出了商機和網站的前景。

「網路媒體兼具文字、圖片、音訊、視頻等現有媒體的全部元素，個人、公司等非政府機構都可以將資訊利用網路發布，它的傳播功能超越此前的所有媒體。」

這話讓在場的媒體記者臉色微變。

眼下電腦越來越普及，年輕人對新事物的接受度又高，這種新的資訊傳播方式，必定會引來年輕人的追捧，而年輕人的認同，就代表著未來。那麼，傳統媒體怎麼辦？

「資訊化再進步，人們也離不開傳統媒體。電視電影、報紙週刊，人們需要紙質閱讀的享受，需要進電影院看電影的觀感。傳統媒體離不開我們，但新媒體的發展也是不可阻擋的趨勢。日後網路媒體會成為傳媒發展歷史中的第四媒體，這是時代發展的大勢所趨。我不為，也有人為，而華夏集團向來敢為先驅。」

夏芍不疾不徐地安撫在場的傳統媒體，港媒週刊的負責人齊賀也來了，他卻沒有被安撫到，而是生出一種前所未有的危機感。

他看著夏芍，想起世紀地產是怎麼被吞併的，如今這名少女明顯是要將觸角延伸至媒體業，只是她進入的不是傳統媒體，而是網路傳媒，肯定會對港媒週刊造成衝擊。

傳統媒體發展至今已經相當成熟，甚至來到瓶頸處，可誰都沒想到今天的發布會，會迎來了媒體業突破的新契機。

任何行業都不可能獨占，如果網路傳媒是傳媒發展的必然趨勢，那麼今後的網站就一定不止華樂網一家。在場的很多媒體人不約而同想道，這個網站看起來也不是很難架設，只要請到專業團隊，應該也可以做到。

夏芍把臺下眾人的表情看在眼裡，嘴角微微翹起，「華夏集團將致力於向受眾提供最即時、最完整的資訊，與版權商合作，提供網路廣告的宣傳平臺，與大家一同迎接全媒體、超媒體和自媒體的時代到來。」

許多人聽到了關鍵點，與版權商合作，那就表示在網站上供公眾點擊播放的影視劇和音樂是要購買版權的。購買版權那就意味著要花錢，這跟哪家電視臺某一時段播出的節目購買版權不同，網站上的影視劇並非一劇，而是包羅萬象，那要取得多少版權？要花多少錢？

看似小小的網站，卻需要雄厚的資金支持。

有人回過味來，忍不住心驚。

夏董先召開新聞發布會，高調介紹華樂網出場，今天過後，必能招來大批用戶註冊，提高網站的人氣度。接著宣布要與版權商合作，購買版權，讓資金不足的人斷了跟風的念頭。獲得利益的版權商自會與華夏集團齊心，全力打壓盜版商，如此，投機取巧的不肖商人焉能存續？

而在場的娛樂界大佬眼睛卻放出了明光，一條新的更快更廣的宣傳途徑擺在他們面前。有錢收，有名氣，能夠名利雙收，豈有不合作的道理？他們也知道這種合作是互相的，一旦與華樂網合作，日後在影視劇和音樂等方面的宣傳上，便須附帶為華樂網造勢，提高知名度和用戶量，而知名度和用戶量就是華樂網向廣告商收取廣告費的籌碼。

「今晚的發布會，除了宣布華樂網營運之外，我還有件事要公布。」

夏芍說完，請了劉板旺上臺。

劉板旺穿著一身筆挺的西裝，站在夏芍身旁。離開一線媒體近十年，今天他高調地站在這裡，比離去的時候老，卻比離去的時候沉穩。他的眼裡沒有太多的仇恨，沒有太多的興奮，甚至看也沒看仇家齊賀一眼。

「在華樂網上線試營運的時刻，我宣布，成立華夏娛樂傳媒公司。我們已收購劉總編的週刊，更名為華樂週刊。由劉總編擔任華夏娛樂傳媒公司的總裁，主持華樂網、華樂週刊。」

以齊賀為首的這些年來打壓劉板旺的人都臉色不太好看。

劉板旺接過麥克風說道：「各位同行，請不要覺得我回來了，我從來沒有離開過這個產業。我有幸得到夏董的賞識，日後我將致力於華夏娛樂傳媒公司的發展，希望與各位合作愉快。」

新聞發布會結束後，劉板旺陪在夏芍身邊，與娛樂界的製片和導演等寒暄，有些廣告商趁機上前攀談，夏芍全都交給劉板旺去洽談，而她則接到了兩個電話。

是戚宸和李卿宇打來的。

兩人語氣不同，意思一樣：這麼重要的新聞發布會，怎麼沒有邀請我？

夏芍笑了笑，「新聞發布會而已，網站有三個月的運營測試期。三個月後我們會舉辦華夏娛樂傳媒的落成禮，到時候必定會奉上邀請函。」

三個月後，高考也正好結束。

夏芍回到學校的時候，收到了聖耶女中學生們熱切的目光。就連電腦課，任課老師都將華樂網當作實例來講述，很多人還上華樂網註冊成為會員，體驗網站的使用樂趣。

年輕人好奇心重，對新事物的接受度很高，根本不用別人教，自己琢磨兩下就會操作，因此，華樂網在香港的年輕人當中風靡一時，甚至在大陸也颳起了旋風。

自從華夏集團在香港的地產界攪了一場風雨後，大陸方面就很注意華夏集團在香港的動作了。華夏慈善基金會裡是有電腦，這事還是常搗鼓電腦的經理告訴夏志元的，夏志元打開網站一看，果然在裡面看見了自家女兒。

在網站最醒目的新聞時事版面，有夏芍專門為華樂網做的宣傳演說，她穿著白色的連身裙，拿著麥克風，走在一個不足五十坪的辦公室裡，講述華樂網的創辦環境和歷程，並介紹了研發團隊。最後是她換上正式的白色套裝，坐在氣派的董事長辦公室裡，宣告網路時代的來臨。

這年頭大陸想收到香港電視臺的頻道不容易，夏志元第一次在電腦上看見這麼「鮮活」的女兒，高興極了。中午回家的時候，他就順便買了一臺電腦回家。

李娟看著丈夫搬著大箱子進來，嚇了一跳。

「你買這東西做什麼？亂花錢，咱倆又不會用。」李娟說道。

「會用會用，小王都教我了，這裡面有咱們的閨女。」夏志元邊說邊組裝電腦。

等電腦組裝好，夫妻兩人興致勃勃坐在電腦前，夏志元才一拍腦門，「忘了裝網線！」

夏志元在公司用過電腦，最基本的操作還是懂的。

李娟的熱度被他澆涼了一半，「你說你這人，沒弄好搬回來就先別跟我說，跟我說了又看不著，你這不是找著叫我難受嗎？快打電話讓人來裝……咦，我記得咱這桃源區裡是什麼都有的吧？閨女房裡就有電腦，也沒見她叫人來裝什麼網路線，她那臺能不能用？」

夏志元又拍了一下腦門，「瞧我這腦子，居然忘了閨女有電腦，還多買了一臺！」

「買了就買了，我們先去女兒房裡看。」李娟哭笑不得。

兩人去了夏芍的房間，打開她的電腦，開啟華樂網的網頁。當螢幕上出現女兒的模樣時，李娟明明歡喜，嘴上卻道：「你說她怎麼弄了這麼個東西出來？都要考試了。」

「妳懂什麼，這個網站用處大了。世界各地發生什麼事，這裡面都能看見，比電視還管用。小王說了，別看是這麼個網站，意義重大呢！」夏志元解釋道。

「是嗎？」李娟很驚訝，盯著網站看了看，讓丈夫打開幾個視頻，結果越看越驚奇，「喲，這裡面還能看電視劇……電影也有！」

「不止這些，東西多著呢。妳看這個，再看看這個……」

夫妻兩人在電腦前坐了很久，等回過神來，中午早就過了，鍋裡炒了一半的菜也涼了。兩人誰都不餓，還是盯著網站瞧，李娟道：「這個網站有這麼多東西，可難弄吧？」

「小王說架站不難，難的是頭腦。他說這是國內第一家，有很指標性的意義。」

李娟也很為女兒驕傲，只是還是道：「女兒做什麼都是好的，只是我擔心她的學業……」

「擔心什麼？咱從前讓她好好念書，不就是希望她以後能考上好大學，找個好工作嗎？現在她還需要出去找工作嗎？」

「話是這麼說，但還是有個好看點的學歷好。」

「唉，我也這麼覺得，但她的事讓她自己看著辦吧。她不是小孩子了，功課也一直很好，這孩子就沒叫我們操過心。」夏志元嘆了口氣，這才跟妻子出去吃午飯。

與此同時，青省軍區司令部裡，穿著軍裝的徐天胤也坐在電腦前。

外頭的勤務兵焦急地探頭，午飯時間都過了，司令還不用餐，他又不敢進去打擾。

不過，他實在很好奇，司令來軍區三年，大家都知道他話很少，眼神很冷。別說女兵了，就是男兵見了他都緊張得汗毛直豎，偏偏有女兵就愛看司令，他長得帥。偏偏有男兵就崇拜司令，他牛氣。他曾經在軍演的時候，不聲不響地出去，把正激烈對戰的紅藍兩軍給幹掉，然後在紅藍兩軍司令部都鬱悶的時候出現，說了句「不合格」。

從來沒見過兩軍全軍覆沒的軍演，雖然不合常理，卻把軍區一干人等給打服了。自此之後，眾人佩服得五體投地。司令出現的地方，就兵頭攢動，還真有幾個新兵蛋子跑過來套近乎。

勤務兵再次探頭，忽然覺得驚奇。

他知道司令盯著電腦看了很久，剛才他好像聽見了女孩子的聲音。

這可是大消息，司令這麼冷的人，居然也對女人感興趣？

勤務兵忍不住把腦袋更往裡伸，結果下巴差點掉下來。

司司司司……司令在笑？

他眼花了吧？

勤務兵揉揉眼睛，趕緊縮回腦袋。

徐天胤此時的表情異常溫柔，他伸出手，在螢幕上慢慢滑過。

同樣是這個時間，夏芍正笑盈盈地看著曲冉。

曲冉瞪大眼睛，好半天沒反應過來。

「我？妳……妳確定說的是我？」

夏芍打趣道：「這寢室裡要是有第三個人，妳就白天見鬼了。」

「可是我……這不是在做夢吧？」曲冉一臉的不可思議。

小芍竟然要她去主持華樂網裡的一個美食節目！

她的眼裡迸射興奮、感動的光芒。

夏芍見她高興成這樣，忍不住逗她，「妳要是覺得是在做夢，那就別去了。機會僅此一次，過了這村沒這店。」

「去去去，我去！」曲冉連忙說道：「我等這一天很久了，謝謝妳。」

「好，那妳跟我去校長室請假。白天上課，晚上去華夏娛樂那裡拍攝。攝製組會跟著妳，我也跟著妳去兩天，之後就靠妳自己了。」

曲冉眼神發亮，堅定地點頭。

黎博書很好說話，還囑咐道：「晚上宿舍查寢前可得按時回來，功課也不能落下。」

曲冉受寵若驚，她沒跟校長說過話呢！

曲冉暫時沒告訴母親這件事，她想要給她一個驚喜。

放學後，來接夏芍的是華夏娛樂的商務車，曲冉坐進車裡，一路深呼吸，沒怎麼說話。到了公司大廈門口，望著眼前氣派的大樓，她才轉頭問夏芍：「小芍，妳說……我這身材上鏡嗎？萬一拍出來不好看，會不會給妳的網站減分？」

「妳是廚師，只要做出的東西好吃，就會給網站加分。不僅給網站加分，也給妳自己加分。」夏芍笑著鼓勵她。

拍攝前，曲冉要化妝換衣服，夏芍讓工作人員把她帶去化妝間，並說自己一會兒就到，然後跟劉板旺去了總裁辦公室。

領著曲冉去化妝的員工是個剛從學校畢業不久女生，她知道曲冉是董事長的朋友，所以很有禮貌，而且很熱情，讓曲冉有些不自在。

「曲小姐，化妝間在那邊，化妝師已經在裡面等妳了。」

「叫我曲冉就好了。」曲冉笑了笑。

兩人邊說邊走，忽然有人從轉角處冒出來，曲冉沒注意，不小心撞了上去。

曲冉沒事，對方卻摔倒了。

地上坐著的女人，濃妝豔抹，看起來有點眼熟。

好像是……經常在大週刊封面上出現的模特兒，藝名叫做米琪兒。

曲冉趕緊上前扶人「對不起，米小姐，我不是故意的，妳不要緊吧？」

米琪兒嫌惡地揮開曲冉的手，「哪來的肥妹，走路沒長眼睛啊！」

曲冉愣了下，臉色有點發白。

旁邊的女員工忙道：「抱歉，米小姐，您沒受傷吧？」

「我都摔倒了，妳還問我有沒有受傷。我的鞋跟都斷了，妳沒長眼嗎？」米琪兒扶著牆站起來，眼角餘光看到鞋子斷了鞋跟，臉色不禁變得難看。

米琪兒後面還跟著一名男性員工，他剛伺候這位當紅模特兒從化妝間出來，要帶她去為華樂週刊拍攝封面，哪知道一出來她就摔跤。

男性員工也是呆住，他不認識曲冉，但今晚有位董事長的同學要來拍攝美食節目，這是整個公司都知道的事。看到曲冉穿聖耶女中的制服，男性員工便猜出了她的身分。

他對曲冉點點頭，跟米琪兒道：「米小姐，您的腳有沒有摔傷？」

「你們這些人就只關心我的腳有沒有受傷？我要是摔傷了，就不能幫你們週刊拍封面了是不是？是有人撞傷我的，這是哪兒找來的肥妹，一身的肥肉。」米琪兒張口就罵。

男性員工低頭聽著，很是鬱悶。

曲冉被說得臉色發白，在大庭廣眾之下被叫肥妹，她覺得很難堪，但是她撞到人，只能道歉。只希望對方接受她的道歉，息事寧人，別耽誤了今晚的拍攝工作。

「對不起，米小姐，是我不對，妳的腳有沒有事？妳、妳的鞋子我可以賠妳。」

米琪兒聞言，將她打量了一遍，見她穿的是學生制服，便嗤笑道：「賠？我一雙鞋子多少錢妳知道嗎？像妳這種窮學生根本買不起。幸虧我的腳沒事，我的腳要是有事，明天華夏娛樂的週刊開了天窗，妳知道妳要賠多少錢嗎？還有，我是模特兒，靠腿吃飯的，妳懂嗎？」

「對不起。」曲冉除了說這句話，不知道該說什麼。她覺得她給夏芀惹麻煩了，很是自責。目光看向地上斷了跟的一只鞋子，見上面鑲著亮片，墜著流蘇，似乎真的很貴的樣子。

「我會賠妳的，哪怕我……我分期還給妳。」

「什麼？」米琪兒像是聽了笑話，掩著豔紅的唇笑了起來。

陪著曲冉的那名女性員工看到這情形，趕緊打圓場，「米小姐，您鞋子的事我們會報給公司財務的，肯定會賠給您。這位曲小姐是我們……」

「是你們什麼？專門請來修鞋的？」米琪兒看起來已經不是很生氣了，但依舊擠兌著曲冉。她的腳雖是沒扭到，但剛才摔那一下太難看了。這個肥女害她丟了這麼大的臉，不讓她嘗嘗丟臉的滋味，她就是不爽。

男性員工解釋道：「米小姐說笑了，曲小姐是美食達人，今晚是來拍攝華樂網美食節目的。她是我們……」

「美食達人？」米琪兒將曲冉又打量一遍，噗哧一笑，「怪不得身材這樣。嘖嘖，還真是吃出來的。你們確定她這樣能上鏡嗎？不是我說你們，你們做美食節目，也不找個能看的。就這副尊榮，你們確定觀眾看了能有食慾吃她做的東西嗎？」

曲冉低著頭，開始只是臉色發白，聽到最後，卻是抬起頭來。

「米小姐，請妳不要侮辱我的工作。正如同你們模特兒為了保持身材，拚命節食一樣。我們廚師為了能做出好味道，要不停品嘗每一樣食材，用舌頭記住食材的原味。妳為了妳的工作，犧牲了品嘗美食的樂趣，而我為了我的工作，犧牲了身材。模特兒不比廚師高尚，請妳說話不要那麼尖銳。如果妳一定要侮辱我的工作，我只好認為妳比我可憐。」

米琪兒被指責得臉色漲紅，揚手便要打人，「妳敢教訓我？」

米琪兒的手忽然被人抓住，她轉過頭去，對上了夏芍微冷的眼眸。

夏芍從米琪兒羞辱曲冉的身材開始，便目睹了事情的半個經過，直到曲冉被惹毛了反擊，米琪兒惱羞成怒要打人的時候，她才出手。

米琪兒覺得眼前的少女很眼熟……

夏芍用暗勁震開米琪兒，米琪兒整個人往後倒去。後面的男性員工本能地抓了她的手臂一下，她才沒跌倒，但還踩著一只十公分高跟鞋的腳一扭，這只鞋跟也斷了……

「米小姐適合穿平底鞋，人太高了，眼睛容易看不到人。」夏芍掃了眼地上兩只歪倒的斷成平根的鞋子，話裡的意味傻子都聽得明白。

米琪兒臉色紅一陣白一陣，對夏芍的突然出現感到意外。

夏芍對跟在曲冉身後的女性員工道：「跟公司財務說一聲，買雙新鞋子賠米小姐。這雙鞋子值多少，買雙雙倍價碼的賠給她。」

「是，董事長。」

「記住，要平底的。」

「是。」女性員工低頭，嘴角微抽，像是在忍笑。

米琪兒漲紅著臉擠出笑，裝作聽不出來夏芍話裡的諷刺，溫言軟語地說：「夏董，您太客氣了。只是一雙鞋子，就不用貴公司破費了。」

「哪能？窮學生都買不起的鞋子，自然貴重。我朋友弄壞了米小姐的鞋子，既然事情出在我公司，我自會負責賠償。華夏集團賠米小姐一雙鞋子，還是賠得起的。」

這話令米琪兒聽著像平地起雷。

米琪兒的紅唇不自然地扯了扯，「既然是夏董的朋友，那就不用那麼客氣了。」

夏芍卻像沒聽見她的話，問跟著米琪兒的男性員工：「封面拍了嗎？」

「還沒，米小姐剛想往攝影棚走，就跟曲小姐撞上了。」

米琪兒聽了這話，暗地裡給了男性員工一記眼刀，又扯著笑道：「那就先拍攝吧，華樂週刊的封面重要。我的鞋子沒事，反正拍攝的時候要穿攝影棚裡的鞋。」

「不用了。」夏芍對那名男性員工道：「送米琪兒小姐回去，今晚的酬勞照付。」

「夏董，我不太明白您的意思。」米琪兒笑容有些僵硬。

「我的意思是，米小姐還沒為華樂週刊拍攝封面，那剛剛好。華樂週刊的封面確實很重要，封面代表了週刊對時尚和生活的理念。我一向提倡健康積極的生活態度，顯然米小姐的氣質與華樂週刊的理念不合，拍出來許是會有違和感。」

米琪兒聽懂了，夏菫是要臨時撤掉自己。

她是時尚界的新寵，各大週刊的封面通告接都接不完，從來就沒遇過撤換她的事。她能走到今天這一步，自然是有本事的。週刊的理念，對她來說，根本就是個屁。

夏菫是在公報私仇，想為她朋友撐腰吧？

米琪兒心裡竄火，換成其他二三線的雜誌，她早就二話不說走人，但華樂週刊不一樣，華夏集團的名氣很大，夏菫的身分又超然，不知道多少人正等著華樂週刊發行，這第一期的封面對她們模特兒來說也至關重要。

她們這些模特兒早為爭這個通告爭得面紅耳赤，今晚她來這裡，不知多少人紅了眼。她以理所當然的姿態來了，妝都化好了卻要被撤換，這事情要是傳出去，她豈不成了笑柄？

「夏菫，今晚的事是誤會，我不知道這位小姐是您的朋友，而且是她撞倒我在先。我不該打人，我可以道歉，但請您相信我的資質，華樂週刊的封面還請一定讓我試試。」米琪兒無論如何不能就這麼回去，於是只好說軟話。

米琪兒想著，夏芍應該只是看到她打人，不知事情的前因後果，因此她才提醒夏芍，是曲冉先撞到她，理虧的是曲冉。如果不是這個肥妹撞到她，讓她丟臉，她會數落她？

夏芍看了她一眼，「米小姐，我的話已經說得很清楚了。」

夏芍又向保全，保全立刻走上前來。米琪兒臉色難看，做最後的努力，「夏菫，不是我自誇，在當今的時尚界裡，我的資質……」

「或許米小姐確實有資質，但我不認為妳有能力，至少我認為妳不能勝任華樂週刊封面的拍攝。」夏芍果斷地說：「一個內心不美的模特兒，永遠拍不出美好的封面。封面再美，沒有靈魂，也打動不了人，華樂週刊不需要只會在鏡頭前擺姿勢的布偶。」

夏芍一句話，連米琪兒是模特兒都給否定了。

「還有，沒有人能在華夏集團裡頤指氣使，呼喝我的員工。沒有人能侮辱我的朋友，沒有人可以在華夏集團裡打人，明白嗎？」夏芍眼神森寒。

米琪兒頭腦一片空白，這才知道自己犯了什麼忌諱。

旁邊的兩名員工非常感動，沒想到董事長此舉也為了他們。

米琪兒的臉越來越漲紅，保全過來，從地上撿起她的鞋子，連人帶鞋推了出去。

原本要帶米琪兒去拍攝的男性員工看向夏芍，米琪兒撤了，封面誰來拍？

但他還沒問，夏芍就帶著曲冉往化妝間走去。

男性員工撓撓頭，算了，反正雜誌不可能開天窗，董事長這麼厲害，一定會有辦法。

走廊上，曲冉看著夏芍，扁嘴道：「小芍，對不起，我一來就給妳惹麻煩。」

「妳哪裡給我惹麻煩了？我還得謝謝妳。」夏芍笑看曲冉，「要不是妳這一撞，我哪能知道他們找了這麼個封面模特兒來？讓這樣的人上了第一期封面，週刊的銷量會大打折扣。」

曲冉覺得夏芍是在安慰她，「怎麼會打折扣？很多大週刊都請米琪兒拍封面，她那麼紅，銷量怎麼會少？妳就別安慰我了。」

「是真的，我得謝謝妳，讓我有了個好構想。」夏芍笑道。

她收購劉板旺的週刊，但對娛樂新聞不感興趣，她的心思放在華樂網上，而就在剛才，她靈光一閃，突然有了個不錯的定位。

夏芍陪著曲冉進化妝間，員工們自是熱誠。曲冉覺得給夏芍惹了麻煩，被這樣禮待，覺得受之有愧。於是，她壓下自己的靦腆，拿出十二分的配合度，很快完成了化妝和換裝。

等曲冉出來的時候，夏芍著實愣了愣。

她沒想到造型師會讓曲冉穿歐洲宮廷風的半袖洋裝。

洋裝很挑身材，造型師也很會挑衣服。黑色裙裝，白色荷葉邊的領子，剪裁顯瘦，脖子上繫著蝴蝶結，整體看起來既萌又可愛。

曲冉的身材不是胖得難看，而是整體勻稱，只要稍加修飾，便能讓人眼睛一亮。

「是不是不好看？我從來沒穿過這種衣服。」曲冉見大家都在看她，低頭紅著臉問。

「怎麼會不好看？」夏芍笑道：「不錯。」

造型師也跟著笑，「現在的女孩子都喜歡歐式點心，我們想讓曲小姐從這裡入手。」

夏芍聽點頭，歐式點心且不說味道如何，外形漂亮，很討女生喜歡。從點心入手也比從料理入手更容易獲得人氣。

攝製組為曲冉量身打造的節目，並非是在漂亮的廚房教大家做吃食，而是會走上街頭與民眾互動。比如，與街頭的甜品店、咖啡廳及餐廳等合作，由攝製組帶曲冉去店裡點餐，將品嘗過的點心帶回廚房，現場製作。製作完成後帶回店裡給顧客享用，讓顧客猜哪盤是大廚做的，哪盤是曲冉做的，最後交由大廚點評。

這個企劃案夏芍看過，覺得有教點心的做法，有互動，還能得到大廚的指點，對觀眾來說不會乏味，又有可看性，且對曲冉來說也是一種學習的機會。

曲冉很珍惜這次機會，雖然面對鏡頭相當緊張，但是很努力在適應。要知道，她在鏡頭前不僅是一名廚師，還要用顯淺易懂的話語教會觀眾怎樣做甜點。這相當於是廚師，又是主持人。這對性格內向的曲冉而言，是很大的挑戰。因此，今晚夏芍讓曲冉全副武裝上陣，並非是正式拍攝，而是給她在鏡頭前練習和適應的時間。

一開始果然不順利，她開口說話就發抖，還舌頭打結。

導演開導她，讓她把攝影機當作喜歡她廚藝的觀眾，把攝影棚的廚房當成廚藝大賽的現場，許就會放鬆下來了。曲冉點點頭，夏芍在旁邊看著，看得出她很努力。

從晚上七點到十點，曲冉在攝影棚的廚房站了三個小時。一次比一次熟練，解說也明顯比剛開始好很多，笑容更是自然多了。

她三個小時做了四道點心，結束的時候倒便宜了攝影棚的員工。

眾人笑稱有免費的宵夜，下口時都眼睛一亮，豎起大拇指。

「太好吃了！」陪著曲冉的女性員工驚喜地道。

不止是她驚喜，攝製組的人都驚喜。其實，今晚以前，他們都覺得曲冉是憑著跟夏芍的關係才有這樣的機會，董事長明顯是要捧她。他們聽說曲冉主持的是美食節目，這才對她有點好印象，這至少說明她有真材實料。只是，所有人最初都以為曲冉的程度應該只是美食達人，好吃、會吃、懂吃，並且會做而已。

沒想到她做出來的點心完全具有專業甜點師傅的水準。

他們在吃食這方面，跟街頭的食客沒什麼兩樣。如果食客們的感覺跟他們一樣，那曲冉必定會紅，她現在只是需要把主持和講解練習好就行。

然而，夏芍給曲冉練習的機會不多，她只有三個晚上。

三天後便是週六，週六是走上街頭拍攝的日子，週日就會放上網站。

拍攝結束，夏芍和曲冉一起走出大廈，卻碰見了米琪兒，她竟然一直等在外面沒走。

米琪兒根本就沒臉回去，她一直坐在車裡等，看見夏芍出來，才趕緊走過去。

「曲小姐，妳拍攝得可真久，沒想到廚師也不是這麼好當的。能不能再給我一次機會，我請夏董和曲小姐吃宵夜？」

吃宵夜？

送夏芍和曲冉出來的員工撇了撇嘴，米琪兒是模特兒，最注重身材，正餐都不肯多吃一口，何況宵夜？米琪兒想必是聽說曲小姐是美食達人，想投其所好地道歉吧？

米琪兒出道後勢頭很猛，但要大牌在業內也是出了名的。如果她不是能為雜誌賺來眼球，沒人願意請這麼個大小姐回來伺候。

夏芍淡淡地道：「謝謝米小姐的邀請，不過我們要趕回學校了。」

「夏董，關於封面的事……」

「封面我已經有人選了，米小姐還是把心思放到別處吧。」

米琪兒愣住，接著憤怒。她想一定是華夏娛樂撤了她之後，速戰速決地把通告給了其他模特兒。那她被撤換的事，現在不就是圈內人都知道了？

想到自己在門口白等那麼久，米琪兒一肚子火，「夏董，我知道妳對我有意見，可也不用這樣吧？我們這一行，爭的就是臉面，妳這麼快就換人，我的臉往哪兒擱？」

夏芍的表情冷了下來，「米小姐，鞭子抽在自己身上才知道疼。這世上不是只有妳有臉面，妳在我的公司裡呼喝我的員工，他們也是人，並沒有做錯什麼事，妳讓他們在同事面前臉往哪兒擱？妳戳著我朋友的痛處不放，言語羞辱，妳讓她的臉往哪兒擱？這世上不是只有妳有自尊心，別人也有。」

米琪兒壓根兒聽不進去，反倒是一笑，「夏董，聽說妳是白手起家，妳過過普通人家的日子，應該知道這社會處處講究身分。像這樣的事，在圈裡隨處可見，也不是只有我米琪兒一個人這樣，我不就是得罪了妳的朋友嗎？」

換言之，夏芍是在公報私仇。

夏芍搖搖頭，覺得這個女人沒救了。她懶得再浪費時間，拉著曲冉上車。

米琪兒又道：「夏董，事情最好不要做絕。妳的身分我比不了，可我也不是沒有後臺。」

夏芍挑眉，「那就讓妳的後臺來找我，我對他非常感興趣。我對於威脅我的人，一向喜歡連根拔起。」

車子揚長而去，留下米琪兒在原地吃廢氣。

曲冉一臉擔憂地看著夏芍，「小芍，我聽說很多模特兒或明星都是給人包養的，確實有後臺。今晚是我先撞到她的，妳千萬別為了我得罪她的後臺。」

夏芍噗哧一笑，「妳也說她是被包養的。妳覺得包養她的那個人，會為了一個二奶跟華夏集團撕破臉嗎？得不償失，傻子才會做。」

全香港都知道她是風水師，誰敢來得罪她？

米琪兒這個女人也是沒腦子，這樣的話都敢說。看她的面相就不是個福厚的，福比紙薄，借賣身上位，偏偏又不聰明。她紅不了多久，連讓她動手封殺都不值得。

果然，第二天米琪兒被華夏娛樂撤換的消息就上了娛樂週刊的八卦，米琪兒丟盡了臉。同行一看米琪兒得罪了華夏集團，想到夏芍風水師的身分，想到老風水堂的人脈，想到她和三合會當家戚宸，以及嘉輝集團總裁李卿宇令人費解的關係，業內的風向開始變了。

米琪兒被取消了好幾場通告，原本二三流的週刊請米琪兒，現在你看看我，我看看你，看看許多一流雜誌把她的通告撤掉，他們也不敢用她了。

於是，夏芍連句話都沒說，米琪兒就被封殺了……

至始至終，她口中所謂的後臺別說露臉，連句話也沒有。

夏芍和曲冉依舊白天在學校為功課奮戰，下午放學來到攝影棚練習。

曲冉越來越熟練，華樂週刊的封面模特兒卻一直沒有著落，這讓員工們都很著急。

週五這天晚上練習完，公司派車送曲冉回家。

到了曲冉家門口，夏芍也跟著下了車。

「明天就是正式拍攝了，緊張嗎？」夏芍問道。

曲冉深吸一口晚上的涼風，拍拍臉頰，有點不好意思，「說實話，我的臉都是熱的。感覺心跳老是靜不下來，這幾天我總覺得像做夢一樣。」

「做夢好啊，人就怕沒有夢做。」夏芍笑笑，「有夢，才有實現的動力。」

曲冉笑著點頭。

「別緊張，想想妳為這一天努力了多久。在我還沒發跡的時候，每個週末都去古董市場撿漏。買回來的東西怕被父母發現，還得找地方偷偷藏著。我一直等，等了五年，才等來了時機。妳等待的時間應該比我長，我成功了，妳也會的。」

曲冉笑了笑，一下子覺得夏芍的形象在她眼裡拉近了許多。

夏芍說道：「能夠等待並且努力的人，上天都會給他夢想成真的機會。明天沒什麼可怕的，明天只是個開始而已。」

曲冉尋思著這句話，似有所感。

夏芍轉身上了車，「明早八點見。」

第二天，曲冉來到華夏娛樂，身上穿著的是聖耶女中的制服。這是夏芍的意思，讓她去街頭甜點店拍攝的時候穿最普通的衣服，可因為要上鏡，曲冉還是先在公司化了妝。妝不濃，卻讓她的眉眼明亮許多。

二月最後一個週末，天氣晴朗，氣溫有點涼，但參加攝製的每個人都熱血沸騰。

夏芍坐在車裡，沒有跟進甜品店。約莫一個小時後，曲冉和攝製組的人從裡面出來，上了車，曲冉拍著胸口，深呼吸了好幾口氣，臉上卻帶著笑。

攝影師和導演都對夏芍點頭，比出個拇指來。原本大家都有些擔心，畢竟僅僅三個晚上，曲冉的進步和努力雖然有目共睹，可只是在攝影棚的廚房練習，沒有到過街頭。他們真擔心她今天會緊張到表情和聲音不自然，沒想到，一切出奇地順利。在店裡的時候，很多顧客好奇地對曲冉投以目光，她居然還現場發揮了一下，把點的點心給幾名女孩子品嘗，並告訴人家下午再來，她回去做一模一樣的，帶來給她們吃。

這算是拍攝時的小插曲，卻讓很多人對曲冉的表現感到意外。

「其實我很緊張，但是我想著不能對不起大家這幾天的辛苦，所以……我沒搞砸吧？」

「沒搞砸，妳表現得很棒。」攝影師笑著鼓勵曲冉。

曲冉卻看向夏芍，這都是她昨天晚上對她說的那番話起的作用。

回到公司，吃了午飯，曲冉換了衣服去攝影棚做點心。這段她比較熟練了，上午很順利，這給了她很大的信心，故而接下來的拍攝很完美。甜品做好，攝製組就帶著剛出爐的點心送到甜品店的時候，正是下午茶時間。

夏芍還是坐在車裡等，這次等了兩個小時。她看到店裡許多女生圍著曲冉，而街上路過的人發現店裡似乎在拍什麼節目，也好奇地越聚越多。

兩個小時後，攝製組和曲冉出來，一上車，大家就歡呼起來。

「大成功！要慶祝，必須慶祝！」

「很多人都覺得曲小姐做的點心比大廚做的還好吃。」

「那是因為剛出爐，味道肯定沒問題。」曲冉臉紅地道。

「店裡的大廚也讚不絕口呢！」

「我覺得今天慶功早了點吧？不知道明天放到網站上的效果怎麼樣……」曲冉心裡打鼓。

夏芍笑道：「妳先別管網站上的點擊率了，妳今天還不能收工。妳得再回攝影棚，為華樂週刊拍封面照。」

眾人都愣了。

這便是夏芍為華樂週刊所賦予的新定位。

日後是全民網路時代，任何人拍攝的視頻都可以傳到網上，也就是說，每個人都有被關注的可能，而在的雜誌，除了生活旅遊和實事新聞，無論是商業或娛樂雜誌，大多以介紹名人為主。只是，夏芍給華樂週刊的定位是走進人群，讓普通人也有成為主角的機會。

比如曲冉，夏芍要她穿制服去甜品店拍攝，就是為了透露給公眾一個訊息，她如今還在校讀書，是個普通的高中生。任何人只要跟曲冉一樣，有一技之長，就可以成為主角。

這個定位立刻得到劉板旺的強烈認同，「名人的關注度高，但普通人更容易引起共鳴。」

週末是華樂週刊首次發行的日子，業界很多人在等著看。

眾人以為華樂週刊會走劉板旺以前的老路子，出乎意料的是，封面是個穿著黑色宮廷裝的少女。少女圓圓的臉蛋，嘴邊有一顆小食痣，笑起來臉頰上還有小酒窩，看起來微胖，但是相當可愛。此外，她手中端著的盤子上，放著美味的甜點。

許多人來了興趣。市面上的雜誌報導的都是明星的八卦，這封面上的少女雖說不醜，但也好像沒什麼名氣，不知道是什麼人，竟然能上華樂週刊首期的封面？

基於好奇心的驅使，不少人買來獵奇。

雜誌裡面是有對曲冉的家庭和經歷的介紹，並附有昨天去某家甜品店的報導，更重要的是，還說有視頻在華樂網上播出。

正逢週末，大家都上網去搜尋。這一看，好評如潮。

在網路時代到來之初，網上的這類節目很少，讓許多人耳目一新，尤其是這個節目有互動，還順道介紹美食的做法，介紹的又是女生鍾愛的甜品。

很快的，這個美食節目爆紅了。

華樂週刊首期發行，銷量也遠超許多一流週刊，更有不少人打電話到華夏娛樂的客服部，稱自己也有一技之長，也想上節目。

週一，許多報紙對華樂網上的美食節目進行報導，網上視頻的點擊量激增，曲冉在聖耶女中裡大大地出了名。

週二，有電視臺與華夏娛樂聯繫，希望購買這個美食節目的版權，在電視上播放，讓更多觀眾看到。於是，雙方很快簽署了授權合約。

週五，當曲冉在做拍攝的事前準備時，上週的美食節目在電視上播出了，收視率很高。

僅僅一個星期的時間，很多人都通過網路上和電視上，認識了這名在父親的薰陶下立志成為廚師，並努力多年的女孩子。

這個節目打動了很多人，曲冉的經歷也打動了很多人，曲冉紅了。

夏芍在曲冉拍攝過一期節目後，便沒有再跟著她。她習慣之後，總要獨自完成這些工作。當然，這份工作是有酬勞的。且不說別的，曲冉為華樂週刊拍攝封面，以及電視臺購買版權的錢裡，就有曲冉一份。

曲冉受寵若驚，在她看來，她完全是受益者，沒有再拿錢的道理。

夏芍卻道：「拿著吧，這也是勞動所得。這錢妳可好好收著，留著完成妳以後的夢想。」

曲冉眼淚忍不住掉下來，「小芍，我不知道該怎麼謝妳。」

「別謝我，謝謝妳母親吧，這些年來她栽培妳很不容易。」

「嗯。」曲冉重重點頭。

「不過，妳非得謝我的話，請我吃飯也不是不可以。還記得我說過妳高中畢業前一定會出名嗎？我算得那麼準，妳得付我酬勞。」夏芍打趣道。

曲冉破涕為笑，又小心翼翼地問：「能不能不去三合會的場子？太危險了。」

夏芍噗哧一笑。

時間轉入三月，三月對夏芍來說，是很重要的月份。第一，當初在鬼小學蓋華苑私人會館完工。第二，去年底她答應校長，請張老為他叔叔幫黎家祖墳勘輿風水並修祖墳。

這件事其實不難辦，但張中先回來之後，臉色相當難看。

張中先去勘輿黎家祖墳風水那天，剛好是週末。夏芍上午去了趟公司，中午回來師父的宅子裡吃飯，下午打算複習功課。

吃飯的時候，張中先回來了。

見張中先皺著眉頭進來，夏芍笑問：「怎麼？黎老當真來了香港，要您老請吃飯？」

黎良駿是華爾街的企業家，跟唐宗伯和張中先早年就認識，用張中先的話來說，這老頭摳門摳得要死，他的家底都是他摳門摳出來的。聽說要去幫黎氏家族勘輿祖墳風水，張中先還笑言，黎老給不了多少錢，到最後說不定還會叫他盡地主之誼，請他吃飯。

「要是這事就好了。」張中先沒好氣，臉色凝重。

夏芍和師父對望一眼。

「老黎家的祖墳出事了？」唐宗伯放下碗筷問道。

「出事了，出大事了。」張中先說道：「黎氏祖墳的龍脈被釘死了。」

「什麼？」唐宗伯愣住。

「龍脈被釘死？那就是下了斷脈釘？」夏芍皺眉。

「斷脈釘豈是那麼容易下的？」唐宗伯面色沉了下來，「你黎伯父族中的祖墳，是你師公當初點的穴。仙人束帶的山形，三面貴峰，合擁海水橫流，真正藏風聚氣的富貴大地。這個穴我多年沒去了，但還記得是三臺來脈，白雲發龍，太陰太陽的大龍。這樣的龍脈，豈是一般人能把它給釘死的？」

唐宗伯則看向張中先，「到底是什麼情況？」

張中先答道：「我今早跟著老黎上山，發現墓地上空被濃重的陰煞之氣鎖住。」張中先知道這處風水穴是師父點的，因此本是抱著瞻仰的心態而來，卻沒想到發現了不對勁。這讓他很不解，這麼難得的富貴風水大地，怎麼會上罩陰煞，下斷脈氣？他圍著山脈走了好幾圈，這才發現墓地的龍脈被人施了術法。

「我拿著羅盤看了看，從墓穴外牆上方開始，一直延伸到龍脈，全被斷脈釘釘死。下釘的那人修為很高，我圍著龍脈轉了兩圈，都沒發現那些斷脈釘釘在哪裡，只在墓穴外牆上方找到一根，我敢肯定是用符咒化水製成的斷脈釘。我沒敢取，以我修為也取不出來。這人的修為深厚，少說也有掌門師兄的實力。」

唐宗伯表情凝重，「世上一山更有一山高，世外高人無數，有比我修為高的人也沒什麼奇怪的，問題在於，老黎得罪誰了，要在他家的龍脈下釘子？昨天我見到他，從面相上看，他家還沒出事，這釘子必定是最近才下的，想解就必須找出龍脈裡的斷脈釘在什麼地方。」

這件事好辦，夏芍有天眼在，別人找不到幾顆小小的釘子，對她來說是輕而易舉。

只是，這件事讓她莫名有些在意，她總覺得哪裡不對，一時又說不出來，於是說道：「黎老先生怎麼說？他可知道祖墳龍脈被斷？」

「這事瞞也瞞不了，不告訴他難道要等著他家出事？黎氏的祖墳必定得遷了。他今天剛知道，先回家裡宗祠開會去了，晚上說要過來跟掌門祖師再聚聚。」張中先應道。

「別等晚上了，就今天下午，我想去黎氏祖墳那邊看看，我有把握找出那幾根釘子。」夏芍顧不上吃飯了，這便打算等師父把飯吃完，收拾一下就走。

張中先愣了愣，「妳能找出那幾根釘子？丫頭，妳沒去實地看過，那龍脈太廣了……」

夏芍的天賦張中先是知道的，她的修為如今比他這個老頭子還高，身上還有龍鱗和金蟒護身，就如今奇門江湖來說，誰身上的好東西都沒她多。張中先沒有到煉神還虛的境界，不知道此境界是否對天地陰陽二氣的感應更敏銳些，但即便是如此，那處陰宅的龍脈也太廣了，想要找幾根釘子，豈不等於是大海撈針？

唐宗伯卻是知道夏芍為什麼這麼肯定的，他嘆道：「去看看也好。不過，此人能把妳師公尋得的龍脈阻斷，必定是高人。倘若找到了，別貿然取釘，晚上回來再說。」

「好。」夏芍點點頭。

張中先傻眼，怎麼掌門師兄還真認為小芍子能找著啊？

算了，試試總比不試強。

等唐宗伯吃完午飯，夏芍把碗筷收拾下去，便跟張中先又趕往了黎氏祖墳處。

香港的地形，總地來說，就是一條維多利亞港分割了九龍和香港島。維多利亞港被四周的島嶼及九龍的獅子山和港島的太平山等山脈包圍，黎氏的祖墳就在這裡。

張中先帶著夏芍徒步上山，走了約莫半個小時，才到了黎氏祖墳的所在地。

「丫頭，妳看。」張中先把周圍大勢指給夏芍看，「下手之山，形如牛角，彎抱有情。獅象二山，緊居水口。白雲發龍，三臺來脈，太陰太陽大龍合抱。前朝還有三臺貴峰，藏水聚氣，誰家祖先葬在這裡，必有大富貴。」

張中先順著墓碑後頭掩面百里的大脈一劃，「被釘死的是這條龍脈，這裡有根斷脈釘。」

夏芍看過去，在墓碑後五米開外的山石底部發現了一根發黑的釘子。這釘子不是鏽跡斑斑的，而是用符咒燒成的水煉製的，內裡深黑，在陽光下看起來有種詭異的色彩。

夏芍撥開草叢看了看，前兩天下過雨，這釘子可以看得出來原本埋得很深，但土泥和水流下，露了出來，這才讓張老找到。

那根露出來的釘子，緩緩散發出陰煞。

有一根在這裡，剩下的在哪裡？

這條山脈目測有百餘里，山上林木茂密，要找幾根小釘子確實如大海撈針。

夏芍開了天眼，掃視前方的山脈。這一看，瞳孔微縮。

張中先見她臉色變了，便問：「怎麼了？又發現了？」

他在山上轉了兩圈都沒發現其他釘子，這丫頭一來就找到了？

夏芍搖搖頭，她沒找到釘子，因為根本就沒有釘子。

確切地說，有釘子，但是除了離墓穴最近的這根被雨水沖刷土層而露出來的釘子，其餘的已經化為無形，跟山脈融為一體。現在這條綿延百里的山脈，其山脈根部已經有一條濃濃的黑線。陰煞入地脈，化為無形，不稍半年，山上的林木就會全部枯死。

這條龍脈的龍根已經破了。

所謂的龍根，便是龍脈的氣脈所在。氣脈破了，龍氣也就洩了，這條龍脈便沒救了。

如果是被釘死的龍脈，將斷脈釘取出，山還能救活。龍根破了，便救不活了……

夏芍目光冷寒，是誰幹的？

身為風水師，竟如此糟蹋龍脈。

一條龍脈足以影響一個城市的風水，雖然這條龍脈對於香港來說，並非主龍脈，但也不算小。假如這座山枯死，成了死龍，那麼它照應著的九龍半島，在氣運上會受到很大的影響。

夏芍將自己的發現跟張中先一說，張中先大驚。

他不知道夏芍是怎麼看出來的，可這時沒時間追問這些，只問道：「丫頭，妳確定嗎？這可不是鬧著玩的。」

夏芍表情嚴肅，張中先問完便痛心疾首。

「混帳，這是哪個混帳幹的事！」

毀人祖墳風水，影響全族，而毀一條龍脈，等於影響一個城市的人。

若是龍脈發源地昆侖被動了手腳，便足以影響國運了。

「老黎是得罪什麼人了？對方不惜背這麼大的業障也要往死裡整他？哼，我就說這些企業家都是吸血鬼，叫這老小子平時吸人血手下留情他不聽，這下得罪人了吧！」張中先鬱悶地背著手在原地轉圈。

夏芍心中一動。不知道為什麼，那種奇怪的感覺又來了。

「還好發現得早，先讓這老小子把墳遷了吧，不然他一族不出半年就得死絕，現在沒死人就是最好的了。不過，這條龍脈沒救了，這釘子已化為無形，延綿百里的陰煞，只怕連掌門師兄也不敢破。這術法太陰毒，妄取之人活不過十年，且殃及族人。唉，下這法術的是位高人，可惜這心性……到底有什麼深仇大恨？」

夏芍心裡咯噔一聲，霍然轉頭。

張中先見夏芍眼裡有光芒閃過，還沒開口問，夏芍便笑了，「張老，咱們都想錯了。這人八成是衝著玄門來的，或者說，他是衝著我來的。」

「什麼？」張中先皺起眉頭來，顯然不解。

「難怪中午您跟師父說話時，我就覺得哪裡不對。」夏芍哼笑一聲，「您不覺得奇怪嗎？如果黎老得罪了人，那人要動他家祖墳，為什麼要選在他回香港修祖墳的時候？黎老要修祖墳，勢必會請風水師，那時豈不會被發現？他若真是想害黎氏一族，該等修完了祖墳再動手，那樣才不會被人發現。」

張中先「啊」了一聲。

「對方這麼做，簡直就像是知道黎老什麼時候會回來，提前幾日施了術法，等著被人發現一般。」夏芍果斷地道。

張中先點頭。夏芍不說，他還真沒發現。這麼一說，確實有問題。

「而且，您老也看得出對方是高手。既是高手，手段多的是。跟黎老有仇，要動祖墳害他一族的辦法很多，何必費這麼大的功夫毀龍脈？」

張中先再次點頭。沒錯，毀龍脈不容易，對風水師本人來說，冒的風險也太大。如果只是跟黎老頭子有仇，沒必要下這麼重的血本。

「您說過，這術法如果要破，破此法術的人活不過十年，且家族受累。對方的目的，只怕在此。」夏芍笑著下了結論，「雖然我們發現了這條龍脈被毀可以不管，只幫黎老遷墳就好，但一條龍脈被毀，不出半年，等這座山成了死龍，山上林木皆死，香港政府會不求助玄門？事關一城氣運，到時候玄門若是破不了此術法，那便是顏面掃地，日後在香港還怎樣受人敬畏？若是要破，那便要死人。」

對方真是好算計，不論玄門如何處理都不討好。

剛才張中先還說，對方不惜背這麼大的業障來對付黎老？呵，對方算計得很好，玄門若是管了，香港的氣運有救，黎氏一族有救，他還背什麼業障？

「照妳這麼說，這真是個陰謀？」張中先臉上也現出怒色。

「這事就是衝著玄門來的，或者，是衝著我來的。我過年回家的時候，那冒充我師弟的人，也是動人家的祖墳，這人似乎在陰宅方面頗有研究。」

正因時隔僅一個多月，夏芍就遇到兩件祖墳被動的事，所以她才會聯想在一起。

這術法很難破，百餘里的龍脈，一般人的修為如何應付？即便是能應付，元氣也不足以將這麼重的陰煞全數從地脈中清除。

夏芍眼神微寒，在玄門，從修為來講，能破解次此術法的只有師父、師兄和她而已。師父年邁，腿腳不便。師兄身在軍區，無軍令不可擅自來港。能擔此大任破解術法的人，可不就只有她嗎？

對方是要她的性命，還不放過她的家人。

「這件事要跟妳師父說一聲。這個人我查了他一個多月，妳師父說等他再出現，肯定會露出馬腳。這人的修為，既然能施這術法，我想奇門江湖也沒幾個人。丫頭，別怕，回去扒拉著找找，一定能找著。」張中先說完，急著下山。

夏芍站在原地沒動，眼中透出些別的光芒來，「您老說的沒錯，我想我有眉目了。」

「什麼？」張中先一聽這話，停住了腳。

「這給人祖墳下斷脈釘的事，我以前在青市遇過，那人叫做閆老三。我跟他鬥法的時候，他曾用過七煞鎖魂陣。這是茅山法術，我敢斷定這個人是茅山弟子。他給人祖墳下的釘子就是我除的，不過他的修為沒那麼高，釘子是下在祖墳旁，而今天這人修為明顯高的多，他斷的是龍脈。」夏芍說道。

「妳說的那個叫閻老三的人死了？」張中先問道。

「死了。鎖魂陣是我破的，人是師兄殺的。」

「這倒也算是江湖恩怨了。如果對方是來尋仇的，也不是沒有可能……」張中先思忖道：「可是江湖上的規矩，尋仇向來是要劃出道來的。替誰尋仇，為什麼尋仇，即便是鬥法，也應該是要明著來才對。」

夏芍笑道：「您還記著那套規矩，可現在不是人人都按著那套規矩來的。」當然，也可能真像張中先說的那樣。那麼，對方跟她結的就可能不是閻老三的仇，而是別的人想要她的命了。

夏芍和張中先回去後，把事情經過與唐宗伯一說。

唐宗伯沉吟半晌才道：「茅山的掌門老道，年輕的時候跟我鬥過法，我們兩人還是有些交情的。只是，聽說他三年前仙逝了。新任的掌門是個年輕人，只有三十來歲，是個奇才。我當時在大陸，沒按江湖規矩出席掌門的就任儀式。」

張中先道：「這事我也知道。三年前我也不在老風水堂，余九志代表玄門出席的，大概王懷他們也去了。」

余九志、王懷、曲志成三人已經死了，當初的玄門四老，還在世的就只剩張中先和冷老爺子了。張中先當初被排擠在外，冷老爺子卻有可能去過。

冷老爺子如今隱退，帶著孫女冷以欣在加拿大休養。

唐宗伯當下打了電話給冷老爺子。

雖然話筒裡傳出的聲音不大，但兩人的耳力很好。才聽了幾句，夏芍便挑了挑眉。

有趣！這也太巧了吧？

唐宗伯問冷老爺子認不認識茅山掌門，沒想到冷家與茅山新任的掌門很熟，而且對方幾天前還在加拿大，就住在冷家。

茅山一脈也是古老門派了，傳承了數百年，只是如今門派弟子比玄門還少，新上任的掌門三十三歲，姓肖名奕。

據冷老爺子所說，肖奕在接任茅山後，為追念恩師，開始四處遊歷。年前剛到加拿大，與冷老偶遇，便住在了冷家。前幾天，他剛剛回國。

原本接到唐宗伯的電話，冷老爺子還對以前的事覺得慚愧，但說起肖奕來，他倒是很欣慰，「掌門師兄，以前的事是我對不起你。欣兒到了加拿大以後，靜心修養，現在好了很多。難得肖奕這孩子知道她以前的所作所為並沒有嫌棄她，反而對她精心照顧。前些天，奕兒找到我，希望能照顧欣兒下半生的生活。我問過欣兒，她也願意。奕兒回國去安排一些事，說是過陣子再來加拿大提親。我正想著打電話給您呢，欣兒對薇兒做的事，雖然她受到懲罰了，但她總是您的晚輩。我在想，怎麼也得掌門師兄您肯原諒欣兒，我才好放心讓他們訂婚。」

唐宗伯沒想到事情這麼突然，不光是夏芍，連他都看得出來冷以欣對徐天胤有些心思。她為了表示自己沒有背叛師門，不惜動手殺了余薇，可見不是那麼輕易放棄的人。這才去國外休養了多久，竟就要訂婚了？

唐宗伯雖然意外，但也覺得是好事，當即笑道：「欣兒如今已經不是玄門弟子了，她的事你這個爺爺做主就行。年輕人哪有不犯錯的，已經按門規處置，恩怨也就一筆勾銷了。孩子要訂婚是好事，什麼時候的日子，一定跟我說，我去不了，賀禮卻不會少。」

冷老爺子這才鬆了一口氣，笑道：「不用賀禮，這兩個孩子要是真能成，您是長輩，他們還要回去跟您磕頭。對了，看我這腦子，只顧著說這事，您打電話來問奕兒是有什麼事嗎？」

唐宗伯覺得今天的事沒必要隱瞞，便把黎家祖墳所在的龍脈被下了斷脈釘的事說出來，冷老爺子相當震驚，「有這事？當今有這修為的人不超過十人，奕兒修為確實在煉神還虛上，可……您不會懷疑是他吧？這不可能啊，他跟咱們玄門沒仇……不不不，這絕對不可能！」

唐宗伯笑道：「我沒說是他，我只是在想對方會是什麼人，正巧想到茅山的新任掌門還沒見過，便打電話問問你罷了，沒想到倒問出件喜事來。」

冷老爺子一聽，這才放下心，隨即又憂心起來，「這術法可不好破，要是強破，沒有好處。掌門師兄，您年紀也大了，這事還是別硬來，就讓黎老遷墳好了。」

冷老爺子不知道事情的前因後果，只以為是黎老爺子得罪了人。

唐宗伯對此倒沒有多說，只笑稱不會。在掛電話之前，冷老爺子還把肖奕的電話給了唐宗伯，並稱這件事肯定不會跟肖奕有關，如果玄門需要查這個人，說不定肖奕能幫忙。

唐宗伯掛了電話後，便又打給肖奕。

肖奕的聲音聽起來略低沉，但是帶著笑音。唐宗伯一報山門，肖奕頓時變得很恭敬。唐宗伯在電話裡提起了閻老三，沒說他是死於夏芍和徐天胤之手，只問茅山有沒有這麼個弟子，有沒有跟閻老三關係密切且修為很高的人。

肖奕道：「茅山倒是有閻老三這麼個人，但是十年前我還是師父的嫡傳弟子時，此人便因心性邪佞被逐出師門了。逐他出師門的時候，原本是要廢除功法的，可消息洩露，他提前跑了。這些年茅山也一直在找他，就怕他在山下為非作歹。唐老前輩見過此人？若是知道下落，還請告知晚輩，這是家師仙逝前的遺願，晚輩也想著清理門戶。」

唐宗伯想著閻老三的死跟夏芍和徐天胤有關，如今已經有麻煩在身，在沒弄清幕後那人到底是誰前，這件事還是先不要透露的好，故而他便謊稱當初在青省遇過，人跑了，所以他們懷疑是不是這個人幹的。

「他沒有這個修為。晚輩慚愧，茅山一脈傳承弟子只有數人，晚輩修為最高。除了晚輩，沒人能夠施此術法。」肖奕很是坦白，「晚輩一週前才回國，並沒有去過香港，如今正在茅山處理門派事務。前輩所遇之事，聽起來確實棘手。如果有用得著晚輩的地方，請一定告知。實在不行，請您先讓黎老遷墳，過些日子晚輩得空，便帶弟子去香港拜會您。那術法一人難解，可要是傾玄門和茅山之力，折壽也一人攤不了多少。」

這是玄門的事，如果真跟茅山沒關係，唐宗伯自然不會讓人家一個門派的人跟著來蹚這渾水。於是，他笑著拒絕，並以長輩的身分祝福肖奕和冷以欣，之後才掛了電話。

張中先皺著眉頭，「聽起來是個不錯的年輕人，難道是咱們猜錯了方向？」

「是誰做的，我們破了術法就能把人引出來了。」夏芍已不費力去猜這人是誰，反正她確定對方是衝著她來的，那就試著把人誘出來。

然而，兩位老人一聽，卻都變了臉。

「胡鬧！這事不能逞強，斷脈釘要釘進地脈容易，既化為無形了，要取出來就難了。這條龍脈百來里，一人豈能受得了這麼重的陰煞？」唐宗伯嚴肅地道。

正是因為陰煞太重，才說做這件事的人活不過十年。

「我有龍鱗和大黃在，或許可以一試。」夏芍說道。

「家破人亡也不怕？」張中先也不同意。

動龍脈，動不好，業障太大。龍脈關乎氣運，氣運關乎一人一族一城一國之興衰。

動龍脈，與逆天改命差不多，這是一般人敢做的嗎？

那個釘死龍脈的人，是確定玄門一定會解這術法，所以他不怕業障，可要破這術法的人，卻是要擔業障風險的。

夏芍對此事不是沒有顧忌，她也怕給家人帶來不測，只是，無論是對玄門還是對她自己，這條龍脈都必須要救。對方算計她，想必知道她有法器傍身，卻未必知道她的元氣向來是不耗損的。這也是破除對方術法，救活龍脈的關鍵。

那條龍脈幸虧有根釘子因下雨的關係露了出來，導致陰煞外洩，沒能與地脈化為一體，這才致使龍脈有一線生機能救活。這說起來，也算是天意吧。

「這術法必須破，對方三番兩次暗算我，我不能默不作聲。」夏芍冷哼，「這人看起來對自己的謀算很有自信，我要讓他知道，奇門江湖靠的是實力說話。」

「唉！」唐宗伯嘆氣，他是知道夏芍的元氣與常人不同，這點是她破除對方術法的籌碼，但他還是擔心。百里龍脈，萬一陰煞除之不盡，她的元氣不足，必遭陰煞反噬，到時……

「不行，這事還是為師來吧。」唐宗伯擺擺手，「妳師母過世了，為師膝下無人，孤家寡人，不怕連累族人。」

張中先一愣，趕緊說道：「不行不行，掌門師兄，怎麼連你也跟著胡鬧？你剛回香港，好日子還長著，上趕著送死嗎？」

張中先說話直接，唐宗伯看他一眼，也不介意，知道他這是急的。可是，這件事，玄門確實今天不管，明天也要管。他身為掌門，必須保護門派名聲。他不出馬，難道要讓徒弟去送命？年輕人的好日子還多著，他這老頭子都是一隻腳踏進棺材裡的人了，怕什麼？

夏芍皺起眉來，「師父怎麼又說自己膝下無人？我跟師兄不算嗎？這事還真不能聽您的，我跟師兄都不會答應的。您二老也不用勸了，我是玄門弟子，別說對方十有八九是衝著我來的，即便不是，這事也得我扛。師父和張老若是真為我擔心，那就今夜召齊門下弟子，去山上佈陣為我護持就是。除了我，還沒人能看清龍脈裡的陰煞是否清除乾淨。」

夏芍意有所指，這事沒有天眼通的能力，還真不好辦。她這也是頭一回在師父面前端出強硬的姿態，一副這事沒得商量的樣子，說完便起身走了，留得兩位老人在屋裡擔憂嘆氣，張中先更是站起身來，罵道：「這臭丫頭，翅膀長硬了，連老人家的話都不聽了！」

唐宗伯心憂如焚，卻也知道夏芍的性子。她一旦下定決心，九頭牛都拉不回來。若是不讓她去，她也會想辦法自己去。與其讓她自己去，不如玄門的人都跟著去，也好有個照應。

夏芍決定動手，不肯拖拉，當即決定晚上就去破法救龍脈。

這天晚上，原本黎老白天得知祖墳龍脈被毀，打算晚上再宴請唐宗伯，求他給看看要怎麼辦，可唐宗伯卻沒答應，因為整個玄門都聚集在黎氏祖墳前。

夜色深沉，城市的喧囂被起伏的山巒和海面掩蓋，綿延的山脈盤踞蜿蜒在海面上，黑夜裡如同一條墨色的大龍。

子時將至，多數人已進入夢鄉，沒人知道，此時遠離城市的地方，黎氏祖墳前的空地上，七名男女盤膝而坐，身下以朱砂畫陣，各踞七星陣腳，手執桃木劍，劍上元氣流動。

夏芍盤膝在陣中坐著，正對黎氏祖墳旁那根露出來的斷脈釘。

唐宗伯坐在陣外，親眼見到龍脈之下化為一條黑帶的陰煞，他的臉色凝重，讓門下其他弟子佈七星聚靈陣，為夏芍護持。

七星聚靈陣吸取的是法器的靈力，若以人佈陣，便是以人的元氣成陣，元氣消耗得很快，並不是個長久的辦法，但以人成陣的優點便是快，不必像法器那般要經歷七七四十九天。

以張中先坐第一陣位，帶著玄門仁字輩的弟子丘啟強、趙固、海若等已出師收徒的人佈陣，而在這七星陣外，義字輩弟子以溫燁為首，佈著聚靈陣。

圈外的其餘弟子也圍坐成陣，嚴陣以待。

七星聚靈陣以夏芍為中心，一共佈了四重，形成四象七星陣。

「丫頭，動手時量力而為，有同門幫妳護持，不支時不要勉強。」唐宗伯提醒道。他沒有參與佈陣，他離陣中央不遠，一旦發現夏芍有支持不住的預兆，他便會想辦法替她。

總之，今晚成與不成，他都不會讓這丫頭出事。

夏芍點頭，目光沒從前方那根斷脈釘上移開過。她有把握不需要四象七星陣裡同門的元氣護持，這麼做只是為了讓師父安心。

當然，玄門弟子們可不是這麼想的。得知此地龍脈被釘死，斷脈釘已化入地脈，所有人都震驚地看向夏芍，彷彿她實在太英勇，英勇得連命都不要。

這條龍脈已經沒救，陰煞怎麼可能取乾淨？

往龍脈裡釘斷脈釘這種事，掌門祖師也可以做到，但如果說要取，只怕別說掌門祖師，當今奇門江湖裡，都沒人敢冒這個風險，師叔祖是連命都不要了嗎？

敬佩、憂慮、疑惑，很多人的臉上大多現出不贊成的神色。

每個人的心情都是沉重的，連溫燁的眉頭都擰成了結。

「張老，一會兒我祭出龍鱗和金蟒，自會約束它們，但你們離我最近，到時陰煞強盛，你們務必要小心。」夏芍說道。

海若等人一聽，點頭道：「是，師叔。」

溫燁哼了一聲，「妳顧好妳自己吧。妳以為一邊控制龍鱗和金蟒，一邊破陣很容易嗎？」

「我們這些人的壓力比妳小的多，外頭還有妳師父看著，不用擔心我們。」張中先說道。

夏芍微微一笑，身上的元氣陡然外放，四象聚靈陣陣腳盤坐的二十八名玄門弟子一起舉劍，含著元氣的劍身直入地面。一瞬間，原本夜風徐徐的山間忽然出現狂風，四周天地靈氣開始源源不斷地湧入陣中。

若此時有人從上空俯瞰，定會瞪大眼睛。只見以夏芍為中心，山間枝飛草折，如漩渦般指向中心，就像中心有巨大的吸力，將山風都吸捲而入。

黎氏祖墳前好像有什麼光亮了亮，在黑夜裡像是雪線，錚鳴一聲，接著那雪線黑氣大盛，黑得比星子閃爍的夜空還黑。那黑氣與普通的黑雲還不一樣，裡面似乎湧動著什麼……

片刻，陰風嚎厲之聲從黑氣裡傳出來，一張張扭曲的人臉盤桓在半空中，山間鬼聲淒厲，周遭的溫度似是下降了好幾度。

四象聚靈陣裡的玄門弟子，臉色發白，但還是強迫自己的心思放在佈陣上，不去理會那近在半空的陰煞，也不去理會腳下化作修羅場般的煉獄幻象。眾人只覺得陣法啟動時，不僅山間的天地靈氣源源不斷被吸入，師叔祖祭出一柄極為厲害的攻擊法器後，吸力更是劇增，周邊不少修為才煉精化氣的弟子，已有些坐不住地被往前吸，宛若千百年的亡靈在吸人魂魄。

玄門尚未清理門戶之時，弟子們在風水師考核上見識過夏芍的陰靈符使金蟒，卻從未見過她使用龍鱗，果然名不虛傳。

弟子們努力維持陣法，還要對抗龍鱗的吸力，才剛開始，便已感覺出辛苦。不少人望向陣中盤膝坐著的夏芍，覺得今晚破解對方的術法是件不可能的任務。

操控龍鱗，操控金蟒，還要把陰煞取乾淨，而四象聚靈陣預計不會維持超過一小時……

眾人心頭似壓了塊巨石。

夏芍忽然大喝：「去！」

龍鱗像射出的利箭般，直刺入前方斷脈釘所在的地脈，插進斷脈釘的下方。

一根七寸長釘從地脈中飛起，然後一道以元氣畫出的天罡符往斷脈釘上拍去。

符水煉製的斷脈釘一遇天罡符，瞬間像是被腐蝕似的，生銹、凹陷，最終化粉消散。

這根斷脈釘一取出來，地脈裡便留下一個圓形釘孔，這個釘孔洩了化在地脈裡的陰煞之氣，有黑氣從其中不斷冒了出來。

夏芍意念一引，龍鱗飛回，然後她快迅結內獅子印，默念金剛薩埵降魔咒。只見龍鱗在半空中旋轉起來，釘孔中陰煞之氣頓時洶湧如潮水般湧出來。

那些陰煞貼著最近的佈陣弟子的頭頂上擦過，眾人一時有渾身被寒霜籠罩的感覺。

「大黃！」就在這時，夏芍又大喝一聲，一條金鱗大蟒從金玉玲瓏塔裡竄出。

巨蟒盤懸在大夥兒頭頂，地脈的陰煞、巨蟒的陰煞、龍鱗的煞氣齊聚，頓時讓人有黑海壓頂的壓抑感。周邊修為低的弟子只覺胸口像被巨石壓制住，血往七竅湧去。

唐宗伯見了，虛空畫符，將一道不動明王咒打去陣中，震得弟子們都清醒過來。

這時，夏芍對金蟒說道：「今晚不用你咬人，這條龍脈的陰氣歸你了。」

金蟒一直被當成大狗召喚出來，甚是鬱悶，乍聽終於有有用武之地，歡快地翻滾了幾圈，大有與龍脈齊遊，躍上高空化龍的架勢。然後大嘴一張，被龍鱗吸附出來的陰煞全數被它吸入口中。

龍脈的陰煞餵了金蟒，弟子們才覺身上一輕，但誰也沒鬆口氣，這還只是開始。

長夜漫漫，但對於看著夏芍施法取龍脈陰煞的人來說，時間更漫長。

周邊弟子的元氣只能維持陣法一個小時，當有人開始支撐不住，便知一個小時已過。

沒有天眼，修為不足煉神還虛，根本無法看清化入地脈的陰煞吸取了多少出來。弟子們就只是見夏芍從開始至今，盤坐如山，手中掐著指訣，口中咒法念個不停。

而她身上的元氣，尚未有減弱之勢。

最外圍的弟子暫時鬆了口氣，雖然支撐不住了，但好歹幫了點忙。

這些弟子一支撐不住，四象聚靈陣便缺了一角，裡面那層的弟子也沒堅持多久，一兩刻的時間，便虛脫了了。聚靈陣頓時勢弱，好在溫燁那一圈的人能支持得久些。

溫燁那圈的弟子是玄門如今年輕一輩裡天賦最好的，他們大抵支撐了近三個小時。吳淑和吳可兩姊妹最先支持不住，周齊的額頭也現出細汗，溫燁則皺著眉頭，明顯還能堅持，但眾人佈陣就是這樣，有一人不支，陣法必破。

吳可身子一晃，險些倒地，連忙又盤腿坐好。

唐宗伯擺擺手，「別勉強，元氣消耗過度，一樣會丟性命。」

「可是，師叔祖……」吳可咬著唇。

弟子們紛紛看向夏芍，她仍端坐不動，金蟒吞陰煞吞得歡快，龍鱗吸陰煞吸得順溜，看起來她並沒有受影響。

本該鬆一口氣的事，卻誰也不敢，所有人都盯著以張中先為首的最後一重聚靈陣。

張中先等人不愧是高手，他們堅持的時間極久，至少有五個小時了。

五個小時持續不斷地以元氣餵養陣法，再強的人也到了極限，但張中先等人不肯放棄，趙固眼底逼出血絲，海若臉色都白了，卻誰也不肯棄陣。

夏芍卻在這時釋出暗勁，朝外震去。

海若等人本就到了極限，也沒想到夏芍會來這麼一手，紛紛被她的暗勁打到，七個人瞬間倒了六個，張中先則硬生生挺住，瞪眼道：「妳這丫頭胡來！」

後頭的弟子們趕緊上來扶住各自的師父，又震驚地看向夏芍。見她端坐不動，彷彿剛才的暗勁不是她發的，更像沒聽見張中先的斥責。

陰煞源源不斷地還在從釘子孔中被吸出，五個小時了，居然還沒有清理乾淨。

所有人都有些慌，四象聚靈陣破了，如今除了掌門祖師，再沒人能為師叔祖護持。不少人抬頭看，黎氏祖墳上空的黑氣淡了不少，但還沒全數散去，也不知地脈裡的陰煞剩多少。

唐宗伯卻是能看出來的，他雖然沒有天眼，但能感覺到龍脈的情況。地脈原本如一條蜿蜒的黑帶，此時黑氣淡去不少。可若說是除盡，卻還差些火候。

見唐宗伯面色凝重，弟子們也不敢放鬆，全都緊張地盯著夏芍。

此時，夏芍心裡估算著，照這速度，到日出之前，興許差不多能清完了。

金蟒仍在吞噬黑氣，弟子們看得心臟撲通撲通跳，總覺得金蟒多吞一口，陰煞便能少一口，夏芍的元氣更是能多留一分。可是，看著看著，大家的眼神都直了。

師叔祖的元氣為什麼不見減少？

張中先看向唐宗伯，而唐宗伯卻緊緊盯著徒弟的背影不說話。

一小時、兩小時……

已經又過去兩小時了，在沒有聚靈陣的護持下，師叔祖的元氣居然還是沒減少。

眾人不禁想到，師叔祖的元氣這麼變態的話，那麼四象聚靈陣對她真的有護持作用嗎？

她不會根本不需要他們護持吧？

事實上，夏芍讓同門佈陣，雖說是安師父的心，其實也是為自己留了條後路。畢竟動龍脈的事，只能成功不能失敗，否則她的命數有損倒是無所謂，只怕連累家人。等到開始施法之後，夏芍才發現，她的元氣還是一如既往的充沛，壓根兒不需要吸取陣中的天地靈氣，反倒是金蟒在上空吞著陰煞，又時不時眼饞下方的靈氣。

夏芍見了，便引了些給它。

這術法換了旁人必定是破除不了，於她來說，卻只是時間的問題。

她開天眼掃視地脈，又望向黎明前的天空，見地脈中只剩淡淡一線，元氣驟然大盛，加快了龍鱗的吸取速度，而弟子們卻是一驚。破這術法，元氣就是性命，這麼毫不保留，難道就不怕真耗損過度嗎？

就在這時候，天空傳來「嗝」一聲，眾人齊齊抬頭。

只見金蟒吞食了一夜的陰煞，整條龍脈的陰煞幾乎都在它腹中了。這關鍵的時候，不知是撐著了還是怎地，竟像打了個嗝似的，吞入腹中的陰煞化成一大團黑霧被吐了出來。

這突如其來的變故，連夏芍也沒預料到。她見金蟒吐出的陰煞遮了半邊天，底下元氣耗損嚴重的玄門弟子根本就沒辦法防禦，這要是碰上，當場就得七竅流血而亡。

幸好唐宗伯及時虛空製出十道金符，擋住朝下方襲來的陰煞。

金蟒再次張口，及時將那些吐出的陰煞又給吸了回去。

眾弟子們屏住呼吸，不敢妄動，就怕鬧出點動靜，驚了金蟒，它又給吐了出來。

可是，異變又生。

金蟒這一口吞得太多，陰煞聚集在腹中不散，竟將它的腹部給撐圓了。

「怎麼回事？」

「這陰煞有問題？」

弟子們驚駭。

夏芍是金蟒的主人，別人不懂它，她卻能看得出是怎麼回事。

陰煞撐起的地方，鱗片都似漲開，金蟒看起來卻不像是痛苦，也沒有掙扎，反倒是有些享受這個過程。當陰煞到達它尾巴的時候，已經全數被它吸收到身體裡。蟒身看起來不漲了，金色的鱗片則大了一倍。

金蟒在半空中歡快地翻滾了一圈，然後向著不遠處的山澗墜了下去。

砰一聲，所有人都傻了眼，不知道金蟒是不是瘋了。

唐宗伯若有所思，夏芍卻是露出驚喜的表情。

金蟒在地上摩擦著，整整磨了一刻鐘，就在眾人懷疑地上會不會被磨出個大坑時，金蟒忽然沖天而起，身上的金鱗光輝閃爍了幾下，只見金蟒的頭頂鼓出了一個小包，像是角。

「這是……」張中先驚訝地張著嘴。

唐宗伯笑道：「看來這條大龍被人釘死，地脈裡的陰煞反倒成全了一條小龍。」

小龍，其實也不算龍。

金蟒頭頂的角只長出一隻，說是化蛟還差不多，只是蛟也只能算是小蛟。

但世間這等靈物，除了那條在昆侖化龍的雄蟒，恐怕只此一條了。

弟子們簡直不敢相信，今晚本是聽說有人找玄門麻煩，他們跟著來拯救龍脈，誰能想到竟有這等機緣，能親眼見到一條小龍修煉有成？

這等靈物，若不是親眼所見，只怕說出去都沒人信。

夏芍很為金蟒高興，她是知道這一天對它來說有多麼不易。

金蟒在半空中喜悅地翻滾，夏芍看見遠方的海平面上有一線金光升起，當下站了起來，周身元氣再次大放，喝道：「收！」

龍鱗急速旋轉，巨大的吸力拖拽著最後一團地脈的陰煞而出。那團陰煞剛出現，便被金蟒撲上來一口吞了個乾乾淨淨。

夏芍吐出一口氣，收回龍鱗，負手而笑。

弟子們愕然，這是……成功了？

第七章　新的敵人

地脈中的煞氣完全拔除了，否則夏芍也不會收功。

這可關乎著她的命數和家人命運，怎能兒戲？

所有的玄門弟子都瞪圓了眼。

居然成功了，原本還為師叔祖太有犧牲精神感到唏噓呢！

不知是誰發出歡呼一聲，緊接著眾人都擠上來圍住夏芍，想把她拋起來又不敢，只好七嘴八舌地說道：「師叔祖，妳太厲害了，我們還以為沒人能破解這術法呢！」

「龍脈居然救活了，師叔祖太厲害了！」

「豈止是厲害，簡直就是功德無量啊！」

「師叔祖簡直是神人！」

「四象聚靈陣對師叔祖有護持作用嗎？」

「不用四象聚靈陣，師叔祖是不是也有把握救回龍脈？」

溫燁在後頭咕噥：「神人？我看是怪胎吧！」

這時，頭頂傳來「簌簌」的響聲。大家對這聲音已經不陌生，紛紛抬頭，只見金蟒睥睨著地上的眾人，高高昂著頭。很神奇地，大夥兒讀懂了它的意思：我也居功厥偉。

可不是嗎？昨晚到今早，那些吸取出來的陰煞都是被金蟒吞掉的。

金蟒的頭一抬，頭頂剛生出來的小角依稀透出金光，似乎是在說：老子不是金蟒了，日後請叫老子金蛟。

「大黃，進來。」夏芍笑嘻嘻地道。她的話對金蟒來說，猶如晴天霹靂。

金蟒怒瞪無良主人，夏芍托著金玉玲瓏塔，不由分說將金蟒給收了進去。

唐宗伯長舒了一口氣，「好，破了就好。」

功德且不說，沒事就好……

夏芍這才向師父走過去，「昨晚風涼，師父在山上待了一夜，我們還是回去再說吧。」

張中先點點頭，又搖搖頭，「這人算計再深，多半也沒想到小芍子這麼有本事。」

夏芍說道：「玄門沒事，我也沒事，對方該急了。」

眾人下山前，又看了那條死裡逃生的龍脈一眼。風水師對天下山川大多懷有敬畏之心，眼前的這條龍脈雖然死裡逃生，但是受創太重，沒有百年，恐怕恢復不過來。

下山途中，遇到了上山查看祖墳的黎老和黎氏族人。

黎氏這一族，祖墳修在富貴之地，族中富商、學者都不缺，日子過得再不濟的也是家底富足，比上不足比下有餘。

族人們都知道自家祖墳風水好，昨日驟然聽說祖墳被人下了釘子，頓覺晴天霹靂，哪還睡得著？昨天族人在宗祠開會，一晚沒睡好。於是，一大早就又聚在一起，打算上山來看看，好像不看就不安心似的，沒想到會遇見從山上下來的玄門弟子，而且人數還不少。

夏芍一眼就看到了黎博書，黎博書走在兩名中年男女旁邊，那兩人攙扶著一名七十來歲的老人。老人走路腿腳還算利索，身材微胖，有些喘氣。他穿著黑色的中山裝，滿頭白髮梳得一絲不苟，眼神頗為犀利。

「夏董？」黎博書看見夏芍，非常驚訝。

「唐老？」老人卻是看向唐宗伯。他一見到唐宗伯，立刻變得恭敬。

唐宗伯笑道：「老黎啊，你怎麼一大早就來了？這祖墳上的事，你著急也解決不了問題。

與其上山，還不如來找我。」

「您老不是昨晚有事嗎？我這是一晚沒睡得著，今天就過來看看。唐老，這些都是老風水堂的大師嗎？怎麼……怎麼這麼多人？」黎良駿說著，目光落在夏芍身上。自從他回來香港，到處都能看到她的報導，連在聖耶女中任擔校長的遠房侄子也對其讚不絕口。

夏芍迎上黎老的目光，對他微微一笑，頷首致意。

「昨晚忙了一夜，黎家祖墳後面的龍脈，總算是救活了。」唐宗伯說道。

黎家人一聽，又驚又喜。

「龍脈活了？」黎良駿年輕時受過唐宗伯的指點，知道他的本事，卻沒想到他竟這麼快就把龍脈給救活。而且，他腿腳不便，聽他的意思，他昨晚是在山上過夜？

「唐老，你這叫我怎麼謝你好啊……」黎良駿感動地上前握住唐宗伯的手。

唐宗伯搖頭，「老黎啊，別謝我，我這一把老骨頭了，就算想幫你救龍脈也是有心無力。你要謝就謝謝芍丫頭吧，這次你們黎家祖墳的龍脈，是這丫頭救活的，冒了不少風險。」

「什麼？」黎家人都愣了。

黎良駿更是驚異地打量夏芍，夏芍說道：「黎伯父，您好，師父跟我提起過您。」

「妳是唐老的得意弟子，我可不敢當妳一聲伯父。」

「怎麼當不得？師父跟您有交情。您既然是師父的朋友，我稱您一聲伯父理所應當。再者，在生意場上，您也是我的前輩。」

黎良駿哈哈大笑，「唐老，你這弟子不得了啊，嘴很甜！」

「這丫頭從小嘴就跟抹了蜜似的，就愛哄我們這些老傢伙開心。」唐宗伯笑笑。

「好好好！」黎良駿直點頭，又看了夏芍好幾眼。

這麼年輕就有如此大的本事，真是不可思議。

「這件事真是不知該怎麼謝世侄女好，這樣吧，中午去飯店，伯父請妳吃大餐。」黎良駿道。他稱夏芍世侄女，自是有套近乎的意思。

夏芍笑道：「那我們門下的弟子可都得去，昨晚不是我一個人的功勞，大家都出了力。」

旁邊的弟子們一聽，全都汗顏。他們是出了力，可是到頭來發現不出力也是可以……

「哈哈，伯父還能缺這點錢不成？去去去，都去！我黎良駿在此代表黎家族人謝謝諸位大師。」黎良駿拱手道謝。

張中先哼笑一聲，「哼，今天真是鐵公雞拔毛了！」

「既然都拔了，不妨多拔幾根。」黎良駿對張中先的擠兌大笑，倒是坦然。

「大家都聽到了？中午可別手軟。這些企業家都是喝人血的，今天我們也喝喝這個老小子的血。」張中先道。唐宗伯看他一眼，意思是讓他差不多就行了。

張中先咳了一聲，不說話了。黎家人熱情地招呼玄門的弟子們下山去，夏芍推著師父被眾人簇擁著，臉上含笑，心思卻轉到了別處。

回去之後，夏芍便將溫燁和周齊幾名義字輩裡天賦較高的弟子喚來吩咐一番。

中午黎家的飯局上，黎良駿對夏芍說道：「世侄女年紀輕輕，成就不小，我老頭子這個年紀還給人當長工呢！唉，老了，比不上了，眼看著這時代就是年輕人的時代了。我們這些老傢伙退休之後也沒什麼事，提攜年輕人倒是還可以。世侄女的公司還很年輕，日後發展起來如果遇到資金有問題，可以來找伯父，伯父一定幫忙。」

黎良駿說完，把名片遞給夏芍。

夏芍起身接過，卻見名片上面還放著一張五千萬美金的支票。黎家族人顯然是知道這事的，但看見夏芍面色不變地收，還是有點眼紅，畢竟就連他們本家族人也沒有這麼多財產，風水師果然好賺錢。

夏芍淡然一笑。拯救龍脈根本不是錢能衡量的，莫說是五千萬美金，就是五億，她也敢接。只不過，黎家祖墳確實是受到牽連，因此為黎家再尋龍點穴的事，夏芍就不打算收報酬。今天入手的錢，一部分她要分給昨晚出了力的弟子，剩下的匯到華夏慈善基金的帳戶。

夏芍在席間告知黎家人，祖墳還是要遷，龍脈雖然救活，但傷了元氣，若想祖墳風水還是富貴寶地，那必然要遷地。

黎良駿一聽，當即拍板決定遷墳，他回國本就是要辦這件事。

唐宗伯腿腳不便，上山很麻煩，但他對玄門的事牽連黎氏一族有些愧疚。雖然這件事不能跟黎家人明說，他還是在宴席上表示，他會親自上山點穴。這讓黎氏族人很是驚喜，雖然聽說昨晚是夏芍救龍脈的，但他們畢竟沒有親眼所見，便認為薑應當還是老的辣。

夏芍笑笑，眼看著已經三月，五月就要高考，她確實沒有時間顧及這些事。於是，回去後，她便將支票交給師父，讓師父看著分配。即便是不給她，她也沒有什麼意見。

昨晚的事，是因禍得福。龍脈得救，金蟒化蛟，她也算功德無量。

當然，夏芍依舊很關注那條龍脈。

在等待的日子裡，夏芍的心思都放在了課業上。

這天週末，是香港華苑私人會館開業剪綵的日子。

華苑私人會館蓋在鬼小學舊址，當初因為鬧鬼傳言，還受過一段時間的關注。後來，夏芍在劉板旺的雜誌上闢謠，又引起了大家的關注。

如今會館興建完工，貴賓名額也早就預訂一空，在開業當天，各界名流齊聚。

這場盛事將記者拒之門外，沒有允許拍攝。因為會館重視隱私，除了外界都知道的戚宸和李卿宇外，其餘的貴賓是誰，不得而知。

來會館的人，除了休養身體，還有就是預約占卜，畢竟會館的老闆就是風水大師。

香港的私人會館跟青市的不同，青市的是在市區的黃金地段，對面有天斬鐮刀大煞，夏芍不僅要佈陣化煞，還在會館裡佈下七星聚靈陣，而香港的私人會館建在郊區，本身有在玉池蓮花的風水寶地，靈氣比市區充裕許多，因此夏芍不需以法器佈陣，只靠著會館的格局和擺設，佈下太極聚氣陣以聚生氣，讓會館的賓客身在其中能調養身體便好。

其實當初在青市的黃金地段興建會館，夏芍不過是看著其便宜，又藉機創辦了艾達地產而已。從那以後，在東市和其他省市所興辦的會館，全都在郊區風水不錯的地方。不然，去哪裡弄來那麼多法器？

會館裡除了私人的房間之外，另有茶室、棋室、養療等養生之所。今日夏芍便在茶室辦了個小聚會，百來位香港各界名流齊聚，算是慶祝會館開業。

來的都是有頭有臉的人，有事沒事跟夏芍套近乎，請她看面相、問事業。當然，能在明面上問出來的，大多不是什麼大事，誰也不會當著這麼多人的面問私密之事。

「黃總，近來心臟不太舒服吧？有時間去醫院看看。」夏芍笑著對一名肥胖的男子說道。

黃姓男子驚訝地問道：「大師怎麼看出來的？」

「您眉心生痘，乃是心脈有火，我料你心臟不太舒服。你的房間我抽空另佈個五行調整陣，幫你調理一下。週末有時間就來住住，對身體有好處。」

黃姓男子驚喜地道謝，「那真是謝謝大師了！」

其他人也恨不得自己臉上生出個痘來，好讓夏芍在自己房間也單獨佈陣。

夏芍又看向另一人，道：「王總眉尾散亂，眼神微散，近來運勢不佳。下個月會破一筆小財，若是克制急躁衝動的性子，便可避免。」

王姓男子趕緊點頭，卻欲言又止，看起來還有事想問。

夏芍深深看他一眼，「王總如今運勢正是低迷時期，想遇轉機必須等。至於何時有轉機，你可以把生辰八字給我，我看過之後會通知你。」

其實夏芍開天眼便知，但這事不能做得太玄，得走一些過場。

見差不多了，夏芍暫時告辭，轉身往窗邊的茶座走去。

窗邊有個大陽臺，鋪著實木地板，古樸雅致，可以在此欣賞遠處的山水美景。陽臺上有兩張桌子，戚宸和李卿宇一桌，展若皓帶人在一旁站著警戒。另一桌是展若南和她的刺頭幫。

兩桌人見夏芍走來，紛紛看了過來。

展若南最先開口：「妳的貴賓卡當初不是給阿冉一張嗎？怎麼她今天沒來？」

自從曲冉救了展若皓一命，展若南便不再叫她肥妹了。

夏芍在戚宸那桌坐下，說道：「妳忘了今天是週六了？正是她最忙的時候。」

展若南這才想起來，「操，忘記她現在是名人了！」

曲冉這段時間在年輕人當中很有人氣，華樂網上視頻的點擊量很驚人。現在週五晚上曲冉會去華夏娛樂彩排，週六去街頭的咖啡館、飯店或甜品店進行現場錄影。

與第一期不同，現在週六去拍攝的時候，很多年輕人都會問下週在哪家店。一到週六，那家店便早早客滿，可見這美食節目的紅火。

展若皓忽然說道：「展若南，再聽見妳罵髒話，我就把妳從陽臺丟出去。」

展若南一聽就擰起眉來，「靠！展若皓，你別這麼龜毛好不好？有本事你丟我，你肩膀的槍傷好了嗎？」

展若皓抿緊嘴唇。

展若南摸著下巴笑了，「哦，我記錯了，你槍傷沒好利索，膝蓋上的傷倒是好了。賭妹、阿芳，去我大哥後面看著他。他要是敢抓我，就拉他褲管。」

阿芳面無表情地點頭，賭妹嘴角抽了抽。

展若皓瞇眼，明顯在壓抑怒氣。

夏芍搖搖頭，看向戚宸，「有你這麼當大哥的嗎？兄弟傷都沒好，就讓他帶傷工作？」

「三合會的人，這麼點傷死不了。」戚宸傲然一哼，「妳不了解男人，在醫院待久了，很煩。又不是廢人，出來走走，好得快。」

「歪理！」夏芍無語。

展若皓轉頭看來，語氣嚴肅，「是我要求出院的，不是大哥命令的。」

戚宸聳聳肩，夏芍更無語。

好吧，算她多管閒事！

夏芍不理戚宸了，轉頭看向李卿宇。

自從她過來，他的目光就沒離開過她。那麼淡，那麼像水，卻還是給人強烈的存在感。

李卿宇看著她肩頭的披肩，又看向她半截袖子下露出的纖白手臂，道：「妳也不嫌冷。」

「又不是早晚，今天天氣這麼好，不冷。」夏芍笑了笑。

戚宸望來，目光在她和李卿宇身上來回看。

「李總裁倒是會憐香惜玉，相親相多了，練出眼力來了吧？」戚宸挑釁的意味濃厚，暗示的意味也很明顯。

李卿宇下意識看向夏芍，夏芍笑而不語。李老爺子當初想著給李卿宇辦相親宴，是正逢李家繼承人之爭的時候。這麼早給他訂婚事，也是含著給他找盟友的心思，畢竟那時候他父母幫不了他什麼忙，而他的勢力沒辦法跟他大伯和二伯比。

如今李卿宇已是李氏集團的總裁，老爺子只怕想抱重孫了。

李卿宇知道自己要什麼，也知道自己該做什麼。他曾說過，他想找個性情溫柔的妻子，信任他，不會和他在孩子面前吵架。現在李家不再有繼承人之爭，他可以不必急著結婚，想必這樣的願望很容易能實現。

「戚先生說笑了，李某剛接手家族企業，暫時還想以事業為主，不想考慮太早婚事。」李卿宇垂眸下眼簾。鏡片的反光遮了他的眼睛，看不出他的心思來。

夏芍微愣。

李卿宇又看向戚宸，「聽說戚老爺子也很想抱重孫，老人家的心思大抵都一樣。反正李某不急，不如下回家中再辦相親宴的時候，我也邀戚先生來看看，說不定，戚先生能有看中的人，讓戚老爺子高興高興？」

戚宸瞇眼，看向夏芍，「好啊，下回相親宴有她的話，我去，我就要她！」

這句話，讓陽臺上的空氣都凝了凝。

展若皓看過來，展若南則張了張嘴，好像第一次發現戚宸對夏芍的心思一般。

李卿宇抿起唇，眼神有些寒涼。

夏芍卻蹙起眉頭，對戚宸說道：「你是什麼意思？我是那種供男人挑選的金絲雀嗎？」

戚宸愣住，見夏芍看起來像是生氣了，頓時鬱感到悶。

他的重點是後面那句，為什麼女人聽男人說話總聽不到重點？

夏芍懶得理他，起身離開。

李卿宇看著夏芍，目光隨著她離開陽臺，走進會館裡，然後一群名流圍上來和她寒暄。

夏芍再回來的時候，戚宸的臉還是黑的，她卻沒再坐過去，而是去展若南那桌坐下。

展若南推薦道：「宸哥挺好的。」

夏芍一眼掃向她，展若南摸摸新長出來的刺頭，也不知咕噥了句什麼，不說話了。

賭妹和阿敏正湊在一起用筆電上網，螢幕上顯示的正是華樂網。

曲冉的美食節目點擊量最多，看得她們眼睛都直了，當即點進去，邊看邊品評。

「靠！沒想到肥妹居然紅了，什麼時候輪到姊紅一把？」

展若南一巴掌拍過去，「什麼肥妹，叫冉姊！」

賭妹嘴角一抽，阿敏笑了笑，夏芍無語。

兩人繼續討論：「冉姊穿這身洋裝還真不顯胖耶！」

「化妝師的水準真高，人一化妝起來，看著跟平時完全不一樣。」

展若南又一巴掌呼過去，「會不會說話？本來就不醜，只是胖了點！」

賭妹笑容苦，眼神也苦。南姊，為什麼妳說胖就行，我們說就不行？

兩人乾脆閉嘴，不說話總不會惹事了吧？

她們安靜地看下面的評論，不看還好，一看兩人都皺了眉。

「咦？這他媽……什麼情況？」

「怎麼了？」展若南湊過來。

「操！這誰他媽罵阿冉？」展若南破口大罵。

展若皓瞪她，但聽見後半句，忍不住走了過來。

夏芍的視線掃過下方的評論，賭妹操控著滑鼠往下拉著評論，只見一片好評中，夾雜著幾條不堪入目的言論。

「曲冉？不就是聖耶女中的肥妹？長得醜，身材像豬似的，這種人也能出名？」

「她跟華夏集團的董事長是室友，走後門唄！」

「那個華夏集團的董事長也不是什麼好東西，她在學校跟校霸似的，去學校第一天就打架，跟她在電視報紙上的形象差異很大，大家都被她騙了。」

有不少人回問是怎麼回事，還有不明就裡的人跟著道：「這年頭什麼不走後門？唉，什麼時候也來個人看上姊，讓姊紅一下。」

「真的假的？夏董看起來很漂亮啊，打架？太誇張了吧？」

「我跟她是同一個學校的，打架的事是真的，騙妳們幹麼？」

「那個曲冉就是個又肥又醜的女生，運氣好才紅的，看到她的身材就想吐！」

「她的照片我放在一個相冊裡，你們可以去看看，真的很醜，看了保准吃不下東西。」這條評論底下附上一個網址，賭妹等人怒登進去，裡面全是一些曲冉穿制服的素顏照，還有她從家裡出來時平常裝扮的照片。

其實曲冉的長相很清秀，偏偏有人對她進行人身攻擊，有的人便也酸了句「華夏集團請的化妝師不錯」。夏芍發現，有些說公道話的評論，沒一會兒就被刷下去，頁面上一眼能見到的，全是攻擊的評論。

「這他媽是誰幹的？我們學校的？操，別叫我知道是誰！」展若南拍桌子站起來。

夏芍冷著臉，這明顯是有人惡意攻擊。

誰？米琪兒嗎？

戚宸和李卿宇不知什麼時候也走了過來，李卿宇在夏芍身後道：「這事好辦，我們公司很多技術人員，我回去讓他們查查地址。」

「這事我來辦。」有人插話。

夏芍看過去，展若皓眼神冰冷地站在電腦前。

他主動出面，夏芍並不意外。展若南雖然經常罵她大哥龜毛專制，但就憑展若皓從小如父如兄地把妹妹帶大，就證明他是個重情義的人。曲冉救過他一命，他出手幫她，意料之事。

夏芍垂眸，這人還順帶攻擊她，看這語氣，應該是聖耶女中的學生，而這人……年前在艾達地產和世紀地產鬥爭最激烈的時候，就有人爆出夏芍在聖耶女中讀書的事，用意惡毒。這件事當天夏芍便讓劉板旺去查，只是當時劉板旺自己受人排擠，很多媒體週刊對他都不肯說實話。反倒是年後她回來，成立了華夏娛樂後，劉板旺身價暴漲，大家才想討好他。

劉板旺倒是藉此機會查到了些眉目，有幾家媒體的人稱，當初的爆料人是直接找上港媒週刊的，他們只是跟著報導，對這人的身分並不是很清楚。另有一家週刊的主編見劉板旺對此事很上心，便尋了朋友，約了港媒週刊的記者出來，私下賄賂，這才得知，當初的爆料人是個女孩子，也是聖耶女中的學生。只是她沒透露自己的身分，為了取信港媒週刊，她便說自己是夏芍的同班同學，後來港媒週刊給了她一筆不小的線人費。

夏芍當時只是了然一笑。

她的同班同學？她向來很少跟同學交流，也不曾跟誰交惡過。若有，也只是某人。那便是她的同班同學兼室友，劉思菱。

夏芍對於處心積慮要害自己的人，向來是不姑息的，可這段時間她實在是太忙了，便先將劉思菱這種小人物放一放，打算等考完試，再找她「喝茶」。

夏芍料想，劉思菱年前向媒體爆料，沒能傷著她，之後應該會聰明地消停一陣子，看來她真是高估她的智商了。

網站上的評論，幕後黑手明顯是聖耶女中的學生。雖然罵人的評論並不是同一個用戶，但其中必有跟她同一學校的學生。除了劉思菱和因為背叛展若南再沒來上學的阿麗，夏芍在學校還真再沒得罪什麼人。

夏芍見展若皓打了個電話，便坐到賭妹讓開的位置上，在放著曲冉照片的網頁上流覽了一下，然後轉過頭來，指著其中一張照片問夏芍：「夏小姐，她家住這裡？」

夏芍望向那張照片，見拍的是曲冉從她家社區裡出來時的照片。衣著正是如今的季節，而且社區正是艾達地產給曲冉家裡賠付的新社區地址，這裡她還去過。

夏芍點頭，她也看出來了，這張照片是最近拍的，拍攝的水準看起來有點專業。專業？

呵，看來這件事沒有想像中的簡單。

展若皓明顯也察覺到了，他抿著唇，手指輕輕敲打著桌面。

這時，夏芍的手機響了起來。

夏芍拿出手機一看，微涼的眸光忽然變得柔和。

戚宸和李卿宇都挑了挑眉。

夏芍走到旁邊，憑欄遠望，笑道：「師兄？」

她的聲音不大，但也不避著人，戚宸聽見蹙了蹙眉，李卿宇則是垂眸，眸色難辨。

夏芍對徐天胤這時打電話來有點意外，兩人其實習慣晚上睡前通電話。

「是不是想我了？」夏芍這話問得甜，讓聽見的人滋味難言。天知道，她實際上是心虛。前兩天救龍脈的事，夏芍沒提前告訴徐天胤，只在動手前發了個簡訊給他，說是要作法，讓他別打電話，然後關機一夜。事後開機，徐天胤便打電話進來，夏芍只好把事情和盤托出。

結果不用說，這兩天師兄打電話時，聲音都冷得掉渣。

見徐天胤打電話來，她想應是會館開業，他電話來問候一聲，便先開口逗他。

電話那邊沉默了一會兒，然後才傳來男人低沉的聲音。聲音並不冷，卻低沉得壓抑。壓抑著的不知是思念，還是別的，「嗯。」

徐天胤只答了一個字，夏芍聽了卻綻開微笑，但她還沒再開口逗他，徐天胤已經又說道：「網站的事。」

夏芍一愣，「師兄知道了？」

「嗯。」徐天胤這時聲音才冷下來，「攻擊使用端來自兩處，網站上的照片出自港媒週刊。」說完，他報了兩個地址。

夏芍沒想到徐天胤這麼快就查出來了，她隨即一笑，也不問徐天胤怎麼知道照片是港媒週刊拍的，他的駭客技術她又不是沒見識過。

「我知道了，謝謝師兄。」夏芍說道。

「不准說謝。」男人的聲音再次冷得掉渣。

夏芍噗哧一笑。她的笑聲傳過去，讓他的臉色猶如冰雪消融。

「不准涉險。」他命令道。

「嗯，知道了。」夏芍笑著應下，然後簡單聊了兩句，便掛了電話。

轉身回來的時候，戚宸和李卿宇目光落在她身上，夏芍坦然挑眉，然後對展若皓說道：「幕後發訊兒的人找到了。」說著，報了兩個地址。

夏芍沒把港媒週刊說出來，這邊她會自己解決，至於曲冉的事，既然展若皓要插手，便讓他直接去把人請來就行。

「把人找到，帶去皇圖。」戚宸吩咐道。

李卿宇問：「照片的事呢？像是專業設備拍的，華夏集團跟港媒週刊的衝突從地產之爭時就開始了，妳有沒有想過是他們做的？」

「這件事我會查出來，我自己處理就好。」夏芍笑道。

李卿宇看著夏芍，她總是這樣，從認識她開始，什麼事情她都自己解決，像是沒什麼人能幫助她。思及此，他忍不住低頭淺笑。

展若皓立刻打電話要手下去這兩處地點查看。

夏芍別有深意地說道：「網咖那裡只需查查有沒有一個叫劉思菱的人在就好，別墅那邊我倒是能猜出是誰，不過不管是不是，把人帶來就好，晚上我再過去跟這兩人好好聊聊。」

這一天，夏芍都在會館裡待著，她只給劉板旺打了個電話，讓他控制網上的言論，然後便在會館裡給被幾名客人單獨請去房間，為他們卜算運勢。

戚宸和李卿宇上午就走了，夏芍直到傍晚才離開會館，去了華夏娛樂。

這天的美食節目已經拍攝完畢，曲冉在攝影棚裡坐著，攝製組的人圍著安慰她。夏芍雖然沒再陪曲冉錄影，但對她工作上的事還是很關注的。

曲冉跟攝製組的人相處得很好，她是夏芍的朋友，公司的員工平時見到她都很有禮貌。曲冉並不會仗勢欺人，即便是紅了，每週來公司錄影時，做點心總會多做一份，留出來給攝製組的員工吃，因此人緣相當不錯。

網站上的評論，曲冉也很關心，好在她今天是錄完影才知道有人惡意攻擊她。攝製組的人怕她難過，便一個個來安慰她。

這時，夏芍走了進來。

「董事長。」員工們一見夏芍，就安靜了下來。

曲冉不等夏芍開口，便笑了笑，「我沒事的，小芍，妳不用安慰我。」

夏芍挑眉，「我不是來安慰妳的，我是來告訴妳，公眾人物就是這樣。妳看到的不會只是讚美，批評甚至是辱罵，都要平常心看待，這是妳要學習的一環。」

「我知道。」曲冉點頭，「我爸曾經跟我說過，世界頂級的大廚也會有人批評他做的菜不好吃。假如有一天有人罵我，我也要微笑著去做下一道菜。如果我的菜受到心情影響，變得不好吃了，那麼罵我的人就真的打敗我了。我一直記著這句話，雖然我現在還沒能完全做到，但是我會繼續努力學習。」

曲冉苦笑，「況且，那些說我的話，除了罵人的不算，其實說的也算是事實，我就是比較生氣那些人把妳也扯進來了。」

「把我扯進來的人，我會找她聊聊的。」夏芍打趣道：「妳沒事就好。不過，我並不認為那些人說的是事實。妳那天跟米琪兒辯駁的氣勢到哪兒去了？是誰說身材可以改變的？怎麼這麼快就認為別人說的是事實了？」

曲冉縮了縮脖子，「妳就別調侃我了。」

夏芍笑了起來。

「妳覺得我是不是該減肥？我總覺得我的形象好像對妳的網站有影響。」曲冉很認真。

「這件事在妳，我並不在意。」夏芍道。她的想法很簡單，廚師優秀與否在於料理，外貌只是加分。曲冉想不想加分，就看她自己了。

曲冉卻似乎認定自己給華樂網造成不太好的影響，於是，露出了堅定的表情。

夏芍拍拍她的肩膀，「妳要真有這打算，也等考完試吧，現在不是分心的時候。」

「嗯。」曲冉重重點頭。

這天晚上，網路上的謾罵勢頭已被公司控制住，但還是引起了一些媒體的注意。只不過，人家圍堵的不是華夏娛樂。

曲冉坐公司回到家門口時，看見一群記者正圍在那裡，對著門裡猛拍。她在車裡看見，當即就急切地從車裡下來，司機想攔都沒來得及。

「請你們不要來這裡騷擾我媽，有什麼事情你們可以問我！」曲冉大聲喊道。

記者們見曲冉現身，便一窩蜂地圍上來，對騷擾曲母的事隻字不提，一個勁兒地提問。

「曲小姐，網上的評論妳看見了嗎？請問妳有什麼感想？」

「有人說因為妳跟夏董是朋友，才有這次出名的機會，其實妳的廚藝很普通，請問妳有什麼要解釋的嗎？」

「那些甜品店裡的顧客是華夏娛樂派的暗樁嗎？」

「曲小姐，請問妳有減肥的打算嗎？」

「有網友說妳又胖又醜，請問妳有什麼話對這位網友說嗎？」

這些記者的問題如刀劍般刺人，曲冉的臉色蒼白，眼裡有淚珠在打轉，卻強忍著沒落下來，只是堅毅地開口道：「如果有人懷疑我的廚藝，我不介意當眾做菜給大家品評，但是請不要捕風捉影，胡亂汙衊夏董。我跟夏董是朋友，可是我們有我們的職業素養。至於其他的問題，那是我的事，我不想回答。」

「不想回答，說明妳是在逃避嗎？」一名港媒週刊的女記者遞來麥克風，問得很犀利。

曲冉臉色漲紅，「這是我的事，我不想回答。還有，請你們以後不要再來騷擾我媽。」

這時，曲母走了出來，心疼地跑過來撥開記者，把女兒護在懷裡。

記者們見曲母現身，又開始新一輪的拍照提問。

社區門口一片混亂，誰也沒注意到馬路對面的路燈下停著一輛黑色賓利車。西裝筆挺的男人搖下車窗，路燈照亮一張嚴肅英俊的臉。他的目光落在將母親護在身後，倔強地應對記者的少女臉上。他掐滅了手中的香菸，打開車門走了下去。

曲母被女兒護在身後，失聲痛哭，「請你們不要再為難我女兒了，求求你們了！她是好孩子，我這個當媽的沒本事，這些年都是她自己爭氣，她吃的苦你們都沒看見！還有，夏小姐是好人，如果不是遇到她，我們母女現在還不知道會是什麼樣子！為什麼你們不去找那個在網上罵人的人，反而要來為難我們母女？」

那名港媒週刊的女記者卻道：「曲夫人、曲小姐，公眾有知道真相的權利，我們只是想讓公眾知道真相。」

「我說的就是真相。」曲冉道。

「不管她說的是不是真相，明天這件事情我不希望在報紙上見到。」

記者們聽到聲音，齊刷刷轉頭，待看清來人，頓時瞪大了眼睛。

「展先生？」曲冉愣住，沒想到會在自家門口碰到展若皓。

曲母看看女兒，又看看展若皓。

展若皓對曲冉點點頭，就轉向那些拿著相機不敢動的記者，對身後的人下令道：「把他們相機裡的東西都取出來。」

記者們一驚，便見展若皓身後過來三個人，將記者相機裡的底片拉出來，這三人還取走了他們身上的記者證，交給展若皓。

展若皓看了一眼，隨手遞給旁邊的手下，低頭點了根菸，說道：「明天我如果看到任何有關這事的報導，我會讓今晚在這兒的人全部從香港消失。」

記者們驚恐地看著展若皓，誰也不敢開口問「消失」是什麼意思。

展若皓看向那名港媒週刊的女記者，女記者倏地一驚，渾身發冷。

展若皓對她道：「告訴你們齊總，最近小心點。」

女記者大氣不敢喘，不明白為什麼他們來採訪曲冉母女，三合會的人會出現在現場？

展若皓抽了口菸，說道：「滾吧。」

一群人你看我我看你，展若皓身後的三合會成員冷冷地瞪過來，眾記者立刻轉身跑上車，加足馬力一溜煙走了。

曲母不知展若皓是什麼人，但女兒顯然認識他。曲冉卻也是怔愣在當場。她怎麼也想不出展若皓為什麼會在這裡，一時不知怎麼反應。直到展若皓望過來，曲冉才回過神來。

「展先生，謝謝你。」曲冉鞠躬道謝。

「不客氣。」展若皓道：「回去吧。」

曲冉點點頭，卻有點猶豫。她往展若皓受傷的右肩看了一眼，兩人自那晚槍戰後還是第一次見面。本該問問展若皓傷好點沒，但她沒敢開口。她那天晚上救人的法子太失敗了，聽說展若皓膝蓋都破皮了，還聽說他在醫院的時候臉色很不好看。她還是珍惜生命，不要問了的好。

曲冉也沒問展若皓為什麼會在這裡，她自然不會認為他是特意來的，肯定是恰巧路過。

展若皓也說她可以走了，但是她真的可以就這麼走嗎？是不是要再多道謝幾次才更顯得有誠意些？畢竟他剛才給自己和母親解了圍……

這些事換成以前，曲冉是不會糾結的，但是自從她開始錄製節目，才發現自己以前埋頭在廚房裡，對人際關係的應對真的有所不足。

曲冉在心裡嘀嘀咕咕，看在展若皓眼裡，她不過是在低頭發呆。

他的眼裡少見地現出疑惑之色，在他看來，這個女孩子只是普通人，膽子還有點小，不知道那天她怎麼會有勇氣在槍林彈雨裡拉他一把。

「妳可以回去了。」展若皓皺著眉頭，他的耐心不是很好，但面對救過自己的人，他今晚的耐心稱得上很好了。

這突如其來的話，把正低頭思考的曲冉嚇了一跳。

她抬起頭，眼圈有些紅，看得展若皓愣了愣。

展若皓皺眉，曲冉以為他不快，連忙鞠了兩個躬，又道了兩聲謝。曲母摸不著頭緒，但也笑著跟展若皓道謝，卻被女兒拉著逃也似的進了家門。

直到母女兩人的身影消失，展若皓的眉頭還皺成川字。

他看起來很嚇人嗎？

後面的幫會成員憋著笑，見展若皓回身，趕緊斂起笑容。

展若皓看了他們一眼，恢復平時的嚴肅，說道：「回去，等夏小姐來。」

夏芍是晚上八點才到皇圖娛樂城的。

侍者恭敬地領著她來到頂樓的一個房間裡。

上回的槍戰對皇圖娛樂城似乎沒造成什麼影響，夏芍來的時候，這裡依舊熱鬧。

房間裡空無一人，她逕自坐到沙發上，問道：「人呢？」

侍者答道：「在裡面的那個房間，您是要一起見，還是一個一個見？」

說話間，侍者拿起遙控器，牆上的螢幕打開。螢幕裡黑漆漆的，僅有一盞檯燈開著，照著地上手腳被綁起來的兩名女子。

正是劉思菱和米琪兒。

她們上午就被三合會的人綁來，當時劉思菱正在網咖裡，而米琪兒在別墅的家裡上網。兩人怎麼也沒想到，她們只是想在網上罵兩句出氣，竟然就被抓了個現行。

她們知道自己是得罪了黑道，因為三合會帶人走的時候，壓根兒連頭套都沒給她們套，而是直接綁了就塞進車裡。

她們被關到皇圖娛樂城頂樓的一個房間裡，不知關了多久，只覺渾身疼痛，生不如死。

夏芍看著螢幕，見兩人的手腳被牛皮筋綁著，手腕腳踝已勒出血。臉上沒有傷，身上的衣服也完好，但露出的皮膚卻能看見片片青紫。

夏芍微微一笑，眸中並無暖意，只道：「先見見我的好室友吧。」

侍者躬身，把螢幕關掉，準備往外走，卻聽夏芍的聲音又從後頭傳來。

「勞煩，一壺碧螺春。別泡了，我自己來。」

侍者應下，走出了房間。

劉思菱被兩名三合會的人拖進來的時候，侍者剛好端了上好的碧螺春和茶具進來。他經過劉思菱的時候繞了個大圈，故意避開，像是怕她被血汙了的手腳碰髒他潔淨的褲管。

侍者把茶具放在茶几上，恭敬地道：「夏小姐，您的碧螺春。」

夏芍夾起一葉嫩尖兒瞧了瞧，又用指尖捏了捏，嫩尖兒頃刻成粉，茶香四溢，「還以為你們戚當家是粗人，茶倒沒選錯。」

侍者笑道：「夏小姐是行家。您是三合會的貴賓，您要的東西都是最好的。」

夏芍一笑，侍者退到了夏芍身後，低頭看地。

劉思菱看見夏芍，驚恐萬分。

夏芍這時才似想起劉思菱來，看著她滲血的手腳，輕輕蹙眉，對三合會的人道：「這位是我的同學，我想請她喝杯茶，鬆綁吧。」

三合會的兩人當即拿出刀子，兩刀便劃斷了帶血的牛皮筋。劉思菱被粗魯地推到夏芍對面的沙發處，一名幫會成員往她肩膀上一按，啪一聲，她便一屁股跌坐進沙發裡。

劉思菱自進來看見夏芍的那一刻起，就腦子一片空白。

是……是她要黑道的人綁架她的？

劉思菱不是不知道夏芍跟三合會有點關係，那天在校門口，她當眾把三合會的當家戚宸給訓斥了一頓然後揚長而去，她就知道她應該跟三合會有關係，但她沒想到她在網咖裡洩憤地發了幾條評論，她就被三合會綁來了。

她實在想不出自己是怎麼暴露的，但假如這一切是夏芍授意的，那她會怎麼處置自己？

劉思菱見識過三合會當眾殺人的殘忍，那件事到現在都沒有媒體報導。若是她今晚被殺，那可能連屍骨都找不到了……

想到這裡，劉思菱開始忍不住地發抖。

而坐在她對面的夏芍，卻是悠然閒適地泡著茶。等泡完茶，她還倒了一杯推到劉思菱面前。劉思菱看看茶，再看看夏芍，止不住地顫抖。

夏芍看著劉思菱，笑道：「別怕，我只是請妳喝杯茶，聊聊……人生理想。」

劉思菱後背發毛，她覺得夏芍根本就不正常。

「說說吧。」夏芍端起茶來，輕嗅淺啜，享受地閉了閉眼，然後放下杯子，笑看著劉思菱，「我想聽聽妳的人生理想。」

什、什麼人生理想？

劉思菱瞪大眼睛，像看神經病一樣地看著夏芍。

見劉思菱不說話，夏芍一點也不尷尬，繼續說道：「我原以為妳該是個聰明人。虛榮、渴望高人一等的人，無論男女，大多懂得審時度勢。再不濟，也會趨炎附勢。妳趁著艾達地產和世紀地產相爭的時候，咬我一口，可以算得上是看準時機落井下石的聰明人。直到華夏集團在香港崛起，我風頭正盛，我以為聰明人該懂得避著這股風頭。沒想到，妳竟傻乎乎地撞上來。我本想讓妳再逍遙一段時間，可是我想著，妳要是再逍遙下去，指不定今晚就又在背後痛苦地罵我傻。我不喜歡被人家罵，只好把罵我的人請來，妳明白嗎？」

劉思菱很驚恐。她她她、她怎麼知道……那件事是她做的？知道多久了？

聽這話裡的意思，她早就知道是自己做的，只是懶得計較，這次是她自己把自己害了？

「妳不聰明，要是妳聰明的話，就應該看過媒體的報導，知道我有多重視華樂網，多重視曲冉的節目，那麼妳就不會在這件事上往我眼裡揉沙子。」夏芍表情冷淡下來，「說吧，說說妳以後想過什麼樣的日子。」

劉思菱總算聽出來了。從夏芍的話裡，她聽出了威脅。

「說話。喉嚨乾就喝茶，我伺候劉大小姐，我有的是時間。」夏芍微笑，但任誰都聽得出來這句伺候的深意。

「喝茶！」劉思菱身後，旁邊三合會的人喝道。

劉思菱嚇得「啊」一聲叫起來，剛發出聲音，一天沒喝水的喉嚨便生疼，不停咳嗽了起來。夏芍淡然地看著她，三合會的人狠狠地瞪她，劉思菱不敢多咳，很快便嚇得忍住。

隨後，她在身後兩道殺人般的目光脅迫下，抖著手捧起茶杯。可她的手被綁了一天，磨得血肉模糊不說，早就沒了知覺，哪有半點力氣？她剛捧起茶杯，杯子就瞬間掉落摔碎，滾燙的茶水濺到她的大腿上。她驚叫一聲，疼得淚水都滾了出來。

劉思菱害怕地從沙發上站了起來，但她的腳也麻了，一起身便朝著夏芍的方向栽倒。

夏芍連動都沒動，劉思菱的衣領被她後面的三合會的人扯住，把她往地上甩去。她這一摔，剛巧摔剛才的碎玻璃上。

碎玻璃扎入劉思菱的手臂和大腿，扎得她鮮血淋漓。

劉思菱嚇得哭了出來，對夏芍做著像是磕頭的動作，「夏董，我錯了，我知道錯了，妳饒了我吧，求求妳別殺我！我、我就是一時鬼迷心竅，我道歉！妳讓我怎麼做，我就怎麼做，只要能挽回妳的損失！」

劉思菱嚇壞了，她從一開始就不應該跟夏芍作對。她以為她是大陸妹，家境不如她，後來得知她是華夏集團的董事長，她便心生嫉妒，才會做出這些事來。她以為上回沒能扳倒她，這回一定能讓她名譽掃地。

她實在是太傻了，為什麼當初她會選擇跟個這麼狠的人作對？

先前三合會當眾殺人，子彈沒打在她身上，她只知道怕，卻不知道疼。

今天，她是真的知道疼了。

現在她只希望自己不會見不到明天的太陽。

夏芍沉默了好一會兒，這才說道：「妳能挽回我的損失？就憑妳？」

劉思菱聽出夏芍的輕嘲，看出她在她眼裡似乎沒什麼用處，便趕緊道：「我我我我……我能，我能！我可以向記者說出事情真相，我可以說是我嫉妒，我故意抹黑夏董和曲冉！」

夏芍淡淡地道：「只是妳故意抹黑我和曲冉嗎？看來，妳的誠意不夠。」

「夠的，夠的，可是我不懂夏董的意思是……」劉思菱急切地道。

「曲冉的照片是妳傳上網的吧？妳從哪裡拿到的？別告訴我妳有狗仔才用的相機。」

劉思菱一驚。她是怎麼知道？她怎麼什麼都知道？

劉思菱沒敢想太久，趕緊說道：「我知道照片的來歷，我剛才只是忘了！」

她倒沒說謊，剛才驚慌之中，她真的忘了這回事。

「那些照片是港媒週刊的記者拍的，我當初向媒體爆料夏董就在聖耶讀書的時候，找的就是港媒週刊的記者。我得了不少線人費，我想著說不定以後還能有這種好處，就把我的聯絡方式給了那個記者。前天他找我，傳給我幾張照片，要我發到網上去，又給了我一筆錢，我就同意了……」

那個時候，劉思菱正心裡很不是滋味。

夏芍倒罷了，連曲冉那種不如她的胖妹都紅了，這讓她怎麼接受得了？

她原本就想抹黑夏芍和曲冉，對方給她照片，還給她錢，傻子才不同意。

夏芍冷笑一聲，港媒週刊的記者倒是好手段。這次在網上黑她和曲冉的人，不只有劉思菱，還有米琪兒，而港媒週刊的記者卻偏偏選擇了劉思菱。劉思菱是學生，家境普通，沒什麼背景，沒有米琪兒那麼難纏，倘若她出了什麼事，港媒週刊也能推得一乾二淨。

「這麼說，妳不是主謀？」

「我不是，是港媒週刊的人指使我的。」劉思菱看著夏芍的臉色，趕緊說道。

夏芍慢悠悠地道：「我向來恩怨分明，既然妳不是主謀，我自然會向主謀討個說法。這件事對我、對華夏集團的名譽都造成了很大的影響，我會通過法律途徑來解決，只是，這件事缺個證人，到時妳可願意出庭作證？」

劉思菱吃了一驚。

難道夏芍早就知道幕後黑手是港媒週刊，把她綁來這裡，最終目的是為了對付港媒週刊？關乎自己的生死，劉思菱在這一刻竟前所未有的通透。她心裡除了驚懼還是驚懼，只覺得眼前坐著的這名跟自己同年紀的少女實在是太可怕了……

但事情到了這個地步，劉思菱哪能說不同意。不同意，她就見不到明天的太陽。

「願意，願意，夏董讓我怎麼做，我就怎麼做！」

「不是我讓妳怎麼做妳就怎麼做，而是妳良知未泯，良心發現，才出來指證港媒週刊。」

劉思菱拚命點頭，「我懂，我懂！」

夏芍這才笑了起來，目光掠過劉思菱的手腳，轉頭對三合會的人道：「你們下手也太重了些，怎麼說人家也是女孩子。帶下去治治吧，好好治，醫藥費我出。」

三合會的人面無表情，但總經理辦公室裡，有人望著螢幕，嘴角微抽。

戚宸大笑，笑罷，罵了句：「無恥！」

這女人根本是早就算計到劉思菱的手拿不住茶杯，要不然，她會好心給人倒茶？根本是明擺著挖坑，讓他的手下把人往碎玻璃上推，現在卻又怪起他手下來了。

戚宸摸著下巴，這個女人把他的人當自己人使喚，他是不是要跟她收點利息？

站在戚宸身旁的展若皓也看著螢幕，忽然說道：「大哥，我想去見見夏小姐。」

而這時，三合會的人已經把劉思菱從地上提了起來，提著她就往外走。

「劉思菱。」夏芍突然叫道。

三合會的人停下，帶著劉思菱轉身。劉思菱一聽夏芍叫她，嚇得又哆嗦起來。

夏芍說道：「這回，我希望妳是聰明人。別耍花招，妳的家人，我會關照的。」

劉思菱眼裡露出驚恐之色，「知道了，知道了！」

夏芍這才滿意地笑了起來，擺擺手，讓人把劉思菱帶走。

一直站在她身後的侍者過來，便要把地上的茶水、血水和碎玻璃清理掉。

夏芍笑笑，「不用清理，留著吧，還有一個呢！」

侍者瞅瞅地上的情狀，心想下一位進來見到這活像經歷過大刑似的場面，多半會嚇得腿軟。不過，夏小姐沒有一味地心慈手軟，既淡定又狠辣，怪不得大哥會看上。要是幫會裡的傳言是真的，她真能成為三合會的主母，倒也很不錯。

侍者恭敬地退到後面，夏芍繼續喝茶，卻沒等來米琪兒，而是等來了展若皓。

「夏小姐，米琪兒請交給我處理。」展若皓開門見山便道。

夏芍一愣。

展若皓道：「這兩人我下午都先審過了。妳要動港媒週刊，只有劉思菱對妳有用。米琪兒完全是因為私怨，既然她對妳沒什麼用處，不如就交給我處理吧。」

夏芍放下茶杯，指著對面的沙發，「展先生請坐。」

展若皓看了眼沙發，走過去坐下。

「展先生，米琪兒跟曲冉前陣子在華夏娛樂有點小摩擦，我因此撤換她。後來她被封殺，心存怨恨，在網上發表了一些攻擊曲冉和我的評論，我認為這件事跟我還是有關係的，畢竟她發表的言論對華樂網和我的聲響造成了影響，所以，我過問這件事在情理之中。你要我把米琪兒交給你處理，我想我有權過問原因。」

展若皓面色不變地道：「夏小姐知道，曲冉對我有救命之恩，這件事對她本身的聲譽也有影響，我幫她處理這件事也是理所應當。當然，夏小姐對我也有恩，倘若哪天有用得著我展若皓的地方，請務必開口。」

夏芍看著他半晌，噗哧笑了，「如果不是我會看面相，尚未從展先生身上看出紅鸞星動的跡象，我會以為你對我們家小冉有什麼心思呢！」

展若皓聽了，萬年嚴肅的臉竟然裂開了。

夏芍點頭，「好吧，米琪兒的事我就不管了，全權交給展先生。」

她站起來要往外走，忽然回過頭來說道：「不過，紅鸞星未動，也只是此時未動，我倒希望展先生早日紅鸞星動。」

展若皓皺眉，「夏小姐，我不懂妳這話的意思。」

他確實是沒聽懂。夏芍剛才問他為什麼想親自處理米琪兒，話話帶了調侃，調侃他此舉很容易叫人誤會他對曲冉有意思。這句話，展若皓是聽懂了的，但不懂後面那句。

什麼叫紅鸞星未動，也只是此時未動？

「夏小姐，我知道妳跟曲小姐是朋友，但我希望妳不要亂點鴛鴦譜。」

面相占卜一類的事，展若皓不是很信服。儘管他知道玄門和三合會的關係，但他依舊相信要靠自己的實力。只是，夏芍說他紅鸞星未動這話，他是信的。

他自己的事，怎能不知道？

如果不是曲冉救了他，兩人之間根本不會有交集。他幫她，只是因為她救過他。

僅此而已。

展若皓提醒夏芍，是因為覺得夏芍剛才的話有撮合他和曲冉的意思。他並不是覺得那個膽子奇小，關鍵時刻又膽子奇大的女孩子不好，他展若皓向來不喜歡被人操控。

夏芍別有深意地一笑，「展先生，你弄錯了，我是風水師，不是紅娘。」

夏芍還是一副莫測高深的口吻，就是不戳破。沒錯，現在展若皓確實紅鸞星未動。不過，她剛才好奇，就開天眼看了一下，沒想到看到了一段佳緣。

她在天眼裡看見的展若皓，表情可不是現在這樣。

別看曲冉膽小靦腆，卻是相當堅毅。如果說一場槍戰鋪就了兩人的姻緣，那麼，同樣是那場槍戰讓曲冉對黑道很抵觸。她請她吃飯都不願意到三合會的場子，由此可見一斑。

展若皓和曲冉的身分雖然差別很大，但兩人的性子倒也合適。只是，這嬌妻可不好追。

夏芍含笑的目光看得展若皓又皺起眉頭，不等展若皓說什麼，夏芍又道：「米琪兒就交給展先生了，我有事，先回去了。今天的事，多謝你們三合會了。」

紅娘？她才不當。姻緣天定各自走，與其當月老，她更喜歡納涼看戲。

「大哥在總經理辦公室等夏小姐。」展若皓說道。

「知道了，我現在過去。」夏芍笑笑，頭也不回地走了。

皇圖娛樂城是銷金窟，沒有人知道皇圖娛樂城頂樓的一個昏暗的房間裡，有個女人跪在地上，雙臂大開著被銬在牆上。她的手腕滴著血，房裡瀰漫著淡淡的血腥味。

兩名黑衣男人負手立於兩旁，昏黃的檯燈燈光照不到的地方，有火星閃了閃。

展若皓倚在牆上，半張臉沉在黑暗裡，指間香菸無聲無息燃著。

旁邊的手下問道：「皓哥，您打算怎麼處理這個女人？一個過氣的模特兒，殺了算了。」

地上跪著的女人長髮垂地，遮住的眉眼動了動。

「殺了她便宜她了，黑市上這種女人不值什麼錢，不過有些變態佬很喜歡，乾脆丟到黑市算了。」又有人提議道。

展若皓不說話，手指輕輕一彈，做了個彈菸灰動作。

菸灰不偏不倚，落在米琪兒玫紅的絲質睡衣上。

今天上午她正是穿著這件絲質睡衣在別墅裡上網，三合會的人破門而入時她猝不及防，而幫會裡的人哪會給她換衣服的機會，直接就這麼給押進車裡帶了來。

菸灰落在米琪兒的腿上，睡衣立刻被燙出一個洞，燒紅了雪白的肌膚，但跪在地上的米琪兒卻一點反應也沒有，儼然是真的昏了過去。

展若皓眼裡露出嘲諷之色，不帶感情地道：「弄醒她。」

兩名手下二話不說，上前一人一腳往米琪兒的膝蓋上狠狠一踢。

這個女人特別能忍，今天把她和一個學生妹一起帶來，那個學生妹在挨打的時候拚命求饒，而眼前的這個女人卻一聲不吭。

但任她再能忍，被人在膝蓋上一踢，也是受不了的。

米琪兒果然渾身一顫，呻吟出聲。

她抬起頭的瞬間，眸底的怨毒已斂去，用給各大週刊拍攝封面時最美好的角度對著展若皓，輕聲喚道：「皓哥……」

啪！旁邊的男人毫不憐惜地上前搧了她一巴掌，「皓哥也是妳叫的嗎？」

米琪兒的臉被打歪，嘴角流下血絲，但回過頭來的時候，臉上依舊帶笑。

「皓哥……」她堅持這麼叫，這回氣息虛弱得我見猶憐。

旁邊的男人又要打她，展若皓抬手攔阻。

米琪兒垂著眼，眼底有喜色閃過。她啜泣起來，哭得梨花帶雨，莫名委屈。這讓在房裡打了她一天，都不見她吭聲的兩名幫會成員互看一眼，暗道這女人不但能忍，還很會等待時機。

「皓哥，我跟夏堇是有過節，可我在網上可一句批評夏堇的話都沒有……我只是說了兩句夏堇的朋友曲小姐。我跟曲小姐有些口角，結果這些天來連通告都被取消了……我只是說了幾句曲小姐，我真的沒有說夏堇什麼。那些說夏堇的話，應該是剛剛被帶走的學生妹幹的。皓哥，給我一百個膽子我也不敢對付夏堇啊！」

米琪兒說的不是假話，她身在娛樂圈，見慣了那些有錢的豪門富商的人脈和能量。這段時間她被封殺就是個很好的例子，所以，米琪兒對夏芍雖然有恨，卻不敢對她不利。

可是，這口氣不出，她怎麼也沒辦法忍。

這段日子，業界那些曾經被她踩下去的前輩，以及那些以為成功把她踩下去的後輩，都在背後嘲笑她，這讓她怎麼嚥得下這口氣？

米琪兒買了華樂週刊第一期，把那封面上穿著黑色宮廷裝的女生撕了個粉碎。看著她在華樂網上的節目點擊量與日俱增，連電視臺也開始播放這個節目，她越看越不爽，終於忍不住註冊了華樂網的會員，在評論區大罵曲冉。

可是，等她打開網頁的時候，發現抹黑的人不止她一個，還有個人不僅罵了曲冉，還罵了夏芍。這讓米琪兒心花怒放，大有出了一口氣的快感。因此，她跟著那人一起，痛快地引導那些不明真相的人。每當看著有人相信了她們的話，米琪兒就覺得心情舒暢。

可她沒想到的是，她只痛快了兩個小時，就被破門而入的黑社會的人帶到了皇圖。被虐打了一天，米琪兒強忍下來。她在等，等她有骨氣的姿態引來三合會的高層。

終於在剛才被她等到了。

米琪兒太懂得怎麼讓男人喜歡她，她能走到今天這步，都是靠著男人一步步往上爬的。她見識過的男人多了，從噁心的老頭子到富家紈絝子弟，每個人的口味不同，但她能做到的就是迎合。在剛才她喚了聲「皓哥」之後，展若皓阻止了手下打她，明顯她投其所好了。

因此，她更加乖巧，更加楚楚可憐，哭泣道：「皓哥，我真的不敢給夏董找不快，但是我知道我錯了，我讓華樂網的名譽受損，我願意道歉。可是，我不懂要怎麼做才能讓夏董消氣……皓哥，你教教我！」

展若皓淡淡地道：「妳很喜歡讓男人教妳？」

他的聲音很有磁性，米琪兒聽得怔愣，但表情控制得很好。

她含蓄地笑了笑，沒有回答。

展若皓也笑了笑。

這一笑，讓他英俊的臉越發明亮，令看見的人迷了眼。

米琪兒心裡一喜，等著他向自己走來，他卻轉身往外走，同時撂下話：「你們教她。」

門被關上，兩名手下很無語。

「自作聰明的女人，我今天算是見識到了。」

「蠢貨！知道我們皓哥今天為什麼親自動手嗎？就是為了曲小姐！」

「我們皓哥是出了名的不沾女人，不過，我們兄弟可是葷素不忌。」

門外的展若皓皺眉，聽著那句「為了曲小姐」，怎麼聽怎麼不太舒服，但是又說不出哪裡不對來，他今晚確實是為了曲冉才出手。

因為救命之恩，幫她出口氣而已。

展若皓的腦海中忽然閃過夏芍臨走前說的話，又閃過一張兔子似受驚的臉，隨即煩躁地把剛點燃的菸丟在地上踩滅。

他去總經理辦公室溜達了一圈，發現夏芍已經離開，而戚宸也走了，他便在辦公室裡坐了一會兒，等回到關押米琪兒的房間時，事情已經結束了。

「兩個人教妳，夠嗎？不夠還有。」展若皓看著米琪兒睡衣被撕破，雪白的身體上全是青紫，眼中沒有絲毫的同情。

米琪兒抬起頭來，眼裡已經沒有裝出來的迷濛和誘惑，只有怨毒。

她突然發狠，也不管手被銬著，死命往前扒拉，瘋狂地道：「你是不是男人！不沾女人？是不行吧？怪不得看上那個胖妹！哈哈，你的眼光真有問題，我看是你能力有問題吧？也就是那種胖妹被你這種男人看上，才會不在乎你行不行！」

兩名手下大怒，想要上前揍人。展若皓抬手阻止，眼神沒有溫度。

米琪兒大笑「怎麼？被我說對了？你們不是要把我賣去黑市嗎？賣啊賣啊，老娘伺候那些變態佬，都比伺候連個女人也上不了的男人好！」

「妳就是因為她長得胖？」展若皓對米琪兒的謾罵不理會，開口問道。

米琪兒嗤笑，「她憑什麼？不就是跟夏芍那個賤人認識嗎？敢搶我封面？就憑她那又肥又醜的身材和臉，她也配？」

展若皓點頭，說道：「給她鬆綁。」

兩名手下愣了，米琪兒也呆住。

「帶她去開個套房，找醫生來給她治傷。」展若皓吩咐道。

兩名手下傻眼，「皓哥？」

米琪兒也傻了，對這突如其來的事一時反應不過來。

「從今天開始她就住在那個套房裡，找兩個人伺候她，好吃好喝供著她。」展若皓又道。

三雙眼睛看著他，都不知道說什麼好了。

「專門撥個大廚給她，有什麼好吃的都做給她吃，吃不下就用塞的。」

這話總算是讓人聽出了點什麼苗頭。

米琪兒還在懵愣中，兩名手下已經明白展若皓的意思，看了米琪兒一眼，同情起她來。

被封殺的模特兒米琪兒在家中別墅失蹤，這件事根本沒在社會上引起多大的關注，大家的目光都放在華夏娛樂傳媒跟港媒週刊的官司上。

事情的起因來自在華樂網上的負評，經查證，這些罵評是港媒週刊收買了一名跟夏芍在學校裡有過節的女生，教其將照片上傳到網上的。

華夏娛樂以不正當競爭和名譽受損為由，起訴港媒週刊。

港媒週刊不承認，但當天週刊記者找到劉思菱的路段監控和咖啡廳裡的監控被調了出來，成為了鐵證。加上劉思菱也指證港媒週刊，一時間，港媒週刊陷入了負面輿論風波。

曲冉的名譽侵害委託也交由華夏娛樂一併處理，港媒週刊將這件事推脫為記者個人行為，但壓根兒就沒人信，反倒是那名記者為此憤怒，供出是港媒週刊的老總齊賀，見華夏集團涉足傳媒業，並見華樂網勢頭很好，想要打壓華樂網的發展，才讓他聯繫劉思菱。這名記者還透露，齊賀也已經組織了團隊在架設網站，這件事只不過是想抹黑華樂網的聲譽，好為港媒週刊日後的網站鋪路而已。

事情經多家媒體報導，一時間讓港媒週刊陷入了輿論風暴中。

最後，華夏集團勝訴，港媒週刊登報道歉並賠償損失。

但這並不是事件的結束，短短兩個月，港媒週刊的銷售量驟減，一蹶不振。按照以往的經驗，有不少人稱，華夏娛樂傳媒可能會對港媒週刊進行收購。

然而，華夏娛樂卻沒什麼動靜，時間到了五月分，董事長夏芍迎來了高考的日子。

這段時間，外界的風波並沒有影響夏芍在校的學習，儘管她暗中動用了私人會館方面客戶們的人脈，並聯繫了羅月娥，對港媒週刊在各方面進行打壓。

外界只注意到港媒週刊的銷售量大減，卻很少有人注意到，其實大減的是週刊的發行量。港媒週刊旗下早報、晚報、娛樂、商業、民生等九份報刊、三家出版社，在發行的時候無一例外遭到了各種審查，理由不一，導致週刊從內容上被卡得很嚴重。

這些事，夏芍只是動動手指，打了幾通電話，並沒有浪費她多少時間。她在學校上課，心思除了放在複習上，還在注意著黎家祖墳那座山上的情況。

那天救了龍脈之後，夏芍便派了溫燁等人每晚到山上守著。她猜想那人在施法後，必然會來查看龍脈情況，而且，以那人的修為和謀算，想必他不會認為世上真有人敢破他的術法，可偏偏就被她破了。天下自視甚高的高手，大抵都有一個通病，那就是輸了，便會想弄明白輸在了哪裡。夏芍想，那人一定會出現。

她沒辦法在山上蹲守，便把這事交給了溫燁幾人。只告訴他們，遇到了可疑的人不要暴露，通知她趕過去就是，但夏芍很佩服這人，他很沉得住氣。從破了他的術法至今，快兩個月了，他竟然都沒有出現過。

這人實在是藏得太深了。

日子在夏芍緊張的複習和等待對方現身中，進入了五月中旬。

在大學入學考試前，外界倒是又傳出了一件八卦新聞，關於米琪兒的。

米琪兒被人拍到在某奢華飯店的套房裡住著，人已和她成為紅模的時候形象天差地別，她胖了整整二十公斤。從臉到身材，已經叫人認不出來，讓民眾大跌眼鏡。

「昔日紅模變肥婆」的斗大標題出現在娛樂週刊上，米琪兒身材大走樣的照片也被轉發到華樂網上，點擊量火爆。很多人都說米琪兒定是被封殺後一蹶不振，才自暴自棄。

殊不知，皇圖的某個房間裡，女人尖銳的叫聲傳來，她歇斯底里地抓撓著，而她面前的展若皓把刊登她照片的週刊丟到一邊，問道：「現在告訴我，妳還能控制男人嗎？」

展若皓表情冷淡，看在米琪兒眼裡，卻如惡魔一般。就是這個惡魔，讓她過了兩個月生不如死的生活。她被關在房間裡，沒有打罵，沒有侮辱，唯一要做的事就是吃和睡。

而今天，她再次看見這個男人，他手裡的週刊讓她羞憤欲死。

「她有才能，而妳沒有。」展若皓俯身看著米琪兒，「所以，妳現在一無是處。」

他的話米琪兒聽懂了。

他是在說，曲冉有一技之長，所以她雖然身材不如她，卻是個有用之人。而她，在身材走樣之後，便一無是處。

他是惡魔！

展若皓站直身子，冷嘲一笑，「現在，妳認為妳還有被賣去黑市的價值嗎？」

這話如利刃直戳米琪兒胸口，把她戳得呆在床上，胖得走樣的身子陷在裡面。

「把她送走，這個房間打掃乾淨。」展若皓轉身離開之前下令道。

米琪兒被送去了哪裡、後來如何，再沒有人知道。

而曲冉在看到報導後很是驚訝，她當真信了週刊裡所說的米琪兒自暴自棄的話，卻禁不住心情複雜。畢竟，當天如果不是兩人起衝突，也就不會有今天米琪兒的結果。

夏芍卻是別有深意地一笑，暗道，展若皓這個男人可真是懂得怎麼打擊人。

見曲冉五味雜陳，夏芍安慰了她幾句，讓她別影響考試的心情。

三天後，大學入學考試正式揭幕。

香港跟大陸的高考制度不太一樣，香港的高考，簡單來說，要經歷中學會考和高級程度會考，而學生在中學會考中的成績是大學聯招和畢業求職時很重要的參考資料。

香港的高考升學率遠沒有大陸高，有一部分學生在會考結束後會從學校離開求職，而成績合格的學生會留在學校繼續讀書，等待參加高級程度會考。

夏芍在申請入學的那一年，剛好是舉辦中學會考的時候。她沒有參加過中學會考，只是與校長黎博書電話面試過，然後將自己的履歷傳真給學校，便被特招入學。

因此，今天的高級程度會考，對夏芍來說，便等同於高考。

香港高級程度會考提供十九科高級程度和二十科高級補充程度科目的考試，大多數的考生會選擇報考四到六科，夏芍報考的便是六科。

她除了中國語及文化和英文運用外，還報考了中國歷史、企業概論、電腦應用和經濟學。

曲冉只報考了四科，她稱自己在中學會考的時候曾報考了膳食服務、旅遊和家政這些科目，而高級會考沒有，她便只報了視覺藝術和英語文學。

曲冉的英文很好，她為了一個走遍世界發掘美食的夢想，在英文方面下了苦功。雖然考試之前的這段時間，為了錄製節目，她花費了不少精力，但談起考試來，她還是有信心的。

「都是我擅長的科目，怎麼也能及格吧？」曲冉吐吐舌頭，看得出來她還是緊張的。

「靠！不及格妳也不會餓死，都是名人了！」展若南翻白眼，一臉的不耐煩，「媽的，來早了，還不進考場！」

夏芍無奈地搖頭一笑。展若南的成績自然不是那麼好，她中學會考勉強過了，本來不打算讀了，但是展若皓硬是把她留在聖耶女中，聽說打算在高考之後送她出國讀書。

夏芍曾經問過展若南她想將來怎麼過，後者只是聳聳肩，吐出一個字：「混。」

她看得出來，展若南對未來是茫然的，她不知道自己想過什麼樣的生活，於是每天出去尋找刺激，卻始終沒能找到讓她感興趣的方向。

從面相上來看，展若南是晚成之人。契機未到，強求不得。

夏芍笑著看向曲冉，「加油。還是那句話，別把人生賭在一次考試上。考試跟人生相比，不值一提。沒什麼好怕的，成與敗，這都只是個開始。」

曲冉點點頭，她現在堅強了很多。

考試科目很多，所以考期很長，夏芍的六門科目，按照科目分布，她要考半個多月。

考題對夏芍來說並不困難，其中涉及很多社會熱門時間，這些事對於她來說只是信手拈來。第一天是兩門必修科目的考試，從考場出來的時候，夏芍望著傍晚的天空笑笑，一身輕鬆。

下兩科的考試在一週後，夏芍回到師父那裡，打算繼續複習功課，等待考試。

這天傍晚，來接夏芍的是艾達地產公司的車。

車上，艾米麗轉頭微笑，「董事長，考試還順利嗎？」

「妳覺得會不順利嗎？」夏芍坐在後座，笑著反問。

艾米麗當然不會這麼覺得，在她眼裡，董事長近乎無所不能。

「跟瞿濤的官司怎麼樣了？」夏芍倚在座椅裡，閉著眼問道。

在年前新聞發布會宣布艾達地產是華夏集團旗下的時候，夏芍就曾說過，要在六月前要完成對世紀地產的併購。這件事一直都在進行，如今世紀地產的股價一路漲回來，而瞿濤手中握有的股份正是華夏集團要著手收購的。

瞿濤在起家之初犯下的那些案子，已經審理出了一部分，這些案子涉及命案和嚴重傷害，瞿濤被判終身監禁的結局已定，他手中的股份華夏集團是一定要收購的。

「我們的律師跟瞿濤接觸過，希望能按市價收購他手中的股份，但他就是不肯。瞿濤對任何人都不信任，他沒有委託人到公司代為行使股東權利，也不接受家中兩房表親的探視。我們現在只能從他資產的合法程度入手，但這件事需要證據和時間。」艾米麗彙報道。

夏芍閉著眼，沒睜開。

瞿濤必然是記恨她的，他咬著不放在情理之中。如果夏芍有時間，她可以讓公司慢慢跟瞿濤磨，但是現在她沒有這個時間。

在去京城大學之前，華夏集團的古董、拍賣、地產、傳媒要全數鋪開。到了大學，她要這些產業全面起航。因此，在她去大學前，世紀地產必須收購到手並更名。

「我知道了，這件事由我去和瞿濤談，妳回去安排探視的手續。」

「好的。」艾米麗點頭，儘管她認為目前該用的辦法都用過了，董事長去探視也不一定會有結果，但董事長總能給人帶來意外驚喜，或許她有些別的手段也不一定。

夏芍在車裡打了個電話給劉板旺，詢問港媒週刊的情況。外界如今都在猜測華夏集團會收購港媒週刊，而夏芍就是不動手，她在等港媒週刊宣告破產。

以往她吞併盛興集團也好，收購世紀地產也罷，從來不會等到對方公司完全支撐不住，宣告破產。但這一回，夏芍就在等港媒週刊破產。

齊賀如果堂堂正正架設網站，夏芍或許還會跟他爭一爭，可他用錯了方法，他不該把曲冉捲進來。如果不是她處理及時，曲冉這顆剛剛發亮的金子就要蒙塵，興許從此一蹶不振。

齊賀不應該拿曲冉當跳板，這是夏芍容忍不了的，所以她動用了在香港一切可以動用的人脈，全面打壓港媒週刊。

等港媒週刊破產，她再以最低的價碼收購就好。或者，即便她不出手收購，讓港媒週刊被其他週刊報社瓜分，也動搖不了華夏集團在網路傳媒領域的地位和腳步。

掛了電話，夏芍繼續閉目養神，她這些天確實是拚得有點累，等聽見艾米麗喚她的時候，她才發現自己竟然在車上睡著了。而車子已經停下，眼前正是師父的宅子。

夏芍下了車，讓艾米麗有事打電話給她，然後便進了宅子。

今天是夏芍首場考試，唐宗伯和張中先幾天前就張羅著今天給她做頓豐盛的菜餚，晚上好好給她慶賀。夏芍覺得太興師動眾，卻也覺得溫暖。她想起自己當初中考的時候，母親也是在家裡做好一桌菜等她……

想起母親，夏芍拿出手機，給家裡打了電話。

今天高考，夏志元夫妻對女兒的考試情況自然是關心的，但是考試期間夏芍沒有開機，李娟也不敢亂打，就只能等夏芍出了考場，她自己往家裡打電話。

李娟顯然是守在桌前的，夏芍電話打通之後，剛響了一聲，李娟就接了起來。電話那頭傳來她緊張關切的聲音：「喂？小芍，考完了？難不難？卷子都答完了？感覺怎麼樣？」

夏芍聽著母親一連四問，頓時哭笑不得，「放心吧，媽，我什麼時候讓您操過心？」

「好好好，那就好。媽這不是關心妳嗎？」李娟聲音裡都帶著緊張的笑，隨後又小心翼翼問道：「媽這麼問，不會給妳壓力吧？」

「沒有。」夏芍邊說邊往裡走，見一名弟子在院子裡站著，看見她回來趕緊打招呼。

夏芍對那名弟子點點頭，目光掠過他臉上的時候，只覺他的笑容有點僵。夏芍忙著跟母親打電話，疑惑只是在心底劃過，接著便又被母親的問話吸引了注意力。

「還有四科，一週後考。」夏芍答道。

「喲，那這時間可比大陸拖得長。不過也好，還有時間多複習。妳可別因為就這麼幾天了，就鬆懈了。媽不是給妳壓力，只是，現在這個社會，妳再成功，有個學歷也好看。」李娟囑咐道，但還是怕給夏芍的壓力太大，最後又軟了語氣，「當然，妳也不用天天趴在書本上。覺得累了就休息，晚上可不准熬夜。白天看看書，別生疏了就行。」

「好。」夏芍乖巧應下，人已走進屋裡，但裡面沒人。

夏芍又是一陣狐疑，隨即一笑，往廚房去。師父和張老說了晚上給她做好吃的，師父雖然腿腳不便，但平時也會動手摘摘菜之類的，兩人說不定在廚房。

結果，廚房也沒人。

夏芍轉身往前院去，路上跟母親講完電話，來到前院，那名弟子還站在原地沒走。唐宗伯因為腿腳不便，宅子裡向來有弟子來幫忙看護。義字輩的弟子，一天三人輪值。這對弟子們來說，不僅是盡孝道，也是一個近身跟唐宗伯學習的好機會，因此弟子們也都很樂意。

那名弟子見到夏芍，便故作常態地笑道：「師叔祖，您今天考試怎麼樣？」

夏芍不答只問：「掌門祖師和張長老呢？」

「掌門祖師和張長老去訂飯店了。說是宅子裡開伙人數太多，不如訂幾桌酒席。」

夏芍挑眉，「訂酒席需要掌門祖師和張長老一起去嗎？」

「掌門祖師說，您高考是大事，他一定要親自去訂酒席，叫我在宅子裡等您，等您回來就帶您去飯店。」

「是嗎？」夏芍看著那名弟子，目光微涼。那名弟子被她看得目光閃躲，夏芍冷哼了一聲，「我告訴過師父，今天只是考試第一天，用不著大肆慶祝。等考試結束，成績公布了之後再慶祝不遲。這都是說好了的事，怎麼今天就變了？你給我說實話，是不是出了什麼事？」

夏芍在玄門的威望是從清理門戶時就樹立起來的，別看她平日裡笑咪咪，弟子們對她可是敬畏得緊。她這一冷臉，那名弟子臉色便是一苦，隨即嘆了口氣。

「掌門祖師說的果然沒錯，這些話都瞞不了師叔祖……」

「到底怎麼回事？」

那弟子苦笑一下，接著說道：「掌門祖師和張長老在風水堂，溫燁師弟出了點事。」

「溫燁出事了？是不是那人來了？」夏芍當即猜了出來。

那名弟子重重點頭，神色凝重。夏芍便和那弟子趕往老風水堂，路上才得知了事情的經過。但得知了事情的經過後，夏芍也不由臉色凝重。

她自認做事從不低估對手，但這回還真是低估那人了。

原以為那人作賊心虛，定會夜間現身，去山上查看龍脈。

這兩個月來，溫燁和幾名弟子夜夜在山上守候，卻沒等來他。

哪知這人不是沉得住氣，而是一直在等待，等她高考的這一天。今天是必修科目的考試日，有事弟子們也不會通知她，而且這人是白天來的。若這人心思如此縝密，他應該知道白天山上即便有人守著，人也比晚上少。因為玄門清理門戶之後，弟子減少了大半，白天都在風水堂那邊當差，只有晚上才有時間。

若這人連這些都謀算到了，那他還當真是個不容小覷的對手。

今天白天，山上只有溫燁和吳可守著，而吳可還好些，溫燁在和那人的打鬥中受了傷。溫燁傷到什麼程度，與夏芍隨行的那名弟子也不知道，他今天在宅子裡輪值，也是有弟子奔進來告知溫燁出事了，唐宗伯緊急之下安排他在宅子裡等夏芍，然後就去了老風水堂。

這件事原本是想瞞著夏芍的，畢竟她正值考試的緊要關頭，沒有人希望她分心。可是唐宗伯也知道未必瞞得住她，於是臨走前吩咐，如果瞞不住夏芍，便對她實話實說。

一路上，夏芍都擔心著溫燁的傷勢，到達廟街的風水堂時，天色已經有些黑了。她一路奔到後院的廂房，不少弟子都聚在院子裡往中間的房裡看。見夏芍來了，弟子們紛紛退讓到一旁。

夏芍敲了敲門，推門進去。她之所以敢這麼就進去，是因為她感覺得出來裡面沒有在施法，但元氣波動未散，明顯是施法剛結束。

果然，夏芍一進去，就看見溫燁躺在床上，海若一臉憂心地守著。唐宗伯吁了口氣，而張中先周身有輕微的元氣波動，顯然是他在給溫燁施法療傷。

「溫燁怎麼樣了？」夏芍進門便走到床前。

見她進來，房裡的三人一點也不意外，唐宗伯嘆了口氣，「沒事了。小燁子跟那人鬥法，修為不足。大白天的勉強動了符使，卻被那人把符使打了個魂飛魄散。小燁子受了些反噬，幸虧送回來得及時，不然就性命難保了。」

「吳可在哪裡？」夏芍問。

「去拿老山參了。」海若答道。

正說話間，吳可回來了，手裡捧著只木盒，見到夏芍愣了愣。她臉色還有些發白，手腳卻還算麻利，把木盒打開，將裡面的一根老參遞到了唐宗伯面前。

夏芍看向那支老參上，知道是長白山的野山參。野山參生長在海拔三千多公尺的原始林子裡，由於採參的頻繁，如今已不多見，而師父手中的這支野山參，既長且圓，紋深碗密，帶著密密的珍珠疙瘩，少說也有三百年。

夏芍開天眼一望，果見這支參中元氣金吉，散發著淡淡的香氣，十分誘人。野山參得自然之靈氣，是大補元氣的珍品，歷來就是皇室貢品。到了現代，野山參日漸珍惜，一支三百年的老山參，少說能在拍賣會上賣出千萬天價。尋常人家，連見都難得一見。即便是富貴人家，想找尋一支這樣的老山參，也要看機緣。

唐宗伯取了把刀子來，將老山參的主根切下來，又切了一片指甲蓋大小的薄片遞給張中先，說道：「讓小燁子含著。」

野山參大補元氣，無病之人補之有害無益，但若是性命垂危，倒是吊命的奇珍。只是，這支參三百多年參齡，在如今稱之為參王也無不可。普通人即便是性命垂危，也受不住這大補的元氣，只能切片含著。溫燁有修為在身，可也不適合一下進補太多。

張中先捏住溫燁的下巴，將參片放到他舌根讓他含著。

溫燁依舊昏迷著，參片含入後，立刻有元氣順著他的喉鼻遊走入身體，滋潤肺腑經脈，使得他的臉色很快變得比剛才有了些血色。

吳可很是驚奇，聽說過野山參的奇效，今天才親眼見識到。

夏芍問道：「吳可，到底什麼情況？你們在山上看見那人長什麼樣了嗎？」

夏芍這麼一問，唐宗伯、張中先和海若也都看向了吳可。溫燁被送回來的時候，幾人的注意力都在他的安危上，只簡單問了幾句是被什麼術法所傷，接著便開始救人了。

吳可聽見夏芍這麼問，便回憶了起來，「見是見到了，但是……那人身材挺高的，長得沒什麼特別的。當時我和溫燁都沒想到白天會遇到人，就只是在地上坐著，然後……下午三點鐘的時候，我有些……」

吳可說到這裡，臉有些紅，她沒明說，但聽的人都能猜得出來。她支吾了一陣，又道：「我去了趟山後頭，回來的時候正見有人從山坡上來。我立刻蹲下身子，但那人還是發現了我。我看著那人就是個普通人，但溫燁向來敏銳，他在跟那人對視的一瞬，就從山上躍了下去。那人跟溫燁一個照面，並沒有傷他，而是轉身就跑，我跟溫燁在後面追。溫燁讓我打電話跟師父聯繫，我拿出手機時，那人便朝我打了過來……」

吳可的臉色變白，「他修為太高了，許、許有師叔祖那麼高。我沒來得及躲，溫燁把我推去一旁，把他輕易不拿出來用的陰人都召了出來，結果卻被那人一掌打了個魂飛魄散。溫燁受了傷，那人趁機下山去，我便趕緊打電話叫人，背著溫燁從山上下來，然後搭車回來……掌門祖師、師公、師父、師叔祖，都是我不好！」

唐宗伯搖頭寬慰她，「行了，他的修為真有那麼高，你們倆在山上也藏不住。妳就是不去後山，今天也會打起來。」

張中先嘆道：「小燁子就是性子急躁了些，他若是不把符使招出來，這人一心想走脫，也不會傷他。」

海若不吭聲，坐在床邊，看著溫燁的臉色比先前又紅潤了些，眼神如慈母般擔憂。

「他的修為要真能一掌把小燁子的符使打散，那這兩個孩子今天在山上遇到他，他為什麼只想著逃脫？」張中先想不明白。

夏芍冷哼一聲，「他是個聰明人，心思縝密，連我之前也低估了他。想想他為什麼挑今天這個時間上山就知道了，這人定是想隱瞞身分。他修為雖高，術法卻有門派。一旦動了真格，殺了溫燁和吳可，他的身分便會暴露，所以他才想要逃跑……」

張中先不精於算計，聽了夏芍的點撥才恍然大悟，頓時大怒，「混帳！這小子到底是誰？可兒，妳看見了他的長相，他年紀有多大？」

「三十來歲。」這點吳可卻是肯定的。

張中先瞇眼。三十來歲、煉神還虛的修為，現在還能有幾個天賦這麼高的年輕人？

唐宗伯明白張中先想的是誰，他拿起桌上的電話，打給加拿大的冷老爺子。

唐宗伯沒直說，只笑問：「冷師弟，這兩個月都沒等來你的消息，欣兒的喜酒可真有點難喝到啊！兩個孩子訂婚的事怎麼樣了？」

冷老爺子一聽唐宗伯問的是婚事，非常欣喜，「前天奕兒剛來，帶了聘禮來。雖然身在加拿大，咱國內的規矩我想著也不能廢，便打算算算兩個孩子的八字，好好挑個日子。這不，他們兩人這兩天正忙著發喜帖呢！」

張中先豎著耳朵聽，頓時皺了眉。這麼說，還真不是肖奕了？

唐宗伯倒淡定，跟冷老爺子說了兩句話，冷老爺子表示孫女的婚禮要回國辦，等日子訂好了，讓兩個孩子回來向他磕頭問好。唐宗伯笑著應下，才掛了電話。

屋裡一陣沉默。

半晌，還是張中先最先開了口：「可兒看見那人的長相了，妳大體形容一下。我就不信，放眼奇門江湖，還找不出個相似的來。」

夏芍卻在這時搖了搖頭，「長相就不必信了，您老忘了我來香港的時候是怎麼來的了？吳可雖然看見了那人的長相，但我想那人的臉未必是真。如果他不是香港人，搞不好他的出入境身分都有可能作假。」

「不能吧？」張中先這話卻問得沒什麼底氣。他是知道小芍子這孩子的心思有多細密的，這次連她都沒估摸到，可見對方真是有些本事。

「行了，張老，您也別鬱悶，對方是衝著我來的，他一定還會再出手。師父說的對，他出手一次，就會暴露一些。這次看起來他是逃了，但我也對他的心思摸到了些門道。」夏芍道。

唐宗伯點點頭，「對方在暗，我們在明，確實防不勝防。對方是衝著小芍子來的，占卜也不管用，但小芍子命格出奇，我就從她身上卜算不出天機來，那對方也一定卜算不出來。他行事謹慎，卜算不出吉凶，就只能劍走偏鋒。包括這次動龍脈，他也是沒有露面，這說明這個人確實是很小心。但他的術法被破了，對他必然有所震懾。下一回，再要這種陰招不一定有用，他的動作會更大，總會有他冒頭的時候。」

說到這裡，唐宗伯哼了哼，「老夫行走江湖多少年，比這險惡的也不是沒見過。兵來將擋，不怕他來。」

「對，不怕他來，就怕他沒動靜。」張中先也點頭。

今晚本是說好要給夏芍好生做頓吃的，慰勞她這個考生。但出了這麼件事，誰都沒心情搞宴會了。這天晚上，包括弟子們在內，也都是隨便吃了點。外面的弟子們得知溫燁性命保住了的時候，便都鬆了口氣。只是這個針對玄門的黑手，一直如陰霾般籠罩在每個人心底。

溫燁昏迷了三天，第三天傍晚醒了過來。他看起來還有些虛弱，但神智還算清醒，也能回憶起當天的事。這件事對玄門來說，算得上是這幾天來的好消息了，好歹人沒事。

夏芍去看溫燁的時候，還覺得愧對他，他卻鬧起了彆扭，翻身面對牆壁，不看夏芍，似乎對自己受傷的事感到很沒面子。夏芍坐在床邊摸了摸他的頭，「人沒事就好。你的年紀，這修為不算低了。倘若覺得不夠，多用心些就是了。下回那人再出現，你一定能幫上忙。」

溫燁躺在床上不出聲，半晌見夏芍還不走，便把被子拉上來蒙住頭，喊道：「囉嗦！」

夏芍聽他會罵人了，才鬆了口氣，起身走了。

那人自從那天出現後又銷聲匿跡，而他不出現，所有人的日子還是得過。

夏芍在一週後又參加了兩門考試，而剩下的兩門則在三天後。

正是這個時候，艾米麗打電話來，說是瞿濤的探視手續辦下來了。夏芍在艾米麗的陪同下，順利見到了瞿濤。

瞿濤穿著一身軍綠色的犯人服，與叱吒地產界的大亨形象相去甚遠。他臉上有傷，看起來像是監獄裡的犯人打的，可見瞿濤以前在外頭也沒少得罪人。

瞿濤見到夏芍，眼帶仇恨，卻依舊有著自己的驕傲，笑道：「夏董親自來看我，真是榮幸。不過，妳如果想提股份的事，我勸妳免費口舌。世紀地產是我一手創立的，妳就算是吞併，公司的股權也有我的一部分。沒錯，我會被判終身監禁，但是香港法律也無法取消我的股份。我是世紀地產的合法大股東，妳華夏集團永遠無法獨吞世紀地產，而且，我在牢裡坐著，妳在外頭替我賺錢，我多逍遙？哈哈！」

夏芍淡然微笑，「瞿董，我知道你恨我。如果不是我，你不會失去一手創立的公司。」

瞿濤聞言，笑聲漸停，盯著夏芍的目光像兩根釘子，「原來妳也知道。」

「我當然知道。」夏芍一笑，「可是，我問你，如果我不與世紀地產為敵，而是就讓艾達地產一步一個腳印地進入香港地產業，你會容得下嗎？」

瞿濤瞇眼，答案很顯然。

「你不會。」夏芍替他回答，「以你在地產業裡對待同行的作風，你不會容得下新人，而且，以我對艾達地產的運營策略，我一定會打風水牌。這張牌一旦打出來，你必然更加容不下。你早晚會對艾達地產出手，就像你以前打壓其他同行一樣。所以，你來告訴我，我為什麼要等著你來打壓我？如果我們的身分對調，你會怎麼做？」

天下沒有一家能做得完的生意，如果能避免這些，夏芍也不會盯上沒有過節的同行的公司。這一切，都得看對手是誰。

瞿濤抿著唇，半晌才開口：「夏董，妳這是贏了我，還希望我理解妳？」

「不，我只是要告訴你，我們之間是商業競爭，勝敗無對錯。」夏芍目光坦然，從艾米麗手上把股份轉讓的合約拿了出來，「即便是你恨我，我也要說，今天這份合約，你必須簽。我沒有時間等你，今天這件事就要落定。」

瞿濤瞥見合約上面按照市價收購的價碼，卻連接都沒接，「必須？我倒想知道，我就是不簽，夏董想怎麼叫我簽。」

夏芍說的沒錯，即便她不盯上世紀地產，他也不會容得下艾達地產入行，但那又怎樣？他輸了，卻還沒徹底輸。他就是要在她眼裡揉一顆沙子，讓她幫他賺錢。等他出獄的那天，他仍然是地產大亨。

瞿濤暢快地仰頭大笑，卻聽見夏芍也笑了一聲。

「你忘了，我是風水師。」夏芍目光坦然。

瞿濤臉色大變，接著，身體不受控制地抬起了手……

夏芍左手掐著外縛印，瞿濤拿起了筆，不受控制地在合約上簽名。

他想大叫，但連聲音都發不出。

「多謝瞿先生。你放心，購買股份的錢會一分不差地匯入你的帳戶。」夏芍起身，臨走前看了眼瞿濤臉上的傷，「有錢能使鬼推磨，我想你會需要這些錢的。」

夏芍帶著艾米麗頭也不回地走出去，直到見到外面的陽光，她才把合約交給艾米麗。

第八章 英雄救美

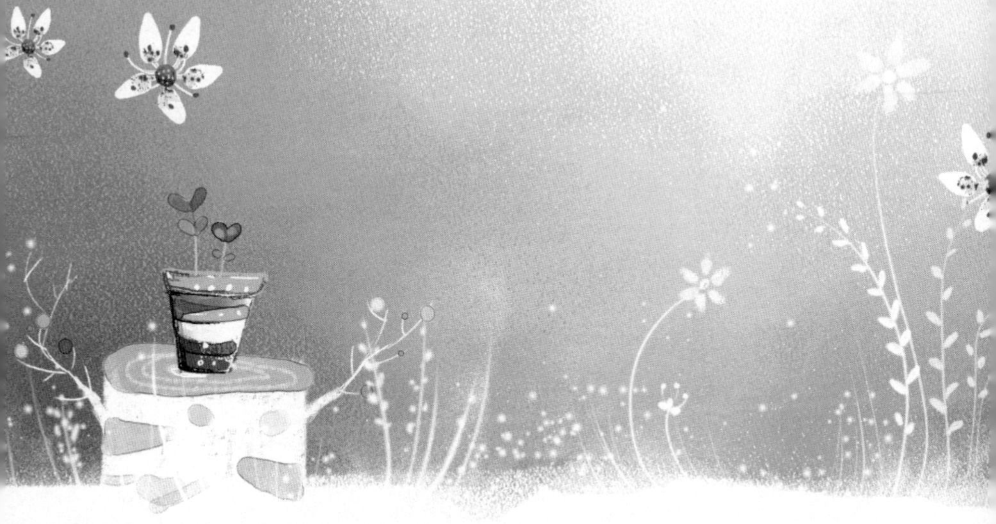

夏芍終於考完試，成績會在七月的第一個星期五公布，還有一個多月的時間。雖說可以離港回家，但她有很多公事要處理，只好打電話回家告訴父母，等成績公布了她再回去。

夏芍報考的科目多，她是最後才考完的。

展若南早就等得不耐煩，看到夏芍從考場出來，她立刻纏上她。

「阿冉說要請我們吃飯，走！」

「哦？」夏芍笑著看向曲冉。

曲冉靦腆一笑，「不是我請，是我媽想請。她天天叨念，可是考前太忙了，現在總算是有時間了。小芍，妳……妳今晚有時間吧？」

曲冉知道夏芍很忙，就怕邀約的時間不對，打亂了她的計劃。

夏芍笑問：「去飯店，還是去妳家？」

曲冉眼睛一亮，「當然是去我家。我和我媽下廚，妳愛吃什麼就做什麼。」

「喂喂！」展若南皺眉頭，「那我呢？我是順帶的？」

夏芍挑眉，「妳以為呢？」

展若南臉變黑。曲冉看看夏芍，再瞄瞄展若南，趕緊打圓場，「沒有沒有，菜還沒準備齊呢！咱們要先去挑食材，阿南喜歡吃什麼就一起買！」

自打曲冉救了展若皓，展若南便不讓曲冉叫她南姊，而要她直呼名字。曲冉起先很不自在，但展若南一皺眉頭她就怕，暗道展家兄妹的性子都有點可怕，於是點頭同意了。

「那還等什麼？走，餓了！」展若南率先跨上機車，拍拍後座，示意夏芍上車。夏芍往上一按，輕盈地跳了上去。曲冉則坐了賭妹的車，一群人浩浩蕩蕩地出發了。

夏芍今晚確實是沒事，原本師父打算給她慶祝，被她往後推了。不過是剛考完，她覺得成績公布了再慶祝不遲。

趁著去買食材的時候，夏芍打電話給師父，然後看著展若南帶著她的刺頭幫在菜市場一通搜羅，大包小包地提往曲冉家。

曲母已經在家裡等著了，見夏芍來了，萬分熱情，「夏小姐來了？快進來。」

夏芍往曲母臉上看看，笑道：「阿姨的臉色好多了，身體好些了吧？」

「好多了。還真要謝謝夏小姐，要不是妳，我都不知道這些年的病根出在哪裡。」曲母邊說邊把夏芍和展若南等人請去客廳坐下，倒了茶來。

「我跟小冉是朋友，阿姨叫我名字就好了。」夏芍起身接過茶來。

「那怎麼行？小冉要不是遇到妳，哪會有今天？」曲母感激地說道。

夏芍笑道：「她若是不遇上我，也會有今天，只不過晚上幾年罷了。她是金子，總有發光的那一天，可不全是我的功勞。」

「不管怎麼說，妳是我們家的貴人，今兒阿姨得好好招待妳。」

曲母去廚房幫曲冉，這一回卻是死活不肯讓夏芍進廚房打下手，只叫她等著吃就行。

曲冉先上了蔬菜沙拉和水果拼盤，夏芍和展若南等人吃著，神色各異。夏芍是想起上回在曲冉家中吃飯的時候，還在永嘉社區，那時候師兄也在。她在廚房裡學做菜，出來時面前放了一碟瓜子和一杯溫水，而今天得要自己動手。

賭妹、阿芳和阿敏搶著東西吃，展若南則是低頭吃，也不知是不是想到上回在曲冉家裡吃飯時阿麗也在。如今，刺頭幫裡沒有她了。

菜餚上得很快，半個小時不到，曲母已經一道道菜往外端了。曲冉共做了十八道湯菜，整整擺了一大桌。等曲母把菜都端上來，曲冉在廚房又把點心放入烤箱，然後才出來。

這些菜根本吃不完，夏芍不喜歡浪費，但曲家母女這麼隆重，自然是因為感激她。如果今晚不讓她們拿出她們覺得最隆重的菜色，大概日後很長一段時間她們都會覺得虧欠她。

賭妹等人盯著桌上堪比飯店大廚做的豪華料理流口水，曲母看了眼夏芍，笑道：「我不會主持什麼晚宴，就當在家裡吃飯一樣吧。小冉做了這麼多，今晚大家可一定要吃飽喝足。」

「聽見沒？阿姨讓我們吃飽喝足，冉姊做的菜，不許剩下！」展若南道。

賭妹點頭，當先回應：「保證連盤子都舔乾淨。」

「噗！」阿敏沒忍住，一口茶差點噴出來。

曲母和曲冉愣了愣，但很快就笑了。接下來，曲母招呼夏芍和展若南等人吃飯，夏芍的碗碟裡菜肉堆成山，吃都吃不完，曲冉卻是沒心思吃飯，她得盯著烤箱裡的點心。

即便是這樣，晚餐的氣氛也是熱鬧。有刺頭幫的幾個女生在，壓根兒不會冷場。

用完餐，曲冉去廚房將做好的點心端出來。

夏芍打趣道：「今晚這一桌可破費了，若是去飯店，這一桌值不少錢。」

「自己做的哪有那麼貴？」曲冉不好意思地笑了笑，隨即欲言又止。

夏芍挑眉，「怎麼了？」

曲冉看了眼母親，說道：「小芍，有件事，我想徵求妳的意見。」她深呼吸一口氣，接著又道：「是這樣的，我這段時間錄製節目，妳不是發了薪水給我嗎？那些錢挺多的，我和我媽都覺得夠吃夠用就行了，剩下的與其存在銀行，不如拿來做點什麼。我一直夢想著開家餐廳，不用很大，但求有特色。我想將來遊歷很多地方，把發掘到的美食都帶回來，讓更多的人品嘗到，可是……現在成績還沒公布，我大學還沒讀呢，我媽有點不太贊成。妳看……我要不要等到大學畢業再說？」

「為什麼要等大學畢業？」展若南拍了拍桌子，「開，我給妳帶人去！」

夏芍也是一笑，「我成立福瑞祥的時候，高中還沒有讀。如果我也等到大學畢業，就沒有如今的華夏集團了。」

曲冉和曲母聞言都是一愣。

曲母笑道：「那能一樣嗎？小冉的性子，我這個當媽的還不知道？她在廚房裡倒是成，開餐廳我真怕她……」

「阿姨，小冉今年才十九歲。她年紀很輕，有非常大的成長空間。難得她有這份志氣，為什麼不成全她？」夏芍笑問。

「這……」曲母看向女兒，還是很擔憂。

「小冉的面相是帶財運的。她嘴角上揚，面龐豐盈圓潤，有微微的雙下巴，眉形柔順，這些從面相學上來說，都是福厚、性情篤實且有財運之相。我相信她會成功的，您就放手讓她去做吧。雖然一定會遇到困難，但人生的樂趣就在於此，不是嗎？」

曲母聽了這話卻是一愣，接著露出安心的表情。看得夏芍忍不住搖頭一笑，說來說去，原來這句話最管用。

「媽，那您是同意了？」曲冉的臉因為興奮而帶著薄粉。

曲母哭笑不得，「妳別忘形，夏小姐可說了，開餐廳不會一帆風順的。到時候，妳要是讀大學，功課可不許落下。」

「這我知道，謝謝媽。」曲冉趕緊保證。

夏芍在一旁笑著，曲冉的性子其實不太適合從商，而且，她還會遇到別的問題，只不過她並不說破。因為主題餐廳是個很好的主意，曲冉的廚藝沒有任何問題，不做太可惜。再者……她希望有些問題她早點遇到，這對她來說有好處。

這天的晚餐，後半段全圍繞著曲冉開餐廳的事進行討論。從選址到餐廳名字，進行了一番熱烈的爭辯。夏芍表示會從風水上為餐廳尋處好店面，而展若南等人則對餐廳的名字提出了令人崩潰的意見。

「不就是個名字嗎？有什麼好討論的？氣派點就行了。金碧、祥福、四喜、八興都可以。」展若南抓著隻龍蝦，吃得滿嘴油。刺頭幫在一旁點頭，覺得南姊威武，南姊霸氣，南姊取的名字就是好。

夏芍扶額。

曲冉靦腆地笑道：「我想好名字了，我想把餐廳經營得有特色一點，叫『往事』好不好？我一開始沒辦法到各地旅遊，我現在會做的菜，都是我爸親手教的。我做的菜有老香港的味道，我想很多人在品嘗的時候會想起那份回憶。這也是我對我爸的回憶……妳們說，好不好？」

「往事餐廳？」展若南的臉皺到一起了，「怎麼聽起來這麼悶？」

「這可不悶。」夏芍搖頭，指尖掐算著。

起名也是一門學問，不僅有人喜歡用諧音取好意頭，從術數上也能推算出吉凶來。

夏芍掐算過後，笑道：「不錯。『往』之一字，清雅多才，雖有勞數，但昌隆。『事』之一字，有憂愁之象，但主晚運吉祥。二字皆為吉，從數理上來講，雖有勞碌，卻是能名利雙收、獲眾望、成大業，這個名字不錯。」

「真的嗎？」曲冉高興地道。

曲母起先聽女兒想這名字，只是眼圈發紅，想起了自己的丈夫，卻沒想到這名字真好。

展若南臉色怪異，「不就起個名字，至於嗎？這還用算。」

「當然。玄學易理向來講究這些，沒聽古人有云，賜子千金，不如教子一藝；教子一藝，不如賜子好名。起名是一門學問，也是很複雜的過程。不但要結合《周易》、生辰八字，還要結合地理上的真太陽時，規避忌神，擇請喜神，然後再根據字音、字義、美聲學原理，起出一個大氣、好聽、順口的名字。別的不說，僅僅是大氣這一項，就有很多講究。名字不能過大，過大則孩子福運承受不住。也不能過小，過小則束縛福運。即便是為孩子取乳名，也有很多講究。乳名是孩子最初也是最重要的名字，必須由父母起。因為不管大名修改多少次，乳名都是跟隨一生不會變的。而且，很有意思的一件事是，從概率學上來說，誰給孩子取乳名，孩子便跟誰更親一些。」

夏芍笑道：「這些都還只是取人名的講究。取公司的名字，也有其講究。」

一桌子的人聽得一愣一愣的。

曲母感慨地點頭道：「對。小冉這孩子的乳名就是她爸取的，她從小就跟她爸親。」

曲冉則低著頭，明顯是想起了父親還在世時的事。

展若南則咕噥一句：「講究真多。」

「當然。名正則言順，言順則運通，運通則事成。」夏芍說道。

餐廳的名字就這麼定了下來，反正離公布成績還有一個多月，餐廳還真是說開就開了。這期間，夏芍幫曲冉找了個店面，期間各種事宜都是展若南帶著人幫忙的。

夏芍則有空就問問情況，大部分的精力還是放在公司的事務上。

在去京城之前，她要將公司在香港業界裡的大動作穩定下來，於是這個月，對香港民眾來說，還真是有不少新聞可看。

第一件大事是，夏芍年前聲稱會在六月前將世紀地產吞併，她的承諾兌現了。瞿濤竟然簽署了股份轉讓合約，世紀地產正式更名為艾達地產，艾達地產成為了香港地產業的三巨頭之一。華夏集團召開了記者會，稱艾達地產總部將設在香港，於八月搬入新的地產大廈。

第二件大事是，港媒週刊宣告破產。在香港媒體界稱霸近十年的港媒週刊老總齊賀，宣布支撐不住，旗下九份週刊、三家出版社破產清算。港媒週刊一倒，許多家媒體都對其虎視眈眈，想低價收購，可是誰都沒有動，因為所有人的眼睛都看向了劉板旺。他跟齊賀的恩怨，眾所周知，如今齊賀破產，走的正是他當年的路子。當年齊賀吞了他的雜誌，如今他是不是也要吞了齊賀？假如劉板旺有這打算，在華夏集團開拓網路傳媒鴻運當頭的時候，誰也不敢跟劉板旺爭。於是，沒有人要港媒週刊，齊賀負債走投無路，不得不找上了劉板旺。昔日的冤家對手，在今天身分對調。

最後，華夏集團宣布以底價收購港媒週刊，併入華夏娛樂傳媒公司。

消息一發布，華夏娛樂傳媒公司旗下十家週刊、三家出版社，頓時成為香港傳統媒體業界和網路傳媒業界的龍頭。

地產業巨頭，傳媒界龍頭，這是夏芍來到香港不足一年的成就。

就在這個時候，發生了第三件事。

第三件事，也是大事，香港高級程度考試的成績公布了。

今年香港出了兩名狀元。

三萬七千多名考生，只有一萬六千多人獲得大學的入學資格，這其中，只有兩名狀元。

成績一放榜，輿論沸騰了，因為兩名狀元裡，有一名是女學生，不是別人，正是華夏集團的董事長，老風水堂的風水大師夏芍。

夏芍白手起家，還是學生便建立起商業帝國，這樣的成就已經令人仰望。如今她成績還這麼驚人，不得不令人咋舌。

香港六所明星大學向夏芍伸出橄欖枝，夏芍並未接受，她只聲稱自己已有目標大學。這消息令很多學校唏噓，紛紛好奇夏芍到底想報考什麼樣的院校。夏芍卻沒有多言，在她填報京城大學，並且被錄取之前，有些事不好說得太早。

儘管校長黎博書已打電話恭喜過夏芍，並說學校會為她準備推薦書，京城大學的錄取沒有任何問題，但夏芍的性子，很多時候在事情未定下之前，不願意誇口。畢竟成績好的考生不止她一人，京城大學也有其錄取制度。在通知書下達前就誇口，未免顯得太過張狂。若是引得外界對學校錄取制度方面的有不好的猜測，美事反而變得不美了。

如此，夏芍倒不急於一時，反正錄取通知書一到手，外界自然會知曉，那時才名正言順。

夏芍把好消息第一時間告訴了遠在東市的父母，夏志元和李娟夫妻高興得團團轉，兩人直催夏芍回來，夏芍表示師父要給自己慶功，等她和同門以及朋友最後一聚便回家。

唐宗伯要給夏芍慶祝便要選飯店，夏芍提議，就定在曲冉新開的餐廳。

曲冉新開了家餐廳，這件事在最近也是被人熱議了段日子。事情與前三件大事比起來雖然微不足道，但事情的主角畢竟也是近幾個月的網路名人。

曲冉幾個月前還是普通人家的孩子，因為驚人的廚藝和一檔美食節目積累了超高人氣，還這麼快就開了一家屬於自己的主題餐廳「往事餐廳」。

餐廳只有兩層，坪數不大，但很有氣氛，裝潢得很有老香港的味道。餐廳裡音樂輕揚，皆是上世紀六七十年代的老歌。讓聽見的人，品嘗著老粵菜的味道，不由想起往事。

餐廳在試營業的幾天，就得到了這樣的評價：年輕的少女廚師，老香港的味道，粵菜在新一代手中的正宗傳承。

曲冉目前在節目中錄製的還是甜點，沒有嘗過她手中料理的人，在試營業的時候衝著她的名氣，餐廳裡客似雲來。嘗過之後，吸引了很多中老年食客。他們嘖嘖稱奇，不知道曲冉怎麼能做出這麼正宗的老味道，而年輕人則更喜歡曲冉做的甜點和餐廳的新菜式。

往事餐廳令人回味的不僅僅有老味道，還有屬於少女廚師驚心研製的新食譜。

試營業的幾天，往事餐廳便好評如潮。

正式開業這天是七月十日，農曆壬午木年六月初一，宜祈福、入學、開市。

此日開張大吉，乃是夏芍推算的好日子。

往事餐廳開業這天也是客源滾滾，來了不少香港名流道賀，因為這天老風水堂的所有風水大師在這裡為夏芍慶祝高考結束。

來了的香港名流們卻只在剪綵恭賀了一聲，與到場的唐宗伯、張中先和夏芍寒暄握手說了幾句話，想進去吃飯，卻是沒地方的。

往事餐廳只有兩層，二樓是包廂，而包廂今天全客滿了。二樓的包廂只有八間，玄門弟子就占了兩間，展若南帶著人來給曲冉捧場，也占了一間。剩下的五間，試營業的時候就訂出去了。

莫說是包廂，就連一樓的位置也不是人人搶得到。

見到這樣的場面，最開心的莫過於曲冉了，可她卻在看見一輛黑色賓利車在店門口停下時，臉色變了。展若皓和展若南兄妹從車上下來，賭妹等人今天也沒騎機車，而是跟著展若皓的車一起來的。

展若皓一從車裡下來，餐廳門口聚著的人群便靜了靜，在一樓餐廳用餐的年輕女生也都望了過來。而展若皓西裝筆挺，英俊的臉上表情嚴肅，一下車目光便精準地落在曲冉身上。

曲冉雖是廚師，但今天開業，她在店門口剪綵迎賓的時候卻穿著禮服。粉色的及膝小洋裝，香肩半露，款式簡單，襯得少女的氣質甚是乾淨。

展若皓眼裡少見地露出詫異之色，曲冉穿著這身禮服，並不顯得多胖，比幾個月前見到時瘦了些。也不是瘦得很多，依舊圓潤，但是這種圓潤不難看，反倒有些……算是可愛吧。

曲冉卻在見到展若皓的瞬間，笑容僵硬，她偷偷去拉夏芍，「小芍，阿南的哥哥來了，今天不會和那天似的，出什麼事吧？」

夏芍噗哧一笑，看向展若皓。

曲冉的表情分毫不差地落入展若皓眼裡，他不由輕輕蹙眉。

他很不受歡迎嗎？

曲冉是真沒想到展若皓會來，原本展若南表示今天會帶朋友來捧場，曲冉想著也就是刺頭幫的人，於是早早就給她們留了間包廂，哪知道展若南的大哥會來。

今天餐廳開業，展若南的大哥是危險人物，不會引來什麼事吧？

「我算的日子，不會出事的。」夏芍欣賞完展若皓略顯鬱悶的神情，便笑著對曲冉道。今天確實會出些亂子，但跟展若皓可沒關係。

這話如一劑安心針，曲冉終於放下心來。

「展先生？小南也來了？」曲母從裡面出來，看見展若皓便是一愣。上回他給她們母女解了圍，第二天真沒有媒體報導那件事。對於展若皓，女兒對她的說法是，展若南的哥哥。

曲母對展若南印象深刻，第一次來家中的時候光頭，一副不良少女的模樣，但接觸過後，覺得這女孩子心地不壞，這一個月餐廳裝修，她沒少帶人來幫忙，每天都是一身汗地回去。曲母這一個多月來跟展若南也熟了，直接稱呼她小南了。他們兄妹對自家都有過幫助，因此看見展若皓也來，曲母很高興，笑著就走出來招呼。

「包廂都給你們留好了，外頭熱，快進去坐吧，今天就嘗嘗小冉的手藝。」

展若皓點頭，這時餐廳門口的名流們才笑著上前，跟展若皓寒暄致意。展若皓表情冷淡而嚴肅，走到曲冉身邊的時候看了她一眼。

曲冉眼觀鼻，鼻觀心，往夏芍身後小步挪了挪。

夏芍笑咪咪的，展若皓的眉頭在陽光下有很深的褶子，但沒說什麼，就進了餐廳。

展若皓兄妹和刺頭幫的人都上了樓後，曲冉才道：「小芍，妳也上樓吧。」

夏芍見那些賓客跟師父寒暄得也差不多了，便道：「好，那我先上去。」

餐廳雖然只有兩層，但有特別通道，夏芍推著師父，玄門弟子也都跟著上了樓上的包廂。眾人上樓之後，門口的賓客們之前訂了席位的便也進門入座。

曲冉趕緊換衣服進廚房。

廚房裡自然不止她一名廚師，餐廳裡有總廚、二廚、紅案、白案等，都是招聘來的，不然曲冉一人哪裡忙得過來，但今天餐廳主打的菜式都要由曲烹製，所以她還是會很忙。

曲冉這一個多月也是這麼瘦下來的。她並沒特意減肥，只是週末要忙節目拍攝，又要忙餐廳的諸多事情，是給累的。

好消息是，她不僅瘦了些，餐廳的試營業也不錯，而且，她的高考成績也還說得過去，足夠報考她想考的大學了。

對曲冉來說，這段時間全是喜事，今天尤為隆重。她在廚房裡忙活，一個小時之內就上全了二十多桌的主菜，精緻的點心也一盤盤往外端。等主菜全部端上桌後，剩下的廚房會有人分工，曲冉身為主廚，便去洗手間整理了一下儀容，然後挨桌謝客，並聽聽顧客對料理的評價。

曲冉上樓的時候，夏芍正被弟子們輪番敬酒。玄門弟子訂了兩桌大席，義字輩的弟子一桌，唐宗伯、張中先等輩分高的一桌，夏芍自然是陪在師父這桌。

唐宗伯很高興，平日裡鮮少喝酒，今天倒是喝了不少。弟子們來道賀的時候，連夏芍也喝了些，弟子們今天膽子都大，想著把夏芍灌醉，不停地勸酒。夏芍卻是發揮了她擋酒的本事，自己沒喝多少，反倒是把帶頭灌酒的周齊給放倒了。

今天夏芍也是開心的，但她卻習慣讓自己保持清醒。一來她知道今天餐廳裡會有點不愉快的亂子，二來如今暗處總有雙眼睛盯著她，她不能有絲毫鬆懈。

周齊被放倒，弟子們喝倒彩，張中先搖頭罵這小子酒量不行，曲冉笑著走了進來。她一身大廚打扮，白色的高帽戴著，長髮挽起藏在帽子裡，整個人感覺多了些幹練的氣質，但她的笑容還是有些忐忑和靦腆，進來就問：「菜還合胃口吧？」

唐宗伯笑著點頭，「難怪這丫頭要來這裡吃飯，妳就是曲丫頭吧？菜做得不錯。我想起退回二三十年，吃的粵菜就是這種味道。不錯，難得現在的年輕人能做出這種味道來。」

夏芍打趣道：「我師父可不常誇人，他老人家誇妳，說明這菜的確做得好吃。」

「謝謝唐老。」曲冉頗興奮。

「小芍，我還要去其他席，你們一定吃好喝好。」曲冉說罷，鞠躬退了出去。

她最後才去展若南那桌，走到門口理了理制服，深吸一口氣。跟著她的是名餐廳的侍者，侍者先敲了敲門，才引著曲冉走進了包廂。

展若皓坐在老式唱片機前，他嚴肅的臉上線條變得柔和。

「展先生。」曲冉先跟展若皓打招呼，然後趕緊看向展若南，這會兒笑容自在多了，「阿南，菜怎麼樣？」

展若南正專心對付眼前的獅子頭，頭也不抬，「我又不是第一次吃妳做的菜，問我哥。」

曲冉咬唇，看向展若皓，聲音有點小，「展先生，菜還合胃口嗎？」

展若皓看著曲冉，看得她脊背微微挺直，接著低頭。

包廂裡很安靜，除了音樂和展若南嚼咀的聲音，便靜得落針可聞。

曲冉的目光往展若皓的皮鞋上瞄，實在不知道為什麼就冷場了。

阿南的大哥，看起來比阿南還難相處。

「哪些菜是妳做的？」展若皓突然開口。

「啊？」曲冉肩膀明顯一顫。

展若皓眉宇間又擠出褶子，似乎沒見過膽子這麼小的女人。

「哪些菜是妳做的？」他耐著性子重複。

「哦。」曲冉這才反應過來，深呼吸一口氣，視線落在桌上，露出還算是職業的笑容，說道：「烤乳豬。」

她只做了幾道主菜和熱炒，另外準備了甜品，其餘的都是廚房的人通力合作完成的。

展若皓看向色澤均勻的烤乳豬，拿起薄餅，下筷品嘗。

曲冉很緊張，直勾勾地盯著展若皓看起來很尊貴的動作，心情忐忑。她知道他是三合會的高層，好像在三合集團職位也很高，必然吃過各大名廚做的菜。阿南的大哥看起來很不好說話，她已經做好了被挑剌的準備。

展若皓用眼尾餘光看見曲冉一副上戰場赴死的表情，垂眼間眼底似有別樣光彩，但抬頭時還是一如既往的嚴肅。

他看向曲冉，挑眉。

曲冉緊張，低頭。

兩人對視，半晌沉默……

展若皓皺起眉來，「就這一道？」

這女人，他等著她介紹下一道菜呢！

曲冉愣住，他剛吃完烤乳豬不是應該評價一下的嗎？

她很無語，還是扯出廚師應有的笑容來，接著介紹：「龍虎鬥。」

展若皓看她一眼，目光落到某道菜上，下筷品嘗。嘗過之後過了一會兒才抬頭，看向曲冉。這回曲冉明白他的意思了，指著桌上的另一道自己做的菜，道：「鴛鴦膏蟹。」

展若皓再下筷品嘗，嘗過之後還是沉默，再抬頭。

「紅燉魚翅。」

「池塘蓮花。」

「子孫滿堂。」

「龍鳳捲。」

「宮廷桂花糕。」

……

把自己做的菜都介紹完，曲冉還推薦了兩道自己做的主食和甜點。展若皓每嘗完一道菜都會沉默一下，曲冉等著他品評，卻只看見他嚴肅、嚴肅，還是嚴肅的臉。

直到把所有曲冉做的菜都嘗了一遍，展若皓才點頭道：「味道不錯。」

曲冉眼睛瞪大，不敢相信竟然聽見展若皓說味道不錯。

先是驚訝，隨即露出笑容，像是有明光自身體裡一層層浮現，照亮了一張圓潤的臉龐。

展若皓一時呆住，但他很快就回過神來，補充道：「就是餐廳小了點，地方有點擠。」

一句話讓曲冉臉上剛浮起的笑容變得憋屈。

展若皓看著她，眼底少見地閃過笑意，英俊的臉霎時變得頗迷人，連賭妹和阿敏等人見了都露出驚奇的表情，然後看向曲冉。

展若皓不是很冷的男人，卻很嚴肅，在刺頭幫的女生眼裡，他彷彿是有著絕對威嚴的大家長。她們最常見的就是他對著南姊皺眉頭，然後忍著怒氣把她丟去關禁閉。

展若南也從大戰獅子頭的碗裡抬起頭來，目光在她大哥和曲冉之間轉。

曲冉壓根兒沒注意展若皓笑了沒，她低著頭，把鬱悶都發洩在地板上。剛才她還有些愧疚，覺得展若南的大哥或許是個很好說話的人，可能是她對他有成見，但現在看來，他真的是個很不好說話的人。

「當初尋店鋪的時候，怎麼不尋個寬敞些的？」展若皓問。

哪有那麼多錢？

曲冉在心裡咕噥，抬起頭笑了笑，「我沒什麼經驗，兩層就很好了。」

她不是好高騖遠的人，知道自己有多大的能力。現在開著兩層餐廳，她壓力已經很大了。她也有很大的夢想，但總要一步步實現。她想往事餐廳日後能開很多層，每一層經營不同的菜系。但她知道，僅僅這兩層就夠她忙活了。

展若皓的目光落在曲冉明亮的眸子裡，微微笑道：「妳倒挺有自知之明的。」

曲冉扁嘴，怎麼聽都覺得這話是貶義。她低著頭，眨巴著眼睛，有點委屈。

「好了，妳去忙吧。」展若皓把目光收回來。

曲冉一聽這話，如蒙大赦，低著頭就帶著人走了。

展若皓看著她走得比兔子還快，唇邊的笑意斂起，眉頭又皺了起來。

這個女人還真是不喜歡跟他待在一起！

曲冉謝過樓上的賓客後，還是要去廚房。一樓的食客來來去去，點了的主菜她還得去做，因此出來之後，她便直奔樓下。

走到樓梯口，忽然聽到吵鬧聲，卻見一名老婦人拄著手杖腿腳利索地上了樓梯。

曲冉看見那名老太太便愣住，而老太太由一名年紀和她差不多的女孩子扶著，身後還跟著兩大家人。曲母則在後頭苦苦相勸：「媽，我騙您做什麼？上面的包廂真是滿了。您老有什麼話，去家裡說行嗎？今天餐廳開業，小冉她忙……」

「忙什麼？忙也得出來見見我這個奶奶！」老太太轉身，對曲母沒什麼好臉色，嚴厲地道：「妳們母女還真是有本事，今天餐廳開業，也不知道請家裡人來。都是妳這個女人不懂事，當初我就說阿遠不能找這麼個小戶人家的，結果呢？他不聽我的。娶了妳這麼個剋夫的，我的好兒子才跟妳結婚幾年就死了。現在妳過上好日子了，就不想著他還有我這麼個媽？開餐廳這麼大的事，不請家裡人，我看妳是真沒把我這個婆婆放在眼裡。」

曲母被說得眼圈發紅，一句話也答不上來。

曲冉臉色白了白，但聽見母親被罵，便跑了下來，「不許妳這麼說我媽！」

她沒叫奶奶，對她來說，這個家裡除了父母，就沒有別的親人了。

曲家人今天由曲老太太領著來了。有曲冉的大伯曲朋達一家，還有曲冉的小姑曲霞一家。兩家人六口子，加上老太太和曲母，八個人堵在樓梯中間，聽見曲冉的聲音，都抬頭望去。

曲冉跑下來把母親往身後拉，她怎麼也沒想到今天會見到這些傷她和母親最深的家人。

曲家人愣了一會兒，見曲冉把她母親拉去身後，這才反應過來。

「阿冉，妳怎麼稱呼長輩的？」曲朋達最先皺了眉頭。

「這都是大人教的。二哥好好的孩子讓二嫂給教壞了，真是沒家教。」曲霞哼笑一聲。她人到中年，身材卻很好，保養得也不錯，一看就是婚後日子過得很滋潤。

曲霞確實過得還算不錯，她丈夫在三合集團上班，是市場部的經理。一家人雖然擠不進上流圈子，也是比上不足比下有餘，日子富裕。

攙扶著曲老太太的是曲霞的女兒尹瑩。尹瑩比曲冉小兩歲，卻長得比曲冉標致多了。家境的富足讓她很有名門千金的樣子，很討曲老太太的喜歡。

曲老太太年輕的時候也是名門千金出身，只是後來家道中落，下嫁給了不怎麼看得上的丈夫。她對子女的管教極嚴，全是按著自己年輕時家裡的規矩來教的。她要求子女一定要有出息，在社會上出人頭地。大兒子曲朋達從政，是特區政府的公務員，大兒媳是大學教授。小女兒是音樂老師，女婿更是三合集團的經理。這些都讓曲老太太很滿意，唯獨自己的二兒子曲朋遠，沒事當什麼廚師。

在曲老太太的觀念裡，廚師比不得公務員和教師、經理有臉面，但看在二兒子廚藝精湛，年紀輕輕已是國際名廚的分上，曲老太太也還能接受。只是二兒媳婦曲老太太看不上。她出身貧寒，三代都沒什麼家底，這樣的家庭配得上曲家嗎？且她性子也是逆來順受，唯唯諾諾，一看就是小家子氣，沒一點大家閨秀的氣質，偏偏她生的女兒也跟她一個性子，這讓曲老太太連帶著也不怎麼喜歡曲冉。

只是誰也沒想到，那個小時候性子怯懦的小女孩，幾年不見，已是網路和電視臺的紅人。大學還沒念，就開起了餐廳。

曲老太太見此，這段時間這才正眼在電視節目裡多看了自己這孫女兩眼，心下對曲冉有些改觀。曲家的孩子就應該是有成就的，這樣才配做曲家的子孫。

只是曲老太太沒想到，她今天親自來餐廳看她開業，她竟然對自己這個態度。

「看看妳把我們曲家的子孫教成了什麼樣！」曲老太太怒氣沖沖對曲冉的母親罵道：「當初就應該讓妳一個人從曲家滾出去！」

曲母聽了，眼淚止不住地往下落。她自從嫁進曲家，除了丈夫和女兒貼心，就沒得到過這個家庭的承認。當年若不是老太太不待見小冉，若不是女兒執意跟著自己走，她孤身一人從曲家被趕出去，只怕也沒什麼動力活到今天。

「不許妳這麼說我媽！」曲冉也眼圈發紅，死死護住母親，「妳已經把她趕走了，而且，妳還把我也一起趕走了！我們早就滾出了曲家，你們今天還來做什麼？」

曲冉向來脾氣好，但她的容忍也有極限。小時候和母親一起被趕出家門的經歷，一直都是她心底的傷疤。她和母親相依為命這麼多年，怎容得她被人指責？

曲家人又是一愣，驚訝地看向曲冉。她們母女走後，這些年也不是一次沒見過，只不過在曲家人的印象裡，曲冉和她母親一個性子，說話都不敢大聲，今天竟敢跟老太太頂嘴？

「反了！反了！」曲老太太氣得渾身發抖，「妳媽平時就是這麼教妳的嗎？」

「外婆，小心氣壞身子。」尹瑩聲音甜軟地哄著老太太，目光往曲冉身上落下的時候，帶著三分輕蔑和三分不是滋味。

真沒想到她這個樣樣不出挑的表姊竟然能成為網路紅人，不過，一看就是丫頭的命。真正的千金小姐，誰會洗手作羹湯？十指不沾陽春水的，那才是千金的命。

「還不道歉？」尹瑩涼涼地瞥向曲冉。

曲老太太拍拍外孫女的手，露出些笑容來，但看向曲冉的時候又沉下臉，等著她道歉。

曲冉怎可能道歉？她臉色紅白交替，喘著氣，滿臉氣憤和委屈。

曲老太太見她半天不開口，又道：「好啊，真有出息。妳爸被妳媽剋死了，妳又被妳媽教成這個樣子，妳真是想讓妳爸死不瞑目啊！」

「不許妳提我爸！」父親被拿出來當槍使，曲冉再也忍不住了，她眼淚往外滾，「不許妳提我爸。我爸對我和媽媽很好，只有妳一直苛責我們。讓我爸死不瞑目的人是妳，他才剛去世，頭七還沒過，妳就把我媽往外趕，就怕她帶著賠償金走。大伯那時候考公職，姑父升經理，要錢打點，你們都盯著那筆錢。我和我媽一分錢都沒有地被你們掃地出門，我們在外面過過什麼日子，你們知道嗎？我爸如果看見了，他才會死不瞑目。你們沒資格提我爸，他是我和媽媽的，不是你們的。」

曲冉那時候年紀小，但已經記事，她什麼都知道，只是年紀太小，奶奶又不喜歡她，她剛剛失去父親，和母親在家裡沒有地位，她們什麼也爭取不到，就這麼被趕了出來。這些年，她不是沒恨過怨過，但她記著父親的話，要做一個純粹的人。

為了她的夢想，為了繼承父親的遺願，她選擇了做一個天真樂觀的人。

她曾想離開了曲家，對她和母親來說或許是好事。她們可以不必再看人臉色，過溫馨的日子。儘管這日子裡沒有了父親，但她們懷念他，想著他，他就還在。

一晃眼許多年，她長大了，廚藝有成，又有幸遇到貴人。今天這一切，她付出了多大的努力，她心裡知道。眼看著日子好了起來，她沒想到還會再見到這些人。

他們為什麼要來？他們還來做什麼？

曲冉帶著控訴的話語令曲朋達和曲霞兩家人都變了臉色。

「妳這孩子胡亂說什麼？誰動妳爸的賠償金了？妳把話說清楚，這是誰告訴妳的？」曲霞最先發難，看向曲冉的母親，明顯認為是她說的。

曲朋達也皺起了眉頭，端出伯父架子道：「小冉，這些事是聽妳媽說的？唉，妳誤會妳奶奶了。那時候妳還小，妳媽還年輕，那麼多的賠償金，妳媽哪見過這麼多的錢？她要是拿著走了，或者嫁了人，妳的生活怎麼辦？我們一家人都是為妳打算。」

曲冉不可思議地看著她的大伯，為她打算？他怎麼好意思說出口？母親這麼多年都沒嫁人，一手把她撫養長大。她省吃儉用，買件衣服都捨不得，卻唯獨把家裡的廚房裝修得最好。她為了她，付出了太多，這些人怎麼能這樣汙衊她？

「我不想聽你們罵我媽。今天是我的餐廳開業，店裡已經客滿，請你們不要堵在這裡，離開吧。」曲冉眼淚止不住，卻破天荒地強硬了一回，下了逐客令。

再不離開就要請保全把人請出去這樣的話，她還是說不來，但她今天不會讓他們在這裡的，樓下的客人已經聽見了爭吵，不少人聚了過來。還有客人點了主菜，她必須趕緊去廚房。

曲家人沒想到會被趕走，一家人都覺得顏面無光，臉色很難看。

最接受不了曲冉這態度的便是曲老太太，她被曲冉指責沒資格提起自己兒子的時候，便懵在那裡，此刻回過神來，不由大怒。

「好好好，我沒資格？我今天就叫妳看看我有沒有資格。」曲老太太舉起了手杖。

尹瑩放開曲老太太的手，退去後頭，而這時，曲老太太的手杖已經對準曲冉重重敲下。

「別打我女兒！」曲母向前撲過來。

「媽！」曲冉反過來抱住母親，眼看著手杖就要落在頭上。

正在這時，一隻大手伸過來，橫空截住了曲老太太的手杖。

曲家人一愣，抬起頭來，還沒看清來人，便見那隻大手一握，手杖被直接掰斷。

一截手杖飛了出去，而曲老太太則失去重心，身體猛然向後倒去。

尹瑩捂著嘴，驚愣之下根本就忘了要扶老人家。後頭曲朋達的妻子和兒子也被這突如其來的變故驚得沒反應過來，他們也忘了扶，但曲老太太卻直接撞到他們身上，把母子兩人撞去樓梯轉角處的牆上。

噗通一聲，曲朋達的兒子頭撞到牆壁，他頓時翻白眼，眼冒金星。他母親撞得輕些，一看兒子撞了頭，哪管前頭摔了個仰面朝天的老太太，頓時寶貝似的去看自己的兒子。

曲老太太摔在地上，仰面朝天沒人扶。

曲朋達和曲霞一家子都看著面前英俊的男人站在曲冉身旁。

曲冉還維持著抱住母親的姿勢，臉上淚痕未乾，眼睛紅得像兔子似的。

展若皓目光更冷，任誰都看得出他的怒氣來。曲冉往母親身旁縮了縮，剛才還勇敢地撲出來救母和跟人理論，現在又嚇回去了。

「總、總裁？」一道不大的聲音傳來，帶著不可思議，但這道聲音卻把曲家人給震醒。

且不說展若皓三合會高層的身分，僅憑他三合集團亞洲區總裁的身分，在香港便是金融才俊，商業週刊的常見人物，沒人不認識。

曲霞的丈夫尹明新就在三合集團工作，雖然他是市場部經理，但在展若皓面前，他都不配說是他的下屬，所以，尹明新對在這裡見到展若皓才覺得不可思議，而且，更加不可思議的是，他為曲冉擋了老太太一棍……

尹明新這句「總裁」喊出來的時候，曲老太太在地上還沒爬起來。她跌了個七葷八素，心中大怒，只覺得曲冉是被她母親教得一點教養也沒有，竟敢找人對她這個老人家動手？當香港法律是擺設？她定要找律師，告這人一個傷害罪。

可當聽到這句「總裁」之後，曲老太太懵了。不僅僅是因為對方是黑道的人，還因為對方是女婿的頂頭上司。她這時才由大兒媳和孫子扶起來，一家子人望向展若皓，氣氛死靜。

而這氣氛裡，偏偏有不長眼的。

尹瑩看見展若皓的瞬間便眼睛一亮，道：「總裁？爸，這位就是展先生？」

展若皓誰不認識？尹瑩從商業週刊上也必然是見過的。她這時聲音不大，選的時機卻好，正是安靜的時候，展若皓耳朵再不好使，也能聽見她的話。

「可不是？這位就是妳爸常在家中提起的展先生。」曲霞看了女兒一眼，也笑了，語氣裡多少有些借機炫耀之意。炫耀她的丈夫在三合集團工作，今日還能和總裁搭上話。

尹瑩笑了笑，微笑地看向展若皓，等著他向她望來。

展若皓卻是看向尹明新，問道：「你是三合集團的人？」

「是，是。」尹明新搓著手，笑容諂媚，「我是市場部的經理，叫尹明新。總裁日理萬機，可能沒聽說過我。」

「你明天不用來上班了。」展若皓面無表情地道。

一句話讓尹明新討好的笑容僵住，曲霞母女也瞬間臉色煞白。曲霞臉上沒了炫耀，尹瑩臉上也沒了嬌笑，母女兩人只是呆呆地望著展若皓，沒反應過來怎麼回事。

「總裁，您、您開玩笑的吧？」

「我在開玩笑。」展若皓點頭，尹明新頓時一愣，站在他後頭的妻女也跟著一愣，但一家人還沒露出釋然的笑容，展若皓便轉頭看向曲冉，然後再對尹明新道：「明天你不僅用來上班了，還得把她父親的賠償金還給她。」

尹明新身子晃了晃，後頭妻女扶住他，卻也覺得要跟著他一起跌倒。他們直到這個時候，才好像發現展若皓心情不太好。

其實展若皓看起來有些怒氣，這是明眼人都看得出來的，但曲家人選擇了忽略，他們覺得他或許是因為碰巧在餐廳吃飯，然後因為曲冉哭喊的聲音太大吵著他了，所以才出來的。他是黑道的人，不會有什麼善心，他出手最大的可能就是覺得吵，而吵他的人是曲冉，他生氣也應該對著曲冉生氣才對。

如今看來……他生氣，確實是因為曲冉。

只不過，理由跟他們想像的不太一樣？

「總、總裁……」尹明新還想說什麼。

展若皓卻對他還有話說的樣子挑了挑眉，隨即露出冷酷的笑意，轉頭看向曲冉，問道：「妳父親去世多久了？」

曲冉只呆呆地看著展若皓，沒有說話。

「多久了？」展若皓皺眉頭，耐著性子，但任誰都看得出來，他耐心不太好。

曲冉被嚇到，往母親懷裡縮，聲音不大，帶著濃濃的鼻音，「六年。」

「六分利。」展若皓冷淡地道。

尹明新只覺得心跳要停止，他張了張嘴，曲家人全都瞪大了眼。

六分利？這不是高利貸嗎？

尹明新臉色發白，他在三合集團工作，當然對黑道那些高利貸有些了解。高利貸的利息從來都不是指年利息，而是月利。車禍當年，曲朋遠是國際名廚，高收入，另外有個女兒未成年，因此法院在判賠償金的時候判了近兩百萬。六分利，一個月的利息就要十萬，一年就是一百萬，而他們欠了曲冉母女六年……

六百多萬的利息。

這還只是利息，加上本金，那不得還到八百多萬去？

曲家哪有那麼多錢？把一家老小賣了，也不值這麼多。

曲朋達慢慢往後挪，他雖身在政府部門，但對高利貸的事也知道。那筆賠償金他們兩家都有動用過，他粗略一算便知是筆巨額數字，不由悄悄往後挪動。

尹瑩卻轉著頭看著父母煞白的臉，她不明白六分利是多少，聽著好像不是很多。她只在乎父親的工作，這是把她父親解雇了嗎？

為什麼？她不要。

尹瑩看向曲冉，是為了她？

沒有人回答她，曲老太太在這時尖聲叫了起來，「六分利？憑什麼？那是我兒子的賠償金，有我一份！我是他媽，我不能處置嗎？」

曲家人嚇得恨不得去捂老太太的嘴，對方是黑道的人啊！

而曲家人這時其實更恨不得的是去捂住展若皓的耳朵，希望他沒聽見老太太的話，可展若皓耳力沒出問題，他不僅聽見了，還笑了。

「老太太，您聽錯了，我說的是十分利。」

十分利？

曲老太太懵了，曲朋達和曲霞兩家人卻眼前一黑。

尹明新粗略一算，剛才還欠八百多萬，如今已欠最少一千五百萬。

「明天還，還不清的，十分利，還清為止。」展若皓一句話，如同給曲家判了死刑。

「總裁……」尹明新差點跪下去抓展若皓的褲管，「我們沒動小冉他爸的賠償金啊，那些錢、那些錢都是老太太保管著的，跟我們沒關係啊！」

曲老太太不可思議地看著女婿，氣得血壓直線升高。

「哦？這麼說是我冤枉你們了？」展若皓挑眉。

曲朋達和曲霞兩家人一個勁兒地點頭，眼底生出一線生機。

「那我派人去查，查出來你們有動，你們兩家人就給我橫屍街頭，怎麼樣？」

兩家人臉色青白，沒人敢說話。三合會是世界級黑幫，明白黑道心狠手辣的人，是不會認為展若皓在威脅他們的。他們不值得他威脅，他所說的話，就是判官手中的筆，一筆定生死。

尹明新崩潰了，他跪下來，卻不敢去抓展若皓的褲管，「總裁，十分利我們還不起啊！一個月二十萬的利息，我們兩家加起來的薪水也沒這麼多，我們就是上街乞討，也討不來這麼多錢啊！」況且，他的工作還在剛才丟了……

父親向人下跪，尹瑩看得呆住。

展若皓說道：「怎麼還是你們的事，我只要她看到錢就好。」他下巴朝旁邊那個眼睛通紅的小女人一點，「還不完就一直還，還到死為止。」

曲家人看向曲冉，沉默無言。

「把人清出去。」展若皓對聚集過來的侍者吩咐，「動靜小點，別驚到了顧客。」

這後半段話與其說是對侍者說的，倒不如說是說給曲家人聽的。餐廳有後門，曲家人直接被侍者帶著從後門出去。曲老太太直到走的時候還發著懵，不明白自家為什麼要還兒媳婦和孫女一筆鉅款。但展若皓髮的話，曲家這樣的家庭又豈敢不從？

樓梯上的鬧劇時間不短，早就聚集了不少人。樓下的顧客探著頭往上看，樓上的則往下看。只不過當看見展若皓掃視的目光時，一群人便呼啦一聲散了。

接著，就好像一切沒發生一般，食客們吃飯的吃飯，點菜的點菜。

曲冉和母親怔愣地站著，對事情變成這個樣子也有點茫然。

展若皓看了曲冉一眼，皺起眉頭，「膽子小就別跟人起爭執。剛才那盤龍鳳捲再來一盤，五分鐘之內端上來。」

曲冉連忙擦擦眼淚，便往廚房忙活去，而曲母也趕著去幫忙，兩人都不知該對展若皓說什麼，而展若皓也沒給她們說話的機會，轉頭便又上了樓去。

走到轉角處，卻聽見掌聲傳來。

夏芍剛掛了電話，笑著拍手不語。她也是在包廂裡聽見了吵架的聲音才出來的，不過，既然有人英雄救美，她便避在牆角，沒出來出這風頭，但她給羅月娥打了電話。

羅月娥如今已七個多月的身子，早早就住進了醫院養胎。她這一胎經查還真是雙胞胎，對此，羅月娥早在查出來的那天就喜出望外地打電話給夏芍，稱她真是神了。

夏芍猜測羅月娥早就過了合適的孕齡，且懷的又是雙胎，足月生產的機率只怕不大。果然，剛才打電話的時候，羅月娥說已經定了下個月剖腹產。

夏芍打電話可不全為了這件事，她也是為了曲家的事。曲冉的大伯曲朋達是政府的公務員，但聽曲冉剛才的話，他當年升職只怕也是花了些錢的。夏芍只把這件事隱晦地透露給羅月娥知道，羅月娥是怎樣的七竅玲瓏心思，當即就明白了夏芍的意思。

「妹子放心，這樣的事好辦。」羅月娥在電話那頭下了保證，然後話鋒一轉，歡喜地讓夏芍下個月一定要在香港，等孩子出世了，要她給孩子祈祈福。

夏芍算了算時間，她雖說是要回家了，但下個月底艾達地產總部落成，港媒週刊的收購也將完成，她勢必還是得回來一趟，於是便答應下來。

羅月娥的保證來得很快，往事餐廳開業僅僅三天，曲朋達就因為行賄罪被廉政公署審查，停職接受調查。

曲老太太信重的大兒子和三女婿都丟了工作，這打擊對她來說猶如晴天霹靂，曲家一下子天都塌了。當年的賠償金早就用在了兒子和女婿的升職上，家裡哪有多少積蓄？莫說是一千多萬的利息，就是那兩百萬的本金，他們也是還不出來的。

有工作的時候都還不出來，何況沒工作？

別說曲朋達和尹明新的工作丟了，就連兩人的妻子都不敢出門上班。每天出門，總覺得身後有疑似黑幫的人跟著。兩人不敢跟學校實話實說，就只說家裡有些事，然後請了假。

曲朋達和曲霞兩家人窩在家裡，孩子哭鬧，大人吵嚷，吵誰用那筆賠償金用的多，可是再吵，錢也是要還的，而且越是拖拉，要還的錢就越多。一個月二十萬利息，這不要人命嗎？

想來想去，病倒了的老太太做主，讓兩家人去找曲冉。

解鈴還須繫鈴人，這件事只有求助曲冉和她母親。

曲冉家原先住的永嘉社區現在正由艾達地產主持開發建設，曲家人知道曲冉和她母親早就搬了家，卻不知道搬去哪裡。兩家人只得偷偷摸摸來到往事餐廳後巷，這裡是曲冉的餐廳，她每天都得來掌廚，在這裡總能遇見她。

沒想到的是，兩家人在這裡沒見到曲冉，侍者告訴他們，曲冉和她母親去國外散心了。

什麼時候回來？不知道。

這話侍者可沒騙人，曲母知道家裡那些親戚還不了這些錢，他們一定還會上門。曲冉自那天被他們一鬧，心情有些低落。曲母想方設法讓女兒開心，想起她遊歷世界學習美食的夢想，就想著家裡也算有點積蓄了，不如兩人出去走走。

曲冉臨走前跟夏芍請了假，說是一週就回，不會耽誤下週節目的拍攝。

夏芍聽了，倒是有日後讓攝製組跟著她去走遍世界拍美食節目的想法，但這一次，她沒提這件事，只點頭答應，告訴她好好散心，節目空一期沒事。

曲冉哪裡會真的讓華樂網的節目開天窗？這是她的節目，她也有責任，於是笑道：「我會按時回來的。等我淘到美食，介紹去節目裡，正好也給餐廳增加點新的特色菜。」

夏芍見她眼中有興奮的光芒，不像是為了開業那天的事勞神太重，便放心讓她去了。

「不過，等我回來的時候，小芍是不是就不在香港了？」曲冉有些捨不得。

夏芍笑了，「又不是生離死別。我只是回家一趟，陪陪父母。八月底地產公司落成，我還會回來的。在我去大學前，咱們怎麼著也能聚一聚。」

這話總算讓曲冉安心下來，高興地跟著母親辦了旅遊簽證，出國玩去了。

而夏芍則在訂好了回家的機票後，離開之前，又與朋友們聚了一次。

這次聚會的地點仍在華苑私人會館，也還是在開業時風景甚美的陽臺。

這次依然是那些人，戚宸、展若皓、展若南和她的刺頭幫。李卿宇去德國出席展銷會，今天缺席，但他表示艾達地產總部大廈落成的時候，他一定出席。

聚會無非是吃吃喝喝，閒聊幾句。只是閒聊的時候，夏芍時不時看向展若皓，直到展若皓看向她時，她才笑了。

「展先生法令紋有些深，近來要出差？」

展若皓一愣，也不問夏芍怎麼知道的，她的職業人盡皆知。

只是，夏芍這麼一問，戚宸和展若南都感興趣地看向夏芍，不知她要說什麼。

夏芍只問：「什麼時候走？去哪裡公幹？」

「明天中午，泰國。」展若皓答道。

「哦？」夏芍一笑，掐指點算。

展若南目光驚奇，咕噥道：「真跟江湖神棍似的。」

戚宸卻對此有些了解，畢竟他爺爺跟唐宗伯是拜把子的兄弟，對玄學裡的一些道理，他還是聽過的。只不過，他也不知道這女人在搞什麼。

夏芍在算的是香港當地時間的真太陽時，掐指過後，她便一笑，「明天出行沒有太好的局象，但你中午出行，卻有一個玉女守門格局。你什麼時候回來？」

玉女守門格局是什麼，三人都聽不懂，但似乎跟女人有關。

展若南和戚宸眼睛都亮了，戚宸也聽說了往事餐廳展若皓英雄救美的事了，而展若南更是現場目擊者，因此，這兩天她總是觀望著大哥的一舉一動，可他似乎沒什麼特別的舉動，這把她急得團團轉。

她為什麼急？她巴不得這龜毛專制的大哥找個女人，換個人管管，而那個人如果是曲冉的話，她倒還能接受。

可是，他沒動靜，但今天一聽夏芍的話，展若南立刻來了精神，「什麼玉女守門？跟女人有關是不是？是不是跟女人有關？」

夏芍沒回答她，只是看著展若皓。

展若皓皺著眉頭，「後天就回。」

夏芍聽了挑眉，別有深意地笑了，搖頭道：「後天你回不來。」

「回不來是什麼意思？」戚宸問道。

「回不來的意思就是，這個玉女守門格局跟泰國的太陽時對應在三天之後。你在泰國最少逗留三天，回來的時候，會在飛機上遇到一名女孩子。」夏芍說道。

「女孩子？」展若南反應對大，先是驚喜，後又皺起了眉頭。她記得阿冉出國旅遊去了，哪個國家忘了，但似乎不是泰國，而他大哥是去泰國，回來的時候會遇到一名女孩子，那就是說，大哥跟阿冉不會有什麼了？

展若南皺眉。

靠！怎麼會這樣？別是什麼狐媚子，她最討厭渾身擦香水一身名牌濃妝豔抹的女人。

不知道為什麼，展若南已經為這個女人打上了標籤，反正就是不喜歡。

展若皓眉頭深皺，不知為什麼，腦海裡閃過一張圓圓的笑臉，接著又想起一張淚痕未乾的委屈臉龐。他有些煩躁地說道：「夏小姐，我已經訂了回程的機票，後天我一定會回來的，妳算的不一定會準。」

不知道為什麼，他對那個玉女守門格局會遇到的女人也生出些反感，因此，言語間便有希望夏芍卜算不準的抵觸味道。

夏芍也不辯駁，只頗有深意地笑，「那就到時候看看了。」

夏芍訂的回家機票也在三天後，她之所以還要在香港待幾天，是想跟師父說說往京城去的事。雖然現在錄取通知書還沒下來，但是她已對錄取心裡有數，只是眼下有個敵人身在暗處，玄門還有泰國降頭大師通密和奧比克里斯家族的人沒解決，外患太多。讓師父在香港待著，夏芍有些不放心。

然而，玄門扎根在香港，老風水堂還有好些弟子，不是說關門就關門的。唐宗伯身為掌門祖師，他不能離開這裡，也擔憂他走後這裡會遭人破壞。無論如何，玄門費盡心思清理門戶，如今留下的這些好根子不能出事。

「門派的傳承還得靠後人，我們這些老骨頭的責任就是看護下一代。」唐宗伯如此說，是下定決心要留在香港了，「妳日後到京城也要小心，如果遇到什麼事，弟子們可以去京城全力幫妳。如果是香港遇到了事，妳在大學空餘時間多，也可以回來。」

這個提議看起來讓夏芍沒有拒絕的餘地，但她思索時，卻沒看到老人微微嘆氣的神色。

唐宗伯看著夏芍，她雖是他的弟子，但自小在山中陪伴他，在他眼裡，她早已如自己孫女一般。看著她天賦奇高，又有天眼通的天賦，心智、謀算乃至在門派的人緣和威嚴，都是適合傳承玄門衣缽，繼任掌門祖師的人選。

因此，他更不願讓她出事。

他老了，身體雖還行，腿腳卻早已不便。本想著清理了門戶，就發帖子告知江湖門派，把玄門的衣缽傳給這丫頭。思來想去，唐宗伯還是決定再等等，等到仇家除去，大勢已定的時候，再把一個沒有內憂外患的門派交給她。

玄門是有傳承的古老門派，接掌門衣缽傳承大禮自然要辦得風風光光，讓江湖得知，但唐宗伯怕夏芍身上擔了玄門掌門祖師的名號，到時候那些仇家要找的就不是他，而是衝著她去。

所以，如今他還是玄門的掌門，不管通密還是克里斯家族，抑或那個身處暗中的人，他寧願讓這些仇家衝著他這把老骨頭來，也不能讓他們傷了他的愛徒。

夏芍哪知師父心中有這麼多打算，她見師父主意已定，便只好又把金玉玲瓏塔拿出來，要把金蟒留給師父。

唐宗伯卻笑斥她，「妳這丫頭，真當師父這裡沒有好東西？玄門傳承上千年，能連件像樣的法器都沒有？師父的羅盤和玄龜甲，歷代祖師的元氣加持，可是上千年的，不比妳這剛化蛟的陰靈差。這兩樣法器要是拿出來，妳這金蟒都要怕三分的。」

夏芍知道師父不是在吹噓，金蟒是陰煞修煉而成，而羅盤和玄龜甲卻是歷代祖師金吉元氣加持煉成，說白了就是相剋，專剋世間邪氣。那晚救龍脈，師父沒把兩樣法器拿出來，是因為吸取陰煞，這兩件法器不對路子。

而降頭術多為陰邪之法，克里斯家族傷師父的人也是黑巫一派，玄門掌門祖師的兩件法器確實克制這些。夏芍想到這裡，這才安心了些。

她收起金玉玲瓏塔，好好地陪伴了師父三天。

第四天，她收拾行李，去往機場，準備回家。

就在夏芍踏上香港國際機場的時候，在馬來西亞吉隆坡的國際機場，也有一架飛往香港的航班臨近起飛。經濟艙裡，一名西裝革履的英俊男人靠在座位裡，閉目養神。他眉頭皺成川字，來來往往的乘客似乎讓他覺得吵。

他身上有種尊貴的氣度，英俊的臉龐讓來往的乘客都不由多看他一眼，卻沒人敢搭訕。他看起來並不好相處，而且，那一身名貴的西裝，讓不少人都覺得，他是不是坐錯了艙位？

這男人看起來應該坐頭等艙。

這男人不是別人正是展若皓。

他為什麼在馬來西亞？為什麼坐經濟艙？

因為華苑私人會館的聚會之後，第二天中午，展若皓按行程到了泰國。公事辦得很順利，但事情一辦完，他就開始倒楣。

先是泰國的天氣突變，接著機場緊急發布了航班停飛的消息。展若皓讓祕書取消了次日的返程，但鬱悶的是，泰國機場方面竟告知有暴雨要來，航班什麼時候恢復，時間未定。

三合集團在三天後有場很重要的會議要開，展若皓必須出席。他鬱悶不已，但沒用，老天像是跟他作對，暴雨不緊不慢，下了兩天。

到了第三天早晨，雨停了，飛往香港的航班卻還是沒有恢復。祕書跟機場方面聯繫，僅被告知早晨恢復了一班飛往馬來西亞吉隆坡的航班。

展若皓無奈之下，只得轉道。到了馬來西亞之後，再轉香港的航班。

但吉隆坡飛往香港的航班，最近的那一班頭等艙座位已售空。展若皓並不是很在乎坐頭等艙還是經濟艙，只要能盡快回到香港就好。

因此，他坐上了這一班的飛機，可他的心情很不好。

從到了泰國開始，一直到今天，所遇的種種事情表明，夏芍算得毫無遺漏。

也就是說，今天在飛機上，他會遇到一個女人？

「女人」這兩個字，莫名令展若皓煩躁，心情不好。

正當這時，有個女孩子靦腆試探的聲音傳來：「這位先生，請你讓讓……」

嘖！

煩什麼，來什麼！

展若皓睜眼，目光冷銳地抬眼一掃。

這女人識相的話就給他滾。

而女人卻沒滾，她抱著小行李，受到驚嚇，不敢亂動，連聲音都嚇回去了。

與其說是女人，倒不如說，是個女孩子。她咬著唇，唇邊一顆可愛的小食痣，讓目光冷銳的展若皓一窒，隨即看見一張圓潤煞白的臉蛋。

曲冉根本不知道為什麼會在這裡遇到展若皓，她的腦袋根本在這一刻思考不了太多東西，她只有驚嚇的念頭。

為什麼展若南的大哥脾氣這麼壞？黑道的男人果然都好可怕。

這時，曲冉聽見了母親在身後的聲音，「小冉，怎麼還不去坐下？咦？展先生？」

「伯母。」展若皓以奇快的速度收起冷銳的目光，淺笑著起身。

曲母受寵若驚，「快別起來。那天餐廳的事，我們母女都還沒謝謝你呢！咦？你坐這裡？

真巧。小冉的座位在你裡面，我在她前頭。」

「媽……」曲冉不看展若皓，偷偷拉母親，「我們換票……」

「是嗎？那是挺巧的。」展若皓看了曲冉一眼，像是沒聽見她的話，對她道：「進去坐。」

這話帶著半分客氣半分不容拒絕的專制，曲冉臉皺成一團，苦哈哈的。曲母倒沒感覺到什麼，客氣地跟展若皓說了幾句話，讓女兒去坐好，自己則坐去了前頭。

展若皓重新坐下來，目光往身旁看了眼，見曲冉縮去一旁，努力跟他拉開距離，便輕輕皺眉，但隨即英俊的臉上浮現淡淡的笑意，先前的鬱悶竟一掃而空。

外頭夕陽大好，而在這夕陽大好的天氣裡，香港國際機場的航班起飛，飛向青省東市。

晚上七點，夏芍下了飛機，終於回到家了。

（全文完）

綺思館
晴空強檔新書
戀愛吧！一切的不可理喻都好可愛
大神，笑一下嘛
上
雲端 / 著
AixKira / 繪
大神虐她千百遍，她讓大神很哀怨！
寧欺閻羅王，莫惹唐門郎
遇見大神之後，她才知道有些人是不能招惹的
一旦惹上，便是一輩子的事
甜蜜爆笑的網遊愛情小說

她被人追殺，墜落懸崖，眾人遍尋不著，生死未知。
他急怒攻心，一夕白髮，並誓言她若殞命，
便要將天下化為煉獄，以萬里河山為她作祭。

據說很有福氣沒有才藝，只會吃吃喝喝的阿難，
嫁給了有潔癖又命中剋妻的冷面王爺……

她懶得費心思與其他女人鬥，每天只想過著茶來伸手飯來張口的宅女生活，
卻沒想到有朝一日他會將所有女人都渴望的后位捧到她面前……

她為了逃婚，離家出走撞見了他，被他誤當成細作，
自此兩人結下了一段難以割捨的歡喜情緣。

悅讀NOVEL 006

傾城一諾 6

國家圖書館出版品預行編目資料

傾城一諾 / 鳳今著. -- 臺北市 : 晴空, 城邦文化出版 : 家庭傳媒城邦分公司發行,
2017.05
冊； 公分. --（悅讀NOVEL ; 6-）
ISBN 978-986-94467-1-6（第6冊：平裝）

857.7 106003532

作者	鳳今
責任編輯	施雅棠
國際版權	吳玲瑋　蔡傳宜
行銷	艾青荷　蘇莞婷　黃家瑜
業務	李再星　陳玫潾　陳美燕　枡幸君
編輯總監	劉麗真
總經理	陳逸瑛
發行人	凃玉雲
出版	晴空 城邦文化事業股份有限公司 104台北市中山區民生東路二段141號5樓 電話：（886）2-2500-7696　傳真：（886）2-2500-1967 E-mail：bwps.service@cite.com.tw
發行	英屬蓋曼群島商家庭傳媒股份有限公司城邦分公司 104台北市中山區民生東路二段141號2樓 書虫客服服務專線：(886)2-2500-7718；2500-7719 24小時傳真服務：(886)2-2500-1990；2500-1991 服務時間：週一至週五09:30-12:00；13:30-17:00 郵撥帳號：19863813　戶名：書虫股份有限公司 讀者服務信箱E-mail：service@readingclub.com.tw
晴空部落格	http://sky.ryefield.com.tw
香港發行所	城邦（香港）出版集團有限公司 香港灣仔駱克道193號東超商業中心1樓 電話：852-2508-6231　傳真：852-2578-9337 E-mail：hkcite@biznetvigator.com
馬新發行所	城邦（馬新）出版集團【Cite (M) Sdn Bhd】 41, Jalan Radin Anum, Bandar Baru Sri Petaling, 57000 Kuala Lumpur, Malaysia. 電話：(603) 9057-8822　傳真：(603) 9057-6622 Email：cite@cite.com.my
美術設計	洸譜創意設計股份有限公司
印刷	沐春行銷創意有限公司
初版一刷	2017年05月16日
定價	280元
ISBN	978-986-94467-1-6